大量的詩歌散文
以道家思想研究方向
從事國學文化研究
為國學學者演說家
吳蘊妮肖像

《点亮智慧的心灯》系列

燕妮文集

吴燕妮◎著

人民东方出版传媒
東方出版社

图书在版编目（CIP）数据

燕妮文集 / 吴燕妮 著. —北京：东方出版社，2018. 6
（点亮智慧的心灯；2）
ISBN 978-7-5060-8309-6

Ⅰ. ①燕…　Ⅱ. ①吴…　Ⅲ. ①随笔—作品集—中国—当代　Ⅳ. ①I267. 1

中国版本图书馆 CIP 数据核字（2018）第 108472 号

燕妮文集
（YANNI WENJI）

作　　者：吴燕妮
责任编辑：贺　方　王　萌
出　　版：东方出版社
发　　行：人民东方出版传媒有限公司
地　　址：北京市东城区东四十条 113 号
邮　　编：100007
印　　刷：北京文昌阁彩色印刷有限责任公司
版　　次：2018 年 6 月第 1 版
印　　次：2018 年 6 月第 1 次印刷
开　　本：880 毫米×1230 毫米　1/32
印　　张：8. 75
字　　数：90 千字
书　　号：ISBN 978-7-5060-8309-6
定　　价：130. 00 元
发行电话：（010）85924663　85924644　85924641

序一

真情妙悟著文章

寇宏伟

（一）初识

吴燕妮的名头，在黄河以北、以京城为中心的国学文化圈子里，是颇有来历和声誉的：若说“家喻户晓、妇孺皆知”，恐怕略有夸张；但若以“开宗立派、徒众云集”来形容，大约是恰如其分，能够深得拥趸们认可的。以刚届不惑之年的芬芳岁月，却已游历多年，在深不可测的国学文化圈浸淫良深、声名鹊起，不得不说是“奇人、奇闻、奇事”。初识吴燕妮，是因了京城学界一位资深的学者朋友的推介，盛赞云“在奇特的京城文化界，若不识奇女子吴燕妮，必是奇怪之极的奇特事”。所以，自幼酷爱国学、忝居名医世家的区区在下就借这天赐良机，冒昧拜见了吴燕妮老师。

那是一个花静风轻、天高云淡的初夏午后，我与友人于闹中取静的京城街角茶室中，充满遐想地品茗、略带仓皇地守候，不知这位头顶诸多头衔的京城文化界达人究竟会是怎样强大的气场。可当她于午后骄阳下撑一把碎花小伞、着一袭青绿色旗袍款款走来时，一瞬间艳阳也温馨、嘈杂也静谧。无可形容那种生发于肺腑之间的高洁婉约、弥漫于举手投足间的从容亲和，以及流露于言谈举止间的恬淡自信。老子云“上善若水”，至此方知，原来这水是真的能够感染和移变世间万事万物的。那天，我们一见如故，似老友重逢，于品茗中谈诗，于故事中论道，说到尽兴处，竟茅塞顿开、涕泪交流，自此奠定了相知相交的灵性基础。

（二）真情

燕妮老师是个悟性极高、天赋异禀又勤勉有加的奇人。她出生于山东荣成，深受“圣人之乡”水土的滋润和沃养，所以既有英风烈骨的豪侠之气，又有恣肆纵横的博学之蕴。在很多人心目中，她既有当年林徽因的魅力与气质，又多了几分娇柔似水的妩媚；既有才女石评梅的聪慧与深刻，又多了几分挥洒从容的爽利。因此，出于敬重，我效法“五四”先例，称其为“先生”。

先生游历甚广，早年在新闻界工作，以仗义执言、快人快语而著称。之后投身培训界，受全国工商联青睐，成为著名“金牌培训师”，为茅台集团等上千家企事业单位做过演讲。后来为了帮助更多人启迪智慧，消除烦恼，她开始从事国学文化的研究，以道家思想为主要研究方向。无论事业还是生活，她那天赋的灵性与道教文化水乳交融而产生的积淀与升华，都生发出了无与伦比的动力源泉。

燕妮给人印象最深最大的特点，就是她的真情真性。她的座右铭：“天下万事，唯诚不破。”所以，与她谈诗论道的人会被她的真情流露所感染；与她策划合作的人会被她的坦荡如砥所折服；与她同室切磋的同道会为她的爽直真诚而倾倒。所以，很多知名机构特聘她为理事，函谷关老子学院诚邀她为名誉院长，河南登封电视台《功夫》栏目礼聘她为文化顾问："窈窕淑女才智佳，吞吐齐鲁压百花。巾帼也有凌云志，笑看冠盖满京华。"

（三）妙悟

燕妮说，她最厌倦的生活是无趣无味的日复一日年复一年，她最难忍受的是一成不变的思维和生活方式，她最不愿做的是"寻章摘句老雕虫"。

因此，我们这位可敬可爱的吴老师、才华横溢风姿绰约的女先生，就以自己独特的方式倾心体验着道教文化给她带来的启迪和感悟，以自己的生活阅历诠释和验证着文化理念的现实意义。她倾心道教，却并不拘泥于道教；她钻研学术，却并不圈囿于学术；她真诚于情感，却并不执迷于情感。她像一只俏丽的黄鹂，在繁花似锦中尽情地徜徉，传达着春天的美丽。

燕妮说："在生命的每个刹那，让每一个念头都源于爱。赢得了刹那，就赢得了永恒。"

燕妮说："这个世界没有意义，但我甘愿全然接纳它的无意义。"

燕妮说："在红尘之中，总有一份情让你放不下。当你连'放下'这一念都放下了，就是最美的放下。"

燕妮说："思考让人烦恼，顿悟让人喜悦；思考有边界，顿悟无边界。"

燕妮说："像孩子一样活着，全然地爱着这个世界。"

燕妮说："心灵干净的人，才能接受心神的引领。"

所以，燕妮之于道，并非像雕刻家之于树根，挖空心思非要在对方身上刀刻斧凿出自己的印记，那样做对双方都是一种极深刻的痛苦。

而燕妮对于道，是把自己当作孩子，全身心地投入其中，用全部的生命和真诚去体会、去领悟。

（四）著文章

燕妮以文字记述自己的感受、体悟，以灵性成诗，以悟性成文，然后编撰成册，传于世人，以作交流。

燕妮先生说，她写下"悟道"的心得，并非为了"布道"，而是为了"交道"。什么是"交道"？以诚为媒，与友相交，交则交心，感悟相通，传递人间浩然正气，便为"交道"。

所以，十多年中，她在广泛参与讲学、论道、考察、经营等活动的同时，笔耕不辍，勤勉自励，创作了大量诗歌、散文、杂文等文学作品，并以此为感召积聚了广泛的人脉和人气，在居之不易的京城文化界俨然自成一派、开门立户。拥有数百位资深学界泰斗、商界精英的"燕妮道友会"日日高朋满座、胜友云集，可谓"晨钟起处真知与灼见共鸣，暮鼓响时文人和墨客同席"。此情此景，在当今崇尚物欲奢华、喧嚣浮躁的红尘俗世中，堪称世外桃源、曲径通幽。在拥趸们的力促下，燕妮先生于 2018 年内拟结集发行三部著作：《燕妮悟道》《燕妮诗选》《燕妮文集》。此乃学界之盛事，拥趸之福音。

区区不才，忝为小吏，实乃腐儒。虽蜗居"天下道源，老庄故里”，却无人杰地灵之气息；虽托荫七世名医之后，却惶愧传承之责。才不足以济世，文不足以扬名，却蒙燕妮先生错爱，于两年内先后多次力邀为其鸿文作序，汗颜无地，愧何如也！始终未敢应允，诚实拜辞。至岁末年初，先生再次嘱托，精诚感人，愧为挚友责无旁贷，实无可推脱处。乃不揣冒昧，不敢以学人同道身份，只敢以私交挚友角色，寥寥数语，简单勾勒燕妮之真实形象。才思驽钝，笔力浮浅，不能刻画吴老师风采于万一，还望读者及拥趸海涵。

本文所取题目，非我个人杜撰，乃是借用国画大师范曾先生题赠科学泰斗杨振宁先生之语，我觉得亦很符合燕妮先生为人治学之境界：“无真情不足以得妙悟，无妙悟何以著文章？”若说拙文实在俚俗不堪，倒是题目这句话，在下觉得赠与吴老师也是恰如其分。

序二

为《燕妮文集》作序

杨子钰

书是人类进步的阶梯，亦为人心向光之航程。而一个人愿意选择文明还是蛮荒，则大抵取决于书籍与他心灵的距离。其实，文字是情感层面的浅吟与低唱，亦是心灵深处的慰藉与诉说。

由此可见，我们从书中汲取的知识、在墨香的文字和飘旷的诗情里所蕴育的高尚品性，亦足以使自己的心灵愈发纯粹、愈发知性与优雅。所以说，非蛮荒者则无以拒绝文明之精神、风骨与气度。

事实上，任何一部清雄劲烈、满载人生经验与道德情怀的文学著述，亦皆可以为世道人心与滚滚红尘之幽明的灯塔与航向。当清漪藻雪的心性在转化为一行行墨香的词句时，会呈现出令人陶醉的油画之美，则会洋溢着动人心魄的乐曲之音，则会迸发出令人心醉的思想之光，则会叠映出令人眩晕的销魂之境，则会延荡着令人振奋的侠义之情……

所以说一切浸淫着创作者心血与崇高激扬的生命之情与性的文字，亦皆可以为莫扎特、贝多芬、梵高、毕加索、莫奈以及达·芬奇们令人陶醉的灵感之源。因之，这样的作品与其所迸发及映射出的精神之光，也必然是一切哗众取宠的媚俗与浅薄所难以企及的。

而当绮縠纷披的文学脉动真正含有了引领时代的思想价值，当她——当这样一面时代的镜子或可以为人心、时代之迷人的力量时，那她也就自然拥有了迷醉人心的光芒，同时肩负了文学的道义与使命。所以吾言一切风骨清雄、文心甘洌之文学，或当承载十三亿国人之磅礴气象与人生理想及思想尊严。因之，她也是洗荡人心欲念的精神圣水，是怡悦并激扬着我们的心灵和思想的情感之伊甸园。

惜乎纵观目今之文学及其艺术现状，则不仅绝少能够引领时代之精神与文化自觉之深宏意旨者，有些甚至于通篇散发着极尽媚外崇洋、丑化自污之能事的猥琐与不堪。斯亦可谓当代文学之劫难性耻辱与灾害。

所以说现当代文学的首要责任，着实当以凸显激扬豪迈之时代精神及其劲烈清雄之文化风骨与血性为务，或以彰显或可感动天下的情义与友谊为其旨宗。而文学所应秉持的自信、道义与风度，也正是习近平总书记对整个时代的文化现状一再要求的。

文学也同样是一种责任与担当。她不仅肩负着唤醒时代之精神与意识的使命，且亦是一种或可启心明性的美。所以我说文学天生就肩负着一个时代的光荣与梦想，肩负着至为神圣的抱负与信仰。

唯愿所有亲爱精诚的心灵，亦都能在燕妮女士诗情的林荫里散步、思想的浪峰上彳亍、情感的风暴里扬鞭策马、宿命的意象里心澄意澈，且亦能在纸上的烟雨中陶然、诗情的乐音里微笑、墨香的江山里感动、镜像的江山里沉浮、太白的风歌里操琴、英雄的史诗里放歌、红尘的迷惘中问道、松间的雪月下参禅……美人的时光里把盏、魏晋的竹林里徜徉、往圣的绝学里求索；且亦能在民族危亡时登高疾呼、狼烟欲动时拔剑而起……

若此，生命则会在文字的风流处散发放歌，抑或诗化成一支永恒的歌谣，例如那一支醉人的瑶琴与琵琶。

是为序。

自序

正信的力量

六年前，源于对生命终极目标的追问，我开始写《燕妮悟道》；荒谬的是一直不停地钻研，越写越多，越写越深，不觉间写了上千条了，这就是典型的被文字迷住了。幸好六年后的今天，回头看第一条悟道，惊觉那时我已觉悟了宇宙人生的实相。我彻悟了“放下即是”的道理，从“所知障”中抽离出来。所谓“三十年前看山是山看水是水，三十年后看山是山看水是水”。尽管山还是山，水还是水，但这时的山水在自己的眼中完全是另外一种内涵了。如今回看第一条悟道，还是那样一个极其简单的道理，但这个道理已从文字的表象中抽离出来，彻底融入了我的生命。这些感悟对于我，不是停留在文字的表象，而是隐藏在文字背后的一种流动的气韵，那是无法言表的来自灵魂深处的隐痛。尽管难以言表，但我还是选择了一种方式将自己的心声诉诸笔墨。

《燕妮文集》和《燕妮悟道》，两本书皆以悟道为魂，只是表现方式各不相同。本书中的人和事都来自我亲身的经历。所谓“佛法在世间，不离世间觉”，我把这些真实的经历与感悟记录下来，目的是让经典服务于我们当下的生活，而不是让智慧束之高阁。

很多人会问我是哪家哪派？我认为只要将心寄托于外在的事物，都是迷信，不是正信。真正的信仰是自我身心灵的完美合一，是真实的生命体验，是超越唯物与唯心，物质与精神的所有二元对立，回归恒常不变的本性。

建立在正信基础上的信仰能体现出一种超越性、包容性和开放性。无论信仰是什么，都能身在红尘中又能逍遥于红尘之外。无论身在何处，都能更好地认识自己、认识他人、认识世界。所以拥有真正信仰的人，对其他信仰绝不存在排他性，同时对自己的信仰也不会盲目执着，而是一切随缘。

人类所有信仰的最终导向，都是为了走向心灵的和谐、世界的和平、宇宙的大同，而这正是我出版这套《点亮智慧的心灯》系列的初心。

本书中的只言片语都来自我的亲身体悟，我希望能够通过这套丛书的出版，引领读者回归心灵的最本原地带，将所有的信仰熔为一炉，放空我们的身心，放大我们胸中的浩然正气，走上正信而不是迷信的觉悟旅途。

2016 年 11 月 3 日

• CONTENTS • 目录

燕妮致友人的一封信

之一

亲爱的，这封信是我写给你的
这不是一封情书，是宇宙最伟大的秘密
我不知道，此刻的你还好吗？
我只知道，你不需要更大的权力
更多的财富，更耀眼的光环
当然，你也不需要更多的快乐或痛苦
你只需要观察——最深层次的自我
在显微镜下，你会发现
肉体都是由无数细胞组成
继而细胞不见了
只剩下了原子
老天！你居然是由原子组成的
最恐怖的是，最终
原子也不见了
只剩下点滴的看不见的能量团
在宇宙大爆炸前，世界混沌未开

没有人，也无万物的存在
一切都只是能量的显化
原来，真我是肉眼看不见的
你所看到的有形有相的我
你所认为的人间的得失成败
不过是大脑制造出来的假象
当你畅想未来，追忆过去
不错！你可以创造世俗的奇迹
同时也在制造自我的欲望与烦恼
那么如何根除痛苦？
唯一要做的是重新认识真我
揭开华丽的外表
就像从剧中的主角中抽离一样
尽管此刻难免有些神魂颠倒
但仍然有必要认清虚幻与真实的变迁
比如你看到的头上的七彩光
其本质是电磁波
只是反射到人脑后
才呈现出不同的颜色
那美丽，原来是头脑制造的假象
比如每天都会听到自我的声音
但每个人看到的都是局部
当从自我的观念与想法中抽离
只剩下毫无感知的意识
只剩下唯一存在的感觉

原来，我不是我认为的“我”
我是宇宙的本原
我是一切、是空、是爱
只是在虚假的外表下
我丢失了自己内在的本真
如同鱼在水中而不自知
因此忘记了自己是个有故事却无形体的人
忘记了，在 137 亿年前
宇宙间只有未分化的能量
包括自己也是未显化的那部分
那么为何还要一再被头脑和意识折磨？
而不肯让自己重新成为爱，回归整体？
是的，此刻的你不需要做任何事
只需要觉悟当下的每一个瞬间
觉悟当下的每一朵浪花
只有魂归大海，才有永生
这种觉悟，老子称为“道”，佛称为“佛”
目的是为了让我们保持醒觉的意识
认知到真我的本质来自整体
所有的恐惧烦恼痛苦
都来自个体与整体的分离之殇
这种分离，让你误认为
自己高人一等或者卑贱低下
这一切，都是自我制造的幻象
可怕的是我们已经被欺骗得太久太久了

脱下虚伪的面具
方才发现万物间原本是不分别的整体
不存在个体的独立与强大
你是，你永远都是整体的一部分
你是宇宙的孩子
你的每一滴眼泪
你当下的每一刻存在
都与每个人心连心
永不分离
从这个源头出发
只有爱
才是生命中唯一值得抵达的目的地

之二

亲爱的，你需要重新诞生
不是肉体的重生，而是灵魂的觉醒
很多人活着，但活的并不真实
我们常为了符合流俗的标准
而忘记了倾听自己内在的声音
常常为了让别人接纳自己
而无数次地屈服于外界的评判
因此内在感到无比匮乏
以致自己都不能接纳自己
当一个人连自己的生命都无法自控

那又如何能够获得真正的自由呢?
这个内在的坑洞由来已久
直到当我们失去外在的依赖之后
它才被充分地显化出来
突然之间，你会感到一种疼痛
此刻，我也感受到了你的处境
但我不想说拯救
你是你自己的师父
事实上，外界并没有别人
也没有所谓的受害者与拯救者
你需要降服的是自己的心
让灵魂重新诞生
当我们回归爱的源头
重新与最真实的自己链接
你会从此成为光
穿越那个内在的坑洞
获得生命真正的自由

之三

亲爱的，昨晚并没有雷雨大风
而北京机场取消了很多航班
我的女儿也取消了室外太极课
都是天气预报惹的祸
我的情绪也莫名地陷入忧伤

恐惧常源自未知
常会迅速降低一个人的振频
这种低频的负能量会自然扩散
影响到周围的人
尤其自己最爱的亲人
临睡前，我看到女儿不开心了
敏感地觉察到是我的错
都是为了一场失约的暴风雨
为何我们不能活在当下？
爱身边最近的亲人
因为我们的心太活跃了
神便立刻死亡
这实在是无比荒谬
这便是制造烦恼的祸根
如何彻底摆脱烦恼？
要反其道行之
心死神活
即对当下每一刻的烦恼
保持清晰的觉知
只要发现自己神魂颠倒
就要意识到
你离开了真正的主人——心神的庇佑
原本你所恐惧的事情不会发生
而你的大脑却创造了事实
错失了当下的狂喜

比如昨晚，我错失了最美的经验
如果能在暴风雨中打一场太极
那也可以彻底解放自己的心灵
从而领悟生命的真谛
如果恐惧的事情真的降临

之四

亲爱的，你我的相遇绝非偶然
是灵魂的安排与约定
所以，此刻不是我说
是接受了某种神圣的引领
当我们回到四维空间之上
那时的自己是全然活在当下的
没有无休止地计划与目标
思维本身就是创造
是的！在那个空间你会心想事成
但是需要经历一个痛苦的蜕变
就是粉碎你的小我
事实上，从婴儿出生那一刻
小我就是离家出走的孩子
一直被三维空间的记忆所纠缠
因此不断地、机械地重复
重复三维空间的惯性思维与行为
也因此形成了我们的习气

如果不打破这种惯性
那么这种三维空间的能量
依然会周而复始地延续下去
那么如何提升你的意识纬度？
此刻，我邀请你闭上眼睛
将注意力放在呼吸上
倾听血液流经身体的声音
去感受自己身体的感受
直到进入毫无感知的意识状态
你会听到来自直觉的声音
这时第六感出现了
因为聪明的头脑消失了
无数关于冥想、呼吸的小把戏
都是为了提升意识纬度
哪怕是瞬间放空头脑
都会经验到当下的狂喜
否则头脑会携带旧有的信息
让我们带着自己的执着心
不停地循环往复
我知道，打破的过程你会不安
只有不安与痛苦
才能超越自己的惯性
或者你会开始不适应人群的存在
或者你学会了享受独处
因为随着你意识纬度的提升

你开始不适应三维空间的惯性
我看到很多人都经历了这个过程
这只是一个过程而已
一个很美很美的过程
犹如经历足够漫长的黑夜
你终将散发出坚韧而温暖的光芒

之五

亲爱的，今天我要说关于死亡的故事
尼泊尔的烧尸庙，我刚去过
一具具尸体，赫然摆放在恒河两岸
在众目睽睽之下，付之一炬
很多孩童，却在河流中间玩耍
我感到一阵眩晕，开始呕吐不止
为何我还不如一个孩子？
为何我对死亡的体验如此敏感？
我问自己，是什么让我不舒服？
其实所有的外在，都是内在的投射
或许死亡的体验，不止一世伤害我
或许我的恐惧，由来已久
我决定，全然地去经验它
于是，睁大眼睛向尸体靠近
甚至嗅到它腐臭的味道
一阵剧烈的心痛

我进入深深的觉察之中
痛到极致之后
接下来，奇迹发生了
我看到有莲花，向河流上空升腾
它的香气，触手可及
是我的心灵之花，绽放
疼痛，转化为喜悦的美感
我开始，祝福死亡
我知道，那是一个庆典
瞬间，我超越了悲喜的二元对立
以前是在知识与理论层面的超越
虚空的体验，却是如此玄妙
所以，如果你痛
切记不要让痛苦的经验太肤浅
要用足够的力量与勇气
面对受伤的自我
如果彻底冲破自我的枷锁
推开一扇新的灵魂之门
你会深深祝福伤痛
你会发现，自己不是低层级的心灵
你是宇宙，最尊贵的圣灵
原来，人间有一种智慧
叫作："向死而生！"

之六

亲爱的，你是真正不朽的存在
在你我相遇的瞬间
无法描绘那种来自灵魂的震颤
我不想使用任何形容词
相反，我想告别写诗的日子
向所有沉迷于浮华的岁月谢罪
用写信的方式，来燃烧自己
尽管此生，你没有化身为我的父母
兄弟姐妹，丈夫或孩子
但我确信，你是我的灵魂伴侣
我们相互间的清理，打扫
是天意，也是宇宙的平衡之道
是什么让我们彼此吸引
至少频率相当
在彼此照见的一刹那
可以蜕变灵魂
除此之外，没有尚未完成的目标
否则，这个愿望还是一粒种子
我说的小心翼翼
生怕你误会，我比你更强大
然而，你是我的一面镜子
你的脆弱，正是我的一部分
我常说，你是我的师父

今天我们不谈神佛，不说修行
只想陪你，在五月的晨光中浅吟低唱
五月，这真是一个令人难忘的季节
我们要对过去，俯首告别
那些被物欲纠缠的过往岁月
真正遥不可及的，不是十年之后
而是，五月之前

情不重不生娑婆

爱是一把双刃剑，一不留神就走到恨的对立面。真爱中常常夹杂着愤怒，忧伤中往往饱含着狂喜。

我的双胞胎女儿13岁了，我清早还是会为她们挤牙膏、系鞋带、扎辫子、摁电梯……临别时不忘对她们说：“宝贝儿！晚上妈妈在家等你们。”

每晚到了放学时间，我都会提前把密码门打开，把水果准备好，等待那熟悉的敲门声。有时过了放学时间不见人影，便忍不住胡思乱想，或跑到路口东张西望。有时晚上出门应酬，推杯换盏之间常常心不在焉。晚宴结束后，便一路狂奔回家。极其平常的日子，无声名之累，无功利之扰，我真希望这样的日子能延续下去。

佛说：“情不重不生娑婆。”我曾想象自己前世是个和尚，每日茹素礼佛，严守戒律。某一天，在姹紫嫣红的陌上行走，看到两个美若天仙的女子对我嫣然一笑，顿生俗念，心想：“如果能天天搂着她们夜夜欢歌多美妙啊！”出世间修行的法门如此之多，却经不起这红尘中的这一念，因为这一念的熏染，我再次遁入凡尘，终于如愿以偿，天天搂着两个女人睡觉，只是不像当初梦想中那样搂着她们颠鸾倒凤，而是为她们做牛做马。

因为此世我也成了女人，只好独自承担起心动念所种下的因缘果报。

生命中看重什么就被什么所伤，不但会使自己的身心不得自由，也会伤到被爱的那个对象。我们最亲近的人，往往也是忍受我们坏脾气最多的人。《圣经》上说：“为什么我们每次伤害的都是自己最亲爱的人？因为只有这个人会一次又一次原谅我，正是由于这颗心永远不会背弃我，所以我们就一直不在乎他。”

爱情亦如此，惊天动地的爱情往往难以长久，越是看淡爱情意义的人，反而越能够拥有持久的爱情。老子说：“骤雨不终日。”狂风暴雨总是难以持续，要效法天地的不自生才能长生。我们通常执着的都是自己的小爱，其实我们爱的欲望，是因为内在有个情欲的种子，种子遇到外缘就会落地开花，结出累累硕果，使我们生世难逃情执的罗网。

假如能在心灵的最本源地带将爱恨熔为一炉，假如能用不爱不恨的慧眼时刻观照自己的每一个起心动念，不让心随着妄念走，这是一个很美的字眼：“观自在。”

缘分与妄念

很多事都需要靠缘分，比如爱情。爱情的成败并不全部取决于一个人的智商。有人说："一流男人找二流女人，二流男人找三流女人，三流男人找四流女人。"那么剩下的只有"圣女"与"渣男"来配对了，有的"圣女"不忍心下嫁"渣男"，便成了"霉女"和"锈女"。遇到这种局面，很多人都将责任归咎于缘分，其实是由于自己心念造作的后果。

有的女人在情感上受过创伤，她的内心对感情问题形成了抗拒性的信念模式，诸如"男人没有一个好东西""婚姻是座坟墓""爱情会使我受伤"等，这些信念模式阻碍了两性关系的发展。显然这些问题不是缘分的问题，而是自己的念头被过去的经验束缚了。

还有一种缘分不是来自妄念，而是来自远古的记忆，是真正属于你的缘分，它很奇妙。"十年修得同船渡，百年修得同窗好，千年修得共枕眠!""前世五百年的回眸，只为换来今世的擦肩而过。"张爱玲说："于千万人之中遇见你所要遇见的人，于千万年之中，时间的无涯的荒野里，没有早一步，也没有晚一步，刚巧赶上了，没有别的话可说，唯有轻轻地问一声：噢，你也在这里?"

我认识一位活佛，他闭关几十年，后来因为一个女人还俗了。如果还俗是他此世的缘分，那么这个女人反而是他开悟的助缘。如果是因为他的念头被欲望所转，他就要在自己的心地上下功夫。究竟属于哪一种情况？不是透过表象可以判断的，只有他的经验是最真实的。还有故事说，一位古代禅师，曾经主动将自己送给仇人杀了，他洞见了缘分的实相，了却恶缘反而会尽快解脱。因此对于缘分和妄念的区分，不靠你的思考、经验、知识，而是来自你当下对事物的直觉经验，直觉会让你切入事物的最本原。

生命不变随缘，随缘不变，一切随缘。

不去选择，就是最好的选择。

放下即是

科学家们做了一项实验，找来一群人让他们想象一个自己爱的人，然后用机器对这些人的大脑进行扫描，发现其大脑中的某个部位异常活跃；继而再想象一个自己恨的人，结果很令人吃惊，爱恨所引起的化学反应的部位居然是相同的，这说明爱恨原本就是一回事，如同一枚硬币的两面，都起源于一个人的念头。由于人心念的无常，所以爱情也是无常的，一不小心就会走到恨的对立面。

爱情的本质就是头脑制造的欲望，它起源于一个念头。当我们认定这个念头是实有的，便相信世间真有永恒不变的爱情。事实上，爱情是无常的，每一段关系不是结束于变化，就是结束于死亡，如果我们的心常被外境引转，不停追逐这些变化无常的事物，就给自己制造了很多烦恼。

一个女学员告诉我，她很爱她先生，甚至愿意为他去死。而事实上他们长期两地分居，男方追求的是闲云野鹤的生活，并明确表态一辈子不会陪伴她，但这个女人不离不弃，宁愿被爱情折磨。其实她爱的不是那个男人，而是自己的念头，这个念头是大脑描绘出来的完美爱情，一个根本不存在的幻象，总之她的自我一直被念头纠缠，念头给她制造了控制欲和占有欲。

一念可以成魔，一念也可以成佛。只有守住自己的念头，从小我的欲望中抽离，爱和恨才会失去它们的对立面。无所谓爱恨，一切都在自然发生、自然消亡，当下就可以破除执着心，获得身心的解脱。

如何守住自己的念头？举一个例子：身体是房子，头脑是猴子，房子原本不动，猴子却总会上蹿下跳，于是房子开始摇晃，身心失去安宁。但猴子不可能不跳，问题是坐在房子中看着猴子跳，还是跟着猴子跳？很多时候我们忘记了自己的房子，总是跟着猴子跳，被头脑制造的各种妄想牵引，身心不能安住当下。

只要回到房子中间来，看着猴子跳，而不是跟着猴子跳，放下即是。

蜕 变

一切死亡我都已死过，一切死亡我都愿再度去死，去死树中木头之死，去死山中石头之死……

——诗人赫尔曼·黑塞

每个人的心里都有一个海市蜃楼，这个海市蜃楼只是一些影子。每个人都想牢牢抓住一些影子，这些影子或许是一个人、或许是一个梦想、或许是一份感情、或许是财富和权力、或许是过去未来某些幸福的体验……总之这些影子是自己欲望的呈现。每个人都企图在这些影子中寻找一种长久的依靠，可是影子是靠不住的。“凡所有相皆是虚妄”，凡肉眼所见一切都如梦亦如电，如同海市蜃楼一般。

不是每个人都有福气看破这个海市蜃楼，看破往往在自己的执着和受难处，执着和受难是觉悟的最好良机。

当年慧可为了向达摩求道，不惜用戒刀砍掉自己的手臂，霎时间天降红雪，大雪淹没慧可的膝盖，达摩这才慢慢回头问：“找我何事？”慧可说：“我心不安，求你安心。”达摩大喝一声：“把心拿来，我替你安！”瞬间慧可意识中断，进入无我、无他、无念、无分别、无意识的禅定境界，当下明心见性。试想如果当年慧可没有对道的苦求苦修，就不会当下顿悟。能够瞬间放下，源于他曾经强烈的执着心。

前几天我在课堂上遇到一个女学员，她进教室的那一刻，眼里没有光芒，身上背着重重的盔甲。强大的背后一定包裹着弱小，原来在她很小的时候父母离异，姥姥是她全部的依靠，直到有一天姥姥突然过世，她依赖的大厦轰然倒塌，从此她陷入深深的恐惧和不安之中。长大后，她拼命从爱人、朋友、同事身上索取爱、索取安全感，也因此她给自己套上了盔甲。我告诉她，你无须任何找寻，你原本就是安全的，当放弃一切的外求，接纳你的不安全感，你会找到真正的安全感。她真是很好的女孩子，瞬间释然，紧紧握住我的双手说："太感谢您了，我终于明白了。"那一刻，她的眼里焕发出一种喜悦之光，那是从本性中焕发出来的生命的光彩。

很深地执着于一件事，很投入地去爱一个人，尔后彻底放下自己的执着心，如同喝过一场烈性的美酒，大醉复醒之后，发现自己经历过一切万物之死，这种死亡是自我意识的消亡，蜕变将由此发生。

我曾遇到一个女学员，有一天她回家后看到自己挚爱的男人和一个陌生女人相拥而卧，当时脑中炸响一声惊雷，瞬间意识完全中断，进入无我、无念、无他、无分别、无意识的状态，想必她的体验与慧可极为相似。接下来，她左手拉起老公的手，右手拉起陌生女人的手，然后把两只手放在一起，轻轻地说了一句"祝福你们"，便毅然决然地拂袖而去。

她瞬间便经历了一切万物之死，瞬间便将自己长久依赖的海市蜃楼击得粉碎，她省去了一切的繁文缛节，大刀阔斧地还原了自己的本来面目，不像很多人生生世世在迷途中流浪至死，永远是迷路的孩子，找不到回家的路。

当我们很用情地执着于自己的梦想之时，却发现世上没有成功，成功不过是一种病；却发现未来总是遥不可及，我们却因此错失当下的喜悦。于是经验到无我之后，是蜕变的狂喜。

我似乎在讲放下，但放下的不是外在的拥有，而是自己的执着心。

哪里有受难哪里就有觉悟！哪里有执着哪里就有放下！种地可以觉悟，破产可以觉悟，念书也同样可以觉悟。可是如果能够超越一切经验，超越时间和空间，就会省略所有要经历的无明之苦。让俗心随时经验死亡，蛹化蝶舞，体验蜕变的狂喜，不失为觉悟的最好方式。

蜕变，不是放下世俗所有，遁入空门，而是一种思维的方式、一种人生的态度、一种俗心的死亡。如同禅，无处不是。大度是禅，无伪是禅，乐观是禅，含蓄是禅，清淡是禅，信任是禅，适度是禅，和谐是禅。因而蜕变尽管听上去很美，但不是人生的终点，而在每个起心动念之处，在行住坐卧之间，在满目青山之外，在苍茫大地之中，在所有现象界之上……穿越一切事物去经历时空的超越，拥有万物却不被万物拥有，以不执着的境界安住当下。

停止追逐，却发现你已抵达。

蜕变由此发生。

心灵的裂缝

那晚醉酒后，我做了一件很糟糕的事情，当然不是你想象的那样，这件事与诱惑和失足无关，这件事甚至与别人无关，它只是暴露了我心灵深处的一道裂缝，一道长久以来被世俗的规则掩盖的冲动。因为醉酒，在我意识完全消失的情况下，假我的面具被彻底撕裂，我看到真我的一道裂缝，我的心感到疼痛，但痛得很真切。

接下来，我不停地解释、忏悔，其实外面没有别人，是面对自己受伤的真我忏悔。很多时候，由于我们关注外在世界的需要，很少静心聆听真我的声音，真我一直被压抑，却无法被认识。

那几天我进入得很深，似乎从水面潜入水底，我发现了很多阴暗的东西。这些阴暗的东西都具有潜在的威胁，随时都有可能浮上水面。而这些阴暗的东西都源于曾经的限制性的信念，只是起源于很小的念头，当然是一些错误的知见。我说的错误的知见，不是与世俗的道德标准有关的是与非，事物原本没有是非，所谓是非只是人对事物所下的定义而已。我说的错误的知见是我对事物下了不好的定义，因此真我一直都在抗拒。潜下身心，才发现所谓的阴暗与事情和人无关，自己的念头才是阴暗的制造者。

我重新浮到水面上，事情还是那个事情，人还是那个人，不同的是我对事情的看法完全变了。生命中没有什么是不值得去爱的，包括心灵的裂缝。谁能选择光明，不选择黑暗？如同选择白天，不选择夜晚。其实漂浮在水面上是一种快乐，潜伏到水底又是另一种快乐。我们的问题在于总是活得很表面化，拒绝让自己进入得更深。如果不让自己进入得很深，就无法认识更深层次的自我。

所以，真正可怕的不是心灵的裂缝，而是我们看不到自己的裂缝，只要看到真相，就会明白“我”是一切问题的根源，是一切阴暗的制造者，知道了问题的根源，整个世界都会随之改变。

普陀山净心之旅

顶着烈日寻访普陀山，只是为了验证某种缘分的由来。

第一次听《大悲咒》时，我的内心体验到了前所未有的悲怆之情，为了验证这种情绪的由来，我把自己关在屋子里反复静听此曲，每次都泪湿衣襟。尽管如此，但此行我并不带有某种目的，我之所以来，更多的是基于某种说不清的缘分。

普陀山的香火很旺，很多信徒顶着烈日一步一叩首，口念“阿弥陀佛”沿着石阶往山顶攀爬，期望能在这种简单重复的动作中为精神寻找一个支点，为灵魂寻求一种救赎。如果退回几年前，那时我的领悟并不深刻，我就一定会用分别心看问题，认为磕头烧香这些小道小术与成佛没有关系，这些是迷信，不是正信。随着我更深入地领悟，我反而对于那些虔诚的信众，生发了一种深深的悲悯之情。

在普济寺，我偶遇一位僧人，他在此寺吃斋修行了三十多年，看上去既像个老顽童，又像慈眉善目道骨仙风的长者。他见了我双手合掌不停念叨：“你是阿弥陀佛，你是阿弥陀佛！”我睁大眼睛问：“师父是说我吗？”他笑而不答，依然手捻佛珠重复他的咒语：“你是阿弥陀佛！”随后悄然而去，身后留下我和女儿的大笑声。我对女儿说：“师父说我是佛。”女儿说：“妈！

别自恋，出家人慈悲为怀，把每个人都称为佛。这点你都不知道吗?”我收敛住笑容应声道:“对！人人皆是佛。”

在离开普陀山返回上海的途中，女儿突然说，有点想那个老爷爷了，于是我又回忆起那难忘的令人开怀的一幕，想到那位僧人慈眉善目。那一幕胜过我在普陀山领略到的所有来自神秘佛国的景色，老师父用他灵魂中最美的乐章惊醒了我们所有的感觉，让我们当下顿悟：普陀山能够给予的一切，我们原本早已拥有。

成为你自己

每个人都在寻找一种所谓的成功模式，但是一个好的师父不会让你陷入任何一种模式，而会引导你成为你自己。

我到河南焦作云台山参加太极论坛，在晚宴上，有幸和中国武术名家、陈氏太极四大掌门人之一的陈正雷先生坐邻桌，我自然不会放过这个学习的良机，恭敬地请教他："请问站桩时如何观呼吸？"他默不作声，我以为自己诚意不够，继续问："师父，站桩时如何观呼吸？"我喊他师父，因为他六十多岁高龄，打了五十几年太极拳，整个身体由内而外散发出来的能量场和谐圆融，无疑是一位内外兼修的高人，我愿意向他臣服，可他还是没有正面回答我的问题，而是问我："现在你的气感到了身体哪个部位？"我说："手脚有酸麻感，丹田没感觉。"他说："那么手脚的气感是假的。"我很着急地问："怎样才能虚心实腹？"他说："哪有那么容易？功夫到了自然就有了。"自始至终他都没告诉我问题的答案，一个真正的师父，不会让你成为他，而会引导你成为你自己。

智慧不是一门技术、一种方法，你无法学习它。它是一种成长，一种来自你内在的生生不息的能量，你只能成为它，而不可能寻找它。

释迦牟尼佛说法说了四十九年，最后什么法也没说。他怕世人一不小心陷入他的模式，只要陷入任何一种方式都不会觉悟。我认识一个活佛，他在山洞闭关二十多年，连自己的名字都不会写，但非常有智慧，堪称百问无碍。所以，智慧都是内在的，与外在无关，可以这样说，觉悟是从不学习的。

一个师父问他的弟子：“你早晨起来干什么？”弟子自豪地说：“我在学习。”师父问他上午干什么？弟子回答：“我在学习。”师父问他下午和晚上干什么？弟子更加自豪地说：“我在学习。”师父不但没表扬他，反而打了他一巴掌：“你什么时候都在学习，你永远只能成为别人。”只有放弃所有向外的探究，找到内在的智慧，才能真正成为你自己。

很多人都陷入了误区，当体会到名利财色的局限性之后，又将目标导向对某些上师的崇拜，或者导向对各种各样知识的追逐，其实是由一种执着转向了另一种执着。这意味着你永远都在复制别人的思想，别人的成功模式，外在的一切只能使你获得暂时的心理安慰，却永远无法找到真正的自己。因为你一旦成为他，将永远无法找到真正的自己。

知识是仆人，心灵才是真正的主人。心灵受制于外在的知识，会彻底丢失真我。所以知识只是一种桥梁，能否抵达智慧的彼岸，在于你能否抛弃这个桥梁。

老子告诫我们说，要由头脑的喧嚣走向心灵的宁静，否则你不可能成为真正的你自己。

问题的实相

大女儿犯了一个微不足道的错误，每个孩子都会玩的小把戏。但我发了很大的脾气，我看到的不是问题本身，而是一粒很小的种子，如果不把它连根拔除，它就随时都在蓄积负能量，一旦阳光充足雨水丰沛，它就会不可遏制地开花结果。很多问题都源于细微之处，很多事物都是从弱小走向了强大。

我在大声数落她的同时，也看到自己小我的阴暗面，孩子是父母的投射，有整个家族的基因。也就是说，女儿的思维方式绝不仅是她自己的，这些思想来自一个共同的种子库，在她没出生之前种子已经有了，她只是自然显化了而已，我们可以把这个理论通俗地理解为遗传基因的作用。然后我们把这个理论再放大，现代人为何难以清净？因为受环境的影响，比如在某些特殊岗位上，大家都贪婪，人的潜意识是相连的，难免彼此影响，这就是所谓的宇宙共业。也就是说，一个人的念头污染的不仅是自己，自己的家人，还包括宇宙的集体潜意识。

原本没有一个我，我是宇宙的孩子，宇宙是和谐圆满的整体，痛苦的是我的小我，用大我观照小我的呈现，痛苦就会消失。比如：当我指责孩子，是小我在愤怒，但大我说，问题的根源不在她身上，甚至不在我自己身上。再比如：有些不好的种子来自远古时代，时机成熟会现形，如果你能预先觉察现形后的痛苦，这些痛苦被你的大我提前经验到了，你不想体验痛苦，你会提前从痛苦中抽离，因果自然不再对你的心起作用，所以看到问题的实相比问题本身更重要。

翌日清早，女儿还在睡梦中，我迫不及待地亲吻她的脸告诉她："亲爱的宝贝儿，妈妈知道了，让我们一起努力吧！"

亲爱的，外面没有别人，只有你自己。

对事件臣服

一位企业家朋友告诉我，他最信任的部下背叛了他。他拼命抱怨命运的不公，迫切需要寻找问题的答案。这几乎是所有企业家习惯性的思维模式，他们每天的目标就是处理问题，寻找答案。但很多问题的解答，往往不是来自外在环境，而是来自自己的内在。

他在诉说自己的遭遇时，我感到他非常不安，那么究竟是什么因素导致他如此不安？这才是真正的问题所在。真正的问题一定是来自他的内在，他的内在处于矛盾冲突之中，而这个内在冲突是由于我们惯性的二元思维方式导致的。比如一个人想保证利益最大化，又不想伤害感情，可现实中很难两全，你必须做出选择。而无论如何选择，你都会感到痛苦，都觉得心有不甘，这种二元思维制造了内在的冲突。有了这种冲突，外在必然会相互倾轧，对手也因此产生。要想解决外在的冲突，首先要由二元冲突的思维模式回归和谐圆满的整体，只有内在的圆满才是恒久不变的。

接下来，我不断引导这位朋友回归内在。当他第一次和我谈起自己的愤怒时，极力维持一个男人表面的强大，但不经意的笑声中流露出沮丧。几个月后，我们在电话中又沟通过一次，他流露出极度的愤怒，但在愤怒中不时夹杂着爽朗的笑声。我知道他的愤怒已经浮上水面，内在积郁的东西越来越少了，这是问题解决前的征兆。我说的问题不是事件本身，而是他内在的问题。因为他向内的观照，事件终将变成内在的支撑，而不是麻烦。

生活中的矛盾和冲突几乎无处不在，因为欲望是动态的，不是静止的，欲望会时时跳出来制造问题和麻烦，欲望让我们有太多的有所求；因为有所求，就不断走向生命的外部，走向外部就走向了二元对立的世界。

那么如何超越二元对立的思维模式？最好的方法就是对事件臣服。只有臣服，才能认清心灵的实相，心灵需要的不是冲突，而是圆满。臣服意味着放弃谴责，放弃为自己辩护，放弃小我的欲望，否则所有问题都会变成真正的麻烦，而不会转化为心灵的支撑。

真正的圆满从学会臣服开始……

倾听者

一个真正的倾听者，他的耳朵会消失，头脑会停止判断，只剩下无为的觉知，没有任何抵触的觉知，不抱有任何成见的觉知，然后他会认识实相，这个实相是他认识了自己，不是认识了别人。因此聆听是一门很高的艺术，需要无我无为。

昨天一位名叫“聆听者”的微友约见我，他说曾听过我的课。见面前，我事先浏览了他微群的内容，很多精彩美文都与修行有关，还有一些关于农村题材的文章，比如有关于赶集、骑摩托车、田野风光之类的场景描写。我犹豫自己要不要去见这个农民兄弟？这个念头升起时，我觉察到自己的分别心出来了，分别心让我进入了头脑的荒谬。见面后果真认证了我的觉察，他是一位心理学家、亲子教育专家、人民教师，那些农村题材的文章是他去山区支教时写的。

简单寒暄后，谈话便切入正题。他告诉我，自己辞掉工作，每天都在做公益和四处学习，彻底过上修行人的生活了。我知道他的问题所在了。不停地学习、持续去做公益，会造就一个好人，但这与能否抵达真正智慧的彼岸是两回事。

接下来，我变成学生，我恭敬地请教他有关孩子教育的问题。他觉察到我的焦虑升起来了，其实没有一个家长提到孩子不焦虑的，因为太在乎。他用一套心理学家惯用的引导话术询问我焦虑的原因，我很平静地跟着他的逻辑往下进行，我表现得很乖，完全像个小学生听老师训话。最后他说，通常这个过程中焦虑的对象都坐立不安，很少有人像我这么定力十足。

其实不是我定力足，焦虑对于心理学家而言是个问题。但我并不认为焦虑是个问题，焦虑和不焦虑是一样的，我们生命的目的不是去掉焦虑，而是为了体验两种不同的情绪而来，也许我的生命就是因为体验焦虑、认识焦虑而来，所以焦虑没有纠缠我，只是自然呈现。有人会说一个老师为何会焦虑？我凭什么不能焦虑？焦虑在我眼里的定义完全不同，焦虑不是真的，是我的小我，小我很淘气，总是逗我玩儿，我愿意陪着他游戏。清净原本是好的，但由于执着而起了分别心，清净就是坏的，这就意味着你会选择清净而拒绝喧嚣，这个清净的种子会轮回，帮助你完成夙愿，哪里清净就住在哪里。如此看来，焦虑不是问题，清净反而成了问题，这个问题取决的不是情绪本身，而是你对情绪实相的认知。

前天我参加女儿学校举办的家长会，我觉察大女儿在人群中相对冷傲，我看到了从前的自己。而小女儿很活泼，与大家很融洽。回来的路上，我想到大女儿内在的阴暗面，心情有点低沉。但到家后我的想法变了，对大女儿说："孩子，大哲学家、艺术家，很多天才都是孤独的人，因为他们与自己对话多，难免与外界保持距离，所以这不是坏事，首先要接纳自己的特质，不认同也不抗拒，但慢慢要做到外圆内方。"这件事对心理学家而言，就会成为一个必须解决的心理问题，所以这个世界上有太多问题都是人为制造出来的，我们才是问题的制造者，而不是解决问题的人。

这个案例我同样讲给眼前的心理学家听，谈话由于不在一个频道，一度陷入僵局。于是我转换了话题，问他："什么是倾听？"他说："就是觉察。"我问："还有呢？"他说："无我。"是的，经常让自己进入这个状态，体验这个状态，就理解什么是道和无为。我觉察他其实是一个很好的倾听者，有很好的觉察能力，其实在他倾听和觉察时，自己就在道中，他根本无须求道，只要常常让自己进入倾听的状态，去听自己和万物的声音，不也是极好的修行方式吗？

对自己说“对不起”

每个人都有迷失自我之时，因为外在的世界是个万花筒，难免让人目眩神迷。回归真我、静心是每日极为重要的功课。

有一次，我通过静坐平复内在的不安，观想自己的身体是透明的，纤尘不染，端坐在云端的莲花之上，所有的负面能量都化作青烟扶摇直上，眼泪情不自禁地流下来了。我意识到自己回到了真实的中心，仅仅是片刻，很快就回来了。我对真我说：“感谢你一直在这里，静静守候我的归来，对不起。”想完这句话后，我刹那间顿悟了些什么，连忙起身对两个女儿说，如果你们遇到不如意的事情，就要千百次对自己说“对不起”，这是保护自己的最好方式。

我之所以这样劝诫她们，是因为在学校我遇到一件事情。我在走廊等女儿放学时，看到一个老师正在批评学生。原本老师批评学生是很正常的行为，但令我无法忍受的是，我看不到老师脸上的慈悲，甚至他的口气中有点挑衅的味道。被批评的孩子一直低垂着头默默听着，可那老师丝毫没有停止的意思，喋喋不休地指责了近半小时。连站在一旁的我都几近崩溃，何况是年幼无知的孩子？最终老师逼迫孩子在全班学生面前道歉，孩子流着眼泪回到教室，表现得极不情愿又无可奈何。当时我想，如果是我的孩子站在那里，我会让她对自己和老师说“对不起”。这是对自己最好的救赎方式，很多事情是不需要道理的，很多话是永远也说不清楚的，以柔克刚，是保全自己的最好武器。

常常对自己说“对不起”，是保护自己不受伤害的最好方式，完全彻底地敞开心胸，然后整个宇宙的正能量都会重新流向你。

一场去掉野心的游戏

我周围有很多身穿道袍和袈裟的朋友，但我从未主动皈依过任何宗教。

二十几岁时，我并未领悟到道文化的深意，但那时已涉足培训行业了。有一次，与七十多名老师到泰山参加论坛，我登台论道后，张诚达道长（今泰山道观掌门人）突然宣布要亲收两位弟子入道门，其中一位是我。众目睽睽下，张道长给我们两人举办了盛大的仪式。仪式进行了一个多小时，可惜下山后，我连道名都记不得了。多年后，致电张道长问起道名，很让我感动，他居然还记得。那天的仪式极其庄严隆重，但我对此并无太多概念。只记得当时置身于泰山海拔 1524 米的玉皇顶主峰，浑身充满通天拔地的浩然正气。下山前，我用刚刚学到的道俗相遇的拱手礼与张道长躬身道别。当时并不知道是入道门了，只觉得认识了一位久别重逢的好友。事后我问白云观的李信军掌门："这算不算是入道门？" 他说："你的缘分太深了，这样讲究的收徒仪式是很少举行的，一般不会这样做。" 听后我想起那个笑话：有人下水救人，上岸后记者问他当时为何跳下去？他惊慌失措地说："刚才是谁把我给推下去的？"

也许真是缘分，随后我接二连三地认识很多活佛，但我没有皈依过任何师傅，我也没说自己究竟信佛还是信道，老实说，这个问题我一直很模糊。

其实，皈依也是一种野心。为了崇拜某个师傅，为了皈依某种宗教让自己去陷入，无论这种陷入看上去多么华丽，都是一种野心。只要有野心，心灵的流动就有阻滞，内在的气就不会畅通，内外的冲突就不可避免。

我也曾经陷入这样的野心中。最开始写《悟道集》，心灵很简单，其实那时道并未远离我，只是浑然不觉，不相信道如此至简至易，于是不停深入，回头惊觉，不是越写越好，而是越写越深，把自己给陷入了，我也因此不快乐。只要对某些事物抱有野心，就不能对当下保持觉知；只要让心执迷于外物，心灵就会失去灵动；只要无法摆脱对外在的依赖，真我就会反抗。如果我们无视于真我的抗拒，行动再怎么正确，一切的发生都将变得不好玩，因为野心勃勃的人是没有心思去玩的，即使去玩，他的心也不在那里。

也许皈依只是一场游戏，一场去掉你野心的游戏。

将同情化为慈悲

某日，我带年幼的两个女儿跑到嵩山的某少儿武校为孤儿们献爱心，我承认有自私的发心，想让女儿感受慈悲的价值。

我们采购了很多食物、文具、衣服等生活用品来到武校。校长热情地接待了我们，并让所有的孤儿排成整齐的队伍等待我们分发礼物。原本我想象那个场景会让我的心溢满温情，意外的是，站在那些年幼的孩子面前，我的心一阵紧抽，感到很不自在，仿佛自己是做错了事的孩子。因为我不确定这种行为是否会给孤儿们带来足够的尊重，我担心自己廉价的同情会挫伤孤儿们的自尊心，或许他们需要的是另一种更宝贵的东西，总之当时我的心真的很痛。

接下来，校长安排我和女儿坐在主席台上观看孤儿们表演武术，那些孩子身体都很单薄，表演着与年龄极为不相符的超难度动作。我如坐针毡，拉起女儿一起站起来观看，校长几次示意我们坐下，被我婉言谢绝。我有点哽咽地对身旁的武术教练说："富贵人家的孩子谁会到这里吃苦?"没想到教练自豪地说："穷文富武，富贵之人才习武呢!"我惊呆了，原来我廉价的泪水在以自己的职业为荣的人面前不过是"洒狗血"，原来我无明的同情心在一个智慧之人的眼里不过是自我的迷失，我不禁为自己当初自私的行善动机感到羞愧难当。

同情与慈悲有着本质的区别：同情是分别心、是欲望、是情绪、是无常；慈悲是平等、是智慧、是大爱、是本性。人生最可怕的是把同情当成慈悲，我们会因此变成愚痴，而真正的智慧将由于同情心的遮蔽而永生永世不得显发。

觉 性

今早天气很阴沉，窗外下起了蒙蒙细雨，我取消了晨练计划，一个人坐在书桌前想写点什么。突然想到“觉性”这两个字，我心中一亮，感到很亲切。记得上小学时，有一天脑袋中飘过“无常”二字，我不解其意，但这两个字在我脑袋中徘徊了很久，这个词汇对于我有着不可抗拒的魔力，我能从心灵深处领会其中蕴藏的美感。

今天亦如此，想到“觉性”这个词，我不想去查阅它的相关定义，我知道它在我生命的深处，是我与生俱来的存在，是我智慧的本源，我需要的只是对它的领悟。

所谓觉性，简单讲就是每个当下都要清楚自己在做什么？觉性是一种自我反省和觉察的本能。

如果保持觉性，性会变成爱。对很多人而言，性永远无法变成爱，因为心被感官所驾驭，被欲望湮灭，所以彻底离开了自己的觉性；相反，当我们真正爱一个人时，往往对占有他的欲望会消失，性会变成爱。很多人对此不太理解，举个例子：当年龙树菩萨教化一个小偷时说道：“偷盗没有问题，问题是在偷盗时你要保持觉性，清楚自己此刻在偷盗。”小偷真的那样做了，但他没有偷到任何东西，回来对龙树菩萨说：“保持觉性时，我无法让自己去偷盗，因为我的心灵异常宁静，欲望完全消失了。”问题就在这里，欲望和觉性是存在冲突的，欲望是后天的，觉性是先天的，后天无法主导先天。当心被后天欲望迷惑，我们就丧失了对自己行为的观照能力，所以在每个当下都能看见念头，让心不被欲望引转，就会回到本心，佛家说“明心见性”，明的就是当下这一念的觉性，念念即觉，即是佛。

有一段师徒的对话：

> 徒弟：“何为觉性？”
>
> 师傅：“了了灵知即觉性。”
>
> 徒弟：“了了灵知有何形相？”
>
> 师傅：“了了灵知无形相，在用处显功夫。如风无形相，树摇叶动，方知是风。”

戒　酒

戒酒，简直成了天大的难题。很多人都说，可以戒掉名利权色，唯独酒关难过。因为酒，我惹了不少是非，原本一个女人就不该沾酒，我曾无数次发誓要戒酒。

故人相遇，无酒不成宴席。每个喝酒的人都常说，喝的不是酒，是情。很多人无法戒酒，不是因为口欲，而是情的作用，所谓“酒性就是人性，酒格就是人格”。诸葛亮察人时，其中就有一条：劝其酒，观其性。通常一个人饮酒的态度也是他为人的态度，一个醉酒后依然能保持清醒觉知的人，他的定力一定很足，对于别的事物同样具有强大的免疫力。古人说：“饮酒不醉为最高，好色不乱乃英豪。”这种平衡之道是中国人做人做事的最高境界。对于平衡之道的掌控靠的是心法的修炼，非理智所能驾驭。因此生活中大多数人都容易走极端，不是喝多了，就是喝少了，每次都喝得恰到好处的人极少。

酒之所以难以把握，是因为情的作用。尼采说：“世界上只有两种物质组成，酒神和太阳神。”酒是感性的化身，太阳神是理性的化身。人离不开酒，是因为人离不开感性和理性的特质。几乎所有的文学作品都离不开酒，中国四大名著中都有很多关于饮酒的场景描写，《红楼梦》中的才子佳人花前月下推杯换盏饮酒赋诗，无酒不成诗。文人骚客都爱酒，最典型的代表人物就是李白，谁知道是酒成就了“诗仙”之名，还是赋诗成就了“酒仙”之名。余光中说：“酒入豪肠，七分酿成月光，余下三分啸成剑气，绣口一吐就半个盛唐。”

文人骚客莫不爱酒，世俗之人也离不开酒，因为人离不开爱恨情仇五味杂陈的俗身俗心。可佛家强调持戒，最初我总认为“心不动一切皆不动”，后来发现自己做不到不动。相反，感官享受能刺激人的神经，人在外界感官刺激的左右下往往身不由己，反而会扰乱本心的清静。我曾写过一条悟道：“在无为的最高境界逍遥了那么久，最终却回到持戒的原点。”显然那时我决定从此戒酒，我不知道谁做到了，总之我没做到。于是时戒时饮，徘徊在俗心与道心之间，有人说这是修行的必由之路，叫作“颠倒颠”。

俗心喜欢热闹，道心喜欢清净。对于俗心而言，酒是交流感情的媒介。对于修行，酒不是好东西，会扰乱本心。除非本心能够做到不动，在每个当下都能对行为保持清醒的觉知，酒就不会变成一种干扰。本心可以掌控酒，但不要被酒掌控。所以酒不是个问题，本心丧失对事物的觉知才是问题。如果能保持觉知，让自己始终处于生命的上方，那么饮酒也是美，品酒也是悟道。

显然在戒酒与不戒酒之间折磨自己是一种消耗，只能让自己处于生命的下方。所以我们真正的问题是如何回到生命的上方，回归圆满的整体，而不是戒酒。持戒的原因是很多人无法让自己当下回归整体，持戒就变成了一座桥梁，而真正的彼岸不在桥梁之上。

四十不惑

有人说，对男人莫问他的钱财，对女人莫问她的年龄。可我从不隐瞒自己的年龄，对于一个研究哲学的女人来说，理应看破生死，刻意隐瞒年龄，显然不够豁达。

我今年四十岁了，四十岁的年龄对一个女人究竟意味着什么呢？

你问："你做过一场惊天动地的演讲吗？"
我答："没有！"
你问："你出版过一本畅销书吗？"
我答："没有！"
你问："你干过什么惊天动地的大事吗？"
我答："实在抱歉，还是没有！"

如果是三十岁的我，我会因此脸红，可是到了不惑之年，早已把桃红柳绿的风景都看透。

生命的意义是无意义，生命唯一的意义就是走向死亡。"就要用全部的时间觉悟，不觉悟的话，是一步步走向死亡的道路。"

曾经，我认为自己生命的意义就是传道授业解惑，后来猛然醒悟："一花一世界，一石一如来。"既然一朵花、一块石头中都有大道，那么又何必执着于我口中的大道呢？更何况任何人都难以用自己有限的感官窥探到无穷的大千世界，因此我口中描述的大道永远是局部的、相对的，甚至是狭隘的、偏见的，总之不可能呈现真理的全貌。原来我的工作也是无意义的，所谓的意义不过是小我的执着心，生命原本就没有一个我，觉悟到生命的意义是无意义之时，才能找到生命真正的意义。

曾经，我幻想自己能隐居人迹罕至的深山老林，天天煮茶听琴，焚香读经，置身于山水之间，偶尔接待一下来访的亲友，给我带些鸡鸭鱼肉解解馋。

可是步入不惑之年，万种风情早已融入无得无失的平静之中，想到禅师说："所谓禅，就是吃饭、睡觉……"

不惑之年，或许真正的生命才刚刚开始，真正的生命不怕来得太早，而怕来得太迟。

相思何必相守？

我是个多情的人，多情的人通常很感性。如果不是研究道学思想，就可以尽情发挥多情和感性的优势，去写一些缠绵悱恻的爱情故事。但偏偏我走上了悟道之路，极力赞美爱情，就会暴露我的浅薄与无知，更何况世俗之情违背了大道的本来面目，身为一位肩负传道使命的人，我罪不可恕。如果极力排斥爱情，就会暴露我的不近人情，甚至有人会误认为我脑袋出了问题。既然如此，就只好全然接纳自己的多情。

接纳并不意味着混同世俗，我想从超越性的角度谈谈爱情。爱情之所以不是大道的本来面目，因为爱情是无常的，它来自小我的欲望。

世间的爱情难免不堪一击，因为人念头的无常。你站在我的面前，我看见你很美；你转身之后，我看到你身后的野花很美；经过开满野花的山谷，野花立刻被我抛之脑后；我看到山谷中惊现的溪水很美。此时你又回到我的面前，我又看到你的美。生命是一个刹那紧连一个刹那，如果我不在你面前时，你依然惦记我的美，不是我真的很美，而是你的心没有活在当下。不是你真的爱我，而是你爱着自己的欲望。相思何必相守？如果你放下自己的欲望，那么思念同样很美。只是这种相思没有杂质，不带有任何的企图心。

人生是一场游戏，任何人都无法逃脱爱情这场游戏。日本小说家武者小路实笃写过一个故事：“有一个久米仙人在尘世中颇受情苦，为了逃情入山苦修成道。某日云游经过某地，忽见一浣纱女足径甚白，久米仙人为之目眩神驰，凡念顿生，飘忽之间自云头跌下落入凡尘。”多数人看了这个故事后都会认为情关难破，苦修无用。但我想，一念可以成道，一念也可以成魔。所谓与道合一，就是超越美与丑，得与失的所有二元对立的分别心，回归清静无为的本来面目。试想久米仙人当初没有要破情执的执着心，自然也不会为情所伤。

既要接纳自己的多情，又要不混同世俗，就要带着觉知，观照心灵的所有呈现，无论爱情是什么，都让爱以最自然的状态发生。不同的是，我的爱只是爱本身，而不带有任何的企图心。

十岁女儿的童稚

我记下女儿慧慧的语录，不是为显现她多么优秀，我只是想，童稚的世界有时也会给我们启迪，我多想和尊贵的读者您一样，再做一回孩子。

1. 大人不会发现我们小孩的童真和童年。小孩和大人的世界是不同的，在小孩的世界里，没有做不完的作业，没有父母的唠叨，更没有老师严厉的声音，这便是小孩的世界。

2. 大人了解金钱的重要，小孩了解童年的重要。大人看到的不一定是真实的，小孩看到的不一定是虚假的。

3. 小孩相信魔法，大人不相信，因为他们没有童心。其实惊奇就在世界的每个角落里，只是大人不去寻找而已。

4. 小孩喜欢做梦，大人也喜欢。小孩的梦充满魔力和奇幻，大人的梦充满金钱和财物。

5. 大人每天认识别人，小孩每天认识自己。

6. 小孩最痛苦的是无法选择性别、无法选择姓名、无法选择父母，我们能选择的只有班上的比赛选手。

7. 日记是给自己看的，作文是给大家看的，所以偷看我的日记是可耻的。

8. 大人生气时，就拿小孩出气。

9. 如果世上都是小孩，如果大树变成棉花，小鸟变成炸鸡，小草变成薯条，处处都是魔法，那该多好呀！

10. 我希望有一天世上没有流浪猫、流浪狗，没有人歧视乞丐。我希望每人都有房子住、都有衣服穿，没有人会为钱发愁！

火 供

今年北京的冬天来得特别早，立冬之前就开始下雪了，枯黄的树叶还没来得及落下就挂满了雪花，寒风吹得树枝一颤一颤。

清早，我就和女友出门了，去参加一个我从未见过的、古老而特殊的仪式——火供。

对于所有的仪式，我都有着一种本能的敬畏之情，我敬畏的不是仪式本身，而是人心念的力量。尽管仪式只是形式，但却可以透过仪式净化人心。如果人心失去了诚意，那么仪式只能流于形式。因此在古代，祭天祭地对皇帝而言是头等大事，程序烦琐，场面极其隆重。古人认为对天地的敬畏之心能庇佑国家风调雨顺、国泰民安。

我们很快就来到了火供现场，贡品的种类很丰富，有各种坚果、饼干、米面、油、饮料等。我摸摸自己的肚子，早起只吃了很少的东西，天气又这么冷，真有点饿了，随口问一个义工："这些东西可以吃吗？"他说："现在不行，等火供后师父发话才可以吃。"我把目光又转向另外的人群，远处有很多人围着桌子在写字。我挤上前去，他们分别给我一张黄纸和红纸，要我写上要超度和祈福的人名。写祈福的名字时，我首先写下了自己孩子的名字，然后毫不犹豫地写上了一个好友的名字。之所以把他写在我的父母姓名之前，是因为他目前遇到了很大的问题，迫切需要获得心灵的解脱，我一直都在试图帮助他，希望他能获得更多的力量。难道不是众生平等吗？我没有因为把父母姓名写在他之后而感到愧疚。接着我继续在祈福名单中写下了很多姓名，可惜纸片太小，无法装下我太多的祝福。后来我反思自己的心地不够单纯，应该写上“为天下众生祈福”。唉，又是我的小我，小我几乎无处不在，它太狡猾了，总是在和我捉迷藏。

仪式终于开始了，我看到了火，熊熊烈火在燃烧前没有任何预兆，顷刻间腾空而起，我感受到火的力量、火的温暖、火的气息。火象征着阳刚之气，顿时我身上的寒意全无。这时不断有人将加持过的食物、水果等倒入烈火之中，祈求天地鬼神能接受到这些贡品，我的耳畔仿佛听到了众神齐声奏响的祈祷的圣乐。

整个过程中，大家的表情都异常肃穆，每个人都跟着师父一边口念经文，一边围着火堆慢慢转圈。很多人都目不转睛地紧盯着火苗，期待有传说中的神秘图像出现。女儿偷偷告诉我，她看到一只“火凤凰”振翅高飞、腾空而起。我不想去追究她看到的虚实，总之我相信是有吉相出现了。火光慢慢熄灭后，有人惊呼：“太阳出来了。”

写到这里，我还没有提到做火供的那位上师，这并不代表我没有注意他，我一直都在用心地感受他。一位二十几岁的活佛，我应该怎样形容他呢？我宁愿用“可爱”这个词，是的，他真的很可爱，端坐在莲花座上接受众人的叩拜，看上去无比庄严。活动刚刚结束，人群还没有散去，原本他应该在莲花座上继续接受众人的膜拜，可他走下神坛的第一件事就是去上厕所，当然这并没有什么错，佛也要上厕所，只是他不给自己丝毫伪装的机会，不给自己寻找任何伪装的理由，此刻他就是要去厕所。一颗真朴无伪的童心，这难道不就是佛性的呈现吗？很多大成就者，无论年龄再大，都永远像个孩子一样，他的内在永远都有着生生不息的能量源泉，能量之源头让生命没有死亡，只有生长。

我们离开火供现场，回到家中已是午时。女儿午睡醒来后，兴奋地说，她梦到一个宫殿，里面有数不清的门，每扇门打开都看到数不清的宝贝。我的心在“火凤凰”的照耀下越来越亮，一边吃着从火供现场带回来的饼干，一边随手写下了这篇文章。

嫉妒心

纪晓岚先生在《阅微草堂笔记》中讲过这样一个故事：有一只狐仙的工作是替主人整理书橱，该狐仙博览群书，所以宏儒硕学，妙语连珠。一日，主人同众宾客讨论最怕谁？有人说最怕阿谀奉承之人，有人说怕溜须拍马之人，有人说怕表里不一之人，这时匿形参入讨论的狐仙说："我最怕狐。"众宾客大笑之，问何故怕狐？狐仙说："争宠的必是同夫之妻，争权的必是同朝之官，争利的必是同一集市的买卖人，我为何不能怕狐呢？"

见别人成功，要如自己成功时那般的狂喜；见别人受难，仿佛自己受到切肤之痛。那我们缘何常少了这样的慈悲之心，偏偏最易嫉妒身边的人呢？是因为人习惯了向外的攀比所致。在生活中，攀比之风随处可见，见他人比自己有成就，不但不为之祝福，反而暗生嫉妒，故意搬弄是非；见他人比自己有学问，不但不虚心求教，反而当面耻笑；见他人比自己能力强，不但不自惭形秽，反而嫉贤妒能。孟子说："善与人同，舍己从人，乐取于人以为善。"意思是要放弃私心，遵从天道，实践别人的善言、善行。如果我们放下向外攀比的私心，多一点公心、多一点为善的慈悲心，嫉妒心就会逐渐消失。相反，对身边的人嫉妒，嫉妒之心会如毒蛇般盘踞胸中，就永远无法摆脱痛苦之身的纠缠。

99 岁的姑婆

村边的小河由北向南流向远方，一任冬日的冷风从河面上呼啸而过，寒冷的西北风吹在脸上有些刺骨的冰凉。

村后的石山上堆满还未融化的积雪，相传在没有人类居住之前，石山上住着成百上千的猴子，这里曾经是猴子的天堂。后来随着人群的聚集，猴子的乐园不复存在，但此村因此得名“石猴子村”。如今石山的周围光秃秃的，猴子早已难觅其踪迹，整个村庄安宁静谧，像沉睡中的老人。在农村，冬季家家户户都在屋子里烤火，路上很难看到行人，我和父亲在瑟瑟寒风中一路小跑寻找姑婆的住处。

我的姑婆就住在这个小村庄，她叫吴成英，今年已经 99 岁高龄了。我有几十年没有见到她了，一路上我都在想象着她的模样。99 岁的年龄本身就是智慧的化身，是生命对这个世界最庄严的告白。

记忆中的姑婆永远都是盘着腿，说话时没有任何肢体动作，可见她内心的清净，现在我才明白这就是不动的定力。小时候我对“定力”二字无任何概念，只觉得和姑婆在一起特别温暖。

终于我们来到了姑婆的老宅。老屋，悠久而亲切，古老而柔美，斑驳的墙壁上刻满岁月的皱纹，浓浓的古意使我仿佛回到了儿时的记忆中，仿佛看到儿时的自己在老屋前玩耍的样子。我们迫不及待地推门而入，只见姑婆一人端坐在农村的土炕上。冬日的暖阳照得整个屋子暖融融的，她置身在阳光中看上去无比惬意，她的头发全部花白了，但梳得很整齐。眼睛看上去很深邃，好像能洞见世间的所有玄机，脸上除了几道很深的皱纹，看上去红光满面，没有一点老年斑。她还是我儿时熟悉的那个姿势，盘着腿，稳如泰山，有一种八风吹不动的淡定和从容。最神奇的是她的体重，中年时她曾经有200多斤重，到老年时居然自然瘦下来了，也从没得过“三高”。她见了我们，便高兴地拉着父亲的手话说当年。她一开口，我又震惊了，那声音是从丹田中发出来的，浑厚有力。声音也反映了她的健康状况，听得出她内在的气很畅通，不焦不躁。作为医生的父亲给她号脉后，说她五脏俱宁，非常康健。难怪她思路清晰，耳聪目明，至今仍然能一个人做饭，做针线活，在家打老牌，生活完全能够自理。

我连忙给她拍了几张照片发到微群中，有微友说：“这才是真活佛，何必灵山朝世尊？”是的，姑婆没有任何的执着心，包括对生死的执着。仁者必寿，我鼓励她一定活到120岁时，她淡淡说了一句：“现在已经够本了。”口气中透着一丝叹息，反而对长寿有所忧虑。一个不贪生、不怕死的人，一个连死亡都能看破放下的人，是真正的成就者、觉悟者。

我在她家意外地看到很多古董，我指着其中一件古瓷器告诉她很值钱。她说很多人来买，她不卖。我对古董还有贪执之心，我再次强调真的很值钱。她说：“卖了钱无用，留着也无用。”我抬眼望她，她的双眼像海水般湛蓝，没有丝毫浑浊，看上去很美，眼睛还是笑眯眯的，永远是一副不忧不惧、不喜不悲的神情，总之你看不到她对外物有一丝一毫的执着心。

我终于知道她高寿的原因了，因为她的空性。她的空性让所有的外物都失去了一个靶子，功名利禄左右不了她，流言蜚语淹没不了她，昆虫猛兽攻击不了她……用老子的话说：“两不相伤，故德交归焉。”所以当你和她相向而坐时，只剩下爱心与爱心的交融、本性与本性的传递、智慧与智慧的流动。

我就这样静静地感受她，在一位99岁的饱经沧桑的老人面前，我窥见了自己的本性。屋里屋外是全然不同的世界，屋外冷风呼啸，屋里却是温暖的神性的天堂。我感受她的同时又想到了去世的爷爷，也是姑婆的亲哥哥。我爷爷的外号叫“万事通”，和姑婆一样经常帮村里的人调解纠纷。还有我的太爷，他曾将一个外号叫“石狼”的土匪恶霸绑上巨石沉入大海，因此得名“石胖子”。我在姑婆的老宅里浮想联翩，灵魂一路扶摇直上，进入无我的神性世界。原本就没有一个我，我的生命是祖先赋予的，而我祖先的祖先又是谁呢？

到了该告别的时候了，我拿出一些钱放到姑婆手里，她连连摆手说：“我不认识钱，一定不要。”我看出她不认识钱是假话，她不要却是真心话，因为以她的为人是永远不会亏欠别人的。我们撕扯了很久，最终她象征性地留下来200元钱，固执地把剩下的钱放回我的包里。然后扶着炕沿慢慢下地，拄起她的拐杖出门送我们。她站在门口，花白的头发在风中飘飞，还是那个浅浅的微笑，显然对于生离死别早已习以为常，也许是因为在她饱经沧桑的一生中经历过太多离散的原因，所以才有了一份独有的旷达。我们默默相望却欲言又止，只好连连挥手示意，直到她的身影在我的视线中渐渐模糊。

捉贼记

有人形容自己丢东西之后的心情：仿佛心被猫抓走了，细胞全死光，脑部还缺氧，无法提供表情转换，恨不得连自己的脑袋一齐丢了。可我从小就是丢三落四的人，丢的东西不计其数，丢东西成了家常便饭，对此早已麻木了。

最近我发现自己钱包里的钱总是莫名其妙地不翼而飞，女儿提醒注意家里的保姆，我还斥责女儿多疑。直到有一天，保姆突然失踪了，连同我刚从银行取出的2万元现金也不见了，我这才意识到事态的严重性。

我连忙到派出所报案，路上想着警察同志一定和电视上描写得一样“破案神速、雷霆出击”，谁知警察听了我的陈述后，冷冰冰地说：“这种案子最难办，她是无业游民，找到她等于大海捞针。即使找到人，她说没偷，你说丢了，我到底信谁？你要拿出证据。”

警察的最后一句话真把我惹急了，难道办案唯一依靠的是证据吗？我说：“你不知信谁，不是因为没有证据，是你的直觉能力有问题，你根本不配干警察！真不知道你怎么混到今天的。”

这位警察显然见过大世面，对付我这样的刀子嘴豆腐心的小女人早已见怪不怪，心平气和地说：“大姐，我早干够了，您给我换个活吧！我确实不适合干警察，我家保姆明知我是警察还偷我东西，我都拿她没办法。”一位老警察，经历了太多负面案件，已经形成既定的负面思维了，产生了职业的倦怠感。

我对警察说：“你的责任和态度要先行，案件虽小，但要一视同仁。这位保姆一定就在附近的家政公司，找到她很容易。”我的话听上去很有道理，警察无奈地说：“此贼不抓，甘愿脱了这身警服。”

果然不出我所料，一日保姆终于在附近的家政公司被警察逮个正着，她老实地答应退还 2 万元赃款，至于平时她“抽张”的那些钱我也说不清楚，只得作罢。

故事理应到此结束，没想到第二天，我忽然接到保姆的电话，我听到她在电话那头带着哭腔说：“我骑自行车把人家大奔撞了，要赔 5000 块……”继而听筒中传出一个男人的咆哮声，接着电话断线了。我一下明白了，心里嘀咕这理由也太蹩脚了吧？于是回电给保姆说：“你回来吧！我给你 5000 元。”保姆来到我的楼下，死活不肯上来，我于是跑下楼，远远看她的表情极其复杂，又羞愧又感激又无助。她告诉我，自己偷拿老公 5000 元给我退钱，老公发现后对她大打出手，还执意要和她离婚。

我把装在信封里的 5000 元钱放到她手里说：“以后有困难你还找我吧！”她哭了。

善缘恶缘无缘不聚，捉贼事件使我交了一个警察朋友，感化了一个人，挽救了一个家庭。还有一点，就是发现自己可以当警察。

我与青铜剑的故事

“醉里挑灯看剑，梦回吹角连营。”第一次见到那把战国早期的青铜剑时，我想到的便是这两句古诗。我轻轻抚摸着这把外刃内刚、锋芒毕露的古剑时，仿佛自己就是那个喝醉了酒在煤油灯底下看剑的壮士。我想象它在三千多年的历史变迁中究竟见证过多少王朝的更迭？吸纳过多少天地日月的精华？经历过多少风霜雨雪的洗礼？沾染过多少壮士殷红的血迹？因而才有了那股呼啸而来的灵气。在那个瞬间，在我对青铜剑的历史一无所知的情况下，在我无法确定它真伪的情况下，我留下了，只因为它的灵性。我终于理解那些收藏迷了，因为古玩中蕴藏着独有的历史价值、文化价值和审美价值。

为了那把偶得的青铜剑，我费尽周折，去过几家鉴定机构，得出同样的结论：对于它的真伪毫无悬念。出于好奇，我又四处打听它的价值，其价值并未超出我的想象。正好九月份中国苏富比公司举行拍卖会，该公司李总跟我说，你卖个好价钱算了。我犹豫了一下，还是把它抱到拍卖会现场，并讲了一段我与青铜剑缘分的故事。文化部的一位王司长听了我的故事后，当即写了首诗：“京城九月漫金风，凭堂聆听燕妮声。苏富比行四十拍，但留宝剑闪青锋。”当时会上有两人有意向购买，会后约我看剑时，时值国庆节我在外地，就此耽搁了。而正是这个偶然耽搁，使我越发感觉到缘分的宝贵。

国庆后，我多年的好友—— 一位藏地活佛来京，我第一时间去拜会。经过无数实践经验，我非常相信他的预测能力。我随口问他，有两人买剑，最终谁成交了。他立刻告诉我："多少钱都不能卖！这是一把神剑，非常古老。"

听了他的话后，我立刻回绝了前来议价的买主。并按他的指示，在家里给宝剑设了神位，每日贡酒贡灯焚香，我恭敬的不是它的形体，而是附着在它形体之外的那股灵气，那份千百年来被无数壮士涵养过的浩然正气、勇敢和力量。每每闲来无事，我面剑而立，仿佛自己就是"壮士腰间三尺剑，儒者腹中五车书"，文武双全又威风凛凛的大将军。

关于这把剑的来历，对我而言完全是个意外。之前有一对东北夫妇看中我胶东的一处房产，老两口东拼西凑就是凑不上全款。于是有一日，男主人怀揣一个包裹找到我，他郑重其事地打开包裹，包裹里面有一个金丝楠木的长条盒子。他慢慢打开盒子，一层一层解开青铜剑上缠绕的黄色绸带，然后把剑放到我的手中说，这是他收藏了 30 年之久的宝贝，就用它抵顶余下的房款吧！我根本不懂青铜剑，但我感受到了它与众不同的灵气。我向来相信自己的直觉，于是立刻回应："好的！我马上带你去过户！"我这个举动不但把他吓了一跳，连他周围的亲戚都不敢相信自己的耳朵，劝我再考虑一下。我旁若无人般拉着买主来到房产过户大厅，那时我的眼里只有那把宝剑，并且不管它的真伪，于是才有了前面讲的故事。

时至今日，我还记得当时那位藏家把青铜剑放到我手里时，他的眼睛有些湿润，这个表现明显和他的年龄很不相符。我动了恻隐之心，安慰他说：“我们任何人都不曾真正拥有它，在漫长的历史长河中，我们只是生命的过客，我也是暂时保管。”他似乎感到些许安慰，又连连叮嘱我千万把它收好，尤其不要把它带到国外去，因为它只属于中国。可就是上个月，我差点因为利益的诱惑把它卖掉。回想自己当初面剑而立的那份来自灵魂深处的悸动，居然被利益冲散得无影无踪，这是否就是可怕的人性的弱点使然？

如今，守候着这把差点被我卖掉的宝剑，我想这是极其殊胜的缘分，也许我不止这一世做过它的主人，也许它不仅仅是一件收藏品，也许它不仅仅是青铜所铸，而是集天地日月之灵气，魂贯数千年的孤烟，日夜在我的灵魂中游荡。“醉里挑灯看剑，梦回吹角连营”。此刻，在今夜，我似乎就是那个听到号角吹响而梦驰疆场的壮士，一个人把酒问剑：究竟是谁消瘦了谁的时光？究竟是谁亮了我的眼，我又湿了谁的心？英雄与美女，江山与社稷，仿佛一幅生动的画卷在我的眼前缓缓展开，号角吹响，硝烟未远……

自从我将青铜剑安放在卧榻之侧后，真是“剑壮英雄胆”，原来凌晨三五点早醒的现象变得极少了，我想是千百年来无数忠义之士用自己的侠肝义胆铸就的剑魂，涵养了我的胆气。道家思想中有人天相应的理论，就是人体小宇宙和大宇宙是一体的，比如天有四时，人有四肢；天有春夏秋冬，人有喜怒哀乐；天有黑白，人有阴阳，宇宙万物间时刻都在进行着有形和无形的能量交换，所以中国人最讲究心电感应，尤其对我这样的做灵性文化研究的人而言，更是深信不疑。

我时常在每晚熄灯后，在青铜剑前燃上一炷香，点上精油灯，手持酒杯，用我笃信的仪式和敞开的心扉，将那些曾经洗劫过我肝胆的往事和盘托出，就像面对我的一位老朋友。我很珍惜红烛焚烧前的时光，可以尽情徜徉在人剑合一的境界中，尽情徘徊在轮回的时空里，尽情构思一段英雄与美女的美丽邂逅。一把青铜剑，坍塌的城墙中有你！英雄的忠魂中有你！一帘幽梦的颤音中有你！如今在幽暗的星空下，是否依然有人在为你香消玉殒？我很怕这些诗意的想象随着烛光的熄灭而一同消失在无边的暗夜之中。

难忘的一堂课

这个题目听起来好像是小学生作文，又像是老人为自己写的回忆录。其实都不是，我是想借助文中这个女孩的经历，说明现代人灵魂中所存在的隐痛。这些年来，我曾给很多机构做过培训，所到之处留下过很多温馨的回忆，但最令我难忘的是一家民营医院的医护人员培训，学员中有一个叫金凤的女孩。

那天的培训是晚上，我主讲的内容是《人生智慧》，整节课的氛围轻松而愉快，互动频频。授课过程中，一个女孩子吸引了我的目光，她只有20岁出头，看上去很清瘦，两只眼睛睁得很大，嘴角却流露出与她年龄不相符的坚毅，显然这是一个心事很重的女孩。我向来认为培训的目的就是为了解决问题，于是我放下手中的教案，走到她的面前，我问她："请问你这一生最想要的是什么？"她几乎想都没想回答说："30岁之前我一定要挣到一千万。"我猜想她是不是有着与众不同的经历，如同很多大企业家最后的成功往往源于起初的一段不为人知的屈辱的历史。

在我的引导下，这个女孩缓缓道出自己的经历。原来在她刚生下来时就被生父母扔到了桥底下，是现在的养父母把她抱回家抚养成人。但养父母的生活条件很差，以致在她高中时连学费也交不起，于是她历经千辛万苦找到生父母，没想到却被无情地拒之门外。无奈之下，她独自来到大都市做了一名护士，暗暗发誓30岁前挣到一千万后衣锦还乡。讲到这里时，她早已泪流满面，整个教室鸦雀无声，所有人都陷入深深的沉思之中，只听到一个女孩子在暗夜中默默的啜泣声。

我首先打破了沉默，特意抬高嗓音说："金凤，我相信你！你一定行！因为钱是世界上相对容易得到的东西，但是我告诉你：你可能会拥有财富，但你依然会不快乐。试想，一个野心勃勃的头脑如何懂得爱？一个不懂得爱的人，即使拥有万贯家财，也注定无法拥有幸福人生。所以让你快乐的唯一途径，是让你内在爱的能量重新流动起来，就是你要立刻原谅你的父母。"此时所有的目光都投向我，那个女孩子也停止了哭泣。

她看着我的眼睛说："我恨他们，我真的做不到。"我说："你的父亲生下你之时，他并未学会如何做好一个父亲，在遗弃你的日日夜夜，他没有一天不是在忏悔和自责中度过的，他甚至没有勇气面对你。但在夜深人静之时，只有他自己知道有多想你。还有你的母亲，她只是一个可怜的农村妇女，对于遗弃你这样的决定，她是多么无奈与无助，但没有任何人能够取代你在她心目中的位置。"听到这里，这个女孩子早已泣不成声。我搂着她的肩膀说："你、我、你的父母，包括在座的所有人，有一天都会灰飞烟灭，那时我们会回到同一个家园中，那里才是我们真正的家。我们从那个源头出来，原本就应该在一起，但由于地球太小了，因而有人住在楼房里，有人住在草屋中，也有人流浪在街头，但我们都是宇宙的孩子，没有任何人曾经被遗弃。"说到这里，这个女孩子开始号啕大哭，全班很多的同学都流泪了，我告诉后面的同学关掉屋子里所有的灯，在幽暗的夜色中，我说："金凤，你知道什么是世界上最宝贵的东西吗？任何价值都不会大过生命之于世界的意义，就凭这一点，就该深深跪倒在上苍面前感谢父母的生育之恩，感谢天地的养育之恩。所以，我请你立刻给你的生父打电话，告诉他们你的爱，重建你们的关系，这才是你最宝贵的人生财富。"她真的当场拨通了父亲的电话。

后来，就在那年的教师节，我收到一条短信："吴老师，感谢您让我原谅了我的父母，您让我明白了爱是人类最伟大的力量，我一生都会记得您。"

直到现在，我还会常常想起那堂课，想到那个叫金凤的女孩子。

人民必胜！

2015年9月3日，中华人民共和国为纪念中国人民抗日战争暨世界反法西斯战争胜利70周年举行大阅兵，我通过电视直播观看了阅兵庆典。习近平总书记在阅兵庆典开始前的讲话中提出了三个必胜：“正义必胜，和平必胜，人民必胜！”每当听到“人民”这两个字，我的心都会被深深触动，没有伟大的中国人民，就没有今天的和平。

大家都知道，我们的政府叫人民政府；我们的军队叫人民解放军；我们的司法机关叫人民法院、人民检察院；我们的金融机构叫人民银行。几乎所有部门单位前面，都冠有“人民”二字。但大家可能不知道，“人民”二字的说法，却是一个目不识丁的农民叫起来的。在1944年以前，我们党在第二次国内革命战争时期，在抗战时期领导过政府，但都没有使用“人民政府”的表述。1944年2月27日，我们党在延安召开一个座谈会，一个普通的农民叫吴满有，他在发言中说：“今天我一个普通老百姓参加这个座谈会，和大家一起讨论一些大事，这就是民主。咱们的八路军和政府、老百姓心连心，这就是人民的政府。”这是“人民政府”名称的首次表述。吴满有的发言代表了边区人民的共同心声。从此“人民政府”就叫响了，继而扩大到人民军队、人民法院、人民银行等。这说明“人民”名称的来历来自老百姓的口碑，所以共产党最伟大的一句话就是“人民万岁！人民必胜”。

抗日战争的胜利开启了中华民族走向伟大复兴的历史征程，唯愿中华崛起，军威永树，人民必胜！

守住尊严的底线

尊严的底线是一个很难被量化的标准，每个人尊严的底线都不相同，这取决于一个人的文化、修养、环境和精神境界等多种因素。

我曾和一名伊朗人合作过一笔中伊石材生意，最后结算时，伊方拒绝按事先的合同支付我佣金，理由是合作过程中中方企业的态度让他很不舒服，意思是让我为他过程中的不舒服买单。我清楚合作过程中的很多细节，包括中方对突发事件的处理问题都有欠缺。我反而觉得那个伊朗人很有贵族范儿，他的一句“中方态度让我感到不舒服”，便让我为他的不舒服付出代价。我认为他懂得自尊，懂得誓死捍卫自己被尊重的底线，这种精神极为可贵，因此我放弃起诉他，并且至今还保留他的联系方式。

任何生命都是有尊严的，一个人被尊重的欲望和物质的欲望是不同层次的。很多人都因为物质的欲望而遮蔽了自己被尊重的欲望，因此社会上出现了太多突破职业底线的行为：医生收红包、教师猥亵学生、商人生产有毒食品、120 不见钱不救人……这些人的价值观是物欲的快乐大于被尊重的快乐，因而他们宁可牺牲自己做人的尊严。

能够牺牲自己的尊严去谋取利益的人，同样能够不顾国家的尊严去为所欲为。好友通过微信给我发来图片，内容是他在匈牙利商城拍摄的告示牌，上面用中文写着：请中国商贩不要占用过道、随地吐痰、乱扔垃圾。他说很多国家类似的告示牌都是中文的，看到很伤自尊。这些原本都是无须警示的内容，是一个人做人的底线，但这种告示牌的内容证明很多中国人突破了自己做人的底线，最后任由别人将自己的尊严、国家的尊严践踏于文明之下，难道我们的尊严真的没有底线吗？

以玉悟道

爱上玉，缘于一次上当的经历。多年前，在北京一家古玩城的玉器店里，我看到一件只有几厘米高、外圆内方的黄玉。它的品相非常好，器表打磨光泽规整，厚薄均匀，边角端正，轮廓分明，看上去古朴大气，把它放在手心里有种说不出的暖意。我怯怯地问店家价钱，他大概看出我是外行，眼皮都没抬，冷冷地说："不懂行的不卖！"我低头摸了摸手中的玉，看那根拴玉的麻绳足有几百年之久的样子，真的是爱不释手，于是抬高嗓音说："我不懂，但我愿意相信你！"店家看我是爽快人，于是认真向我介绍。那时我第一次听到"玉琮"这个名字，最终以不菲的价格把它买回家了。

回家后，我把这个消息告诉朋友，他怀疑是假的，让我去故宫博物院做鉴定。当时我很生气地反驳他，怪他破坏了我的兴致，于是关掉手机，一个人猫在被窝里把那块玉把玩到半夜。第二天清晨，我怀着好奇心来到故宫博物院，古玉专家说："这块玉圆润有余，古意不足，不是老玉；而且不是和田玉，是河南黄玉玉料烧制的，就几十元。"我当时就傻眼了，恨不得飞到古玩城，再看手中的玉，全然没有了昨日的心动。但当我来到那个卖家面前，却像做错了事的孩子，轻轻说了句："退了吧！"

同时我说出了故宫博物院那位著名专家的名字，他听到名字后立刻明白了，骂骂咧咧地把钱退给我。我逃也似的离开那家古玩店，终于明白：我们爱玉，不仅是爱它饱经风霜炼就的良才美质，更爱玉的魂魄，一块假玉因为失去了它的魂魄，便毫无灵性可言，自然一文不值了。

因为这次上当的经历，我开始关注玉文化。其实玉的生成过程和人的修行过程极其相似，玉原本是一块普通的石头，但在形成的过程中经历了地球生成、熔岩高压、沧海桑田之后形成玉，这个过程与人的修行何其相似！一个人的修行过程也是要不断地洗净心灵的尘埃才能由凡成圣。人和石头的修行都要经历不断向内提纯自己的过程，人和玉修炼的背后都要遵守不成文的规则。中国人爱玉，其实爱的是自己的文化，爱的是天地混沌未开时自己和玉并存的那一份未凿的天真，这份天真也是玉烈火焚，身前未经雕琢的玉心。

玉文化是中国特有的文化。相传盘古死后，他的呼吸变成风和云，他的肌肉化为土地，而骨髓变成玉石和珍珠，因此玉器被视为吉祥物，具有驱邪避凶的作用。从古至今，玉就被视为君子的象征。《礼记》记载："古之君子必佩玉，君子无故玉不离身。"孔子云："君子比德如玉。"当我们面玉而立时，玉的那份真朴无伪，如婴儿般纯然安恬的清净本性使我们瞬间窥见自己的心，透过本性与本性的传递，灵魂与灵魂的相遇，爱心与爱心的交融，从而达到人玉天，真善美，身心性的完美统一，可谓你中有我，我中有你。

我们爱玉，重要的是在人玉缠绵的境外之境中去体悟道中之道。

太极思维与觉悟人生

应邀参加首届“中国云台山太极文化论坛”，感谢缘分让我们在中原大地相遇。

记得赵朴初老先生曾说：“少林寺是禅，不是拳。”那么对于太极文化也是如此，太极拳不是拳，而是道的呈现。道是什么？用语言能说出来的道都不是道，道只可以被体验，无法被描述。所以再华丽的语言在“太极”这两个字面前都是苍白无力的。因为太极与道一样，只可以被体验，无法被表达。因此太极文化呈现的是一种思维方式、一种生命的回归、一种大道的境界。

什么是太极思维？简单讲，左也不是，右也不是，中才是。中是什么？中是智慧的本源，像水一样，代表着流动变化，《孙子兵法》讲：“兵无常势，水无常形。”任何固化的东西都不是智慧。河南的口头禅“中”字本身就蕴含着太极思维，简单的背后蕴含着中道的大智慧。

河出图洛出书，伏羲观物取象，是有八卦，文王拘而演周易。这些都是先祖用太极思维观察宇宙人生总结出来的智慧的结晶，而我们河南就是上古文化的发源地，有着享誉世界的嵩山的禅文化，今天在云台山我们又提出“太极文化”的概念，一阳一阴，佑我华夏。我想，总有一天，太极文化也会和少林禅文化一样，走出中原，走向世界。

“太极文化”这个提法很好，文化的价值不仅要解决物质层面的问题，还要解决精神层面的问题。但对于“禅文化”和“道文化”而言，除了解决人类物质和精神层面的问题之外，还能解决人的根本问题。什么是根本问题？就是心性的问题。王凤仪说：“救命是一时的，救性才是长久的。”因此太极作为一种文化，它的价值不仅是一项运动，而且要透过这种文化回归人的本性，也就是回归自己内在的太极。

其实，每个人的内在都有一个太极，它是宇宙初醒时呼吸的第一口空气，因为这口气，才有了天地万物，包括人的生命，在太极之前是道。老子云：“道生一，一生二，二生三，三生万物。”道创生了天地混沌一气，一气又化生出阴阳二气，然后有了人和宇宙万物，所以“天下万物生于有，有生于无”。因此道是万物的主宰，太极是生化万物的源泉，没有道和太极就没有万物和人。人与万物原本就是不可分割的整体，天人原本就是合一的，由于人后天的自我意识总是要主宰万物和他人，因此本末倒置，离开内在的太极，造成自我的冲突、人与人的冲突、世界的冲突。

举个例子：婴儿分不清钻石和石头的区别。在他眼里，都只是玩具而已。后来在成长的过程中，他受到家庭、学校、社会等外部环境的影响，他明白了钻石比石头更昂贵，于是产生了后天的自我意识，开始穷尽毕生的精力去争夺钻石。于是他的自我意识一直导向外部的世界，越走越远。可怕的是他的自我意识需要的是钻石，但他先天内在的太极需要的是和谐，于是冲突产生了。

其实钻石和石头的本质是没有区别的，都是道的孩子，分别是假象，不分别才是本体，不分别的本体就是内在的太极。

印度哲学家奥修说：“我们从出生起就离开真实的中心，进入虚假的中心。虚假的必须消失，真实的必须重新确立地位，我们才有真正的喜悦。”他说的真实的中心就是内在的太极，虚假的中心就是人后天的自我意识。

自我意识有哪些危害？

老子云：“天下皆知美之为美斯恶矣，皆知善之为善斯不善矣。”所有对立的事物都是互相转化的，只要有自我意识就会走到事物的对立面。

自我意识使人陷入二元对立的思维模式中，凡事以我的需求为主，与我的需求产生冲突的，都将是自我的敌人，因此自我意识总是凭自己个人的喜好对事物进行取舍，大脑中充满各种是非对立的观念，不是极左，就是极右，总是徘徊在事物的两极。但左右之间总是互相转化的，因此我们的人生也常常陷入左右不是、进退两难、顾此失彼的矛盾恐惧之中，这是人类痛苦的根源。

为了解决自身的痛苦，太多的人选择依赖外在的快乐为自己获得短暂的心理安慰，却无法解决根本问题。要想解决根本问题，老子提出悟道，悟道首先解决的是认识论，其次是直接经验。所谓认识论，就是认识大道是一，不是二。老子云：“得一才能天清地宁，国泰民安。”庄子云：“得一之源，以应无穷。”所以，道家的思想首先是从认识论的高度引领人类意识的升华。

太极文化博大精深，从远古走来，与宇宙的滂沛元气合而为一，化生了天地万物和人的生命。

附：《云台山太极宣言》

文/郭春林、王刚、赵文超、丁武将

我们在太极拳的发源地中国焦作，在风景秀丽的云台山，聚太极拳、太极思想、太极文化、太极产业之英才，举办“首届中国云台山太极论坛”，共同探讨太极文化的昨天、今天和明天。

太极文化起源于河洛文化，是中华文明一颗璀璨的明珠。她，属于中国，更属于全人类。她，厚德载道、刚柔相济；她，涵养正气，内外兼修；她，持中守正，天人合一。她是一种世界观、价值观，更是一种呵护生命的人生观，历久而弥新！

太极拳作为太极文化的主要表现形式，既是我们的国粹，又是一种“国际化语言”。我们身负责任，肩担道义，继承、发扬和光大太极文化，以祈求为地球上每一个生命提供资粮。

“中国养生地，世界太极城”。屹立于云台山巅，我们共同向世界宣言：太极拳既属于过去，更属于未来；既属于中国，更属于全人类！

2015 年 10 月 16 日

中国国学书院的当代使命

我国的书院文化从唐朝到清朝经历了1200多年历史，直到清朝末期变法图强，将书院改为学堂，才使书院退出历史舞台。但时至今日，书院文化再度繁荣兴盛，大大小小的民间以及官办书院已有几千所之多。之前，在国家会议中心将举办中国书院院长大会，主办方请我谈一下国学书院的当代使命。我认为国学书院应肩负着文化传承、学术创新、社会担当的三大重要使命。

一、文化传承

在中国历史上影响力最大的是有岳麓书院和南宋时期的各大书院，岳麓山自古就是文化名山。西晋以前为道士活动地，曾建有万寿宫、崇真观等。西晋武帝泰始四年（268年）麓山寺创立，北宋开宝九年（976年），潭州太守朱洞在原僧人办学的遗址上，即岳麓山下的抱黄洞附近正式建立起了岳麓书院。

阳明心学一代宗师王夫之及其弟子在岳麓书院的讲学是继南宋湖湘学派之后，岳麓书院的又一次重要学派活动，导致了岳麓书院又一个学术繁荣期的到来。

岳麓书院山门前，书有对联“惟楚有才，于斯为盛”。上联出自《左传·襄公》，下联出自《论语·泰伯》，源出经典，成于袁名曜及其门生。清嘉庆年间，袁名曜任岳麓书院山长，一日，门人请袁名曜撰题大门联，袁以“惟楚有才”嘱诸生应对，大家正沉思未就，贡生张中应声对曰：“于斯为盛。”这副名联就此撰成。

南有岳麓，北有嵩阳。四大书院之一的嵩阳书院就坐落于儒释道三教集聚的河南登封，历史上嵩阳书院以理学著称于世，名扬古今。有诗赞曰：“书院嵩高景最清，石幢犹记故宫名。山色溪声留宿雨，菊香竹韵喜新晴。初来岂得无言别，汉柏阴中句偶成。”

南宋书院的兴起，源于南宋时期出现了一批有独立思想的学术大家，比如陆九渊、张载、朱熹等大学问家，他们以传道为己任，教化世人，使书院的发展达到了历史顶峰。其次，随后经过一段时间沉寂，直到明代出现了王守仁，又将书院文化推向极盛时期。这说明了什么问题？国学书院的兴盛除了官方支持外，最重要的取决于有真人，才有真知。而如今很多的书院早已背离了国学教育的实质，缺乏大道的教化，舍本逐末，大都停留在形而下的层面上，以至于很多人误以为国学就是弟子规、禅修营、少林棍等等，凡此种种，皆是道的外现，而非道。导致这种现象的原因是国学书院有书院之名，却无书院之实。也就是很多国学院里只有空房子，却无真人真神。有真人，才有真神；有真神，才有真知。没有真人就没有正统的学术思路，就无法担当传道的历史使命，所以今天我们通过国学院的载体传承中华文化，首先要有真神来以道御术，真正抓住国学文化的精髓开启民智，以恢复我们国学教育的本来面目。

二、学术创新

我们的国学院不能仅仅停留在传授国学知识，而要通过这个载体引导人的道性，从而弘扬大道。这就要求国学院在学术研究上能够不断创新，对于传统文化既能继承，又能批判。比如我们一直都将国学以儒学作为主体文化来弘扬，缺乏完备。诚然，儒学是关于做人做事最好的入世之学，但国学最宝贵的智慧是关于生命智慧的学问，生命智慧是关于救心救性的智慧。只有解决心性的问题，才能解决人心的根本问题，如王凤仪先生讲的："救命是一时的，救性才是永久的。"让自己的心性合于道，行为自然符合德。而这门学问要在佛家道家的理论中寻找答案。

三、社会担当

当今这么多人关注国学，开办国学院，真是大快人心。

道文化是中国传统文化的精髓，道是宇宙内在生生不息的能量之源，是人和万物生生不息的动力，道也是宇宙的本源。道涵盖万物，又在万物之中。

当今，如雨后春笋般的国学书院，能否让国人的性命得以安顿？能否用和谐拯救危机？

前面讲了国学书院的三大历史使命：文化传承、学术创新、社会担当。那么我们的国学书院究竟该怎么做？

1. 要用书院文化弥补教育的不足

我们的学校教育常常是以填鸭式灌输知识为主，智力的发展。而国学教育旨在升华人的灵性，目的是培养人的慈悲与智慧，只有后者，才是教育的根本。因为我们先有生命，然后才有对文化的认知，由生命本身为出发点，最终回归自己的生命，这才是教育的终极意义。但当前中国的教育现状不容乐观，所幸书院文化再度勃然兴起，这无疑是对当前中国教育的有益补充。

2. 要通过学术氛围强化书院的能量场

我国古代书院的创办和兴盛大都源于能人志士，他们本身就有巨大的磁场效应，以至于像很多高僧大德讲法一样，可谓万人空巷。比如王守仁以其完善的思想理论体系直接影响了明代书院的复兴。现代很多书院门庭冷落，其主要原因是没有形成自己的能量场。能量场是靠众人的思想、精神境界、内在的喜悦、爱、开悟等无形的因素形成的，其中最大的能量来自开悟和爱的能量，这种无形的能量转化为共同的行为和习惯，就形成了一种文化。

3. 书院要以传道为本，以术为用

自古以来的书院都承载着传道的重任，但国学思想的“虚无”很容易将人导向消极主义，比如在南宋时期“二程”理学得到空前繁荣，在后期却遭到了很多批判，“文革”期间也未能幸免，因为其“存天理，灭人欲”的消极思想阻碍了社会进步，所以需要进行文化的革命。因此我们书院要想具有长久的生命力，要想传承和弘扬一种文化，必须要以道御术，又要以术弘道，以免将文化流于空谈。

最后是要做好三个平衡。

1. 传统与现代的平衡

我们的书院既要研究传统文化的精髓，又要研究社会主义核心价值观，同时还要吸取西方文明的精华，才能做到古为今用，洋为中用。

2. 道与德的平衡

有的书院天天教人开悟，搞得学员疯疯癫癫；有的书院天天给人讲弟子规，搞得企业家都不知所措。其实我们的国学除了教人做事做人的道理，更重要的是引导人的本性。这就要求我们的国学班不能仅仅停留在经典传诵、中医养生等形而下的层面，而要做到道与德的平衡。

3. 知识与智慧的平衡

所谓智，是指知识。所谓慧，是指人的慧根、慧心、慧性。智慧是先天的，是灵性的产物；知识是后天的，是头脑的产物。所以书院的目标不仅是传授给学员知识，而且要开启别人的智慧，否则书院的存在就背离了传统文化的精髓，只有在知识与智慧间寻找平衡点，国学院才有存活下去的必要。

我理想中的国学书院应该是国家的智库，是传承民族文化的载体，是将传统文化走向世界的必不可少的平台，是构建和谐社会的主力军。这就需要更多的国学爱好者群策群力，为复兴我们的传统文化贡献一份力量，这样我们书院文化的前景必定光明无疑。

如何破情执

这篇文章是我两年前写的，今天准备修改一下，打开网站一看，已经被大量点击和转载，不禁汗颜，因为现在看来写得有些隔靴搔痒。于是我决定重新谈一下这个问题，由于篇幅所限，争取用最短的篇幅谈出我的观点。“问世间情为何物，直教人生死相许。”一个“情”字折煞多少英雄豪杰？

有人说男人最难闯的是色关，女人最难闯的是情关。让我们先从一个多情的活佛谈起：“我转山转水转佛塔，不为修来世，只为途中与你相见。”这是大家耳熟能详的仓央嘉措活佛的情诗，这位忧郁王者来自灵魂深处的浅吟低唱驱使无数俊男痴女在他的诗歌中找到最终的精神归宿，这样一个热情似火清冽如酒的灵魂瞬间就会淹没所有的梵音，似乎所有的理论在他的诗歌面前都是苍白无力的，最终他也被自己的爱情和诗歌俘虏了。自从他意外地邂逅了那位骑着白牦牛的美少女后，他便痛苦地徘徊在情缘和佛缘之间，常常坐在佛前，眼前浮现的却是少女的脸。最终他在自己二十四岁那年，被废黜了活佛的地位。

爱情的诱惑力为何如此巨大？国外的科学家针对“欲望、爱情、婚姻引起的化学反应”做了一个实验：他们特意找来热恋中的男女，发现人在恋爱时会启动一个叫“尾核”的脑部区域，刺激脑部产生大量多巴胺，大量多巴胺使恋爱中的两人渴望天天黏在一起。这种弥漫在恋人中的化学物质的作用非常强烈，跟吸毒的脑部反应很相似，表现为开心、亢奋、上瘾。因此男女双方感觉很到位时，便在荷尔蒙的驱使下，由体内的化学物质操控着性欲、爱情和两性关系。科学家还发现一种让情侣分不开的物质：血管加压素。它是在两人发生关系时分泌的，正是这种物质形成了对伴侣的美好回忆。如果不能长相厮守，甚至就有可能做出异常疯狂的举动，这样的案例太多了。

如此美妙的爱情为何难以持久？西方的科学研究表明：97%的哺乳动物都不是一夫一妻制，而人本身就具有动物的本性，怎么可能从一而终？我们再看看东方文化如何解释这个问题，佛家道家的思想是站在宇宙本体论的高度看待世间万物的关联。佛家认为情欲是人的第六意识，不是人的佛性。道家认为情欲是人的后天意识，不是人的先天道性。走向后天就意味着走向无常，要想走向先天就不能跟着感官走，而是走向自己的本性，只有本性才是恒常不变的。我们想想那些明星们在情场上的翻滚厮杀就明白究竟什么是无常了。

那么如何破情执？我提出三点。

1. 持戒。前面谈到化学反应对人的感官影响如此巨大，无疑持戒是避免自己陷入感官不能自拔的最有效途径。我曾写过一条悟道：修行不仅是物质的更是精神的，因为外在的感官享受能刺激人的神经，人体在这种化学反应下身不由己。尽管修行好的人能做到心不被物转，但对大多数人讲，如果不切断外缘，很难有如如不动的定力。跑了那么远，居然回到最普通的“持戒”二字。在无为的至境逍遥了那么久，居然回到了最简单至深的原理：千里之行始于足下。

2. 透彻实相。我们生活在一个充满幻想的世界，很容易迷失自己。最近我因为一把青铜剑写了很多文章，其实我爱的不是那把剑，而且它身上负载的优良品质，我之所以被这些优良品质深深打动，是因为它呼应了我的价值取向，其实我爱的是自己理想中的那个最完美的自己。对于爱情也常常如此，有人说我们都是为了寻找另一半才来到人间的，因为另一半恰好可以弥补自己与生俱来的不足，也就是说当我们自性圆满时就不需要爱情了。所以世上最宝贵的不是爱情，而是清澈如圣湖、洁白如雪莲般的佛心。世上最可贵的也不是那个多么忠于爱情的人，而是那个对于爱的需求消失的人。世上最可爱的也不是你爱的对象，而是一个自性完美的你自己。

3. 有情无欲。就是由小爱转化为大爱，在真爱中升华双方对于情感的正见，使双方在真爱中成长。这点或者是无奈中的无奈，因为很多缘分是自己躲不过去的，佛家讲人有八苦："生、老、病、死、爱别离、怨憎会、求不得、放不下。"几乎所有人都面临这八苦。当面临躲不过的缘分之时，只能透过改变自己的认知，将烦恼化为菩提，便可以将恶缘转为善缘。或者佛也是在体悟痛苦中才究竟涅槃的。但"有情无欲"这句话说来容易，做起来很难，因为小我非常狡猾，无处不在，那么要做到这一点，前提是要做到我第二点谈到的透彻实相，就是随时觉察欲望和真爱的分别，就如同多了一双警觉的眼睛时刻站在事实的上方，时刻关照自己的起心动念，目的是引领自己向灵性的层面成长，而不受世俗的污染。

谈了这么多，仿佛我是情感专家，或者，提出这个问题本身就是一个问题。其实最好的解决之道是不破而破，如同无佛可成一样。所谓“不破而破”就是缘来则应，缘去不留。无所谓执着还是放下，而是该执着时执着，该放下时放下。重要的是过程中用自己的真心不是妄心，全然地爱，全然地穿越，那时的执着也是超越，那时的放下才是真的放下。

清净心的诱惑

有人说："当一个孩子生下来之时，他就像一只动物自发地奠基于自己的本性，归于真实的中心，此时他很独立。但随着不断长大，他必须被强迫、被教养、被改变，在不断的教养中，他逐渐被推离真实的中心。但真实的中心永远都在，于是导致真我与假我的冲突。解决方案只有一个：真实的必须重新赋予地位，虚假的必须消失，否则就会处于极度的恐惧之中。所以一个人从生下来那天起最重要的事情就是寻找自己回家的路。"这些话可谓一语中的，道出了人类迷惑无明的症结。尤其在这样一个极其浮躁的以金钱为导向的社会，一个精神文明显然滞后于物质文明的时代，我们更需要找到自己回家的方向。那么奥修所谓的"真实的中心"和"虚假的中心"分别指的是什么？

下面我们作一个比喻：把真实的中心比喻为人的清净心，虚假的中心比喻为人的污染心。这个不垢不净的清净心就是奥修所说的每个人与生俱来的真实的中心，这才是我们生命真正的主人。那么污染心是什么？污染心是无量无边的，几乎一个念头就是一颗污染心。比如人的贪欲心、嫉妒心、傲慢心、嗔恨心、攀比心等，都属于污染心。如果不能觉察污染心的害处，久而久之就会扭曲自己的人性，影响了人与人之间的和谐，甚至破坏了世界的和平。如同当今五花八门、令人咋舌的社会现状就是由于人性的扭曲导致的，有人预言人类如果不能及时觉醒，就等于自掘坟墓。

那么污染心产生的根源是什么？我总结出三点。其一，本性依赖。我们都是在依赖的环境中长大的，已经习惯了在外部世界中获得自身需求的满足。但当一个人突然遭遇生命的变故后，往往会让他的灵性迅速觉醒，因为当他依赖的外部世界轰然倒塌后，他不得不将能量由外部世界导向自己的内在。其二，社会环境。在当今这样一个激烈竞争的社会，每个人为了优化自己的生存空间，为了占有有限的地球资源，注定了你死我活。在争夺的过程中进一步强化了自我，脱离了真我。由于人类集体潜意识的改变已经污染了宇宙潜意识，所以人人都开始崇尚狼性法则。其三，迷惑无明。很多人都过着一种虚假的生活，极力维护虚假的繁荣。虚假的生活需要虚假的中心支撑，这个虚假的中心就是每个人强大的自我，就是人有意识的头脑，就是人的污染心，就是人无论拥有什么都永不满足的原因。由于迷惑无明，很多人一生都会活在污染心之中。一言以蔽之，污染心产生的根源就是人心的外求。

那么如何去掉污染心，找回清净心？儒家讲修身养性，道家讲修心炼性，佛家讲明心见性。修的就是人的污染心，见的就是人的清净心。言长纸短，我就不在此旁征博引了。归根结底，三家都强调了同一个观点，就是清净心必须向内求。总结四个字就是：“觉悟，修炼。”觉悟需要的是自己灵性的觉醒。修炼则无处不在，行住坐卧，起心动念，无处不是清净心的修持。将修炼总结成最简单的三个字就是：“身口意。”观照自己的念头，要么一念不起，要么善念随身。观照自己的嘴巴，真语，实语，不妄语。观照自己的行为，是跟着污染心走？还是跟着清净心走？总之，走向污染心就走向虚假的中心，走向身心的分裂。走向清净心就走向自己的本性，就守住了自己的生死之根。人长期活在黑暗之中，最直接的危害就是引发疾病和灾难，所谓："福祸无门，唯人自招。"

爱情的真相

最近有机构请我讲关于爱情的话题，这个话题我研究过很多年了，没有广泛开讲的原因是我讲得过于抽象，这是我讲课的一个陋习，动辄就把人往灵性、道的方向导引，仿佛自己是不食人间烟火的圣徒，结果讲得老是不接地气。今天来谈谈爱情的真相吧，明白真相才能对症下药。

爱情的本质是欲望。

什么是爱情？说到底爱情的本质就是欲望。因为人有生理的、精神的、灵性的、快乐的等等不同层面的需求，才使我们追求爱情。说句难听的话：所谓爱情就是两个性别不同的人为了满足各自欲望而相互忽悠的一个玩具。这样讲并不为过，从宇宙实相的角度看，就连整个世界都是一个玩具。原本就没有一个“我”，那么“我”苦苦追求的爱情不过是海市蜃楼，一个根本不存在的东西。但一个“爱”字折煞多少英雄豪杰？让多少俊男靓女死去活来？“问世间情为何物？直教人生死相许”。

感官产生欲望。

由此可见，爱情的本质是欲望，欲望是因为人受到自己感官的左右，感官满足后会快乐，感官得不到满足，会造成痛苦，甚至是毁灭性的灾难。萧伯纳说：“人有两种悲哀，一是实现欲望的悲哀，二是无法实现欲望的悲哀。”即使实现欲望，也只能得到暂时的快乐，最终随着激情的消退，感官需要更多的刺激才会体验新的快乐。于是很多人便陷入感官—刺激—欲望—消退—再刺激—再欲望……如此循环往复的怪圈之中。还有另一种人，他看破感官的无常，选择彻底逃避爱情，于是隐居者有之，遁入空门者有之，为爱殉情者有之。

因此爱情是一把双刃剑，在给我们带来快乐的同时，又导致了很多烦恼：求不得苦、放不下苦、爱别离苦、怨憎会苦、身心分裂之苦等等，痛苦的背后是因为我们有追求快乐的欲望。那么什么是快乐？林语堂对快乐的定义是：“快乐问题大抵即是大便问题。”他认为人的快乐离不开肉体的快乐，为此还引用国外一大学校长的讲话：“我要你们记住两件事，读《圣经》和使大便畅通。”这位校长很幽默，他认为精神和肉体的快乐同样重要。正因为很多人离不开肉体和精神的快乐，所以失去爱情的快乐，如同长期便秘一样痛不欲生。显而易见，我们疯狂爱的往往不是那个人，而是自己的欲望；导致我们痛苦的也不是那个人，而是自己的欲望。要想解决爱情所带来的困扰，就要回归内在的源头。

不再寻找爱，而是成为爱。

那么如何逃避爱情的痛苦？这似乎很难，只要有爱必然有恨的对立面。除非超越爱与欲的二分性，让自己成为爱，不再寻找爱。

让自己成为爱，意味着从小我的感官欲望中抽离出来，将小爱化为大爱。而只有返璞归真，才能不被感官享受迷惑，才能不被小我的执着心迷惑。

让自己成为爱，也许你会爱上很多人，很多事物，但你的爱中只有欣赏，没有私欲。

让自己成为爱，你会因此成为一片海，可以站在大海的中心欣赏潮起潮落，而不会为之所动。大海就是你的爱本身，潮起潮落就是爱情带来的苦与乐。因为回归了真正能量的源头，所以成为爱的主人，而不是依附别人的乞丐。

让自己成为爱，你既不逃避爱情，又不追逐爱情，只是任其自然生灭，缘来则应，缘去不留。当处在那个能量的中心，会没有任何分别取舍之心。

让自己成为爱，你会无所不爱。

商以载道

北京的夏日酷热难耐，在位于北京的一间茶室里，我和《中国商人》杂志的记者一起探讨了中国商人的“私奔”情节。此“私奔”非彼“私奔”，投资人王功权私奔一事只是家里长短的私事，然而，往深里探究却透露着这一代中国商人的财富观、生活观、幸福观、家庭观以及伦理观的剧烈变化。虽不能说王功权的私奔代表着一批中国商人的幸福模板，但通过“私奔”，更多的中国商人或许会看到自己内心缺失和渴望的东西，或是理想、或是自由、或是爱情、或是更多听从于内心的声音。

80%的中国商人一生中都会闪现“私奔”或“隐居”的念头

我在博客里写过一篇名为《勘破情关》的文章，在文章的开篇我提出：感情是特别难谈也是特别敏感的一个话题，如果纯粹以哲学家理性的头脑来看，就会无视于众生内心的悲苦，通俗说也就是站着说话不腰疼。“问世间情为何物，直教人生死相许”，感情有时候并不是一个理性范畴可以约束和左右，如果一味地用理性看待感情是不符合实际的。

在我看来，王功权不过是以爱的名义，给自己逃避现实寻找了一个借口；不过是以爱的理由，为自己脆弱的心灵注射了一剂强心针。也就是说，并不是因为所谓的爱情导致了今天的结果，没有爱情他也可能通过其他途径为自己寻找一个解脱的方式。归根到底，心灵少了一个支点，灵魂少了一个飞翔的方向。当一个人的心灵缺乏支点的时候，他就会在外界的世界中寻求心灵的依托。

有人说："再美的婚姻，一生中都有200次离婚的念头、50次掐死对方的冲动。"我想，在企业家做企业的过程中，有80%的人一生当中都会闪现"私奔"或者"隐居"的念头，当然其中也包括普通人。如果一个人内心非常圆满，被无数的爱充盈，身在何处其实是无所谓的；但如果一个人的内心不定，奔到任何地方也都解决不了问题。中国商人这个群体对于"私奔"的"向往"往往来自于现实的压力。改革开放三十多年来，中国商人经历了"冰火两重天"。改革初期，第一批创业者将所有的焦点都放在赚钱上，最后导致身心俱疲，不知道自己到底要什么，归根到底是信仰缺失的问题。

在我认识的中国商人里，有不少人会有"私奔"的念头，虽然目的不同，有的人为了理想，有的人为了自由，有的人迫于现实的压力，但付诸行动的还是很少。作为一个男人要知道，在这个世界上最重要的是"责任"，在孩子面前你是父亲，在父母面前你是儿子，在老婆面前你是丈夫，在员工面前你是老板。

人之所以充实是因为找到了内在的方向

我对中国商人群体有一个深刻的感触：在做好企业的同时，还需要提升思想境界，放大思想格局，增加精神生活，提高美学修养，保持对真理的好奇心，人之所以充实是因为找到了内在的方向。世界上几乎所有的经典智慧，都是一种内化的教育，如果一个人找不到内在的方向，在纷繁的世界中就比较容易迷失方向，随之带来痛苦和烦恼。

人的一生不可能总是风平浪静，任何事情的发展规律都是波浪式前进和螺旋式上升的。我去企业讲课发现一个问题：20世纪80年代初成长的这批企业家，他们依靠冒险和低成本的劳动力以及敢打敢拼的精神将企业做大，表面上风光无限，但深入内部就会惊讶地发现，很多由小作坊、夫妻店成长起来的大企业，他们所拥有的价值观、企业文化、思维方式还停留在小作坊的年代，丝毫没有改变。在这种情况下势必会造成企业快速发展和员工素质滞后之间的矛盾，接着就会出现员工跳槽、老板和员工关系紧张等问题。我经常会为商人们举一个例子，在一个漂亮女人面前如何拥有优胜权，唯一的法宝是增强自己的魅力。当你有足够吸引力的时候，就不会担心老婆跑掉。同样的道理，一个企业有足够的吸引力就不会担心员工频繁地跳槽。所以中国商人在风云变幻的市场经济中，一定要从内心战胜自我，从而以化天下，这也是传统文化讲的内圣外王之道。

除此，中国商人还应该多接触一些新知识，一个人知识越多，他的精神境界越高，随之思想格局就会放大，思想格局放大的好处是站在高山上自然一览众山小，在胡同里转悠长了会心生烦恼。

只有善于归零，生命才会处于平衡之中

越来越多的中国商人开始走近传统文化，这和做企业并不矛盾，中国商人们不妨学习《道德经》：“故贵以身为天下者，则可以寄于天下；爱以身为天下者，乃可以托于天下。”通俗点说这句话的意思是：我们为什么会为名权财色执迷和烦恼，最根本的原因是我们有生命的存在，当生命不存在的时候，外在的名权财色对我们还有价值吗？

在理想中，有太多的中国商人渴望在功成名就后要么隐居田园，要么甘当幕后。然而现实的残酷是，有太多不得已并不允许他们如此洒脱。真正的田园在哪里？心花绽放则眼里处处都是花的海洋，田园生活只是心灵的一个方向。

一个人彻底放下，不被外界搅扰是很难的。尤其作为中国商人，几十年如一日，为了做企业，为了追求世俗的成功放弃了与家人的团聚，与孩子的天伦之乐，对父母的陪伴等。但一时的成功在人生长河中不过是刹那的生灭，何不将心放下，俯瞰人生，“坐久幽怀如海，心窗宽广恒沙”。因此，中国商人们要做到早上拿得起，晚上放得下，让心时时归零。

逍遥于无极之野

——《明心见性》书评

三十年来寻剑客，几回落叶又抽枝。

自从一见桃花后，直至如今更不疑。

日前，李新华先生的新书《明心见性》由中央编译出版社出版了，这是一本需要反复研读和体悟的书籍，如果我们真的能够领悟其中的精髓，想必会一悟之后，心花怒放；再悟之后，万象更新。

新华先生曾任教北大，后因缘进藏，历经 30 年研习、修悟佛法的中观论，方成此书。真应了灵云志勤禅师悟道偈："三十年来寻剑客，几回落叶又抽枝……"

一位坚忍的侠士用三十年时间苦觅一把智慧之剑，用来斩断烦恼，获得心灵的解脱。时光如刀光剑影催落花叶，树上又抽出新的枝条，春来又是桃花遍野，刹那间光芒四射照见天地印透山河，侠士顿悟：原来智慧之剑就在自己手中，不离左右。这便是禅的意境，超越了思维、语言、是非等所有的二元对立，进入直觉经验，当下顿悟证得本心。这种顿悟的禅乐难以言表，其背后却是悟道者所经历的无尽的沧桑。

李新华先生就是这样一位侠客，他饱含着对于真理的热望，用30年的实修经验激发你进入禅的直觉思维去感悟宇宙的实相，最终目的是让我们发现手中原本紧握的那把智慧之剑。

佛法的根本目的是为了帮助世人获得心灵解脱。作者分别从认识论、实践论、方法论三方面阐述了人类痛苦之因，轮回之本，最后提出了佛法的解脱之道。

作者总结了所有苦都源于人心，源于人心生活在二元对立的世界，这是人类痛苦之本、轮回之因。

作者明确提出：只有跳出二元对立的思维模式，才能明心见性获得心灵的解脱。那么如何跳出二元对立的世界获得心灵解脱？作者首先谈到心理学家和哲学家们的局限性，最终作者用剥洋葱的手法单刀直入阐明了佛法的解脱之道，给人类点亮了一盏明灯。可贵的是他提出的解脱之道离我们并不遥远，正如噶举祖师冈波巴尊者说："正因为如此简单，反而无法相信。"

我们可以想象自己长久地在色与空、爱与恨、善与恶、身与心、出世与入世的对立矛盾的事物中挣扎，饱受冲突之苦，历尽修炼之苦，只为证得涅槃之极乐，到最后才发现无佛可成，无魔可降，人间无处不是净土，所谓的觉悟和解脱这些看上去高大上、遥不可攀的名词居然触手可及，居然简单到只需回头一望瞥见自己的心灵便能明心见性，开启心灵伏藏。想必当您看到对于人类身心之苦的解决方案是如此简单并不遥远之时，您一定会和我一样带着觉醒的狂喜和谦卑无我的感恩之情阅读本书。

看完本书后，我问李老师："'明心见性'后的表现是什么呢？"他说："悲智双运。"我想这也是他创作本书的初心，用自己手中的那把智慧之剑帮助众生拔苦予乐，这也是我们学习佛法的究竟意义。

在此，我谈谈本书的不足之处，也是佛法的弊端。佛法认为人身是地水火风四大假合而成，肉身不过是臭皮囊，主张“心外无物”，忽视人体这个修行的载体。在这个问题上我们要学习道家的智慧，道家认为人体是小宇宙，人体的三脉七轮和谐运转才能纳入大宇宙循环，从而天人合一，所以道家“重生贵养”的思想在修身方面比佛法理论有更多的借鉴意义。

最后，我希望有缘的读者在阅读该书的过程中能用一颗淳朴的妙明真心，与作者一起逍遥于无极之野。

灵修课程究竟忽悠了谁？

当人类步入新纪元，伴随着竞争的加剧，处处充满焦虑不安的灵魂，于是国学班、灵修班、开悟班、禅修班等各种号称能唤醒内在力量、提升心灵意识的课程应运而生。有的机构培训的学员多达几十万人，年收入十几亿元。我选择的就是这样一家国际知名的灵修机构，我的初衷是想让女儿来学习，所以提前给孩子来把关，因为“灵修”二字在我眼里是高贵的代名词。起初我并未想到课程的害处，但也预料到不会有太大惊喜，但感觉让十几岁的孩子听还是物有所值的。结果出乎我的意料，三天的课程我只听到一半就逃之夭夭。回家后百度了那家机构，发现听课后有人自杀、有人疯了、有人和机构打官司，还有很多人写了课后心得，对此课程的评价褒贬不一，这是在所难免的。问题的关键是此类课程能否解决根本问题？如果不能，那么究竟忽悠了谁？带着这个问题我从网上了解了关于课程的所有流程。今天我提出了几个问题，希望能引发更多人的思考。

第一，你是问题的制造者还是解决者？

其实大多数人都没有问题需要被解决，尤其没有问题需要被他人解决，只是没事儿找事儿，自找麻烦。比如有位女学员上台，导师问其婚姻状况，学员回答：“离婚了。”导师终于逮到一个猎物，因为人的问题无非三点：缺钱、缺爱、缺成功。所以在导师的诱导下，终于抓住一个“有问题”的人。于是导师不断引导女学员倾诉痛苦，如果学员不找到病因，他就无法呈现自己“灵丹妙药”的奇效。可这女学员雷打不动，无论如何苦思冥想，都找不到痛苦的理由，她反复对导师说：“我的问题早已删除了，现在我很快乐，没有问题。”然后爽朗地大笑。这时导师先哭了，声泪俱下地描绘一个人离婚后的痛，引得这个女学员也流下了眼泪。导师按照既定流程让很多学员上来拥抱“获得解脱的女学员”，然后让女学员分享此刻的收获。女学员面对在导师的暗示下哭泣的同伴笑着说：“我很早就不痛苦了。”导师不依不饶，必须让她说出收获是多少分，女学员只好说：“20分吧！”我忍不住笑出了声。下课后我告诉女学员说，你没有问题。她回答：“老师先哭了，我不得不哭。”

很多人原本没有病，到灵修机构给自己找病。

第二，复训是你的需要还是机构的需要？

在灵修机构，导师不断引导你必须复训才能解决问题，然后让很多人现身说法，讲自己多次复训后如何蜕变。他们培训的内容是通过冥想、游戏、音乐让你尽情苦闹，疯狂跳舞，很多人当时的感觉就是“爽”，但“爽”真能解决问题吗？如果“爽”能解决问题，就不需再三复训。

“爽”的感觉不能解决问题，因为“爽”来自人的感官，感官体验是转瞬即逝的，所以你离开这里，感觉就消失，为了反复体验感官享受的美好，你必须不断回来，只要离开这个教室，快感即刻消失。机构深谙此理，因此用心良苦设计很多让你无比愉悦的感官体验游戏，比如到课程的高级阶段，男女会有亲密的肢体接触，会有类似双修的内容进来。因为进入高阶的都是有钱人，富婆巨多，富婆最缺的就是爱，这时有的男士进入高阶的目的很明确，就是给自己寻找一个猎物，正好课程的环节提供了足够合理的条件，所以你觉醒的不是你的灵性，而是你的感官。

第三，心理宣泄是解决问题还是逃避问题？

这类体验式的课程有很多环节让学员尽情发泄自己，扮演父母指责孩子，扮演孩子向父母忏悔，可以把这种课堂定义为“垃圾情绪的宣泄场”。对于有问题的人可以肆无忌惮，用他们的专业术语是“尽情绽放生命的光彩”。但对于心灵圆满的人，简直就是一场闹剧。投入和不投入不是问题的关键，关键是宣泄可不可以解决问题。当然，跳舞、痛哭可以释放负能量，但为何一定要来这里释放自己，任何地方都可以跳舞、痛哭，重要的是什么才能解决根本问题？显然仅仅释放负面情绪远远不够。

人是活的，课程是死的，模式化的东西早已离开智慧的本源。失去本根如何导引大家的灵性？没有灵性的觉醒，如何唤醒正能量？因此置身这样的能量场，你想要的适得其反。

说了这么多，难道这类课程没有优点吗？也不是。对于极度压抑、缺乏关爱的人能起到暂时抚慰心灵的作用，这一点不可否认。因为这个世界上有很多物质丰富、心灵匮乏的真乞丐，他们到外界寻求爱和支持，他们需要心理宣泄，心灵抚慰，所以这些机构才得以存活。而唯有开悟，才能解决根本问题。因为开悟是稀有的，不开悟也很痛苦的，所以这里就人满为患。

大象无形

看到这件藏品，我想到徐志摩的那首名句：“最是那一低头的温柔，像一朵水莲花不胜凉风的娇羞。”大象的头、鼻子和前腿混为一体，若隐若现，似断还连，就在似与不似之间把大象的动态美呈现出来。设计这件作品的玉雕艺术家没有选择任何背景，但莽莽天宇、恢恢地轮就是它的背景。同时作者也没有用千岩万壑、层峰叠嶂、气势磅礴的大场面来凸显空间和层次的技巧，而是采取了大刀阔斧、纵横挥扫的手法，去掉一切的繁文缛节，去掉一切的宠辱得失，还原了自然的本来面目，呈现了生命的本来面目，在无形之中呈现了隐匿在背后的万千气象，用简单体现大道。

它的整个力量都是由内而外散发出来的，内在的结构极为缜密，即使你把它从山上推下来，它也依然是完好无损。

我想这块玉的原石，曾经孑然一身置身于宇宙偌大的舞台中间，当所有的演员都谢幕了，所有的观众都离席了，只有它阅尽世间沧桑变迁，冷眼看尽人间繁华，却依然坚守着自己的那份冰清玉洁，直到玉雕大师发现了它。玉雕大师只不过给它洗了个澡，掸了掸衣袖上的灰尘，就成就了它今天这样一件绝世珍品。

大象无形就是这样的一件玉雕作品，你给它添上一笔，不会增加它的华丽；你给它减少一笔，不会让它因此显得寒酸。

作品表达了大道的原貌，也表达了中国人做人做事最高的境界。

大象无形
——写一件玉雕艺术品

没有人能为你增加
没有人能为你减少
空间不能凸显你的层次
色彩不能表达你的美妙

你从宇宙蛋破壳而出
如婴儿般呱呱坠地
玉雕大师小心翼翼地
帮你洗了个澡
梳梳你的头发
整整你的衣角

你可以价值连城

最好粉身碎骨吧!
没有形状就是你的形状
没有颜色就是你的本色
没有人识得你的容颜
没有人记得你的生日

整个天地都遍布
你的血液
没有人知道
你来得比天地还早

陈履生印象

陈履生，中国国家博物馆副馆长、著名美术评论家、文艺批评家、画家。

一个有文化的人、一个有品位的人、一个深得传统文化精髓的人，一定喜欢陈履生先生的作品，因为他的作品不是娱人耳目而是愉悦人的神志，愉悦人的神志的作品不是停留在表面的绚烂，而是隐藏在作品的背后，有一种能牵动人灵魂的活的东西，而只有一个深刻的灵魂才能创作出这样的作品，也只有一个深刻的灵魂才能读懂这样的作品。

——题记

初识陈履生先生是在全国政协的一次笔会上，晚上刚喝完酒，几个画家酒意正浓便兴致盎然地在政协画室挥毫泼墨。当时素称“中华墨竹第一人”的著名画家王林旭先生正在画墨竹，只见他手舞足蹈之间一幅栩栩如生的墨竹图便跃然纸上，大有“当其下手风雨快，笔所未到气已吞”的气势。按说那晚大师云集，领导都在围观，我一个晚辈并且是外行是不该多言的，可我向来就不善于隐藏自己，于是首先打破了静默，班门弄斧地

《寒月白千峰》(陈履生作品)

点评了几句王林旭先生的画，这时一个声音从我的对面传来：“何方神圣？背得如此流利？去！给我倒杯水来！”我抬头一看，当时履生先生脸上泛着红光，酒酣后带着些许的醉态正斜睨着眼睛看我，举手投足之间颇具风流才子和鹄立群僚的文人身上特有的癫狂之气，大凡大艺术家都有些特立独行的惊世骇俗的言行，他这种酒后的癫狂中还夹杂着江南才子身上特有的含蓄和内敛，因而不但没招致我的反感，反而令我很欣赏，于是我和他目光交汇的一瞬间会心地笑了，我恭恭敬敬地给他倒了一杯水。

提起江南，很多人想到的是小桥流水，翠柳倒影，想到的是明代江南的四大才子。今年我去扬州时顺便去了扬中，扬中是一座如梦般的小城，素有“长江小威尼斯”之誉。履生先生便出生在这里，想到履生先生笔墨细秀、布局疏朗、风格秀逸清俊的画风，再看看眼前扬中的清新秀美，我便感叹造化弄人，居然能把一个人的作品和自然结合得如此浑融为一，如果不是一个襟怀坦荡、表里如一、能够与天地沟通的真人，绝对不会达到如此完美的天人合一的境界。

再看履生先生的画，他画的梅花，没有任何笔墨的邋遢，以高度的抽象和提炼，寥寥数笔就把梅花傲然挺立的风骨表现得淋漓尽致，在看似不经意却是精心取舍剪裁之中便还原了梅花的本来面目，我想一件好的艺术作品之所以能摄人魂魄，是因为让人从中发现了自己，便有了与作品之间的共鸣。

世间的大道都是相通的，履生先生作品中表现的有形与无形的统一、有限与无限的统一、简与繁的统一、虚与实的统一，这些艺术表现和演讲的艺术如出一辙。

通常当一个人理解了自己的苦难就会读懂另一人的苦难。履生先生的梅花让我想到巴金的一句话："最大的技巧是没有技巧。"如果他没有放下画家引以为傲的色彩、空间、笔触、形式等绘画语言，如果他没有放下刻意追求的精湛表现，是很难达到他画梅以无形表现有形的最高境界的，这个境界就是老子说的"为学日益，为道日损，损之又损，以至无为"。我想履生先生必定经历了避以求精的为学日益的阶段，才达到今天摒弃浮华的为道日损的无为境界。

我也特别欣赏他画的雪景山水，在寥廓苍凉的意境中，让人感到"一蓑烟雨任平生"的凄美和"独钓寒江雪"的旷达。我喜欢陈履生的作品，是因为在苍凉的画面背后升腾着一种生命的光辉，它不是娱人耳目而是愉悦人的神志，愉悦人的神志的作品不是停留在表面的绚烂，而是隐藏在作品的背后，有一种真正能打动人灵魂的活的东西，而只有一个深刻的灵魂才能创作出这样的作品，也只有一个深刻的灵魂才能读懂这样的作品。

老子云："天下皆知美之为美，斯恶已。皆知善之为善，斯不善已。故有无相生，难易相成，长短相形，高下相盈，音声相和，前后相随。"

世人都追求美便有了丑的东西，如同选择白天不选择黑夜一样，所以圣人曰："知雄守雌，知白守黑，知荣守辱。"履生先生的作品就是深得传统文化的精髓，在别人司空见惯的事务中去表现与众不同的精彩，这需要一双发现美的眼睛和一颗超凡脱俗的感受美的心灵才可以做到明知光荣、甘守屈辱。

所以我想履生先生正是在艺术的道路上不断地勇猛精进才

使自己的艺术造诣达到最高峰，但更重要的是在精进的过程中修炼了自己的心智。

他说："画家专业化，往往丧失艺术的本真原理，使画画变得不好玩儿，变得很苦很累，变得不知道为什么要画。"履生先生的作品，是典型的文人画，在轻松悠游的状态下，将自己的情感、趣味、修养、思想等等，借助于笔墨，表现于山水梅花。我想在当今世界能创作出真正精品的画家或许不计其数，但能以如此轻松惬意的心境进行绘画的才是真正的大家。

履生先生说画画未必很苦很累，从这个层面上讲，好的艺术家仅仅笔耕不辍是不够的，必须要有灵性与笔墨的邂逅才可以成就真正大师级的人物。履生先生正因为自己的天赋使命，才有了在艺术道路上不断精进的内在动力，也正因为内在修炼的这份欢喜心，才有了笔墨的空灵和清逸。

艺术与脑瘫

随着脑瘫诗人余秀华的迅速走红，似乎脑瘫与艺术之间画上了等号，有人戏谑：“难道中国的诗歌集体脑瘫了吗？”

美国心理学家贾米森曾对 47 名著名的英国艺术家和作家（获艺术大奖者或皇家艺术会员）作了一项专门调查，发现其中 18 人或因精神失常而住过精神病院，或曾经为精神疾患接受过不同形式的治疗。在他们当中，情绪失常的比例比正常人要高出 7 倍。

为何艺术家在非常态的状况下反而更有创造力？比如很多文人骚客都与酒有不解之缘，往往是“酒酣之时吐出胸中墨”。“画圣”吴道子“每欲挥毫，必需酣饮”。文人骚客离不开酒，因为酒就是艺术家达到非常态之状的媒介。在这种状态下，更容易超越现实的功利境界进入“物我两忘”的心神境界。在这种境界中，感官体验和头脑经验无疑是废物，透过这个瞬间的“脑瘫”，从而让艺术的审美境界由“技”而入“道”。

庄子在《养生主》中精彩描述了庖丁解牛的最高境界：“始臣之解牛之时，所见无非牛者；三年之后，未尝见全牛也。方今之时，臣以神遇而不以目视，官知止而神欲行。”当庖丁最初解牛时，是感官在运动，这是停留在技术层面的境界。而到最后由“技术”升华于“道”的层面之时，他解牛就游刃有余了，“十九年而刀刃若新发于硎”达到了高度的自由境界。而由“技术”升华于“道”的层面的先决条件是感官必须停止运动，让心神跟随道的规律去自然运动。几乎所有的画家，书法家，诗人都在苦苦追求一个审美境界：让艺术由“技”入“道”。因为只有进入“道”的境界，才能激发自己创造力的潜能，其作品才能出神入化。

我们可以联想到余秀华，脑瘫让她的部分感官停止运动了，却让其心神的运动更加活跃了。因为心神是人的先天意识，是与生俱来的灵性存在，是非逻辑非理性的产物。而诗歌的特质正是如此，因此诗歌创作需要的是人的灵性，不需要来自头脑的后天意识。甚至可以这样讲，头脑的后天意识不但不是诗歌创作的垫脚石，反而是诗歌创作的绊脚石。从这一点看来，脑瘫者创作的诗歌未必就不具有一定的专业水准。但用脑瘫来成就诗歌，估计没有几个人会愿意。连余秀华本人也说：“如果能让我做回一个正常人，我宁愿放弃诗歌。”

看看她的这首网上盛传的诗歌《穿过大半个中国去睡你》：我穿过枪林弹雨去睡你/我把无数个黑夜搁进一个黎明去睡你/我让无数个我奔跑成一个我去睡你……当然我也会被蝴蝶带入歧途/但这都是我必须去睡你的必不可少的理由。”不得不承认，从语言技巧而言，她的文字热辣滚烫，很能打动人，很能起到摄人魂魄的作用。之所以能够引起共鸣，因为这样的文字极大地愉悦了人的感官，追逐感官享受是人性的本能。但追逐感官享受又恰恰是人类迷失本性的祸根。所以我并未从文字的表面去评判她的诗歌，如同未曾从感官的层面体会她的诗歌一样，而是试图从文字的背后穿透她的心灵。可以看出，她文字质朴的背后，自我的痕迹很重，用笔并不轻柔。用笔的刚柔恰恰是一个人心灵柔软程度的呈现。只有当一个人看破放下时，文字中才会体现一种似是而非的状态，这种似是而非的状态就是无我无为的状态。

余秀华说："写诗是一件很小我的事情。"任何事情一旦陷入小我之中，"我执"的后果就是身心失衡，最典型的代表人物就是尼采。"我执"者将所有的能量都集中在自己的头脑上，导致头脑和本性的严重失衡，轻者导致疾病，重者甚至危及性命。因为头脑是后天意识，本性才是能量之源，本末倒置就会反应在身体层面。从佛家的理论看，生命中发生的任何事情没有偶然，一切都难逃因果链条的罗网。我不由自主地猜想"脑瘫"与"业障病""因果病"之间是否存在一些必然的联系？

心

写这样的文章是不需要逻辑的，也不需要听别人怎么说，要在自己的生命深处去探寻。我下意识地闭上眼睛，把手放在心上，不错！这是我的心，温暖而有节奏地跳动，但它只是我的肉团心，不是我的本心。如果不回归本心，就不能认识真正的自我。而事实上，鲜少有人能真正认识自己，很多人对自己的认识都有失偏颇，人人都试图去认识别人、认识世界。

如何回归本心？关于心学理论，儒释道三家都在谈，我研究了很多年，能讲很多大道理，但今早写下这个题目，我告诉自己："拜托！燕妮老师，能否丢掉头脑中的那些垃圾，那些陈旧的经验，停止你的那些陈腔滥调！"

我决定抛开经验和理论，讲一件好玩儿的事情，就是昨天刚刚发生的。昨天我见了一个二十几岁的活佛，他是中国最年轻的佛学博士，出生于很有名望的活佛世家，是十七世纪大宝法王的亲传弟子。我见到他时，他在佛座上正襟危坐，学习十几年佛法给他带来的庄严之气能够掩盖他脸上的稚气。很多信徒进门的第一件事就是磕头叩拜，我独自站在一旁，静静地感受他的能量频率，他清净和喜悦的能量场顷刻之间感染了我，我感到胸口有一瓣莲花在绽放，随后变成一千瓣莲花开遍全身，我意识到自己的能量开始上升。此刻，屋子里不断有人前来磕头叩拜，只有我独自站在一旁，静静地感受莲花开遍整个身体、整个房间的感觉，我的心花也随之怒放。那一刻，我的心不在生命之外的任何人和事物上，我早已忘记他是一个师父，忘记了我要对师父行礼，甚至忘了我自己的存在。师父发现了我，脸上露出一丝羞涩，一个活佛，居然也会脸红，像个孩子一样。

故事还没有结束，中午时我请活佛一起吃素菜，边吃边问他："什么是空性？"他很坦率："我说不出来。"接下来他打比方："对于鱼，水是它的家。对于人，水可以洗澡，可以做饭。请问是鱼正确还是人正确？"

一次很美的遇见，尽管我没来得及给他磕头，尽管他没有告诉我任何问题的正确答案。如果我忙着给他磕头，如果他板着面孔给我传授严肃的学问，就阻挡了我们之间的交流和沟通。正因为如此，才让我感到一切的发生都变得好玩儿。

回归本心其实很简单，让心在每个当下如流水般充满生机和活力，生命就会变成一个开花的过程，只有生长，没有死亡。

学员问答录

问："我的孩子接受的是西方教育，如何引导他学习东方文化？"

答："不要把你的想法强加孩子，要尊重他的选择。通常我们对一件事物的判断取舍都来自已往的经验和认知，这是头脑的局限。首先你要走出自我的偏见，才能让孩子知道得更多。"

问："我一直都找不到生命的方向，该怎么办？"

答："这个问题正是你的机会，证明你在思考生命更有价值的东西，所以你已经迈出了成功的第一步。"

问："我很喜欢传统文化，是否先从儒家的理论入手？"

答："你的问题是想法太多了，经典没有好坏之分，重要的是你的当下心能和哪部经典相应。"

问："持戒与求道有关吗？"

答："你为什么要求道？道就在你本性深处，只是你没有能力去认清，其实它一直都在。如果持戒能让你认识自己和道的关系，那就选择持戒。但这不是你的目的，见性才是你的目的。"

国酒与国学

酒是一把双刃剑，可以使善者更善，恶者更恶。向左是酒神，向右是酒鬼。前者可以掌控酒，后者却被酒掌控。如何用酒还原生命的本来面目？将酒变成通神的桥梁？这个问题取决于酒和人的修炼。

茅台集团董事长袁仁国先生介绍说：“茅台酒的发酵过程被称为‘阴阳发酵’，旨在吸纳天地之精华，正是这种执着的向内提纯的过程，才有了难以替代的酒基和世界最高贵的酒香。”茅台酒的发酵过程和一个人修炼的过程何其相似？酒和人的修炼都要经过不断向内提纯返璞归真的过程。酒性即人性，酒格即人格。而中华传统文化的精髓是修心文化，因此国酒文化与国学文化之间有着密不可分的联系。

仁国先生还说：“茅台酒勾出了儒家的进取，佛家的慈悲，道家的天人合一与道法自然。”“茅台酒的发酵工艺与中国传统文化的内在联系，实质是道家哲学在发酵工艺中的应用，体现的完全是东方智慧。”一只小小的酒杯，装下的是天之阳，地之阴，天人合一的和谐，有无相生的玄妙。在每个国人的血脉之中，都深藏着一份朴素的情怀，那就是对中华文化的顶礼膜拜，对和谐灵魂的深深企盼。小小的一杯酒，瞬间将国人的魂魄凝聚在一起，将人心凝聚于国旗之下，这便是国酒蕴含的文化魅力。

我第一次到仁怀市，当“中国酒都”四个大字映入眼帘，车窗外满是美酒飘香，即感到茅台酒的高贵与黔北的灵山秀水之间有着千丝万缕的联系。如果不是天赐佳酿，就不会造就人类酿造史上无法超越的高度。袁董事长说：“感谢天地，大家都认可国酒的那份好，这个好，是天与地，诗与酒，水火交融的阴阳之和。”我们在世间所做的一切努力，最终目的不过是为了回归心灵的最原始地带。茅台酒在哪里，美就在哪里！它不是一种单纯的物化存在，而是通往心性的桥梁；它不是用来满足口腹之欲，而是用来复原我们本来面目的道具。柏拉图说：“回归本性除了宗教的道路，还有审美的道路。”而茅台酒的勾兑正是科学与技术的融合，艺术与美的统一。无疑品味茅台酒，就是品味最真实的自己。

儒家思想主张“修身养性”，道家思想主张“修心炼性”，佛家思想主张“明心见性”。修的是什么心？炼的是什么性？修的是人的俗心，见的是人的真性。旨在提升一个人自我意识的层次，能够以如如不动之心俯瞰变幻万千的大千世界。要想达到这样的高度，一颗俗心需要在红尘中经历多少沧桑巨变？需要穿越多少无情无欲的煎熬？可是端起一杯茅台酒，在醉美的那个瞬间，在无我无心无念无为的巅峰，酒神于不经意间引领着我们，或如坠迷雾，或豁然开朗，酒前、酒中、酒后，千姿百态，心神宁处是顿悟，大道之爱归本心。原来障碍你、迷惑你、阻碍你回归真我的，不是别人，是你强大的自我意识，一直以来，你无法完全放下自我。可在你举杯的片刻，酒神唤醒了你心灵的美感与纯真，当下超越自我，顿悟禅机，于是酒便成了觉悟的神来之物。

当然不是人人都可以通过饮酒来觉悟，酒可以与神性链接，也可以与魔性链接。当灵魂的层级处于生命的上方之时，就会与酒神同频。当他处于生命的下方之时，就会与酒鬼同频。而茅台酒与生俱来的高贵品质，总是在为你创造一种喜悦的引领，引领你来到生命之上，导引你的真我。酒对你的灵魂而言，将变成疗愈灵魂疾病的一剂良药、一个生命的加力挡、一台精神的推进器。如果你的灵魂总是处于生命之下，它也会成为你修炼的障碍。

透过小小的酒杯，可以窥见你的真我，窥见你灵魂的层级。你的障碍在哪里；酒就在哪里！你心灵的美感在哪里，酒也就在哪里！因此品酒与修心的关系密不可分。茅台酒就是这样的一种神性的存在，它像寂然不动的星星，随时准备照亮向它靠近的人群，随时准备点燃觉悟者的心灵之灯。它只为温情而温情，只为倾倒而倾倒……

我的“6·12宣言”

有一种人，离开他的头衔和牌子，自己什么都不是，因为他丢失了人的本质，一个人最内核的存在，显然这是舍本逐末，但他却浑然不觉，因为有的人，对于人有本质这件事，抱有怀疑态度，所以他宁肯死死地抱住其外在的头衔和牌子，而丝毫不关心一个最本质的问题：究竟什么是生命真正的内核？

无数先哲都告诉我们，身体不是我，思想、情感不是我，外在的金钱、地位，身份皆不是我，只有无我，才是我。接着论下去，就会陷入玄谈，还是就此打住吧！东方智慧强调的是觉悟，不是来自语言，而是来自体验，往往说多了，思考多了，问题更复杂，更无法接近本质的存在。幸好无数科学家通过实验证明，将山河大地日月星辰熔为一炉之后，惊讶地发现宇宙间并不存在物质，一切都是能量的显化，因为能量的不同而显化了不同物质，既然宇宙间不存在物质，人的肉身就不是最本质的存在，那么人的本质是不是能量？这个答案有点接近了，但并非人真正的本质，关于本质的存在是不可描述的，总之它来自更深的源头，它是万物未显化的状态，它是宇宙初醒的第一口空气，它是绝对的宁静和空无。如果混同世俗，就会阻碍你回归最本质的存在。因此，修行者要么选择规避这种扰乱，要么在各种搅扰中修炼自己的内在。

我是不喜欢被太多东西扰乱的人，我不知道有多少人比我更爱孤独，孤独时让我感到富足，群居却常让我感到不安，我多年独身的经历，独身时所创作的大量诗歌作品，以及对于人最内核问题的诸多思考，足以证明我没有对谁说谎。

但我并非完全不识人间烟火，比如经常出入不同的酒场，我把酒场也当成经典的人生读本，透过酒场以观人间百态。我不会巴结逢迎，也不会借机谋取私利，我想远离世间的功利纷扰，于是我做了一个决定，很早就想做的一个决定，宣布辞掉所有机构给我的荣誉，并不再担任任何机构的任何职务。本色示人，拒绝头衔。我不想成为某种人，一种离开头衔，什么都不是的人。永远像个孩子般逍遥自在，是我唯一喜欢的生活方式，永远是个孩子，是我唯一需要的身份，这个身份，完全来自内在的圆满。做出这个决定后，我如释重负，今后再也不需要为各类会议四处奔波，也不需要为寻找逃避开会的理由而抓耳挠腮，我记住了昨天的日子：2017 年 6 月 12 日。

由此我想到人的本质的问题，如今对于这个问题，我不再去深究，像我先前那般去钻研它，因为它不是经由思考可以获得答案的，恰恰相反。它是一个纯粹的与觉悟有关的问题，更不是谁可以在外在的身份地位中可以找到答案的问题。

我曾经说过这样的话：

> “很多人记住我，不是因为我的牌子，而是我的思想和灵魂。尽管很多时候，我的思想和灵魂呈现的并不是智慧的全部，甚至它有点荒谬。在世俗之人眼里，他们往往无

法理解我的荒谬。其实我多次想告诉你，我不需要牌子，担心出口伤人，便以模糊的态度应之，其实我已经多次暗示你了，你没有觉察，不代表我没有表达。一个内在足够强大的人，不需要任何外在支撑，并不是每人都把外在看得那么重。你在乎的是牌子，我在乎的是记住你曾对我的好，所以还是谢谢你，谢谢你给我勇气，让我瞬间解甲归田，辞去多年来全社会给我的荣誉，并拒不担任一切社会职务，但我永远都会感谢你，永远都会记得你曾经对我的好。”

微言篇

之一：慈悲心

昨晚在西双版纳的篝火晚会，我也夹在其中狂欢，才发现我的心没有了以前的冷傲，而是时刻都能融入当下的生命情景之中，才发现狂士的冷傲不过是恃才傲物，而伟人的亲善爱民却是更为难能可贵的谦卑。后者源于内在大朴真性的自然流淌，源自对于众生苦难的深深悲悯，你我一如，感恩一切，宽容一切，慈悲一切，普利一切，耳畔这悠扬的葫芦丝的乐声让我听到了关于生命的喜乐。

都说江南风光好，但江南的美景绝不仅仅是“二十四桥明月夜”的花前月下，绝不仅仅是“孤帆远影碧空尽”的诗情画意，而是高悬于朱自清雕像上方的四个大字“浩气长存”，而是镌刻在中山陵石碑上的四个大字“天下为公”。我随笔写下四句话：“看翠竹黄花，忆梦里江南，感峥嵘岁月，悟人间正道。”

江南小镇的精致，蒙古草原的苍茫，西双版纳原始森林的幽静，海滨城市的如诗如画，古城西安的厚重，西北秃岭的苍凉和悲壮，每一寸土地都有它与众不同的美景，每一个华夏儿女都有着善良淳朴的天性，就连大西北的农民喝酒打牌聊闲话的那份“不思进取”的慵懒，在我看来都极为可爱，都会使我的眼里常常溢满温情的泪水。

之二：将知识化为智慧

我为何研究佛陀和老子思想？我认为一个人拥有再多，如果他无法参透生死，他也永远无法找到生命的支点。所以与其说我喜欢他的思想，不如说我喜欢研究他思想的过程中体验到的极乐。

知识不等于智慧。第一，每人都有自己的因缘；第二，知识源自头脑的概念，而智慧往往取决于当下心灵对事物的觉知；第三，如果知识不能在实践中转化为智慧，那么知识反而是一种障碍。

潜意识的力量是意识的三万倍，以至于潜意识常跳过意识支配我们的行为。所以，修行的目的就是为了转换潜意识中的负能量，提升生命意识的层级，让正能量左右我们的心智。

接触负能量的人会消耗自己的正能量，不是每个人都有能力藏污纳垢的，除非其自身有强大的免疫力，所以平时读好书，接触高能量的人，拥有坚定不移的信仰都可以改变自己的能量场。

很多孩子的潜能都淹没在大众化的评价标准中，因为很多学校只关注考分，不关注潜在价值。但有些潜能是很难被考核出来的，比如创造力、灵性思维能力、阅读能力等，这些能力比成绩更重要。

我双胞胎女儿之间的关系异常亲密，我想到佛经说，特别相爱的人会转世成鸳鸯，特别喜欢做爱的人会转世成孔雀。这其实是能量以不同形式在不同时空的转换，往往相同的能量由于同频共振原理而集聚一起。有一次她们吵架说狠话，我说："不改变思维方式转世后会成为冤家。"爱也不对，恨也不对，和尚天天念经就是为了清除这些分别心的种子，显现自性清净心。

我第一次到登封时住在嵩山脚下，顿感脑袋一片空白，无我无他无意识无分别，顷刻间放下了所有。我心想："天哪！当年慧可在此立雪断臂后证得空性，是否就是这种感受？"我想慧可在此顿悟，是由于他求道的决心使然。试想一个从不追求开悟的人，即使神仙出现，也会与他擦肩而过，因为他没有求道的需求。

罗素说："孤独者都是自闭者，为了让自己快乐，必须走到人群中去。"爱因斯坦说："保持创造力的方法必须与人群保持距离。"要让这两种观点在头脑中和平共处才是智者，因为未必在人群中就无创造力，也未必孤独就不快乐。对于有些人来说，游走于人群中才有创造力；而对于某些人而言，享受孤独才能体会真正的快乐。

有人宣讲要抛弃孔子、老子的智慧，因为纯属不合时宜的无用之学。这样的心智已彻底被"功利主义"所蒙蔽了，原因有二：一是缺乏慧根，无法领会传统文化的精髓；二是不能深刻地理解苦难，一个不能深刻理解他人苦难的人是无法读懂哲学的。

列宁同志说："千百年来的习惯势力是最可怕的。"这个习惯势力其实是来自人习惯性的思维模式。比如有的人贪财，那么他会利令智昏；有的人贪色，那么他会情令智昏。他习惯性的思维方式彻底把自己的慧眼蒙蔽了。

罗素说："有三种单纯而强烈的激情支配着我的一生，那就是：对爱情无法抑制的渴望、对知识永不停止的追求，以及对人类苦难痛彻心扉的怜悯。"我认同后两种追求，但前提是有能力将知识转化为智慧，有能力将怜悯转化为慈悲。因为知识和智慧的差距，以及怜悯和慈悲的差距，简直是天壤之别。至于第一种追求，我不敢苟同，生活的悖论是越不看重爱情的人越能拥有所谓的爱情，失去往往因为太在乎。

马克·吐温演讲回来，他夫人问："讲得如何？"他说："你是指准备好的讲稿，还是我现场讲的话。"是的！一个演讲家是用知识讲话，还是用能量讲话？如果是后者，当面对一群活生生的生命时，他会迅速将知识转化为一种鲜活的生命能量呈现给大众。

有的人先透过脚踏实地，然后体悟了大道；有的人先体悟了大道，然后脚踏实地。总之都是在理论到实践，实践再到理论的循环往复的过程最终觉悟了大道。比如老子讲道时早已脱胎换骨，我们是肉体凡胎，和他不在一个层面上，所以更要脚踏实地。

养生是一种文化、一种习惯、一种意识、一种责任、一种大智慧，养生涉及心态、运动、饮食、情志、中药、理疗、睡觉和吐纳等各个方面，时间是个借口，重要的是对这个问题的认识程度。如果你认为养生很重要，那么行住坐卧、起心动念都可以养生。

一个人赢得友谊，既易又难。容易在于，他只需要有两只会聆听的耳朵、一颗真诚的心、一双情人的眼睛。难在一个“深”字上，他要有很深的真诚、很深的凝望、很深的聆听。而这个“深”字的背后需要一颗无分别的、平等善待众生的慈悲之心。

很多传统产业，看来进入门槛低，但越容易的事，潜在的成本越高。几乎大部分人都会选择让自己舒服的事，因为要舒服，反而更累了。越是人迹罕的长满野草的土路，行走才越会像风一样自由。

我写悟道很少引经据典，大多是来自实践经验与顿悟。讲课引经据典，也是迫不得已。这与我的读书习惯有关，我读书很少死记硬背，而是透过顿悟转化成自己的知见。因此读书时你是超越知识去体验那个绝对？还是把自己变成一部百科全书？

尼采认为，对于思想者和有创造天才的人而言，必须忍受无聊，才能等到无聊带来的影响，因此他反对为打发无聊和报酬而去工作。他认为当一个人不再为报酬而工作时，才有可能会成为具有创造力的天才。

尼采的理论很好玩儿：反对爱、道德、忏悔，尤其反对神，只相信自我。他在书中写道：“我被关进精神病院的日子，很快医生就发现是他自己疯了，疯的不是我。”事实并非如此，他的确是疯了。但谁也不能否定他在历史上的地位，我认为他对于人类最大的价值不是理论本身，而是警醒了所有人都要重建自己的价值观，不要人云亦云，我想像他这样一个勇敢的思想者对于世界的价值是不可估量的。

燕妮道友会论坛精选

《爱的深度与质量》

时间：2016年11月26日

主题：爱的深度与质量

摘要：

张瞭原老师说："圣经说，爱是恒久忍耐。"

燕妮老师说："圣经说，又有仁慈，爱是不嫉妒、不自私。"

里明老师说："我觉得爱的极致是'慈悲'。"

燕妮老师说："慈悲的另一面是愚痴，所以慈悲与智慧如鸟之双翼。又说道，什么是爱？你思考它时，答案立刻不见了。"

这就让一般人摸不着头脑了。

燕妮老师说："大爱自然，大爱无为，大爱无我。"

她把爱提到一般人难以企及的高度。

燕妮老师发问："爱的深度与质量取决于什么？"

言语之中像是要告诉大家什么。

这时，万先生发表了"爱情"，说道："爱就是心灵与肉体的结合相互弥补满足而圆满，这是爱的因，有因就有缘，有缘就有果。"并比较分析了文艺型、哲学型、宗教型的爱情。万先生的分析独具一格，但还是在男欢女爱中，似有不足。

燕妮老师绝不满足于爱情之爱，她要深入。她道，道之爱源于本性，没有浮华、造作，只是当你思考爱是什么，答案立刻不见了，大爱不在概念中。

燕妮老师说："爱情是情爱，情爱与大爱的区别在哪里？"一句话直指人心，爱不仅是情爱，还有大爱！

党文华老师为爱赋诗一首：

"六道轮回，缘定今生。
佛珠论语，大爱德行。"

接下来他以诗的语言说：

"如果爱里没有责任，爱就变得自私。
如果爱里没有节制，爱就容易放纵。
如果爱里没有平等，爱就变成一种施舍。
如果爱里没有尊重，爱就变成一种专制。
如果爱里没有喜乐，爱就不能成为真爱。"

见大家还在情欲之爱中摸索，燕妮老师是看在眼里，急在心里。她说："情爱是欲望，大爱是有情无欲。内在充满喜乐与真爱，就会见到自己的佛性，当自性圆满之后，对爱的需求也随之消亡，他不会再乞求爱，只会去给予。"

众人终醒悟。

周明华老师说："爱不仅仅是人与人之间、涵盖宇宙间人用心与万事万物之间的亲近关系。"

党文华老师说："不颠不痴，大爱永恒。"

党文华老师似未解燕妮之心，燕妮老师娓娓道来。

党老师说：“莫里说过：‘如果没有爱，那只有死。’”

有爱，就会有伤害。

如果真爱，那伤害的理由就不存在。

爱是相互的。

燕妮老师举例，一个大学生，很难被小学生伤害，站在一个高度之上，只是欣赏伤害带来的美感，我很心痛，但我爱心痛，因为我知道，心痛无常，会消失。

里明老师妙喻：“你向天空开炮，天空是没有感觉的。”

燕妮老师说：“自然而然，就是美，无为之妙用在于自然中呈现的真性，只有真性才不能破坏心灵的美感，有真才有善美，因此真爱使人成长。

如雁过长空，但不留下痕迹，心灵没有被感官欲爱带走。”

燕妮老师再次回到那个问题：什么是爱的质量与深度，它来自哪里？

吴小潭老师从天道的角度谈爱。

神人之爱，神造万物以及人类，让我们生活着，这是大爱。

圣人引导我们解惑得悟，不求回报，这是大爱。

父母生养子女，这也是大爱。

夫妻朋友情投意合，这也是爱。

太极图中，黑鱼生白点，这就是生养，白鱼生黑点同理，所以子女与父母总有不一样。

黑鱼白鱼交和，这就是夫妻之爱。

此时，小潭还不知燕妮老师心之所指。

燕妮老师看不下去了，终于放大招了。

她道，在佛家不同层次的天中，低层天需要彼此握手拥抱进行交流，但在高层天的境界中，一念即可相融，所以是灵魂的层级决定了爱的深度与质量。

要谈大家就谈灵魂的层级。

燕妮老师道："最高层级的灵魂不是去爱，自己就是爱，真爱无对立面，我就是宇宙，就是爱本身，我在每个当下都能与万物合一。"

比如有的活佛，他的清净之气，无形中净化了你的意识，他哪里需要别人爱他，自己就是爱，他能做的只有给予。

燕妮老师说："当下即是爱本身，爱在每一个当下，就是真爱，如果一个人有太多执着心，不可能爱在当下，只会爱头脑的欲望，所以他永远无法体会自己内在的宁静与狂喜。"

此时，付开虎老师灵光乍现，他说："爱即是道！"

爱即是道，似蛟龙出海，冲破情欲之爱，是一种全新的境界。

燕妮老师大赞。

燕妮老师意犹未尽，补充说："修道不懂爱，不懂爱自己、爱别人，就是失道离德，所以学会爱，比有神通重要。"

当下没有善恶，如果每个当下都体验合一的喜悦，那么自己就是大圆满，没有情啊欲啊的纠结，所以每次写完情诗，看到自己内在的纠结，我都要生惭愧心。

道与太极没有对立面，是全然的整体。真爱也来自整体，没有对立面，而爱情是有对立面的，前者来自本性，后者来自欲望，所以是一个人灵魂层次决定了爱的深度，所以要在爱的深度上下功夫，进入爱的最深层，就理解佛陀和老子的清净，所有的欲爱反而是对本性的扰乱。

付开虎老师赋诗一首：

爱即道

志同道合大道情，
心心相印老灵魂；
星云海中一束光，
此生再聚为众生！

至此讨论圆满结束。

《明心见性》

时间：2016年12月2日

论题：明心见性

主论：李新华老师

主持：吴燕妮、吴小潭

摘要：

吴燕妮老师问："明什么心？见什么性？"

李新华老师答："见性就是见到自己真正的心，见到本心。"

小潭老师问："性，如何理解呢？"

李新华老师答："性就是本性。"

燕妮老师问："为何要见性？"

李新华老师答："活得明明白白，死得明明白白。"

小潭老师问："性有善恶吗？"

李新华老师答："性指能生善恶的那个东西。"

小潭老师问："如何理解那个东西？"

李新华老师答："到心里找。"

燕妮老师问："如何找到？"

李新华老师答："体验、体悟、体证。"

燕妮老师问："如何回归本性？"

李新华老师答："从闻思开始。"

燕妮老师说："修在悟前，非真修。首先是觉悟，然后是修心。"

李新华老师说："心不用修，它就在那里，本本然然。"

燕妮老师说："但要认识真心与妄心，否则没有方向。"

李新华老师说："这需要理入。"

燕妮老师说："对，理上顿悟，事上才修。"

李新华老师说："真心妄心都是一心。"

燕妮老师问："心为何有贪嗔痴？"

李新华老师答："佛法说是无明。"

燕妮老师说："识得空性理，方是过来人。所以觉悟是前提，那么如何开启人的无明？"

李新华老师答："就在无明中。"

吴小潭老师说："为何有贪嗔痴？这个问题还没谈透！"

李新华老师说："因为不认识宇宙生命真相。"

燕妮老师补充："还有累世习气。"

李新华老师说："佛法的意义在于苦与苦的止息。"

吴小潭老师对自性的问题还不理解。

李老师答："自性空，无自性。"

燕妮老师问："佛法的意义除了使人获得心灵的解脱之外，还可以断除轮回，如何断除？"

李新华老师答："明白心。"

燕妮老师补充道："明白心的运作原理。"

燕妮老师问："人的轮回是如何由心造作的？运作原理是怎样的？"

李新华老师答："轮回是由于人的二元对立的思维造成的。"

燕妮老师问："二元对立思维如何造成的？"

李新华老师答："二元对立，有了生死，有了轮回。为了生存，我们人类建立了二元对立的思维模式。但二元对立的思维模式，不支持心灵的解脱。要想完成心灵的解脱，必须超越二元。超越二元，即是禅，即是薄弱，即是中观。”

燕妮老师补充：“感性与理性思维，无法认识真相，无法获得心灵解脱，那么如何超越二元对立的分别意识。”

李老师答：“先要认识什么是二元对立模式。只要有二元对立，内心必定有对立压抑和冲突。”

于天罡老师补充道：“二元对立不在二元，而在对立。”

燕妮老师问：“如何利用二元，又不受困？”

李老师说：“不是寻求平衡之道，大道本来就平衡。”

于天罡老师补充道：“道儒释讲的不是平衡，是中。”

燕妮老师问：“如何超越二元？”

李新华老师答：“先要知道何为二元？然后超越二元，重新体验世界。”

燕妮老师问：“何为二元对立？”

李新华老师答：“非此即彼，非黑即白。”

于天罡老师补充道：“我说 A 对，你问我 B 就不对吗？这就是二元。我说李老师说得好，你就说，那就是于老师说得不好呗，就是二元。”

李新华老师说：“超越二元不是中庸，中庸是，存小异存大同。超越二元，是本无异。”

燕妮老师问：“如何超越？”

李新华老师说：“二元矛盾本无对立。”

燕妮老师说：“本来一体。”

燕妮老师问：“但打破习惯思维，有难度，如何做？”

李新华老师答：“当下即破即是。”

燕妮老师问：“老子和佛如何觉悟的？”

李新华老师答："他们都觉悟了宇宙生命真相。"

燕妮老师问："什么真相？"

李新华老师答："可称为：道，如来。"

子虚先生说："众人皆有汝独空，未能无空空说空，及为无有合造化，千山万水一月明。"

小潭老师问："从迷到悟的过程、经历。"

燕妮老师说："新华老师认为，悟不是过程问题，过程是学理的过程，悟就在当下。"

于天罡老师说："修行未深妄说禅，恰似痴汉借酒眠，梦里不知身是客，一轮红日到窗前。"

李新华老师说："若无理入，只低头拉车，不抬头看路。"

燕妮老师说："李老师的优势是在理上让大家通达。他有一套严密的逻辑体系。"

于天罡老师说："对俗人来说，依神秀法门，也可有大利益。"

燕妮老师说："顿悟与渐修。"

李新华老师说："但不入门。"

沉默老师道："理入如何能开悟，逻辑就陷二元中！"

于天罡老师说："神秀是方便。"

燕妮老师问："如何入门？"

李新华老师答："入门先要找到门，这须理入。"

沉默老师说："陷入大脑，大脑如何能超越大脑？"

李新华老师说："方便法也要有方才能有便，不是大脑是心，方就是理。对先理入，再行入。"

于天罡老师说："无方就是无法。二入四行第一就是理入。——六度也以般若第一。"

沉默老师说：“禅，整个努力是超越大脑，不停止大脑，如何入心？”

燕妮老师说：“其实是觉悟与实修，说法不同。”

李新华老师说：“此理非彼理。”

沉默老师说：“不要思考！停止大脑！观照！”

燕妮老师说：“这是修，李老师的理是指觉悟宇宙实相。”

于天罡老师说：“心之官则思，结果我们用现代生理学否定了，岂不知心才是思。”

小潭老师问：“观照什么？”

李新华老师说：“仅仅观照是没用的。”

沉默老师说：“观照就超越二元性了！直接向内看！”

李新华老师说：“观照还要行深般若，般若即理。”

沉默老师说：“观大脑的妄念纷飞！”

小潭老师说：“理障，事障。二障为除，不能见性。”

李新华老师说：“理障是所知障，事障是烦恼障。理极则事，事显其理。先要破理障，先要知障在何处？”

于天罡老师说：“理障不可怕，自性迷才可怕。”

沉默老师说：“当观照念而没有念时，即无念花开！超越大脑二元了！”

小潭老师说：“杀佛杀祖，如何杀？”

子虚先生说：“我之思虑瞬息万变，使之者谁？”

燕妮老师答：“一切在自性。”

沉默老师说：“自性就是佛！”

李新华老师说：“先问我是谁？”

小潭老师说：“还是不能明心见性，问，理障如何破？”

燕妮老师答："还不悟！不破自破！"

李新华老师说："先要知障在何处？"

燕妮老师答："自己找的。"

李新华老师问："自己怎找的？"

燕妮老师答："迷者凡夫，自寻烦恼。"

子虚先生说："本来无我，如何思虑？"

小潭老师说："大家一起来围捕'那个（本性）'。抓住它。哪怕竹篮打水，也要抓一下。"

沉默老师说："达摩直指人心，谈什么理入？当下顿悟！"

李新华老师说："若无一个理上的体系，都是碎片化的知识而已。"

沉默老师说："理是逻辑智力游戏！"

燕妮老师说："理论体系对很多人重要，但成佛要超越理性头脑。"

李新华老师说："理入正是达摩祖师留下的妙法。"

燕妮老师说："理上通和成佛是两回事。"

沉默老师说："不立文字，哪有理？"

燕妮老师说："二者都重要。"

李新华老师说："光说悟不行，禅宗讲见地，见地即理。"

沉默老师说："要无知，理与知识都得抛弃，才可入空！"

燕妮老师说："有言皆妄，无字乃真。"

于天罡老师说："所以四大菩萨有愿力，有智慧，有心性，有行持。"

子虚老师说："可怕的是差之毫厘，谬以千里。"

燕妮老师说："但理上通达，对很多人入门很重要。"

沉默老师说："为何杀佛骂佛，就是要人不陷入文字、经典。"

入理就是入错了门，跟着瞎子走。

小潭老师说："生老病死，成住坏空，缘起缘灭，五蕴皆空，悟空悟空。"

道延释林老师说："明心见性简言之：明即明白、明理。心即道、即佛、即宇宙、即万物，可谓之真相。见可为现——展现、示现。性为心生之念、之意、之为本真之性。"

燕妮老师问："智慧从何而来？"

沉默老师说："般若智来自空性彼岸。"

燕妮老师说："此岸即彼岸。悟空的方法很多，也许李老师就是理入。"

李新华老师说："沟通需要语音同构，所以要在同一体系下谈，否则指东说西。"

汉讴洪歌老师说："日月更替乾坤定，聚火而谈衍文明。二目观已视世事，欲求天然须众行。"

道延释林老师补充道："明白真相，明白宇宙规则后则按大道自然法则，展现你的正确观念和正确方法去遵道而行之。"

燕妮老师问："如何观照？"

于天罡老师说："有人问赵州和尚：'狗有佛性吗？'答：'有'。"

燕妮老师说："当然，我的前世也许是狗。"

李新华老师说："观是方法，不是彼岸。"

道延释林老师说："心为体、性为用，明心见性，可理解明道见德。"

子虚先生说：

“见物便见心，无物心不见。

十方通塞中，真心无不遍。

若生知识解，便成颠倒见。

睹境能无心，始见菩提面。

——张紫阳真人语。”

李新华老师说：“欲从北京到上海，你要知道上海在哪里，没有方向你永远不能到达。这就要明理。”

燕妮老师说：“李老师的明理是指觉悟，我觉得大家不要抠字眼。”

吴小潭问：“可否理解为，这个道，就是性，本性，天性，神性。”

沉默老师答：“是，是整体性的不二！”

道延释林老师说：“可以，一是二，二是一，一、二本是道。”

燕妮老师说：“我觉得大家说的是一个东西，只是说法不同。其实大家心里明白，都是在说那个不动的生化万物的存在。”

李新华老师说：“万物运行依一个理则而并行不悖。这个理则就是我们求证的道。”

燕妮老师问：“如何见性？”

沉默老师说：“理是道，还入什么理？还识什么方向？道是玄妙！无理可求！既然自性在那里，直接照见就行了！”

小潭老师说：“有理派 vs. 无理派。”

燕妮老师问：“念念归空，如何照见？”

道延释林老师说：“如何见性，唯有合道自律。”

沉默老师说：“向内观念，直到无念！”

道延释林答：“如何照见？唯有观自在。”

沉默答：“实相无相，本性空与无念空，两空合一！”

于天罡老师说：“觉知己心道初现，降伏我心道始亲，参透人心道渐明，合道无心道近真。”

燕妮老师说：“所有相都虚妄都是宇宙全息的投射。”

道延释林老师说：“什么是合道，即合道法自然之道？”

沉默老师说：“没有一个没有超越大脑的成佛！大脑即自我，二元！”

燕妮老师说：“降服自心，最内核的问题。”

李新华老师说：“不是修心，而是认识自心。”

沉默老师说：“不是认识自心，是发现！”

燕妮老师说：“认识是认识本性，但修心最关键，认识论与方法论。”

道延释林说：“认识自心是明心。”

李新华老师说：“本然大道是修不出来的。道就在那里，本本然然的。”

燕妮老师说：“认识是明道，修在每个当下的起心动念。”

沉默老师说：“认识还是自我意识，发现即在！”

道延释林说：“认识是明道，修在每个当下的起心动念。赞同！”

燕妮老师说：“真心与妄心，像大海与浪花的关系。”

李新华老师说：“凡是能修出来的，终将坏灭，道无法修。”

沉默老师说：“道本来在，不用修！”

燕妮老师说："但俗心会障碍。"

李新华老师说："谁修？修谁？这在二元中。"

燕妮老师说："一切都自然生灭，不用修。"

沉默老师说："空了的真心才是道，无心会道！"

道延释林老师说："谁修，心修，修谁，修心，皆在二元中。"

小潭老师说："大家都能感知道，有个那个东西，称道称性或其他也好，也能感觉到那个一直在发挥作用。当如何见到它，有顿悟、有理入、有观照。各有法门，效果待查。"

李新华老师说："以正理戒歪理，以正见戒邪见。"

道延释林老师说："持戒是法门，非持是明心，心无，道无，非你我。"

小潭老师说："性、心、物、等之间如何互动影响，还有待挖掘。"

燕妮老师总结："真相是超越语言文字的，所以未必深入剖析有结论，知道与悟道是两回事。"

道延释林道："一切本无，无常还在，唯有放下，清静是道！"

沉默老师说："明心见性，必须要证悟。成为自己的光！"

李新华老师说："以正理戒歪理，以正见戒邪见。"

道延释林老师说："持戒是法门，非持是明心，心无，道无，非你我。"

陈桂生老师说："我提几点建议供大家参考：佛学唯识学的心与体的概念与道家的心与体的概念内涵差了太多了，道学的心是无为法，道学的体是物体是生灭法没错，但《明心见性》

在佛学唯识学领域论，心的概念就特别的强大。心有八法，称‘心法’，心所法有五十一种或五十五种，心不相应行法有二十四种。心有妄真之分，妄性之心是生灭法，真性之心是常法，是体性之法，这种体性是自性之义，无为法是常法，有六种之法，如虚空无为、择灭无为、非择灭无为、不动灭无为、想受灭无为、真如无为。而无为法也称无为道迹，谓贪欲永尽，嗔恚愚痴永尽，一切烦恼永尽，但无为法而有差别，比如菩萨无明二十二种不同，十一障碍不同。若体是生灭法，那就是以真为妄，若妄心为常法那就是以妄为真，有悖四依法。单从心这个概念而言就太模糊，心识是阿赖耶识，道心是八识，九识，或体性，法性，各种波罗蜜等等都有。所以明心是有次第的，也是有证量的，菩萨五十二阶梯所明觉的现量是不同的，故菩萨称分证种智或是道相智。明心见性有体性顿悟说或者种姓分证说，二者不可偏颇。明什么心或见证什么性可以真俗细说细分，而非简单参话头。故称理入为重，明理切道机，观照以圣谛。摩诃止观明入理趣，正见证量两不误，如来正见以明觉，十定般若妙法身，妄议妙心真实用，无言以对默茶去！”

《酒道——酒性与人性》

主题：酒道——酒性与人性

时间：2016年12月7日

主论：赵文超（元酒公司董事长）

雷玉华（雷酒公司CEO）

主持人：吴燕妮

摘要：

在对话开始之前，于天罡老师赠诗一首：

冬日独饮元酒抒怀

常心向常道，自性亲自然。

幽居不名隐，明德不谈玄。

俗人因世俗，闲情乐清闲。

三杯两盏后，一梦五千年。

（丙申年冬，得好友所酿元酒数坛，兴来独饮，雅兴复起，对酒而思：元者，道之初也，物之始也，玄之义也，善之长也。诗酒通玄，得嘉友，饮美酒，论酒道岂能无诗？遂改旧诗赋新酒，以记之。）

王蓬勃老师和诗一首：

“抚琴弄清音，对酒复长啸。

待到酣畅时，起舞乐逍遥。”

燕妮老师问：“赵总，您是诗人，也是酒仙，请谈谈诗、酒与道及人性的关系？”

赵文超董事长答：“诸位道友大家好！酒不仅入道，酒中亦有大道；以酒见性，见真性情。这和修道修佛，看似不同天，实则有洞天。”

燕妮老师问雷人：“您因诗爱酒，还是因酒爱诗？”

雷人答：“我可以说是‘因酒醉诗，又因诗乱酒’。”

赵文超问雷人：“人在道中，酒在腹中，何以由内醉外？”

雷人：“大诗仙李白曾经说过，天子呼来不上船，醉了内也醉了外。”

燕妮：“酒和诗都可以通神，对吗？”

赵文超：“酒入诗，诗入眸，都是幻境沙粒。”

燕妮：“醉酒后的无意识与觉悟后的无意识表面一样，但本质大不一样。两者的表现都是无我无意识，但觉悟的无意识是更高的意识，而醉酒后的无意识可能是陷入无明，所以酒是双刃剑，酒使善更善，使恶更恶。”

赵文超：“谁说不一样？都是真性情，醉酒也可以是觉悟的通路，君不见临济李修缘乎？”

燕妮问：“酒如何对你的心起用？”

赵文超：“酒无法对我的心起作用，是我的心在对酒起作用。”

燕妮：“你可以驾驭酒，却不被感官驾驭，好！”

雷人：“应该说，酒使善人更善。”

燕妮：“但不是每个人都可以由酒觉悟，有人因酒所伤。有人因酒命丧黄泉。”

尹江林：“不可不醉，不可太醉！”

赵文超：“不是酒伤人，是心魔在伤人。”

雷人亦答：“酒命丧黄泉，不喝酒的人不死吗？”

燕妮：“酒与情的关系密不可分。”

赵文超：“大千世界，何处无爱恨，又何处无情仇？”

雷人：“喝酒，是一种勇气，或者说，一种气魄！”

尹江林：“很难把握，喝酒节奏，书生秀才，生猛将军，最后痴呆傻瓜！”

雷人：“当然，有的人，酒精过敏，那没有办法，也不可强喝！”

燕妮：“曾因酒醉鞭名马，生怕情多累美人。”

雷人：“梦来佳句谁与卖？写进江山李太白。老李太白高声叹，不知雷人是何仙！”

燕妮：“和雷人在一起喝雷酒，喝的不是酒，是诗意人生。”

尹江林：“戒是戒不了了，满桌子好菜不喝没味道！”

赵文超：“大家常说‘上善若水’，泽被万物。酒乃水形火质，五行属火。水火本来不容，一杯水酒却容了生克，这岂不是道的最高境界之一？”

高强赋诗一首：

“我有一壶酒，滴天髓至尊！
神农尝百草，秘传有缘人！
道法于自然，以人为根本！
酒性通人性，返璞才归真！
补阳兼补阴，强身兼治病！
返老能还童，梦回少年春！
天下虽广大，品尝有几人？
有幸喝两口，快乐伴一生！”

赵文超大赞："好诗。水至善至柔，酒则于无声中蕴有声，入杯柔静，入肠汹涌。包阳含阴，容天地万物。"

燕妮问赵文超："可否谈谈酒性与人性的关系？"

赵文超："人修而可成佛，人修而可成仙，五谷修行，则成酒。所以，皆是道。"

燕妮："酒和人的修炼都要遵循不成文的规则，都要合道，因此，每人都要对酒神有敬畏之心。"

王蓬勃和诗一首：

"我有一壶酒，足以慰风尘。
醉卧凌霄殿，谈笑赴昆仑。
手仗七星剑，禹步踏乾坤。
十州逍遥客，三岛偈仙人。"

燕妮："如何通过酒入道？"

赵文超："佛家对酒持戒，道家也对酒持戒，皆是怕酒乱了修行。其实，只要不乱修行，酒亦是修佛修道路上的功德。李修缘、鲁智深皆对酒不持戒，不都成了佛？"

燕妮："持戒是修行的法门之一。"

赵文超："水，至善至柔；酒，则于无声中蕴有声，入杯柔静，入肠汹涌。醉了吴美女，红中更红。我尊重持戒者遵修行法，凡人守人间戒。"

小潭："有人说，酒，水的外表，火的性格。能使愚人更愚蠢，能使聪明的人更聪明。"

燕妮："道似酒如水，亦如火。悟道，行道，天人合一，国泰民安。迷道，逆道，家破人亡，苍生涂炭。"

高强说："粮食、五谷杂粮，生长在天地之间，白天吸收太阳的精气，晚上吸收月亮的光华，所以，饮酒也是一种采气捷径、途径。修道炼丹、得道成仙，天人合一，就应该适量饮酒！长生不老、返老还童！除了运动、食补，还要药疗，酒是重要的药引子、进入人体的载体！"

燕妮："有无相生的玄妙，天人合一的圆融，尽在酒杯之中。"

小潭："喝少养身，喝多伤身，知酒知己，才能养身。"

燕妮："无法掌控心灵，就无法掌控酒杯。心可以通达万物，当然包括酒。"

王蓬勃："古代文人墨客无酒不欢。"

小潭："知道知己，顺其自然。"

燕妮问："酒与道的关系是怎样的？"

王蓬勃说："魏晋玄风，竹林七贤，盛唐李白，斗酒诗仙。"

周明华："道以器显，酒就是道，是先贤们智慧的结晶！阴阳的完美融合！"

赵文超："酒里有大道，酒道亦人道，人生百态，大千世界，酒是有生命的。"

小潭："道以器显，酒乃谷精。"

王蓬勃即兴作诗一首：

李白斗酒诗百篇，
妮儿狂言酒正酣。
犹回魏晋论今古，
晓日一燕浩云天。

于天罡老师也作诗一首：

匆匆红尘客，
风雪夜归人。
围炉一壶酒，
春梦了无痕。

王蓬勃又和诗一首：

匆匆夜归人，
风雪漫红尘。
共饮一壶酒，
黄粱梦无痕。
修道的路上我们同修共饮。

赵文超老师赋诗两首：

寻

登山临仙境，
云深佛陀音。
何来复何去，
禅海是归心。

悟

半疯半癫半入禅，
忍把诗酒付斯年。
该释然时自释然，
佛说临济李修缘。

燕妮：“酒的存在，一半是神，一半是鬼，当意识醒觉，酒是神；当人无明，酒是鬼。”

傅茂恒：“酒中悟道，好似庄子梦蝶！”

燕妮：“不爱酒非大丈夫也！”

小潭：“道也一样，当你顺它，就是共鸣，当你逆它，就会杂音。”

燕妮：“遇逆也顺，才是合道。”

燕妮：“酒为何能通神，也通魔？我谈谈自己的看法：修行最大的障碍是人的自我意识，清醒时，每人都有自我，自我可以让人理性，同时也可以障碍人的佛性。当醉酒后，自我意识消失了，这是会看到潜意识中最阴暗的部分，醉酒后可以做出平时做不出来的反常举动。这个反常会走向两个方向：一是走向佛性；一是走向魔性。你要去向何方？不是由酒决定的，而是由自己灵魂的高度决定的。也就是说，你的灵魂在很高的层次，大我可以观照醉酒后的小我，因此，真正的你与醉酒的你是分离的，尽管你醉了，但没被醉鬼引导，这来自内在的定力。可是当你内在能量不足，也就是你灵魂的层次很低，这时你会被潜在意识中的无明导引，成了无意识的酒鬼。所以，你的意识是醒觉的，可以由酒觉悟，你的意识是糊涂的，酒就会招来酒鬼。所以喝酒也是修行，品酒即品味人生。”

王蓬勃赋诗一首：

高山寻隐者，流水觅知音。
阴阳无声落，盘中论输赢。
笔走龙蛇意，五色润冬春。
当歌赞美酒，诗词慰道心。

函谷关老子学院党文华院长还写了一篇长赋：

酒神赋

夫酒者，生于中华，始于上古。引天池之玉液，融五谷以神农，腾黄河以潮涌，入地海之厚重。是自然的产物，是偶然的天成。凭道而论：道生一，一生二，三生佳酿，四韵俱成。轩辕右角南三星曰酒旗，则酒作于尧，非禹之世也。杜康查而行惭，把酒临风，琴赋酒赋借酒以言志；仪狄观而色变，女人造酒，浓烈清香凭酒以示情。

夫酒者，水形而火性，外柔而内刚。和谐而畅怀，含蓄而流光。其成归易数，其味蕴天香。其德承大道，其仁和阴阳。其义秉三纲，其礼循五常。其智通四海，其信达三江。其心融万物，其道经太上。存公心，惩私欲，任世人品评而无言。舍其身，忘其死，呈玉液洌洌惠及小民。诚至如斯，无与伦比！

酒，浓郁的酷烈让人难忘，酒，奇妙的迷醉让人软香；平添七分胆，倚酒三分醉，酒的精神追求绝对自由，促进了文学艺术家的意欲，内心情感的宣泄毫无顾忌；在醉里，内心的梦想真挚才能源源不绝得以放纵，击筑高歌拍案而起，惆怅在这一刻才会有恃无恐。李白斗酒诗百篇，字里行间都是满腹的销魂与惆怅；余光中酒入愁肠，绣口一吐就是半个盛唐。只有酒才能让我们的内心世界清澈而剔透，只有酒才能让最为淳朴的情感得以流露。生活中很多事情都似酒醉的探戈，越是醉了越是跳得好，深的是寂寞，浅的是爱情，长的是磨难，短的是人生。

酒既得也，卑者忘贱，罹者忘忧。酒神者，焉能不让我们称颂？

赤水清清，道风淳淳。阴阳气生，酒之所兴。国酒茅台，万国留名。堪称华夏酒神形象，承载传统文化厚望。回沙几番，蒸腾今古风云，窖藏经年，陈酿世代沧桑。正德树人，上善不争是谓茅台，载物不言；天贵人和，厚德致远醉爱茅台，为国争光。

揽国酒茅台：佛家智慧，超越精神；道骨仙风，飘然物外。英雄气概，济世情怀，驾驭天下，管理世界。同天地，合物我，得大自在。

大哉华夏兮神在赤水，数千年智慧。天工炎黄兮魂系茅台，开国之宴筵。

若有览者，望有感于斯文。

青羊肆再降

——《太上老君》动画电视连续剧之60集

14岁女儿：禹慧、禹瑶创作

60-1　老君驾云回宫

（兜率宫外。）

烟云缭绕，仙乐悠扬，一片祥和的景象。

从云海之间幽幽地飘出一个人影，鹤发童颜，纶巾鹤氅，此人正是太上老君。老君轻轻走近兜率宫。

玄鹤童子出宫迎接，欣喜道："师父，您回来了？"

老君笑道："是啊，但凡间还有个心愿未了，我恐怕还要再下凡一次，在此期间，如有客人来访，告知他们便可。"

"是，师父。"玄鹤童子向老君行了个礼后，径直向宫内走去。

60-2　青羊肆再降

（云雾之中。）

（字幕：农历二月十五日，太上老君生日。）

老君踏起青云前往凡间，只见老子微闭双目，眉头轻锁。

老子定神睁开双眼，极目远眺，只见街中一片繁华，便口中喃喃自语："今日这街头怎么会如此繁华？"说罢手中拂尘一挥，"嗖"地一声便来到了青羊肆的街头。收了青云后又摇身变为一老翁，向街中走去。

60-3　青羊肆街景

（青羊肆外。）

青羊肆街道两旁店肆林立，绚烂的阳光淡淡地普洒在红砖绿瓦色彩鲜明的楼宇上，各种商铺的招牌旗帜在微风中高高飘扬。

老君漫步走到桥头上，只见桥头上热闹非凡。粗粗一看，人头攒动，人们接踵而至；细细一瞧，这些人从事着各种不同行当：捏面人儿的、买糖的、放风筝的，叫卖声、人们的说话声、议价声此起彼伏，小孩、老人、商人，各色人等应有尽有。

大桥西侧许多游客聚拢在一些摊贩的货摊上，货摊上摆有刀、剪、杂货等日用品，卖茶水的、看相算命的、各类小吃等应有尽有，还有很多人在饭铺里品尝美食。

桥下的河面上有许多船只来回穿梭，首尾相接。有人满载货物，逆流而上；有人靠船停泊，正紧张地卸货，渔翁和船夫有用竹竿撑船的、有用长竿勾住桥梁的、有人用麻绳挽住船只，以免被别的船拽到岸边。

岸上，有几人忙着把船杆立起来，以便船只通过，邻船的人也在指指点点地大声吆喝着些什么。

桥上路过一批县官，正因人群杂乱挡住他的去路而破口大骂，县官身旁骑在马上的官吏也对着人群大声呵斥。

整条街上人声鼎沸，乱成一团，许多游客斜倚在桥头的栏杆上大声谈笑，或趴在栏杆上在观看河中往来的船只。大桥中间的人行道上，是一条熙熙攘攘的人流：有坐轿的，有骑马的，有挑担的，有赶毛驴运货的，有推独轮车的……

60-4　悦来茶楼

（青羊肆街心。）

老君走在人群中手搭凉棚，观望了好一阵儿。

老君神态自若地走到一家茶楼跟前。

但见茶楼上面悬挂着醒目的大扁“悦来茶楼”。侧耳细听，茶楼中清音袅袅，歌舞升平。

老君伸着脖子朝茶馆里面看了看，走了进去，找了一个位置坐了下来。

离他最近的座位上坐着几个衣衫褴褛和身负背篓的行脚僧人。他们正在七嘴八舌地讨论着什么。

老君：“小二——”

店小二闻讯而来：“来了，这位客官，您想来点什么？”

老君：“给我来杯热茶。”

小二端上了一杯热茶：“您老请。”

老君接过茶杯，坐到那一行人旁边。

一个僧人长叹了一口气：“唉，现在这世道险恶啊！”

“可不是吗？要不是因为战乱繁多和妖魔作怪，我们也不致落到这种地步。”一个年轻人说道。

“就是啊！”另一个老者说。

一旁的老君听到后微微蹙起眉头。

那个年轻人继续说道：“真是天灾人祸啊，都是君主昏庸无能，治理无方。那边的人现在也越来越蛮横无理，简直与妖魔无异！”

“而且隔三岔五就有天灾，还让不让人活了！”另一个人说。

“这边跟那边比起来，简直是天壤之别。”人们议论纷纷。

“我看那边算是没救了，非让神去治理不可！”一个智者很肯定地说。

突然，一片安静。这群人，一个个看上去垂头丧气，最后皆默不作声。

片刻安静之后，老君悠悠地说道：“年轻人，你给老夫详细描述一下西域的经过吧？”

年轻人见老君身披鹤氅，气度不凡，貌似神仙，就滔滔不绝讲述起自己西域的悲催经历。

年轻人：“老先生您有所不知啊，在这片土地以西的地方被这里人称作‘西域’，那是一个如同人间地狱的地方啊，都是因为那里的君王昏庸无能，竟与恶鬼签订了契约，使得那里天灾频频，民不聊生，现在整个国家都荒废了，我们一群人从那边逃了出来，但由于途中遭遇到妖魔阻拦，现在就剩下我们这几个人了。”

60-5　老君和年轻人对话

（悦来茶楼。）

诉说的年轻人掩面而泣。

老君：“年轻人，不要过于悲痛，一切皆有定数。”

年轻人抬起头来，用异样的眼神打量着老君问道：“老先生怎会对那西域如此好奇？”

老君神色庄重地回应道：“我本太上老君下凡，传道多年，替天行道，以教化世人为使命，也曾救民于水火之中。西域的事情，岂能坐视不管。我本有意前往西域去教化那些愚昧之人，以行天道！今日听了你们的经历，更应该早作打算。”

年轻人扑通一声跪倒在地，乡亲们也都齐刷刷地跪在了老君面前：“老君若能平定西域之乱，教化民众，我们作为西域的子民，定当感激不尽！”

老君一边把大伙儿扶起，一边说道：“诸位，快快请起吧！你们的难处老夫已知晓，吾定不负众望，平定西域之乱！”

在场众人无不动容，热泪盈眶。

年轻人感激不已，大声道谢：“想不到我们能遇到老君显灵，您真是我们的救命恩人啊！我一定将我所知道的全部如实相告。”

60-6　魔道之害

（动画制作。）

（字幕：在西域，共分四个国度：须弥，婆雅，天水，陀罗，每个国度都有一位君主治理，每个君主即位之前都有一个不成文的规矩：就是把自己的灵魂作为契约交给“神”，其实是魔道。导致了每一位登基后的君主不思朝政，极度昏庸无能。）

由于君王的昏庸，治理无方，西域大地一片荒凉的景象。百姓四处逃荒，尸体遍野、残垣断壁、黑云压城、极度恐慌的人群和天灾人祸的场景……

60-7　混乱的街景

（西域的一条街市上。）

（远景：街市上一片混乱：人们互相殴打在一起，不断传来玻璃碎裂的声音，叫骂声，呼喊声，尘土飞扬，鸡蛋碎了一地，蔬菜、水果满天飞。）

镜头拉近特写：人们脚下的混乱的景象。

近景：醉汉一拳把一个店小二推倒在地。

醉汉一脸轻蔑地看着小二："咋的，不服气啊？本爷今儿就不付钱，看你能把我怎么着！"

小二怒气冲冲地站起来："不付钱就休走！"

突然又从远处来了一大帮人："兄弟们！揍他！"

醉汉和那群人打成一片。

60-8　天怒降灾

（画外音：这样的情形触怒了上天，因此老天降下天灾，使得此地天灾频频。）

洪水泛滥，一群妇女正在江边洗衣服，一阵水声传了过来。

身穿麻布衣的妇女抬头一瞧，瞬间脸色煞白，惊呼："洪水来了！快跑！"最终还是被洪水吞没。

慌乱的尖叫声、洪水声、小孩哭声，惨绝人寰。

"轰隆"一声巨响，洪水铺天盖地席卷而来，地面上的人瞬间被洪水淹没了。一个村庄瞬间被肆虐的洪水卷走，只听见人们惨烈的呼叫声此起彼伏。

60-9　大旱之年

（空旷的原野。）

远景：一片干枯的农田。

近景：枯黄的树木旁有具阴森森的骷髅，几个骨瘦如柴的农夫，正用锄头挖开干裂的土地。其中一个农夫突然头一歪栽倒在地，铁锹“咣当”一声掉在干枯的土地上。

特写：破烂不堪的铁锹和农夫枯瘦的手。

60-10　战乱之苦

（城池内外。）

攻城机械投石，投石击中城墙和士兵，守城一方用床弩反击，井栏上持塔盾的士兵被床弩弩箭射穿，并带着后面的两个弓箭手一起掉下井栏；步兵方阵相互攻击；鳞甲重装骑兵方阵冲杀方盾步兵方阵，数个方盾兵被重装战马撞倒并被马踏；弓箭方阵射箭，轻骑兵被箭雨射中人仰马翻；战车冲击攻入弓箭方阵，将弓箭方阵冲散。

战后废墟的城市火光四起，照耀了整个天空。

火光照射下尸横遍野。

难民扶老携幼逃难被骑兵追杀。

饿殍堆中，即将饿死的小女孩无力地摇动手里的破碗。

60-11　妖魔横行

（光怪陆离，昼夜不分。）

一个庞大无比、人不人鬼不鬼的妖魔从城市的远处街道走来。

“嗷——”地一声号叫划过天际，接着传来人群奔跑的脚步声。

“快跑啊！又是这个可怕的妖魔！这已经是第五次了！”一个女子边跑边说。

“如果不想点办法的话……啊!!!!”一旁的那个青年还没说完，人已经不见了踪影。

“大哥!!! ——”女子悲哀地哭号了一声，也被妖魔大口吞噬了。

地面上只剩下了妖魔鬼怪和魑魅魍魉的怪叫声。

60-12　老君发愿

(茶馆。)

年轻人悲伤地叹了口气:“我所知道的，就是这些了。”

老君紧蹙眉头:“没想到会这样，真是天灾人祸。”

年轻人再一次跪到地上，含泪恳求:“求求老君，救救我们，救救西域的百姓吧!”

老君挽起年轻人的手郑重地说:“切莫悲伤，不日我将带弟子前往西域!”

年轻人听后连连叩头:“谢谢老君，谢谢老君!”

老君扶起年轻人:“老夫这就告辞了。”

年轻人慌忙挽住老君的手道:“不知老君几时动身，我等愿意一同前往!”

老君微微一笑:“年轻人，不必担心，照顾好各位老乡，老夫先行一步，定当还给你们一个朗朗乾坤、太平世界。”

说罢老君化作一股青烟消失了。

年轻人和百姓慌忙跑出茶馆，早已不见老君的身影。

百姓们激动地大呼:“老君显灵啦! 老君显灵啦!”

年轻人仰天感叹道:“真是天不亡我啊! 西域有救了!”

60-13 师徒重逢

（青羊肆。）

老君轻飘飘地降下云头，来到了青羊肆地面。

却见那青羊肆街道仍旧是热闹非凡，老君心里稍有疑惑。

突然听见身旁的两个人说话。

路人甲："听说了吗？寺中要举行祭天仪式，好像是尹喜主持。"

路人乙："尹喜？莫非是那个李耳的徒弟？"

老君听后，微微一笑："该去看看徒儿了。"

60-14 祭天仪式

（书房内外。）

（字幕：青羊肆庙会。）

尹喜身披道袍，正坐于书房中，少顷，忽见窗外有白鹤飞过，尹喜一惊，漠然地走出房门，望着天空喃喃道："已经三年了啊……" 想着想着，不觉出了神。

这时，一个道士模样的青年来到了尹喜的身边拱手行礼："先生，祭天仪式马上开始了，还请您不要误了时辰。"

"知道了，你也快些去更衣吧。" 尹喜说。

"是！" 那道士说着，恭敬地退了下去。

尹喜随后回到房内，整装束发，拿起他那把七星宝剑，便朝庙会的祭坛走去。

60-15 祭祀仪式

（青羊肆内。）

青羊肆的祭坛是用汉白玉砌成的，有八十一个台阶（象征着道家的九九归真），祭坛四壁上都刻有祥云图，祭坛中央刻有一幅道家阴阳八卦图，还有一个红布铺成的祭台。

祭坛两旁站满了看热闹的百姓，熙熙攘攘。

“嘻嘻，来追我呀！”“你别跑！”“哈哈哈……”

一个身穿粗麻布衣的小姑娘和一个身穿红布褂年龄较小的小男孩正在追逐打闹。

他们的娘轻声呵斥道：“嘘！别闹了！祭天仪式马上开始了。”

这时，从街道两旁接连走出几个身穿素袍的乐师，他们弹奏着各种乐器：笙、箫、笛、竖琴……随着人群走到祭坛下，祭天仪式正式开始。

尹喜身穿黑色道袍，披头散发，手持七星宝剑，向祭坛走去，身后跟着几个穿素色道袍的小道童。

随着古乐的悠扬，尹喜慢慢登上祭坛台阶。

人群中的那个小姑娘指着尹喜问娘：“娘亲，那个披头散发的人，是谁呀？”

娘一边笑着一边用手轻轻抚摸着孩子的头说道：“那是尹喜大人，据说呀，他可是李耳先生的关门弟子呢！”

此时尹喜等人已登上祭坛，尹喜站在祭坛中央的太极八卦图中，身边的道童顺次排开围绕在祭坛边上。

尹喜手持七星宝剑，神色庄重地走到祭台前。

祭台用红色的布料铺成，中间有一个大香炉，呈扁圆状，三足，用上等紫檀木雕成，炉壁刻有祥云图，桌台上摆满了各种贡果和美酒，祭台后面，是一座“玄黄殿”，殿内置八十一根升龙柱和一百多尊道家神仙像。在殿堂的正中央，是一块用上等玉石镶嵌而成的北斗七星。

尹喜庄严地把七星宝剑放于祭坛上，手燃三炷香，慢步走到壁炉前，吟道：天矜于民，民之所欲，天必从之。今君王受，狎侮五常，荒怠弗敬，自绝于天，结怨于民；朝涉之胫，剖贤人之心，作成杀戮，毒痛四海。崇信奸回，放黜师保，屏弃典型，因奴正士；郊祉不修，宗庙不享，作奇技淫巧，以悦妇人。无辜天，上帝弗顺人，发承上帝，以遏乱略，华夷蛮貊，罔不率俾。今特社祭坛于此地，以彰天讨，取彼独夫，永靖四海。所赖有神，尚克相予，以济兆民，无作神羞；克成厥勋，诞膺天命，以抚方夏，恳祈照临，永光西土，神其鉴兹，伏惟尚飨！

60-16　尹喜舞剑

尹喜吟毕后，一旁的乐师便吹起箫来。

只听见，那箫声呜咽。低沉、浑厚、悠远、苍凉，哭泣于无声处，极尽忧伤，仿佛诉不尽人间的悲欢离合。那是一声声无奈的叹息，穿透时空，沉重地敲打着心扉，悲凉渗透每个毛孔深入骨髓。

琵琶声叮叮咚咚、淙淙铮铮，弹响漫天的寂寥。

古筝声如山涧泉鸣，似环佩铃响。空灵之声令人忆起那山谷的幽兰，高古之音仿佛御风在那彩云之际……

尹喜轻轻拿起剑，在一片乐声中舞了起来。

只见他微微转动剑柄，一袭鹤氅凌风而动，剑若霜雪，周身银辉。虽是长剑如芒，气贯长虹的势态，却是丝毫无损他温润如玉的气质。就像是最安谧的一湖水，清风拂过的刹那，却只是愈发的清姿卓然。剑气如同被赋予了生命，环他周身自在游走。带起衣袂翩跹，顷刻间让人产生一种错觉：仿若这般舞剑，他就欲乘风归去一般。足不沾尘，轻若游云。

一时间，祭坛上八音迭奏，剑影萧然，满座宾客无不动容。

只听人群中一个妇人咂舌说："这尹喜果然气度不凡！"

"是啊，想不到三年前他从函谷关辞去关令之职，来到这青羊肆。如今变化竟如此之大，真是仙风道骨。"一旁的老汉也说道。

离他们不远处的老君微微一笑，随即便消失了。

此时尹喜已经完成了祭天仪式，随着人群退下祭坛，朝自己的屋中走去。

60-17 师徒重逢

(竹林小亭。)

尹喜身着素袍，慢步来到后院竹林的小亭中。

一阵风拂过，竹林里飘出凄清的箫声，轻柔，涓细，伴随着袅袅炊烟，好一派人间乐土、小康生活的画面。

尹喜悠悠地吹着一只玉箫，白皙的手指若行云流水地舞弄箫孔，微微蹙眉，漠然的感觉像孤单的落叶。时不时地抬头望天，不知是在盼着什么。

一曲终了，尹喜走出亭去，见亭外一片寂静，心中默默地怀念师父，满是悲凉之意："师父啊，我们师徒分手，眼看着千日已近，您怎么还不来啊……"

话音刚刚落下，突然间天空风云变幻，一道白光伴随着一声鹤鸣响彻天际。

尹喜一惊，看那天飘然而至一团圣光，却见老君衣袂飘飘，自圣光中驾鹤而至。

还没等尹喜反应过来，却听见一个声音传来：“徒儿，李耳来也——”

尹喜瞬间喜出望外，循着声音缓缓回过头去。

老君落下云头，站到他身前，用柔和的目光望着他。

空气仿佛凝固了，只有风吹过树叶发出的沙沙声。尹喜手中的玉箫“啪”一声掉在地上，玉箫瞬间摔得粉碎。

尹喜不觉间，身体微微地颤抖起来，两行泪水已划过脸颊，突然猛地反应了过来，大喊一声：“师父！”随即便流着泪拜倒在老君面前：“徒儿想死您了！”

老君连忙俯下身，轻轻挽起尹喜的手，关切地问道：“徒儿近日可好？”

尹喜抬头望着老君喜极而泣道：“自从在函谷关与师父相别后，徒儿一直惦念着师父，今天如约而至，可方才您迟迟未来，我还以为再也见不到您了！”

老君爱怜地拍了拍尹喜的后背安慰道：“师父答应的事情，怎能够爽约，快起来吧。”

尹喜拭干泪水，挽着老君的手缓缓站起。

尹喜站定后，郑重地向老君施礼道：“师父此次下凡来，想必不只是来见徒儿的吧？”

老君笑道：“知我者，尹喜也！为师确实有要事相告。”

尹喜笑着说：“那就请师父到厅堂一叙吧。”

60-18 筹划西游

(尹喜府中。夜。)

(特写：榻上摆一方桌，桌上的烛火微微摇曳，尹喜与老君在凉榻上相对而坐。)

尹喜问老君："那师父想告诉徒儿什么呢？"

老君神情严肃地说："为师想带你去个地方。"

说着，老君念动口诀，手中风云变幻地结了几个印法，霎时间，一幅诡异的太极八卦图显现于两掌之间。

老君又拿起拂尘，往桌上一指，口中轻喝道："去！"

(特效：那太极八卦图飞速旋转起来落于桌上，与木桌融为一体，木桌上竟渐渐地显现出了西域的场景。)

(前情再现：西域天灾人祸的场景。)

尹喜震惊地看着眼前的这些景象："这……这是？"

"西域。"太上老君神情严肃地说。

尹喜沉默地垂下眼帘。

老君接着道："如你所见，因为君主昏庸无能，这片大陆已经腐朽到了这种程度，真是令人悲叹啊。"

"想不到世间竟有如此荒蛮之地，徒儿愿与师父一同前往此地，教化生灵，驱除妖魔，在所不辞！"

老君对尹喜说："我正有此意，徒儿，我们好好商议一下，尽快东升！"

(未完待续)

名家致燕妮

吴氏才女智慧高，燕来茅台传心道；
妮园辛勤耕国学，美在觉悟乐逍遥。

——贵州茅台酒股份有限公司董事长袁仁国

天外忽传圣音到，远游澳洲已虚缈。
看破红尘无外缘，蓝天碧海任我翱。
万物于我有却无，一任铁槎神女邀。
身在法外多自在，人生无为最逍遥。

——著名书法家、诗人赵立凡

月笑修禅论古今，云知自证是凡身。
二僧争影风何动，六祖传经性未分。
我恋三餐黄鬼酒，君陪半世铁观音。
佛魔一念孪生体，地狱天堂共此心。

——著名诗人叶宝林

传经布道入尘心，纵横捭阖更无伦。
莫道才高逊八斗，学富五车少美人。

——民政部原秘书长张兴民

吴越水秀西子泪，燕赵山青壮士悲。
妮悟真道出齐鲁，美哉巾帼让须眉。

——山东文登新华书店曲晨辉

吴越春秋剑影斜，燕赵豪杰叹白发；
妮出齐鲁传心灯，美莲开遍世界花。

——河南贞元集团副总刘冰野

人生自有关中关，要闯关者顺自然。
能感知者缘中有，大师授教不一般。

——山东文登建设局原局长江先才

乘我月亮车，星夜赴高台；
吴氏有好女，出在圣人乡。
燕语发春木，真心化有情；
妮是再来人，功到自然成。

——诗人、《中国商人》主编侯耀晨

燕妮风润好春华，绿玉杖歌策天涯。
足踏五岳千山远，情随碧水游太华。
登高壮观天地间，学博四海小天下。
十方桃李绣锦华，江山尽数作图画。

——著名学者刘吾魁

金秋送爽走中原，丹桂飘香正开坛；
才高八斗庙堂器，学富五车山野闲。
孔孟仁信泽胸宇，老庄静虚润心田；

巾帼微言可兴邦，羞煞苏张是儿男。

——民政部原秘书长张兴民

爱如画中诗，
诗如哲理情。
古今感悟语，
方始见睿意。
才聚巾帼英，
讲坛演真功。
齐鲁儒乡锦，
燕京半边天。

——著名画家孙晓材

悟道哲理深，
诗文润心扉。
结集芳韵远，
才女释大美。

——《国际中国书画家》总编辑邹为瑞

八百多条谈悟道，
真心真意真言语。
道心为先立恒心，
刺刀见红灭俗性。
齐天大圣悟性空，
天马行走自逍遥。
千言万语在践行，

一江春水暖人心。
慈悲为怀天下情，
救人救世又救己。
——公安部经侦局办公室原主任苏铁民

京城九月漫金风，
凭堂聆听燕妮声。
苏富比行四十拍，
但留宝剑闪青锋。
——国学论坛特邀嘉宾

踏雪无痕心留影，
流水无意人有情。
春花秋月皆入画，
低吟浅唱唯燕妮。
——国务院发展研究中心局级调研员王国华教授

妮子精神

你冰清玉洁上善若水
你风华绝代智慧超人
你是道的使者
你是老聃的化身
面对人生寂寞失意
挖掘自己固有的慧根
冲破当今社会的人文规仪

进入一个更广阔的领域
为学日益，为道日损
冲破头脑传统形成现代云的思维
给人虔诚的祈祷也给以爱的智慧
给人仁和慈悲也给人以世间真理
神于内圣外王之学问
圣于厚德无争之精神

——河南函谷关老子学院院长党文华

很难把哲学和女人联系在一起，
因为哲学是理性的，女人是感性的，
但是你做到了二者的统一。
很难把老子和燕妮联系在一起。
因为老子是古老的，燕妮是现代的。
但是你做到了二者的统一。
你是一个传奇，但不是一个传说，
你是一个神人，但不是一个神话。
在你的文章中感受到了：
学人的智慧，
智者的深邃，
学识的精深，
感悟的精准，

我相信，在当今中国，能把传统文化领会到你的程度的不多，

把“道”演绎到你的层次的更少，

继续努力吧，期待你更真知的灼见。

——李纪才教授

著名词作家贺东久先生评价《燕妮悟道》云："有丈夫气，有贵族心。等结集出版之时，一定是一本弘扬传统文化，剖析时代灵魂的大书也。"所言中肯诚哉！吾有同感之外，觉得燕妮大有罗兰之气，其深度、广度与厚度，有过之而无不及！甚至她还有三毛的率真，浪漫且思无涯；有张爱玲的内涵，高贵而富有深度；有民国才女集合之才情，魅力无边、深刻独特、纵横交错、氤氲入神……希望其淋漓尽致、玲珑剔透的思想之花，尽快盛开吐蕊、释然芳香！

——资深媒体人王学会

云台山·逢燕妮

去岁云台燕呢声，
今朝缭绕茱萸峰。
志士何必皆男儿，
木兰亦曾是女红。
吴氏有女出山东，
问道函谷入京城。
三山五岳鸣玉凤，
长江黄河起飞龙。

——资深文化策划专家赵文超

老子天地常相见，
微信平台朝夕闻。
携手弘道行善事，
天赐机缘再逢君。
——安徽亳州老子研究会会长牛家栋

净坐仙境思往尘，虚无缥缈犹驾云。
我若得中亿万彩，愿买此处写诚真。
——著名书法家张瑞龄

春有飞花夏有诗，代有才人天自知。
玉肌冰肤映红袖，桃腮柳眉暗紫衣。
梦魂醉后随老庄，芳韵花前伴希夷。
最是无心酣卧处，非道非名鸟空啼。
——安徽亳州纪委寇宏伟主任

燕妮教授不一般，
传经布道惠人间。
沙陀道童台前拜，
吴氏梦蝶亦成仙。
——江苏彩象信息科技有限公司葛新华董事长

念奴娇·赞燕妮

燕妮悟道，
从来是，

乾坤运筹帷幄。
时光短，
转瞬变，
满目豪情涨落。
英雄再起，
任凭风恶，
多难亦如昨。
鲁国威海，
谈笑潇潇肩落。
天赋此生相遇，
使命情未了，
心接何处。
紫禁皇城，
夜无眠无限欢心爆歌。
人间大爱，
点滴尽入心，
唯君可叙。
笑傲当今，
奇缘不负天聚！

——北京大学国家经济资源中心秘书长严万鸿

蝶恋花・燕妮

年去年来春又晓。
过往时光，

总是催人老。
燕妮悟道情渺渺。
布洒甘露知多少。
万里云天料峭。
岂肯迷离，
丽日晴方好。
一剪诗心犹未了。
登高指点群山小。

——北京大学国家经济资源中心秘书长严万鸿

人间的四月天

你是人间的四月天，
宛若绝世的一朵白莲。
诗如你，道如春天。
裙裾照亮了杨柳湖岸，
你像头戴花冠的仙来到世间。
你像一弯明月在夜空高悬，
香风吹动了你的经典灵妍。
你的爱，让你左右为难。
道德经是东方智慧经典，
老子历练了正义正心正言正见。
女儿们锤炼了你的情操和容颜，
众生见证了你的悟道碎片。
一辈子都是你忠实的信徒，

女人是宗教的传说在此兑现。

——风清扬

燕子行驰瞰九州，
妮意伦同相有酬。
悟得综成此一诉，
道在自然一明眸。
文源上古今秋历，
集心愿做一文侯。

——河南李根峰

吴江蜀地道相通，
燕赵名士多奇功。
妮出齐鲁兴华夏。
秀美河山浩炁冲。

——中国人民大学王蓬勃

骄燕悟道天际行，
俯视大地眼界宽。
才思敏捷诗情画，
洒向人间甜又酣。

——中科院研究员严茂超博士

吴刚献酒嫦娥舞，
燕语王庭英雄谱。
妮亲小聚传大道，
万象平和显真如。

——世界和平家园主席王小平

空梁落燕妮，悟道妙希夷。
水月观音渡，卿云意俱迟！

——中华老子国学会会长李安纲教授

无　题

（一）

燕妮梦里戏红尘，
枉顾环宇意纷纷。
不是蓬莱常做客，
原本诗书是故人。

（二）

仙道已然成大统，
凡尘昨日化云烟。
红颜流水青山逝，
敢叫丈夫愧断魂。

——著名诗人、评论家绿岛

吴有道核心，燕轨天地间。
妮慧聚群贤，悟道在瞬间。

——北京八土教育科技公司总经理房俊春

吴昊环宇越尝胆，
燕妮马恩话共义，
蓬莱本是秦皇客，
焚书坑儒留诗人。

——互益联社许叙瑜

灵宝阳光山庄遇燕妮

（一）

燕落道之源，
山庄紫气添。
听妮绵素语，
过午不知餐。

（二）

小酒醉红颜，
清纯美若仙。
举杯欣痛饮，
万语记心间。

（三）

小女气不凡，
诗文自幼研。
娘亲谋大略，
剧本手中翩。

（四）

缘定三生幸，
别离刹那间。
京城常问道，
莫忘此时欢。

——育贤文学社李金霞

心灵手记

茅台·袁仁国

他二十岁成为了茅台人
他常说：他骨子里流淌着茅台的血
在他眼里
茅台酒不仅是一件商品
也是高品味生活的酿造者
茅台酒不仅是为了满足人的口腹之欲
也是科学与艺术的融合
更是升华人灵性的神来之物

他深深地爱着茅台
不忘初心，从没改变

当一个人此生只专注一件事
当他用生命去爱自己的事业
他便是具有人格魅力的领袖

袁仁国董事长就是这样的领航者
他将自己的一生都献给国酒事业
企业和他个人都获得过无数殊荣

他有篇文章题目是《谢天谢地》
文中有句话说得特别好：
“感恩天地都知道，国酒的那份好！”
没有无我的胸怀与境界
没有对天地万物的敬畏之情
断然没有这样的感恩之情
因此茅台常年坚持致力于慈善事业

只有在平静之中
才能感受到他如茅台酒一样的质朴之爱

我持感恩之心
读你大道之爱

茅台·袁仁国

慈悲的力量
每人都有一个最强大的平台
来自无形无相的大道能量
那里有无条件的慈悲
生生不息的源头之水

爱的能量是有感染力的
给予比索取会更有能量

回想茅台人的热情
让我的心回到赤水河畔
飞到仁怀——中国酒都
仁慈的愿力
使我生生世世
携带着“仁”字的能量场
与拥有同样渴望的众生
同频共振

无论您在与不在
我都愿意在内心最深处
与您保持一份最深度的连接
它超越了语言和时空的存在

无缘大慈
同体大悲

作为一个爱酒者的呓语

每个爱酒人士
骨子里都流淌着国酒情结
我也爱酒，据说我的太爷
因醉酒在他的神骏上永远睡去
喝酒给我制造过不少是非
我也痛下决心戒酒
写过《戒酒》的文章
最后顿悟
不是戒与不戒的问题
是自己的能量能否凌驾于酒精之上

爱酒之人，莫不爱茅台
茅台与生俱来的高贵品质
总是让人不自觉地凌驾于酒精之上
袁董事长常说："茅台是绿色酒，文化酒，爱国酒，政治酒，将军酒，外交酒。"

茅台酒不仅升华了人与人之间的情感
它还是通神的桥梁
说不清有多少艺术家
通过酒在文学作品中挥洒快意人生
通过酒让自己瞬间顿悟禅机

我从不否认自己爱酒
每次到了仁怀的茅台
都会追忆起那些酿酒的先祖
没有好人，怎么可能酿造出好酒？
也会想起我的太爷
他可是威震一方的“纯爷们儿”
以至于他的后代
我仿佛投错了胎
生来爱酒
生来骨子里有着男人的血气

酒性即人性
酒德即人德

好人酿造好酒

研究茅台的成功经验
总结茅台得天独厚的自然条件
但都生产不出与茅台品质相同的酒
其实茅台真正的财富，不仅仅是酒
还有茅台镇历代的酿酒人

大凡去过茅台镇的人
都能感受到茅台人的热情和淳朴
都会被这种热情所感染与陶醉
尽管有人求酒不得
但依然是尽兴而归

神秘的茅台镇啊
有着看不见的磁场，这种磁场具有
强大的引力波
或者来自爱
薪火相传
在茅台人眼中，每一杯酒
都包含着对祖先的敬畏之情
因此，他们丝毫不敢懈怠
一直沿袭着最古老的传承工艺
没有让机械化的时代
丧失人性的本质

人性的大朴至真
使每个酿造茅台的人
都将生命融入了酒神之中
古老的土地
纯朴的茅台人
让我每次来到赤水河畔
都心无杂念
只想生生世世
在这个古老的酒都
做一个
安静的守窖人

独一无二的酒魂

常有人，品味好酒时
把茅台酒，当作一支标杆
但是，迄今为止
无论茅台的质量、销量和口碑
都难以被超越
因为它的酒魂无法被复制
是真正当之无愧的文化酒
今天，随着“茅台学院”的落成
国酒文化将步入真正的“快车道”

袁董事长说：

“未来的茅台，不是为了吸引那些趋利的小人，而是打造真正酿酒大师的道场，更是传播传统文化的道场，希望有更多人通过酒来悟道，通道。”

“悟道”是中国文化追求的最高精神境界。

他在自己的畅销书《茅台论道》中写道：

“一只小小的酒杯中，暗藏着天人合一的和谐，有无相生的玄妙……”

由此可见，茅台是有灵魂的
其中蕴藏着中国儒释道传统文化的精髓
尤其体现了中国本土文化——道家文化的精髓
可以肯定地说，对于酒类产品

只有茅台酒，才能集中呈现中国文化的博大精深
它是当之无愧的国酒

第一次到茅台镇
印象最深的，是厂内八个醒目的大字：
“爱我茅台，为国争光。”
今日，新书上线的机缘
又让我回忆起与茅台的过往

人生不正是如此吗？
你要时时忘掉自己的目标
回归爱的源头之水
野心勃勃的头脑
无法找到爱

当你端起一杯茅台酒
瞬间，就可以忘掉野心
成为一个没脑子的人
这正是
大道不可思议的魅力

世界的茅台，中国的茅台

自 1915 年，茅台酒在
巴拿马国际博览会上，一举夺冠
国酒的这顶皇冠，一戴就是百余年
“集灵泉于一身，汇秀水而东下”
这离不开赤水河的养育
更是世代茅台人辛勤耕耘的硕果

酒再美，也是人的身外之身
天地间最宝贵的是人
人身最宝贵的是灵性
因此，茅台的成功
离不开它的自然优势
更离不开，人酒交融之后
彼此之间灵性升华

透过小小的酒杯
可以窥见人性的本真
酒亦可悟道
酒场亦是觉悟的道场

袁仁国董事长曾说过：
“茅台集团最宝贵的财富是人。”

正是这种以人为本的理念之驱动

才有了，今天大家看到的
“茅台学院”“茅台机场”……

才有了，永恒屹立于
世界之巅的
中国的茅台
世界的茅台

水知道答案

为何卖酒的，喝酒的，酿酒的人
都离不开酒？中国人更是如此
无酒不成宴席，在四大名著中
关于酒的故事，不可尽数
甚至有人，可以戒掉名权利
唯独，酒关难破

“曾因酒醉鞭名马，生怕情多累美人。”
酒与情，酒与诗，酒与道之间
其中的关系密不可分

我们离不开酒
是离不开自己
五味杂陈的俗身俗心
酒即生命本身

人体 80%的成分是水
为何你总是吸引负能量
是你的心灵不够纯净
你的水里有太多污垢

当有一种玉液琼浆
可以提纯你的心灵
那绝对不是你的感官作用

茅台就是这样的一款酒
它可以瞬间超越你的感官

我们可以称之为
通神的桥梁
觉悟的纽带

所有爱上茅台的人
都会莫名被它吸引

上善若水
水，会告诉你问题的答案
告诉你，隐藏在
它背后的无形之道
该是一副多么强大的气场，这种
看不见的能量场，一直在暗中
引领你灵魂的飞升

只有水
知道答案

酒场文化

我很怕，去威海喝酒
有人夸张地说，在我家乡喝酒
能活着回去，是件庆幸的事
相反，我最爱去茅台喝酒
清晨，打开宾馆窗户
小镇上空，四处都弥漫着浓郁的酒香
令人沉醉其中，不肯归去
然后，你会看到
各种车辆，在酒厂大门口来回穿梭
这些都是来讨酒的宾客
茅台人，广迎四方宾朋

有没有酒卖给你，是一回事
你来喝没喝好，是另一回事

在茅台，很少有人
喝到烂醉如泥，横着被抬出去
一方水土养一方人
贵州人性格相对比较内敛
不像北方人那般豪放

在茅台的酒场
推杯换盏间

多了一份对酒神的敬畏
仿佛醉酒是对酒神最大的亵渎
我也从此改变了对酒文化的认知

记得《人民文学》杂志主编施战军先生
这样评价袁仁国董事长：
“他有着内外兼修，迎风虚静的人格魅力。”

酒文化也是一个人的文化
企业文化也是一个人的文化

万物皆光

如果把山河大地粉碎后
就发现原本世间没有物质存在
既然如此
就更不会有酒的存在了

酒的本质是什么
它也是道的孩子
万事万物皆是如此
酒在没有化身形体前
这种原始的能量一直存在
它如同宇宙初醒
呼吸的第一口空气
由于阴阳的相互生化
才有了后天的形体

当忘掉酒的有形有相
只剩下——光
万物皆——光

茅台酒的酿造
一直恪守着最古老的酿造工艺
丝毫不敢偷工减料
这个过程，也是

让酒发光，让自身发光的过程
不觉间，不断让自己的心灵
复归于朴

从此成为光

人酒一如

新书上线
我正在写众筹心灵手记
突然间增加了灵感《茅台篇》

活着就要一切随缘
不断弱化自我意志
如同你设定的目标
你自己认为有意义
相对于浩瀚的宇宙
自我只是一粒尘埃

问题的根本是唤醒大爱之心
于是，放下了分别之见
论什么都是让自己发光
论什么都是让自己成为爱
比如今天论酒
让我看到了太多光芒
也包括自身的慧灯之光

你我一如
人酒一如

源自骨子里的高贵

富而不贵是一种痛
古人说：“一夜可以暴富，三代成就一个贵族。”
因此世上有太多有钱的“穷人”
比如有的女人名牌加身
却少了一种说不出的味道
它来自无形

茅台酒正相反
它的高贵是由内而外散发的
它一直保持着最古老的外包装
最传统的手工红丝带
今天的茅台人没有忘记
当年茅台酒首次获得国际金奖
是因为它外表的土里土气
才引发了“智慧的一掷”
引爆了内在的生命力
这是来自宇宙最原初的大朴大拙的力量
是来自每个茅台人灵魂深处的呐喊

这种呐喊声响彻寰宇
让我们看到了茅台酒骨子里的高贵
你可以拥有
你的哗众取宠
你的与众不同

你的阿世媚俗
但世世代代的茅台人
却牢牢守住了内在的本真
用宇宙最原初的无形力量
融化了所有的“茅粉”

真的，你爱茅台
绝对不仅仅由于它的口感
因为你爱最本真的自己
这种源自宇宙初始的能量
让你回归了源头
找到了丢失已久的
骨子里的高贵

是该品一品茅台了
端起小小的酒杯
那种由内而外氤氲出来的华丽气质
使你认识自己的真面目
唤醒了你的存在感
原来，你一直有爱
你自己一直是爱本身

仿佛我不是在说酒
是在说人生

人生如酒
酒如人生

来自一瓶茅台酒的修炼

你可以不关心
一粒粮食从发酵到烈焰的过程
但你无法不问自己
为何这一点液体点燃了你炽热的情怀
你无法拥有与别人等同的荣耀
因为你无法复制它的苦难

端午采曲，重阳下沙
九次蒸煮，八次发酵，七次取酒
一杯地道茅台酒的生产时间至少 5 年
茅台酒的酿造过程严格地遵循自然之道
如同古往今来的圣贤
哪一个人不是在苦难中百炼成钢

茅台酒这种大器晚成的修炼过程
符合天地自然之道
它没有追求自己的一鸣惊人
更无心于要倾国倾城
只是不断向内提纯自己
如是本来

这与一个人的修炼过程何其相似
无论你获取再多世俗所有

都无法弥补内在的缺憾

唯有不断地向内提纯自己
不鸣则已一鸣惊人
犹如一瓶茅台酒的修炼

酿酒即酿心

所有的伟大都源自平凡
大道永远在低洼之处
茅台集团——中国制造业的奇迹
就诞生于贵州一个偏远的山区

正是地域的劣势
使身处这个地区的茅台人
丝毫不敢懈怠
不断地化劣势为优势
茅台人有着一流的学习力和执行力
尤其他们的包容力，令我感动

我第一次到茅台讲课
那时不到三十岁
讲得乱七八糟
时任董事长的季克良先生和袁董
依然坐在前排听完我的讲课
袁董还当即赋诗一首送给我

十几年之后，再去茅台
在厂区内遇到很多员工和我打招呼
说，听完我的课受益匪浅
听后感到羞愧难当

我记住了茅台人的包容和低调
正是将这样的心态
渗透在每一滴天香佳酿之中
才会创造出今天中国制造业的奇迹

我心即宇宙
宇宙即我心
修道即修心
酿酒即酿心

品酒的艺术

佛说，无眼耳鼻舌身意
方能不被感官左右
但每个人都离不开自己的五感

品味茅台酒之时
就是要“眼观色，鼻闻香，口尝味”
充分调动你的触觉，味觉，嗅觉
去体会每个酒分子的香气
但仅仅是刹那间
这种香气便会转化为心灵的美感
让你进入更深层次的觉受之中
茅台酒与生俱来的高贵品质
会让你体会到酒中暗藏的玄机
使你瞬间由凡入圣

犹如我们的人生
每个当下都要让自己进入
更高层次的觉受之中
不被外在的喜悲左右
毕竟我们的目标不是世俗的功名
而是让心灵由凡入圣

品味茅台的艺术

不是为了左右你的感官
而是让你体悟大道的精髓

佛说
无视见闻觉知
不离见闻觉知

将军酒

将军独爱茅台，喝茅台酒
将军喝茅台，喝的不是酒
喝的是一种情怀，一种追忆

红军四渡赤水
茅台酒慰红军
历来被传为佳话

到了茅台酒博物馆
一张张历史图片
清晰地再现了那段峥嵘岁月
激发了人民的爱国热情

无情未必真豪杰
有义才饮茅台酒

将军喝的不是酒
喝下的是一种英雄气概
随时等待党的召唤
等待革命的号角再次吹响

将军喝的不是酒
是快意人生

是千万个热血男儿

在和平岁月

对中国革命的一种缅怀

保护赤水河

逻辑的意识不是佛
散乱的意识不是佛
禅定的功夫需要修炼
需要从根部向上生发

一个人的修炼离不开脚踏实地
一个企业乃至一个民族的成长
也离不开生养自己的国土
佛说，记住三重恩
国土恩，父母恩，众生恩

谈起茅台酒
不得不谈，孕育它的
这片红色的沃土
无数专家经过论证
出了茅台镇
酿造不出茅台酒
茅台酒的成功
离不开，其得天独厚的自然条件
离不开，生养茅台人的赤水河

茅台人，把赤水河誉为
自己的母亲河

每年都会发起
保护赤水河的“赤子行动”
并不惜斥以重金，将行动落到实处
他们深知
没有赤水河的养育
就没有享誉世界的茅台酒

美丽的赤水河
它的每一滴水源
都载着茅台人的重托

日夜奔流的赤水河
你我源头之水啊
茅台的母亲之河

真正的企业文化

袁董事长从二十岁进入茅台
今天成为茅台的掌门人
其中的心酸唯有他知道

包括上一代掌门人季克良先生
同样把一生的心血都贡献给茅台

尽管季克良董事长离任多年
但他们彼此之间过从甚密
只要茅台有大型活动
都少不了二人同行的身影
同时季董也是茅台集团的终身荣誉顾问

正是一代又一代茅台人的辛勤耕耘
才有了茅台今天的企业文化
所以，茅台的企业文化
浓缩的是一个人
乃至一个企业的成长岁月

所谓“文化”
必须从根部向上生长
没有捷径可走
有多少企业文化，头重脚轻
绣花枕头一包草

茅台的企业文化
不是来自“点子文化”“头脑风暴”
而是用脚踏实地的精神干出来的
而是在发展的过程中自然形成的
茅台文化符合中华民族最核心的价值观
茅台文化符合中华民族最高的道德要求
即求真务实
茅台文化也符合大器晚成的自然之道

因此茅台文化具有强大的生命力
这种生命力
如同茅台酒一样
所有的力量都是内敛的

我们无法拥有别人的荣耀
因为你无法复制一个人的成长年华
更无法复制他的苦难
无法复制
一个企业在成长过程中
所经历的蹉跎岁月

所以，你内在的生机和活力不见了
所以，失去了生动活泼的生命之根

茅台酒是艺术与美的统一

我不知道
世上究竟有多少物化的商品
敢于把自己上升到艺术的高度去诉求
茅台品酒车间的墙上
赫然写道
茅台酒是科学与技术的融合
是艺术与美的统一

艺术是什么
是最接近神性的存在
当然，不是每个艺术家都具有神性
所以，我用了“接近”这个词

可是，酿酒的，卖酒的，喝酒的
有多少人，都把茅台酒称为艺术品
艺术品是无价的
因为它有很多附加值在其中
比如独特的历史价值，收藏价值，精神价值，文化价值等

茅台酒，无论从哪个层面
都符合上述的附加条件
甚至说，它还具有独一无二的内涵

既然是艺术品

就是无价的

在我眼里
茅台酒就是一件艺术品
也是艺术家们的挚爱
彼此可谓灵犀相通
一杯入腹
迅速让自己的作品
由技入道

至于大众如何定位茅台
它是否属于奢侈品的范畴
当然，这是阁下的自由

咱们中国人的国酒

密切依靠人民群众
紧紧跟随党中央的领导
是茅台集团一直遵循的战略方针

如果你关注茅台的公众号
时刻关注茅台的新动向
就会发现
这是一个极其讲政治的国企
这与茅台的历史文化有关
在 2000 多年前的汉朝
茅台镇就有了酿酒的历史
随后，从古到今
茅台酒一直在中国政治外交中
发挥着重要作用
周总理最爱茅台酒
这是众所周知的事实

茅台酒一直伴随着新中国的成长
尽管处在偏远的山区
但茅台人的观念并不守旧
更不是夜郎自大，故步自封
而是时刻关注中央的指示精神
及时下达到各个层面

并快速落到实处
因此，茅台酒也是当之无愧的“政治酒”
这也是一个国有大品牌
应该具有的大担当精神

每一个茅台人，都深知
首先，自己是
一个，生长在党旗下的中国人
然后，才会有
中国的国酒

每一个茅台人，都深知
离开了老一辈无产阶级革命家的关心
离开了一代又一代茅台人的辛勤耕耘
离开了历届党和国家领导人鼎力相助
离开了千千万万忠实“茅粉”的热捧
就一定不会有咱们中国人自己的国酒

不忘初心
方得始终

酒祭——与神对话

酒是一把双刃剑
可以使善者更善
可以使恶者更恶

原始图腾崇拜
酒就是祭神的工具
可以通神
可以降魔

酒应有的神性
不是让酒令自己走火入魔
唯一的
就是透过酒回归神性的存在

每年，茅台集团都会举办
“茅台酒节”
场面极其壮观
由主祭人深情地宣读祭文
缅怀历代酿酒先祖
由全体茅台人宣誓
继承传统
不辱使命
艰苦奋斗

以慰先辈

酒节是茅台文化的一部分
也是茅台文化最有特色的一部分

祭祀的过程
是与酒神对话
与人对话
与真我对话

无形之中
与天地酒神之间
建立了
潜在的联系

不再
被酒精的作用左右
而让酒
让人的心神
都回归了它应有的位置

天地之中
方寸之间
我的心永远与你同在

为爱修行

有人说
一个女人
为何
对酒的理解如此深刻
答案会令你吃惊
因为我爱自己
关注生命本身
酒也是有生命的
在不断认识自我
认识生命智慧的过程中
深刻地认识了酒

我曾叩问灵魂
为何无法戒酒

即便后来
开始悟道，体道，修道
对于酒杯
也是不断地
放下，拿起
拿起，放下

经历了痛苦的思索

终于顿悟
人生的修行
就像戒酒一般
在各种欲望的挣扎中
反反复复地
放下，拿起
拿起，放下
不断地经历“颠倒颠”

直到某一天
回归了平静的深渊
再也无视酒精的作用了
便有一种力量
真正导向了自己的内在
从此没有了
戒与不戒之间的纠结
因为已经彻底超越了
二元对立的世界
顿悟了原本的真实
酒也是觉悟大道的工具
是抵达自性圆满之彼岸的桥梁

今天，我来论茅台
是怀着对酒神的一份
深深的敬畏之情

今天，我来说茅台
也是与酒神对话
与自己过往对话

我很庆幸
此生，没有被酒鬼带走
而能够有这样的机缘
与酒神同行
为爱修行

仁怀——中国酒都

人的自身，蕴藏着
先天之气与后天之气
人的生命由身、心、灵组成

每人身上都住着神灵
这是生命真正的主人
肉身只是仆人
由于我们反客为主
认假为真
神灵也随之改变方向

修心，去掉贪嗔痴
修身，凝聚精气神
打造正能量的道场
获得最大的加持力
一个人，一个企业
一个城市，皆如此

中国人讲风水宝地
仁怀——中国酒都
它的山水是有灵气的
但最好的风水
还是这里人性的纯朴

才有了人与酒的完美融合

由于这种善心的感召力
我写起茅台酒
灵感犹如泉涌
两天内便完成二十多个短篇

此刻，渴望有一对翅膀
让我飞到赤水河畔
隐约听到
温暖的春风
正从赤水河畔
向我吹来

大音希声

对于茅台，我不知道讲什么
只能用生命的存在，去觉知它的神秘
这份觉知，超越了文字的表象

对于茅台，我不知道讲什么
只能用智慧的心灯，去点燃它的光芒
这份光芒，超越了一切的有形

对于茅台，我不知道讲什么
只能用灵性的升发，去开启悟道之旅
这份旅程，超越了世俗的目的

对于茅台，我不知道讲什么
只能用岁月的沧桑，去体悟酒的沧桑
这份沧桑，超越了一切离愁

对于茅台，我不知道讲什么
一本《茅台论道》
一册《醉美茅台》
是对她最好的诠释
也饱含了对她的一往情深

今天，我在说书说酒说人生
其实，我说的，超越了有形

对于茅台

除了爱

我真的不知道该说什么

人酒情缘

酒中有日月，酒中有乾坤
论酒，亦是论道、论诗、论情
亦是与心灵对话，与酒神对话
因而，有了《茅台篇》

世界是自由的，不需生命的掌声
心灵是自由的，不需世界的掌声

我论茅台，天马行空般纵横挥扫
只愿，这种自由之风
没有让读者，忽略茅台人的实干精神
只愿，这种恣意流淌
没有让谁误会，我是为达官贵人唱赞歌

其实不然。没有对酒的深刻领悟
没有，对深层次自我的深刻觉察
我无法论酒，酒是什么
就是你自己，就是人生，就是爱

过犹不及，突然觉得笔墨有些邋遢
幸好动笔前，没有这个杂念
我是个单纯的人，这是我的优点
也是个缺点。不去关注大众的感受
习惯于跟着直觉走，随心所欲

君子之心无所挂碍，随它去吧

不得不，就此打住《茅台篇》
尽管对于酒，我依然有话要说
文人骚客莫不爱酒，有情可原

让我从灵性的巅峰，回到地面
继续说众筹，每一分钱
在我心中，重量都是相等的
因为，生命的重量是相等的

佛最伟大的话是："感恩众生度我"
我很想说，我感谢茅台
更感谢，支持我的那些普通人
因为原本我就是个最平凡的人
厚此薄彼，不符合大道精神
分别之见，更是修行的最大障碍

密切依靠群众
一条最为颠扑不破的真理
谁能够赢得人心
谁就能够赢得天下

酒升华了我的灵性
让我有了灵魂的飞跃
我依然伫立在原地
让双脚

扎根

在

泥土里

一杯酒让我在众筹的路上短暂停留

此刻，需要一杯烈酒
锁住我幽怨的目光
众筹路上的脚步，如此凌乱
有多少欲望
就有多少人，冷眼旁观

让我在一杯热烈的酒中，沉醉
做一次，极为短暂的停留
感受，这如此短暂的芬芳

或者，我也可以
在酒杯中，偶尔探出脑袋
寻找，前方一丝模糊的光亮

《茅台篇》
瞬间让我的心
回到赤水河畔
在一杯燃烧的烈火中
净化为
永恒的心灵之光

吞下这口烈焰
让液体的火焰在血液中继续奔流
继而伟大的思想也由此诞生

正是这美酒的芬芳
困住我众筹的脚步

在一杯酒的融化之中
淹没了我所有的方向

明日我继续上路
遥远的目标
在呼唤我前行
前方大地安稳
隐秘的力量
正在我的脚下
持续发酵

谷神，并未死去
水神，正散发着
醉人的
我无比
熟悉的
芬芳

新书众筹心灵手记

这套《点亮智慧的心灯》系列丛书是 2018 年 3 月 18 日开始众筹的，上线不到一小时，就筹到八千多元书款，为了回馈大家的支持，我当即决定将书款拿出来做慈善，并用心记录了众筹路上的点滴心灵感悟。每个当下都是修炼的契机，希望能将此文与大家共勉。

——燕妮手记

迷迷糊糊上阵

向来我就是个没脑子的人
不喜欢苦思冥想
而是习惯于跟着直觉行动

或许没脑子的习惯
正是我的优势
当一个人脑子特别好使
他调动的是自我意识的力量
当他没脑子之后

也许能够调动先天的力量
从而寻找到一个真正的靠山
——大道的能量

想都没想
迷迷糊糊地上阵了
跌跌撞撞地一路奔走
让道的能量推着我前行吧！

关于一个愿望的诞生

昨晚众筹刚开始
一小时之内筹到八千多元
夜里我辗转反侧
每一分钱对我都价值千金重
于是决定将书款捐出去
以回馈大家的厚爱
并立即对接了西藏的某地

就这样
一个美好的愿望自然诞生了
它来得如此简单而直接
尽管在世人眼里
这似乎是一场蓄谋已久的策划

跟着自己的心走吧

相信自然和大道的力量
不去管结果的好坏
长久以来的思维习惯
让我只愿意选择
倾听自己心灵的呼声

人生如戏

人生原本就是一场戏
结局并不重要
重点是让每个当下都变得好玩儿
比如目前这场众筹
让我汲取了太多的智慧
看到了太多人身上的光芒
也让我因此深深爱上了更多人

有人来电询问我需要的支持金额
有人要与我一起去西藏扶贫
有人第一时间慷慨解囊
有人直接给我打款
有人每天为我疯狂转发
也有失联的老友突然间冒了泡
只是执意要把书款打来
当然，也有人假装看不见

但我深爱着你们每一个人

您的行为不是源自对我的偏见
这与您长久以来的人生观、金钱观有关
可是，只有布施
才能让我们活得更富足

有两个朋友，我记忆犹新
当我两次说，只差一单
一个叫“嫣然”的央视女主持人迅速下单
一个叫“代刚”的《中国妇女报》主编立即行动
让我顿悟一句古话：
“惠不在多，在乎当厄。”
启迪我今后也要如此对待别人的危难

或许，您对我的新书并不抱有期望
我深知，这是一份沉甸甸的信任
请大家相信我
请大家给我时间

我看到“我”，正在焦虑之中

前几日的众筹业绩
可谓旗开得胜
第四日，支持率开始放缓
我的推销手段，强势起来
我意识到自己有些焦虑
幸好，我看到“我”的焦虑

只要我观照到情绪
情绪便无法干扰
本性的平安和富足
否则我会失去能量的中心

毕竟焦虑的是，我的假我
真我，永远如如不动
所以，我很后悔
今日没有，顺其自然
反而指责过某些友人：
你们干吗天天请我吃大餐
真爱我，就要关心我的需求
我不需要吃大餐
我需要你们支持我的新书

幸好，我看到了
自己小我的强势
于是立刻回到
平安和富足的幽谷

有一种心酸我不想诉说

我最伟大的作品不是我的书
而是我的两个宝贝女儿
在独自抚养她们十几年的光阴中
我并未追求所谓的成就和目标

也并未认为自己的人生有意义
甚至我说了，不会写诗和讲课
更不是什么觉悟者和大师

作为一个单亲妈妈
我不得不围着女儿转
不忍心让她们成了留守儿童
从小到大，寸步不离

我的文章在很多名家眼里并不入流
但十几年来，我不知自己能够做什么
孩子睡觉时，我在思考
孩子游泳时，我在岸边读书
孩子上辅导班，我在门口写诗
写书是用来打发光阴的一剂良药

你看到的不是书
是凝结了我十几年心酸的沧桑经历
记得父亲住院一个月
我有首诗的题目是
《用 59 首诗歌与病魔战斗的 22 天》
那时的绝望与无助
只有用诗歌寻求精神的救赎

这种心酸，我不想说
如果说，我有一点成就感
那绝对不是自己的功劳

是女儿赋予我的伟大力量

如同哲人说：
“痛苦的经历酿造最美的文学。”
在今后的岁月中，我依然
可以对这个世界真情宣告：
我最伟大的作品是我的女儿！
我压根儿不想成为什么伟大的诗人和文学家

今天大家支持我
我是那么感恩
但我最感谢的依然是我的女儿
是女儿让我学会了独立与坚强
是女儿让我彻头彻尾地爱上了孤独
也是女儿让我有了三本新书的问世

未来的日子
我不会围着书转
下辈子我还会继续围着我的女儿转
心甘情愿

转焦虑为喜悦

当我觉察到，前几日
自己的焦虑情绪和强势推销
我的负面情绪立刻不见了

只要你，看到小我的狡猾
假我，立刻会消失
也许是大家的爱心带走了负能量
陡然发现，我对目标不再执着
于是我看到，自己
将焦虑转化为喜悦的能量

只有能量，才能接收宇宙给你的订单

今天湖南的高聚武
订购新书 20 套，总计 2600 元
这是第一笔最大的订单
一位陌生读者订购 10 套，1300 元
李秀华大姐订购 53 套，6980 元
一位外号叫“刘大将军”的友人
承诺销售 100 套，在 20 天之内
…………

我变得喜悦起来
也许由于“放心”的缘故

修来修去，只为修真
万千法门，修心为上

只有“放心”，才能链接宇宙的能量
唯有“放心”，才能让自己彻底成为爱

成为无条件的爱
回归能量的中心

众筹一日，人间千年

世上有很多迷路的孩子
在我们长大的过程中
无意间也成长了自我意识
可是人人都有小自我
无数小我聚集在一起
难免会有冲突与意见上的分歧
要想解决外部问题
首先要转变内在环境

今日众筹进入第七天
我就像一个迷路的孩子
前期焦虑和执着的情绪不见了
回归了心灵的故乡

心静则天下静
心平则天下平
心安则众生安

短短几日
似乎浓缩了自己前半生的心路历程
年轻时是那么渴望命运的波澜
如今才觉悟平安与宁静的可贵

宇宙法则告诉我
宁静比勇猛的力量来得更强大

所以我深知
我要放下众筹的目标
只做一件事
即不断提升我的自我意识
让它一点点转化，升华
直到自己变得轻飘飘
没有一丝重量
像一缕青烟
遁入无边的虚空之中

生日当晚，梦见罕见的水灾

昨天是我的生日
梦见罕见的水灾
我在大水中死里逃生
这是潜意识中负能量的反射
越是恐惧
恐惧的事情越会发生
我曾恐惧，完不成众筹目标
我曾恐惧，被人说三道四
我曾恐惧，有人嘲笑我的新书
…………

每一个念头都是一粒种子
都会在特定的时期生根发芽

唯有转化负能量
将意识浮现于水面之上
这场罕见的水灾
才不会淹没我

双手合十，感恩自己
在生日当晚
在一场滔天的大水中
死里逃生
生命重生

我是道的孩子

四川青城山的刘绥滨掌门打来书款
北京白云观的李信军掌门打来书款
无锡圣安宫的杨一清掌门打来书款
…………

“一日为师，终生为父”
这些可敬可爱的师父们
都是被人供养的
但他们并未习惯于这种供养
并未将众生的供养当作理所当然
在关键时刻
他们懂得将爱传递
请允许我暂时收下这份厚礼

请原谅我！狠心地收下这份厚礼！

我对女儿说："宝贝儿！这钱咱们不能留！"
我是道的孩子
累世以来皆是如此
我们都是宇宙的孩子
最终都要回到
大道母亲的怀抱之中
那里才是我们真正的家园
永恒的灵魂寓所
你我的心灵故园

自动波的形成

今天，我放下对目标的执着
与好友，一同登上了长城
偶尔，在阳光下打开手机
看到金额，在增加
形成了自动波，很神奇啊

最初几日，我很有为
对目标，充满欲望和企图心
其实，效果适得其反

有为发挥的是自我的力量
无为发挥的是大道的力量

觉悟就在一念之间
让一切交给自动波

我深信，宇宙已收到我的愿望
我愿意，让无为之道发挥自然的力量

接下来的时间
请让我把所有的信任都交给道
交给无为……

女儿是我的保护神

众筹几天来　足不出户
清早　意识到思考过度了
老子说　少用脑袋　多用心
一个人　信步朝公园走去
雾霾　没有抵挡住春光来临
河岸边　四处是花红柳绿的美景

当下
永远是最美的存在
唯有当下
唯有春光不可辜负
一步一个脚印
大步流星地行走
感到自己很接地气

深深觉知
与大地的链接

有的艺术家　用脑过度
透支生命　甚至自杀
是因为自身能量的失衡

放下脑袋
时时主动调整
动静　刚柔　高低　虚实
…………
多种矛盾事物之间的平衡
自身的问题
便可以化解

即使很能写　很能画　很会说
也从不刻意为之
相反
时时放空
主动化优势为朴拙
不让你的优势走极端
而是让元神归位
反而会
清理掉大脑中的残渣污垢
笔墨
也不会变得邋遢

心灵清净
才能去掉笔墨邋遢
不修复能量
便无法描摹出
各种艺术品要达到的最高境界

今晚
要与女儿开心地玩耍
重新做回一个孩子
我习惯
这样修复自身能量
众筹目标
也必须完成
大家都在自动自发
我也该行动了

不执着的境界中
执着地追求目标

终极目标与世俗目标

世俗的目标永无止境
终极目标却只有一个

成道是唯一的找寻
大道无为　顺其自然

无为，不是什么都不做
而是该做什么，就做什么
只是，这个“做”
没有自我意志在其中
似乎，听任了某种安排
缘分的玄妙，身不由己
一切，皆是因缘聚合

比如，这次众筹的发起
原来，只想试试、玩玩
大家热情高涨，
意外的巨大能量感染了我
当即，决定将书款捐出去
迷迷糊糊，上阵了
心安神稳的感觉，渴望已久

活着
终极目标很简单
是回归心灵的家园
能枕着
一个安心的枕头，
夜夜美梦
比如爱，当有一个人
他给你带来深深的平安
这是属于你的最好缘分

心安神稳的幸福感
从我头顶上方降临

这是属于我的真正缘分
突然感觉自己真的富有

这种富有，
让我
忘掉了众筹的数字
金钱只是数字，
不是我

当你想到超越金钱外的附加值
财富就会猝然来临

天命与使命

天命是天工，使命是人工
天命是天生，使命是野生

对天命，要认识
对使命，要履行

该发生的，一定发生
该出现的，一定出现

在你危难时，出现的人
他绝不是，首次在你生命中出现

这是灵魂的记忆，累世以来
在你没有形体前，记忆就有了

所以，今天你想向东
却莫名其妙一路向西

因为，你想的，是浅层需要
而灵魂，会引导你走得更深

天命与使命，完美合一
这种能量，就会推着你前进

感性的超越

心如死灰，形如槁木
凡心不死，道心不生

曾有人怪我，为何心如石头般冰冷
意思是，没有与他的情感相应
年轻时，我也很感性
也曾遇到过，感性的男人
感性记忆，并未深刻影响我
感性，只不过是感官的错觉
如风似雾，转瞬即逝

相反，还有一种人
他没有，被我感性左右

而是如如不动，这种禅定的功夫
顷刻之间，融化了我的感性
我理解，他热情背后的冷漠
成道，是一场自私的找寻

因此我永远，记住他
感恩他的存在，引领了
我意识的升华，一直向
涅槃意识的高度，进发
这种人，无论是否身披袈裟
我都愿意，喊他“师父”
我也相信，他前世是我师父

有一种热情，是伪装的
有一种冷漠，也是伪装的

如同，今天的众筹
有的人，并不是心甘情愿
有的人，却不止一次，
出现在，
我轮回时，必经的路上

良善的本质

今年正月十三
我在广东摔了

胳膊肘骨折，今天还没拆石膏

摔伤那天
父亲突然来电，说：
“不放心你。”
心有灵犀
他很少，主动来电

还有一日，
我接到诈骗电话
说有人用我身份证作案
必须马上来抓我
我绝望地大哭
当时，无意识想到一个人
一个，多年未曾联系的人

灵魂，是有记忆的
佛说，三世因果

是否要在我们的记忆中
多储存一些良善的种子
这些种子，都是无形的
是你，念头的累积而成
最终收益的，是你自己

藏地一个师父，曾说
他生来就是一个要饭的

还有一个师父，曾说
他的前世是一条狗

这些师父层次更高
他超越了善恶的对立面
超越了所有的分别心
顿悟了事物的本来
慧能说：
“本来无一物
何处惹尘埃。”

但对于俗人而言
我们还要经过神秀的境界
时时勤拂拭
莫使惹尘埃

良善不是成佛的目标
良善却是顿悟本来的必由之路

清晨的灵感

睡眠也可以修炼禅定
唯有定能生慧

每天早起就有很多灵感
但我想去干快递员
或者给人送快餐，跑腿打杂

当然，这是幽默一下
今年的目标是打太极
彻底将脑袋能量向脚底转移
这几天写作
因为
出版社周五前催稿

自身是小宇宙
要想纳入大宇宙的循环
让生命生生不息
不是玩文字游戏
不止停留在文字般若

要让自身阴阳和合
必须修身、修心、修气、修意、修神

写东西成名成家
那是身在之物
身不修，则是无源之水
我是一个无心于写作的人

成为一个无影子的人

如果，一个男人告诉你
等他功成名就时，再陪你

如果你认为，你们之间的孽缘

需要经历时间，才能放下

如果，你相信了这一切
等于，认同了头脑制造的假象

没有过去、现在、未来
时间，原本就是个假象

天上一日，人间千年
迷是凡夫，觉是佛陀
当下觉悟，当下即是

如果，你守住空性
那些孽缘，因果，假象
并不能，对你的心起用

如同，面对一个持枪的敌人
当你，变成无影子的人
对方，便失去攻击的靶子

当下，我的目标是众筹
众筹，会加深友谊
同样，也会招来攻击者

让自己成为一个无影子的人
而不是，成为什么女神

离一切相

八大山人的画，很难被复制
你无法复制，他笔墨背后的沧桑
当代著名画家黄永玉先生的画
其中灵动的气韵，无法被谁复制
完全是自成一派，独树一帜

有些艺术家，四处拜师
企图，用师父的光环为自己贴金
比如去年爆出的丑闻“磕头门”
一批画家集体给“美术大师”磕头下跪

我心即佛，佛即我心
如要觅佛，在吾芳心

向内看，需要觉悟
比如，最早写作
我很在乎自己的文体与辞藻
后来，发现大道至简
故意去掉所有的形容词
还原事物本来的样子
让心灵复归于朴

比如这一系列心灵手记
我忘掉了，文字的表象
甚至忘掉了我众筹的目的

而是，天马行空
写完后，发现喜欢这种风格
完全来自“意识流”

佛说：
离一切相
离一切法

断舍离

年前搬家，丢掉很多宝贝
包括昂贵的衣服，多年不穿
随手慷慨送人，当作垃圾处理
对自己说：“我不需要贵重的东西。”

年轻时不然，喜欢追逐时尚
不惑之年，一切都开始
变得简单，包括穿衣打扮
身着华服，又能怎样？有时
不过是，混迹于上流社会的乞丐

断舍离，突然发现
内心清净，放下了对外物的执着
房子，你以为是自己的
它不是你的，是你感官的错觉

断舍离，一点点，放下

不似最初上路时，自己肩上
扛着，诸多的背负与压力

对于目标，也要断舍离
让目标，虚化，若隐若现
以不执着的境界去执着，让自己
活在，自在修行人的角色中

孤独的行者

昨日，友人来家里做客
没有电视与音响，闷在屋子里
她感到十分压抑，顶着雾霾
让我陪她出去，溜达

凡心喜欢热闹
道心喜欢清静

很小，我就不爱看电视
喧嚣之地，更是无法忍受
只有孤独，才感到与自己在一起

伟大的艺术作品
都在孤独中诞生

昨天，遇到一个女孩
她练习八年舞蹈，在高等院校

考到了研究生，毕业后认为
自己不可能是杨丽萍，便转行了

听后，我知道她并未真的爱上艺术
爱上艺术，就会彻底爱上孤独

我很爱独处，但时间总是不够
常有四方宾客，不期而至

与事实保持抽离

几日众筹，浓缩了我的一生
从年少的执着，回归于
如今的平安，从几天前的焦虑
升华为心灵的喜悦，
瞬间的超越中
浓缩了，自己一生的经验
今日的，先知先觉
来自曾经的，不知不觉

念起时，即是念灭的开始
永远，与你所做的事情保持抽离
永远，让你的能量凌驾于事物的上方
于是，再大的挑战都无法
都无法，真的左右你

如同，身处于汪洋的大海中

你可以，随着浪花浮沉
但大海，永远如如不动

灵感的源头

我写东西，是感觉先行
灵感有了，便一气呵成
写完后，自己都懒得看
更别提，绞尽脑汁修改

想多了，反而没有灵感
我会转移注意力，
放空身心，
又回到灵感之源

空，才能容
只要，自己这个容器，
能承载宇宙的馈赠，
方能联通宇宙发出的信号，
让笔墨传神

最好
不是我说
是神说

提升意识纬度

写书是修炼
众筹也是修炼
修炼的是人的意识纬度

人与人间的差别
说到底是意识纬度的差别
意识纬度直接决定了
一个人看问题的深度与广度

我年轻时写诗
很多都是你情我爱的内容
后来随着意识的提升
发现这些都是污染的种子
这些种子都来自业力
也在不自觉间
污染了宇宙的共业

自然而然地
写诗的风格也转变了
其实是由于超越了自我意识

意识的超越
不代表完全脱离世俗
世俗反而是最好的修炼道场
很多存在都是缘分的显现

让它自然生灭
以旁观者的角色
心却如如不动

比如今天我想通透众筹做慈善
也许是我累世的因缘
也许我的意识纬度一直在那个空间

只是通过众筹
通过这一系列心灵手记
让我更加清晰自己原有的位置
让我回忆起自己的过往
如大梦初醒
更加清醒地认识了自己

前路漫漫

严重的雾霾，囚禁我

偶尔，打开众筹链接
时时，有人下单
无为，发挥自然的力量
活在当下，听任老天安排

一位陌生人，加我好友
他说，做了七年援助青海西藏的活动
包括很多文化活动

并说欣赏我的诗歌，很有感觉
前路漫漫，我意识到自己无法停止

本想，众筹结束之后
继续逍遥游，我可不愿意出现
在公众的视线中，被莫名其妙打扰
只是，不知老天怎么安排

女儿说，近期难以入眠
夜里总看到有影子，不离左右
谁知道，这雾霾是不是有生命？

清明快到了，我还有很多事情要做
还要面对，那些活着和死去的灵魂

向内的探索

由于出版社截稿日期
加之，三本书页数超标
《众筹手记》只好结束

13 天来，写了 50 篇手记
灵魂，得到升华与净化
从焦虑转为喜悦，
从执着，
到一点点，放下
似乎，浓缩了自己的一生

包括手记的《茅台篇》
看似说酒，实则说人性
文中，可以窥视自己的影子

13 天，在时间的长河中
不过是，短短的一瞬间
灵魂，却有了本质的飞跃
如今的，先知先觉，
因为
曾经的，不知不觉
没有 40 年来
对自我内在的探索
不会有当下对自我的深刻顿悟
当下对事物的深刻觉察

阴郁，诗歌的孪生兄弟
回想写诗时，常会陷入忧伤
时而，感觉很冷，阳气不足
因此，我既爱诗，又怕写诗

但这一系列手记，我看到了
内在的光明，选择了最质朴的表达
也不在乎，这属于哪种文体
灵魂是不可复制的，它就是我

13 天来，得到了 297 位微友的支持
在此，对各位说声感谢

如果没有爱，就没有今天的成果

令自己欣慰的，
是总算完成了一件事
又是我忠爱的事
并且曾经为之付出了辛苦劳作

当然，有人支持你
必然，有人反对你

中国人追求的最高境界
不过是四个字：
问心无愧

《点亮智慧的心灯》系列

燕妮悟道

吴燕妮◎著

人民东方出版传媒
東方出版社

序一

静看雨燕啄春泥

刘吾魁

傍晚，我常常在河边散步，一群孩子嬉笑着奔跑着，乘着河风放飞风筝。我仰望河上边那一群飞起的风筝，带着一串串闪闪烁烁的灯光，飞得很高很远，把夜晚的天空装扮得像美人一样娇媚，像诗词一样旖旎，令我陷入沉思：如此多彩的风姿，莫不是上苍赋予了灵性，否则一个小小的纸鸢，怎会在月亮和白云之间如此飘逸？是谁启动了它美丽的翅膀？

许多年后，我偶然看到燕妮的诗，她写道：

> 女儿和太上老君是我的翅膀，
> 难怪女儿拼了命来到人间，
> 四只大脚掌踏着我的胸口旋转；
> 一个叫燕妮的单亲妈妈
> 单飞的雨燕
> 将天使带到人间！

我的心惊了一下！这不正是许多年前我思疑的答案吗？燕妮，她不正是借助“神”的力量，在自己人生的天空里自由翱翔吗？那闪闪烁烁的灯光不就是她高翔于九天之上的思想火花吗？我为燕妮高兴！

她说得如此随性，却又如此准确。“一副翅膀”，一边是女儿、一边是“太上老君”；一边是她感情的归宿，一边是她学术的起点。两只翅膀，撑起了她生命的躯体。她在事业和儿女的旋涡中拼搏着、奋争着、挺进着……和着她辛勤的汗水和伤怀的泪水。有时她寻觅在命运的谷底，有时她翱翔在无垠的蓝天，她是她命运的奴仆，她是她命运的主宰！

正是这两位“神”的驱使，正是她的勤奋劳动，她在命运的山路上树立起了三座自己心灵的里程碑：《燕妮悟道》《燕妮诗选》《燕妮文集》。

不是每一个人都如此幸运，不是每一个想飞翔的人都可以展开翅膀，能够在艰辛的跋涉中收获如此丰硕的果实。正是由于“神”的眷顾，燕妮是幸运的、是成功的；她是把艰辛和荣耀共同收获的命运的宠儿！

然而，我们在读燕妮的文集和诗稿时，会发现那隐藏在诗文后面隐隐的艰涩和痛楚。这是燕妮追求完美的足痕，也是她对命运无奈的哀婉！追求完美是燕妮崇高品格的动力，也是她的悲凄所在，就如同一个追求完美“爱情”的人一样，她总是在最最“完美”中苦苦咀嚼，但她永远无法得到最最完美的爱情！

这使我想起了弗兰西斯·培根的话来：“爱情是毒药。”我不知道是不是真是如此，但我觉得世上可能没有真正“美丽的爱情”可言。我以为“美丽的爱情”必须具备三个必备要素：畸形的；短暂的；悲剧的。古今中外无一例外，否则就不会有“美丽”可言。然而燕妮的“悲凄”就在于追求“完美”的美丽，因此她总是在苦苦追求，却总是找不到真正的“美丽”。她在学术上如此，在爱情上也是如此！如果一个哲人，总在思考的无涯苦海中漂泊、在崎岖的山路上筚路蓝缕跋涉，如此度生，幸福几何？

我们是不是应该给燕妮一些中肯的评价和提示呢？

平心而论，燕妮是近几年来中国学术界的一匹“黑马”。她以敏锐的思想、独到的见解、开拓的视角、全新的领悟，在儒释道学说中铺设着自己学术的金色大道。作为一个女性理论工作者，她以自己细腻的思维方式和孜孜不倦的学术精神，以国学理念的大格局，对万物现状进行新的排列组合，以严谨的学术态度进行钻研和探索，在新时代的学术浪潮冲击中，在纷繁复杂的学术环境中，理清思路，创新和成就了自己的学术理念。

燕妮是一个勤奋的劳动者、工作者、思想者。在近20年的学术探求中，她经历了痛苦的磨砺，使自己在学术上从懵懂走向光明，从幼稚走向成熟。她日臻成熟的学术理念，日益得到人们的接受和肯定。她在国学上认真学习，不断追求，深入思考，大胆拓新的学术品格和人文精神与华而不实招摇过市的学术骗子划清了界限，与不学无术滥竽充数的糟糠学渣也划清了界限。因此，燕妮的学习精神和研究品格都是值得肯定的。燕妮又是一个演说家，她口才很好，经常应邀云游讲课，几小时的课程如行云流水滔滔不绝。燕妮也是一个收藏家，名人雅士的书画作品不计其数。我也衷心祝愿她事业辉煌，唯有孤掌难鸣时，我们都祝愿她早结连理，幸福美满！

生死是燕妮经常探究的话题，也以生死的支点而困惑，常常为此而阐发出一些超乎常人的论理。我以为燕妮的妙论正好可以从索甲仁波切的《西藏生死书》中得到解惑。在这本书里，把人生的生死看作一个整体，把人生的轮回谈得优雅而从容、高贵而尊严。这是对人类灵魂的祭礼，是一部庄严而崇高的著作。我希望燕妮今后在生死研究上也有自我的突破！

我应英年早逝的著名社会人类学家陶呈义公认识燕妮，曾领略她的才学，赋诗一首赠予她，现也一并附录于后，以寄友谊和怀思：

燕妮风润好春华，
绿玉杖歌策天涯。
足踏五岳千山远，
情随碧水游太华。
登高壮观天地间，
学博四海小天下。
十方桃李绣广厦，
江山尽数作图画。

（**刘吾魁**　著名学者、国务院扶贫办中国扶贫开发协会研究室主任。）

序二

真人不说假话

党文华

缘分让我在去年就有幸看到她的书稿，反复读了不知道多少遍。甚至是一厢情愿地颠倒了内容和悟道真言的顺序，反复揣摩，有些句子甚至摘下来慢慢回味、感动。迫切希望她的《燕妮悟道》、《燕妮诗选》和《燕妮文集》能早日付梓，这是我由衷的心愿。一是对她学识学养的钦佩，二是希望能有更多的人从她的心血凝成的文字中增长智慧，证悟本心。就在她这三本书即将出版之际，没想到她放下周围那么多的名人大家，诚恳地邀请我给她的作品作序，而且明确告诉我："我不要名家，我是真人不做假事。"这么一个思维活跃、才貌双全的奇女子对我这个一文不名的布衣，而且还有几分愚笨的农民儿子给予了莫大的信任，我也就借此机会说说我的心里话。

一、《燕妮悟道》是她的思想灵魂

和吴燕妮女士的结识是在北京国家会议中心第一届国际文化产业博览会上，她的演讲征服了在场的所有听众，当然也包括我。我来自老子著经的河南灵宝函谷关，而且顶着函谷关老子学院院长的头衔，在我以"老子的慧性教育和老子文化的产业化构架"为题在台上大放厥词的时候，她的演讲让我感到我的“伟大理想”是那样苍白无力。吴燕妮不拿讲稿，侃侃而谈，声情并茂，扣人心弦。她讲道：“道学思想不仅是一门学问，而且是一种精神境界，一种生活态度，一种思维方式，我希望能有更多人能够与道同行，从道学思想中获得宇宙人生的大智慧。”

她还谈道：太极思维的修炼什么？什么是太极思维？左右不是，中间流动曲线才是，它象征着变化、变通的智慧。体现的是人的灵性思维，直觉思维。例如，很多企业家的管理能力都来自太极思维，也就是他的直觉思维能力。如何回归太极思维？首先由脑袋进入心，由心进入本性。她比喻道：脑袋是小学生，心灵是中学生，本性是大学生。只有本性才是最高学府，是不分别整体，而太极思维源于本性。只有回归本性，才能回归太极思维。

如何回归本性？首先要悟道，即做到：第一是明确生命终极目标，第二是修炼自己的思维方式。所谓思维方式的修炼其实就是修心，去掉心灵的贪嗔痴，回归清净心，简单讲就是活在当下，一念不起，让自己在生命的每一个当下，都能用爱、用慈悲、用智慧全然接纳这个世界的全部呈现。

下面是她悟道的几个片段：

一见钟情不是来自头脑的思考，而是来自遇见的瞬间。诗人海子在川藏之旅归来后，不惜以生命的代价诠释了敏感的价值。无数圣者先贤摒弃浮华，就是为了保持内在的流动，于是整个世界也因此变得与众不同。

很多培训机构让学员“相互拥抱”，无疑是集体宣告：

“我是多么无聊！多么匮乏！”一个拥抱过道的人，即使拥抱人，他的心也在道那里。因此拥抱是扰乱心神，获得暂时的放松。当然你也可以让拥抱变得有意义，就是你要忘掉身体的存在。

拥抱过道的人是没有兴趣去拥抱人的。

一个真正的师父遇到你，他不讲经文，不讲是非，只是逗你开心。这样的心智不是建立在知识之上，不是建立在严肃之上，也不是停留在自我意识之中。他只关注你当下的生命状态，这便是智慧的呈现。

凡肉眼所见一切，都不是真我，包括你的肉体、情感、思想等。直到向内走，发现那个中心。此刻激情不见了，但爱还在。只是由火化为水，你走向深渊了。

有人说，我常写悟道，没有男人敢爱上我。哈哈！没有关系，我可以主动爱上别人。我写悟道不是阻止自己去爱，而是控制爱上别人后的强度。爱得过火，是我习惯性的错误。因为过火，我写了这么多悟道。

……

西藏之行让她觉醒了智慧；道家先贤燃起了她生命的火焰；她把道学与艺术紧密地联系在一起；她澄清当今社会道与教育培训的关系；她的“悟道语录”让很多人痴迷。

二、《燕妮诗选》是她浓缩的生命智慧

我曾经将自己在网络上卖得很火的一本爱情诗集《有一种爱叫凄美》送给燕妮，而她当场就转送给了一个朋友。为了给

我点面子，燕妮说以后让我再送给她一本。我知道，不是我的爱情诗写得不好，而是我的这些文字依然在俗心里挣扎，在爱与被爱之间做选择。而她犀利而充满智慧的诗歌，却让很多人开悟，超越了感性思维和理性思维，升级到涅槃思维甚至宇宙思维的高度。我不得不佩服她的智慧，不得不相信神灵的力量是千真万确的存在。用她的话说："当下心是什么？就是禅，就是道，难以言说，却一刻也离不开当下最真实的生活和感受，让每首诗歌都来自当下刹那间灵性的迸发，我想这就是诗歌存在的价值。"

著名导演、诗人老巢说："我不会写爱情诗，我认为爱是做的，不是说的。"燕妮认为这句话很有禅意，禅就是一种体验，错过体验的喜悦就错过了整个生命。她的爱情诗，都是在她无法拥有爱情的时期写下的，如果能让事情顺应最自然的态势去发生，就不会写下那些口头禅，这就是道法自然。但在现实生活中，有多少人整日醉生梦死，错过"做"的喜悦，而因此错过整个生命本身。

她曾语重心长地告诉我："懂得诗歌理论的人、会写诗歌评论的人不见得会写诗，就像会写画评的人不代表他会画画一样。我不懂诗歌，诗写得也不好，诗歌也不是我的主攻方向。但我希望我们的教育能上升为一种诗化的教育，一种禅意的教育，抛却冷冰冰的说教，让教育像诗歌般润物细无声，滋润每个人的心田。"

请看燕妮的诗：

在梦里我没有单飞

太上老君在飞
在女儿的神话剧本中飞
飞出了三界
妖魔鬼怪飞，在我的思绪里飞
千年的狐仙、万年的蛇妖在飞
幸好我没和谁双飞

单飞的雨燕，单飞到几重天
这件事向来不由我做主
我是这个金秋的仆人
女儿和太上老君是我的翅膀

难怪女儿拼了命来到人间
四只大脚掌踏着我的胸口旋转
一个叫燕妮的单亲妈妈
单飞的雨燕
将天使带到人间

付开虎老师说要投拍《太上老君》
我豪饮了三杯烈酒后默不作声
这个秋天值得怀念
叶落归根
燕子的基因没有突变
我梦见了很多人间的活神仙

今早窗外秋雨连绵
没有一丝阳光
我一个人懒在被窝里
拒绝让自己从梦中醒来
在梦里我没有单飞
我的翅膀由基因说了算

这些仿佛都是在表面，而较高层面深入了解她以及她悟道的实质，是我在北京帮她整理编辑文稿的那段日子。越是接触得深入，我越是从她身上看到了另一个世界的真理、宇宙的实相。

三、《燕妮文集》是非常值得鉴赏的片片璞玉

燕妮文集中每一个瞬间迸发的灵感以及记忆的碎片都是一片片难以用文字形容的璞玉。她在题为“蜕变”的小散文中写道:“每个人的心里都有一个海市蜃楼，这个海市蜃楼只是一些影子。每个人都想牢牢抓住一些影子，这些影子或许是一个人，或许是一个梦想，或许是一份感情，或许是财富和权力，或许是过去未来某些幸福的体验……总之这些影子是自己欲望的呈现。每个人都企图在这些影子中寻找一种长久的依靠，可是影子是靠不住的。金刚经说‘凡所有相皆是虚妄’，凡肉眼所见一切都如梦亦如电，如同海市蜃楼一般。”不是每个人都有福报看破这个海市蜃楼，看破往往在自己的执着和受难处，执着和受难是开悟的最好良机。她时刻不忘用亲身体验教化社会，字里行间无不充满着禅意。

燕妮原本无心成名，也无意出书。但我看了她发给我的零零碎碎的文稿之后，我说：“你出书不是为你自己，是为了让更多人因此获得智慧，从中受益。”她这才答应让我帮她整理。燕妮这三本书确实凝聚了她无数的心血，字字珠玑。她曾经告诉我有多少人为她唱的赞歌，多少老师为她提出了中肯的建议，比如我的河南老乡等。出书也是为了给众多对她给予厚望的同道中人一个交代，为了感恩所有支持她、关心她的人。

我称她“妮子精神”

你冰清玉洁，上善若水
你风华绝代，智慧超人
你是道的使者
你是老聃的化身
面对人生寂寞失意
挖掘自己固有的慧根
冲破当今社会的人文规仪
进入一个更广阔的领域
为学日益，为道日损
冲破头脑传统形成现代云的思维
给人虔诚的祈祷也给以爱的智慧
给人仁和慈悲，也给人以世间真理
神于内圣外王之学问
圣于厚德无争之精神

她的“智慧”终于要和您近距离接触了。她说虽然这几本书是冠上了她“吴燕妮”的名字，但是她虚心从众多老师那里得到的启示，是她踏遍祖国山河到西藏采风、兰考问政、六祖访圣、函谷关寻根得来的神的旨意，包含了天地万物的智慧。从内心她感谢出版之前老师们为此所做的中肯批评建议和努力，在此我也衷心感谢各位大德老师，感谢曾在燕妮的旧博客上关心过这三本书的其他朋友。

“我为何研究佛陀和老子思想？我认为一个人拥有再多，如果他无法参透生死，那么他永远无法找到生命的支点。所以与其说我喜欢他们的思想，不如说我喜欢研究他们思想时体验到的极乐。”用她的话是为结尾。

（**党文华**　函谷关老子学院院长）

自序

觉　醒

一、这是一本关于觉悟生命智慧的碎片集

“有真人，后有真知。有觉者，后有天籁之音。”自我二十多岁时与道结缘，直到十年之后，才用文字写下这第一条悟道。那时，我终于明白了一个道理：人生最重要的不是世俗的目标，而是生命智慧。

关于生命智慧最好的代言人是老子和释迦牟尼佛，他们的智慧能够从根本上解决人类对于生老病死的恐惧和对名利富贵的渴求。曾有人问我：“有西方极乐世界吗？”我回答：“无所从来，无所从去，世间无处不净土。”回答后我的心掠过一丝隐痛，因为这个答案对于他是无温度的，无法让他战胜对死亡的恐惧，对名利的渴求。我们到底在苦苦追寻什么？又有谁能帮我们擎起世事的无常和生命的脆弱？生命智慧的核心到底是什么？

管窥老子和释迦牟尼佛那超然的思想及出尘的精神，有助于人类看待人与世事万象，他们的哲学或宗教思想有助于人类建立以生命智慧为核心的人生观和宇宙观，有助于我们坦然看待生老病死和名利。

道学思想的核心是“道法自然”，佛学思想的核心是“四法

印（诸行无常，有漏皆苦，诸法无我，涅槃寂静）”。佛家、道家的智慧对于很多人而言是高不可攀的，甚至一部分人会感到是晦涩之学，因此，在本书中我尽可能少谈理论，尽可能以感悟点滴，只言片语，道而论之。很多人误认为我想把自己打造成国学大师，这是天大的误会！“站在最高峰不是为了让全世界看见你，而是为了你更清楚地看清整个世界。”是的，对于读者和我，站得高才能看清事物的本质，修道、悟道莫不如是。

二、大道至简，真实随心

这本《燕妮悟道》的全部内容都是围绕生命智慧展开的，内容包罗万象，有关于佛家、道家思想的，有关于爱情、亲子教育、养生、诗歌与艺术的。为了能节省读者的宝贵时间，在定稿的过程中砍掉了所有的繁文缛节，大道至简，真实随心。尽管这是一本关于觉悟的书籍，但我没有方向，没有目的，也没有企图心，我只是如实记载了生命中某时某地的思考和感悟，不施粉黛，不做雕琢。

佛陀苦行六年，在菩提树下获得证悟，我不是个智者，六年来，我倾注了自己全部的热望，用一颗敏感细腻的心，去悟道，去探索，才写下这套文集，如果您能认真读完本书，那些曾经触痛过我灵魂的，曾经颠覆过我传统思维模式的“碎片”，如能引起您的共鸣，以及批评商榷，幸莫大焉。

三、不得不谈的西藏觉悟之旅

本书有 39 篇悟道是在西藏完成的，除此之外，进藏期间，我还创作了多首诗歌。而今闭目回首，依然可以感受到在离天堂最近的地方，自己也有颗纤尘不染的佛心。我很惊诧那片神性的土地居然可以让一颗心变得如此灵动善惑，使我不得不对这个世界上最后的一方净土产生无比的敬畏之情，我怕那种开怀的大笑打破我内在的宁静，我更需要的是来自灵魂深处的喜悦。我一次次悄悄退出人群，远远地凝望这面被誉为镶嵌在西藏大地上的蓝宝石神湖，用力睁大自己的眼睛，像在巴松措湖平安寺里仰视莲花生大师的佛像一样，久久凝视，默默相望。伫立湖边，想到一别之后便是海角天涯，我的眼睛湿润了，这面蓝色的湖水，顷刻间化为泊在我心尖的一滴眼泪。我多想只有一颗心，一面湖，一个人，那将是怎样火热的心，怎样滚烫的泪呀？我多想，能像藏民那样以额抵地环湖一周，用自己弱小的身躯，来丈量这一片神奇的土地。

去西藏，我想把那琳琅满目的藏饰，倾其所有把它们挂在我的脖项。时至今日，我总是联想自己与那藏香、与那醉人的高原红有着不可分割之缘。

去西藏，令我既害怕又神往。害怕自己贪恋那里的纯真和安逸，害怕那个神性的世界会让流浪的我，让我的脚步从此驻足停留，瞥一眼京城方向，我那一对孪生的女儿啊，我不由得为我的去留，潸然泪下。我亦曾问佛问老子，如水的禅心和倾世的柔情，我该如何取舍？请原谅，当下，我只能通过文字的方式带上您和我一起感受那一场非同寻常的觉悟之旅……

在这本《燕妮悟道》中，我提到了佛家和道家的思想，也提到了毛泽东思想和焦裕禄精神，很多人会纳闷，问我到底是哪家哪派的？在我看来，各种学派的区别只是手势不同，目的只有一个，就是找回自己的本心，找回本心就意味着不用分别心去看待各种文化之间的关联。

四、这本书可以给你什么？

《燕妮悟道》历时六年，分为记忆的碎片、灵性迸发的瞬间、西藏之旅、道家的生命智慧、道学与艺术、道与教育培训、悟道语录、兰考悟道等内容，零零散散写了上千条，那么我究竟觉悟了什么呢？我想到有个故事：一位徒弟问禅师当年佛陀在菩提树下觉悟了什么？师父回答："你要想知道佛陀的觉悟就必须重走佛陀之路。"这个回答引人深思，是的，也许佛陀只是觉悟了一个极其简单的道理，但这个道理并非来自知识和说教，而是在他领略了人间无数旖旎的风景，饱经了尘世种种的沧桑之后的恍然大悟。语言有时是多余的，相信你已经对我所描述的一切心领神会，请让我们一起收获：

①颠覆传统的思维方式；

②重新追问生命的意义；

③放下心灵的束缚；

④用清净心面对外境；

⑤了解中华传统文化的精髓；

⑥发现一个比世俗更有价值的方向；

⑦更好地活在当下。

除非你忘掉自己的真理，
否则你永远无法明白道。

除非你知道语言的荒谬，
否则你永远无法明白道。

除非你明白道不是什么，
否则你永远无法明白道。

除非你经由一切的相对，
否则你永远无法明白道。

除非你感受最高级思维，
否则你永远无法明白道。

除非你觉悟生命从哪来，
否则你永远无法明白道。

除非你创造全新的生命，
否则你永远无法明白道。

除非你会倾听神的语言，
否则你永远无法明白道。

除非你真正成为爱本身，
否则你永远无法明白道。

• CONTENTS • 目录

记忆的碎片

1. 30岁时，我曾将悟道当成一个目标，如今终于明白：唯有当下，才是最重要的目标。

2. “世界那么大，我想去看看。”这句话引起很多人的共鸣。但我对另一句话更感兴趣：“世界很大，你走到哪里都一样。”想出去走走，证明你对世界有渴望。即使走过千山万水，也不过是在原地打转。

3. 当小我的欲望受挫后，有人会因此觉醒，也有人会继续沉溺于小我的瘾头中，宗萨仁波切说：“你需要极大的福德，才能在自我被挫伤后不跑开，这似乎很难。”

4. 严肃与刻板的面孔，绝不是得道者的生命状态。

5. 孩子的伪装不是恶意欺骗，而是保护自己弱小的武器。弱小的孩子无处不在，他们不敢敞开自己，对周围的事物充满敌视与怀疑。因为完全敞开的心胸来自智慧勇敢和担当，面对善于伪装自己的弱小的孩子，慈悲是我们唯一的选择。

6. 各种世俗的诱惑时刻都在拽走你的能量，最本质的东西就在不经意间溜走了。

7. 有人说：“所谓成佛就是把女人变成男人，把男人变成佛。”有些男人很喜欢这个结论，他们认为自己比女人具有性别上的优势。

8. 有人说，当你找到最爱的人之后，就不再寻找了，可是一段关系不是结束于无常，就是结束于死亡，真正使我们放弃寻找的，是觉悟生命的实相。

9. 生命的觉醒给人带来的是灵魂的震撼，它超越了一切感官的娱乐，当灵魂的高级需求得不到满足，低等的舞台艺术就大行其道，后者仅仅娱乐了人的感官。

10. 你说下辈子娶我，我说这辈子带你成佛，这都是真实的谎言，不是我们彼此欺骗，是佛不愿意，天上的神仙没有伴侣，个个都是独身主义者。

11. 我只忠于一样东西，就是自己内在的精诚，它超越一切的信仰与崇拜，更不是经典所能企及的高度，唯精诚可以通达万物。

12. 让自我苏醒是容易的，只需要自我的暴力。让自我死亡是困难的，意味着你要彻底爱上死亡。

13. 让生命向内求，所需的外在会越来越少，直到自己轻飘飘，想去哪里，就去哪里。

14. 终有一天，你会一无所有，和所有人的结局一样，有的文字是在生命结束之后，才会彰显其存在的价值。

15. 独处时我不会感到恐惧，相反陷入人群之中，仿佛会错失某种最神性的存在。所以我是那么感恩，感恩表面上的孤单并不真正属于我。

16. 我是宇宙之子，发生在我身上的每一件事，都是宇宙赐予我的最好礼物。

17. 恐惧源于未知，而未知之门一旦打开，便打开了自己内在的宝藏，智慧将无处躲藏。

18. 一个善于压抑和克制自己的人，那是佛教徒，一个充满喜悦和拥有创造力的人，那是佛性的呈现。佛要的不是教徒，而是具有佛性的人。

19. 我很恐惧出去讲课，恐惧我讲的内容和听众想要的目标不在一个频道。我所要传播的内容不是方法，不是知识，它是一种似是而非的存在。

20. 整体能量可以创生万物，它在智慧的最高峰，它来自一个未知的世界，它是万物之母。

21. “济公”之类的癫狂之士，他们从来不讲道理，只是狂笑，用狂笑面对世界的荒谬，但你无法抗拒他的狂笑。

22. 大道至简，佛陀修的是“无所谓”，老子修的是“顺其自然”，旨在告诉我们“活在当下”。

23. 回归本性可以创造自己想要的一切，包括全新的生命。

24. 觉悟是动态的，不是静止的。即使是大成就者，也永远都是蹒跚学步的孩子。

25. 创造力对于我，如永不枯竭的泉水，我只是静守在它的源头，几乎什么也不想，这或许是你意想不到的，老子曰：“抱朴守拙。”

26. 真正的接纳，是接纳一个人的未知与变化，一人一世界，世界是流动的存在。

27. 只有至真至纯的心地，才能引领灵魂的飞升。老子的世界是纯粹的，除了道之外，他的内心容不下任何外物，包括地狱与天堂。

28. 有人说，讨论死亡为时过早，这是不吉利的，但在宗教家眼里，讨论死亡是一场静心运动，它是一个高潮。

29. 时间空间以及梦想所制造的一切区别都是假象，生命原本无处逃遁，唯有此时此地。

30. 很多人害怕独处，总在群体中寻找存在感，但当你习惯了单独，会发现在群体中自己根本不存在。有句话说得好："你是那么平庸，因而那么合群。"

31. 慈悲来自真我，来自更深的源头，同情来自小我的情绪。让同情化为慈悲，需要走向更深，而不是被情绪左右。

32. "邪教徒"这个称呼永远不属于我，因为我不认为自己是教徒，更不认为学生是我的门徒。那样会使我看上去很严肃，并且越来越老。我更希望大家喊我孩子，为我永葆童心而感到震惊。永远都是个孩子，这是我唯一喜欢的身份。

33. 该做的一切，我都在做，或者说，我不得不去做。但我的做，与另一种绽放无关，有目的去绽放，是对美的一种亵渎。

34. 只有内在有足够的能量，才能向外绽放。一味地向外的绽放，对于自我是暴力，对于别人同样是摧残。

35. 我的身体和你在同一个层面，灵魂却未必。我不是说，我灵魂比你高，也许我们同时上升或者堕落，彼此没有高低之分，有的只是能量的变换。

36. 神向你伸来的手，你看不见，生命却被芬芳馥郁的味道所包围，你可以随意向神抓取所需要的，但所有伸向世俗的抓取的手，都要付出代价，唯独神的赐予，是来自生命的恩典。

37. 死亡时，人会经历一个黑洞，或者这不是最重要的，重要的是活着之时，就要看清内在的黑洞。其实生死是一样的，人间的地狱与幻想中的地狱，混乱也是一样的。只要将自己变成一道光，所有的黑暗与混乱都无法成为光的对手。

38. 如果你的生命依旧被外物所占据，那么信仰对你毫无价值。因为内在不够圆满，所以需要被外在空间所占据。

39. 知识经由学习而来，智慧经由认识自我而来。能否认识自我，是愚蠢和智慧的分界线。

40. 失去任何外物都不影响生命的完整，这并非少数宗教家的专利，如果我们学会与外物保持分离。

41. 庸俗是极为可怕的，庸俗意味着模式化的生活，意味着创造力的泯灭，庸俗者越多，这个国家前进的步伐越迟缓。偶尔出现几个叛逆者，会立即令少数智者的精神为之振奋。而大多数人宁肯重蹈庸俗者的轨迹，也无法加入智者的行列。毕竟打破意味着剧痛，因此庸俗者的心智总对陈旧的事物迷恋。

42. 没有什么是值得你去牺牲的，我更喜欢“奉献”这个词，牺牲是与死亡相关的，奉献代表的是一种富足，是活生生的存在，是与生生不息的事物产生关联。

43. 爱，一定不要抱有任何动机，任何动机都会阻碍你的燃烧，燃烧才是你真正需要的。

44. 30 岁前我是很笨的人，但十年后很多人评价我：“这是个很有天赋的家伙！”原来 30 岁前的笨，是老天对我的一个“捉弄”，它让我犯过所有错误，从而让我明白了什么是正确。

45. 表里如一，就是美德，表里不一者，势必给自我制造暴力，有暴力倾向，就会丧失美德。

46. “未曾生我谁是我？生我之时我是谁？醒来之后还是我，空来人间走一回”，来到世上原本就是偶然，离开却是必然，如果离开为了开始，离开何妨？这个位置原本不是我的，失去却是必然，人人皆如此，失去何妨？别人需要我时找我，不需要我时弃我，人之常情，弃我何妨？孟子说：“学问是为了求其放心。”生死都能超越，放心又算得了什么呢？

47. 有人说：“佛太好了！”我知道他不是一个佛，他还在跟随一个佛。

48. 相对于党员，学佛的也是人民的一员，相对于学佛的，党员也是一个众生。

49. 有句话说：“上等人谈付出，中等人谈交换，下等人谈索取。”当今之世，交换无处不在。很多人恨不得把感情、婚姻、美貌、朋友的信任和拥有的某些特权都拿去当成交换的条件，却忘记了可以给予大道什么。大道无私地给予了人类空气、阳光、雨水以及宝贵的生态资源，我们拿什么与之交换？

50. 纪伯伦说：“如果有一天：你不再寻找爱情，只是去爱；你不再渴望成功，只是去做；你不再追求成长，只是去修；一切才真正开始！”能够时刻让自己安住当下，就是最大的价值。

51. 庄子在《庄子·天道》谈到老子面对前来求见的士成绮说：“你的容貌情态自命不凡，眼睛突视，额头高亢，口舌夸张，身形巍峨，好似系住的奔马，身虽被拴住而心犹奔驰，智巧外露骄恣之态，这不是人的自然本性。边境上有一种，他们的名字叫偷盗。”一个真正有修养的人，无任何外物能扰乱其内心，其能量是内敛的，所以能守住常德。

52. 平平安安难，大富大贵容易。平平安安难，难在要时刻保持正念，只有保持正念，身心才能清净。身心清净，才能平平安安。而仅仅是一个念头的转变，就可以使人大富大贵。大富大贵容易，其中却伴随着凶险。

53. 我查了“魔”的定义：扰乱人身心，妨碍人修行，夺人性命的事物称为魔。战胜自己的魔性，就要让心灵转污为净，否则就会被魔掌控。

54. 对于修行人，修的是没有层次，没有层次才能和宇宙合一，宇宙都是自己的，还要什么层次？而自认为很有层次的人，他只能在特定的层面上和部分事物发生关联，“仙界”会将他拒之门外。

55. 只有觉悟者才能离苦得乐。比如有两个乞丐，一个是悟者，一个是迷者，同样都在乞讨，但觉悟者可以苦中作乐，不觉者的快乐却会有局限性。

56. 道家认为生命的终极目标是回归元神，认为只有元神是先天的，而人赖以生存的很多东西都是后天的，包括人的感官、知识、精气神以及所有的身外之物等，只有后天返先天，才能与道合一。

57. 善良不仅关系到一个人的道德修养，也关系到一个人是否能得道，善良与得道之间没有必然联系，却有些间接的作用。很多东西都需要善良做支点，比如福报。没有善良，不可能有福报。没有福报，就很难有智慧。

58. “采菊东篱下，悠然见南山。”这种田园式的生活方式似乎成了高洁的代名词，并且这种隐者的形象对于文人雅士影响极大，很多文人都渴望能像李白那样“天子呼来不上船”。其实隐者真的逍遥吗？高居庙堂之上的君王真的不得自在吗？事实未必如此。这样的意识流之所以能有共鸣，因为迎合了大多数怀才不遇之人身心的困顿。当很多人向往隐者的逍遥之时，也许隐者们都恨透了自己的苦修呢。

59. 某年某月的畅销书是一位上师的书，全书都是老掉牙的故事，没有丝毫的灵光。读者买书的理由是："他是个和尚。"作者把书搞成故事大王的理由是："我是和尚，我要布道。"当受制于身份这个名相时，作品便缺乏源自本真状态的能量。我认为一本好书，应该是对本真最高形式的诠释，而未必要符合流俗。

灵性迸发的瞬间

清官无为

今日去拜会一位多年未见的官员朋友，一路上我想象他的样子，是否多了飞扬跋扈的官气？春风得意的傲气？或是多了焦头烂额的浊气？秘书把略显紧张的我迎请进屋时，他清净的气场令我大吃一惊，在两个多小时的谈话中，更让我感到他定力与先前迥然不同，回家的路上我总结了他的为官之道：1. 上级无为，下级就有为。他说，以前事事亲为，后来明白权力地位不是自己的，荣誉要分给大家，这样才能各尽其能。2. 上级清净，下级就心安。他说，以前自己办公室门庭若市，现在他明白了自己的工作只围绕两个字开展："是"与"否"。以前很多事都是自己找的，如今你不找事，事不找你。3. 上级不干扰，下级就不少错。4. 上级有了不争之德，下级也不争宠，整个机构的运行越来越有秩序。

老子思想与城市建设

今天听一专家谈到城市发展时提出，老子的"返璞归真"

绿色发展的思想早已过时，人不可能回归原始社会。其实老子的思想并未让人离开现代科技回归原始社会，而是提出了一种思维方式，一种境界，一种精神。一个人正因为这些无形元素才有灵魂，一座城市亦如此，它的灵魂不是构建在冷冰冰的钢筋混凝土之上的有形物质，而是来自无形资产，正是这种温情的力量形成了一座城市独特的魅力。我认为城市的发展要多一点务虚精神，用无中生有的思维方式来指导城市的发展，构建人与自然的和谐。所以老子的思想不会过时，相反，只有用大道智慧才能真正拯救一座城市的灵魂。

提升灵性的四多四少

感受多一点，思考少一点；
清净多一点，污染少一点；
现实多一点，空想少一点；
创造多一点，模仿少一点。

我尊重所有恪守自己职业底线的人

我楼下有个小卖部，无论严寒酷暑，哪怕你要瓶水，都有人送货上门，没有最低消费；我认识一个大律师，哪怕很小的官司，他都会拨冗亲自关照；我去拜访书法家李铎先生，他双目仅剩0.1的微弱视力，只能凭着感觉为我写了两幅书法作品。因为不能满足我更多要求，他的眼神中流露出的些许无奈和不安，让我只好连声道谢。这些平凡人物身上所折射出来的人性光辉让我肃然起敬。相反，还有人唯利是图，足以证明大街上行走的不光有人，还有鬼。只是有些鬼的生存能力极强，没有灵魂依然可以喘气、吃饭，甚至活到100岁。

决心和无私

有两个关于决心与无私的故事：一是，有个师父每当徒弟修出神通后，立即将其神通毁掉，让他从零修起。理由是，决心比神通重要。二是，有个师父不主张徒弟天天坐禅，而是让其陪伴家人、朋友，用坐禅的时间干些琐碎事物，理由是，无私比坐禅重要。这两故事说明修行修的是决心和无私，不是坐禅和神通。我认为其中有个关键问题，就是修行既要有目标，又要虚化目标。所谓有目标，就是要有正见，要知道自己的决心和无私究竟服务于哪个方向。所谓虚化目标，就是自己的决心和无私所服务的方向又不能太具体。如果太具体，就走向事物的对立面。比如一个无私的人，对于任何人任何事物都是无私的，不仅仅对于修行本身以及与修行有关的事做到无私。同样，一个有决心的人，如果神通化为乌有后，如果能以归零的心态完成生命的重建，他就能以此决心在任何领域都做到无所不能。所以，我认为一个人的决心和无私很重要，但更重要的是要清晰决心和无私的导向性。

大师与匠人

我在茅台酒厂的品酒车间里看到一幅题字：“茅台酒的勾兑

是科学与技术的融合，是艺术与美的统一。”由此感悟大师与匠人之别，匠人囿于一技之长，无法进入大师的大美之境。一个顶级的品酒师，他靠的绝不仅仅是自己的感觉器官，而是怀着对酒最天然的感受去领略自己心灵的美感。前者形为物役，恃才傲物，只得风流自许，后者隐而无华，物我两忘，才有千古流芳，因而有了“形而上者为之道，形而下者为之器”。

河南的口头禅——“中”

那天从嵩山出发到告成途中，我脑袋中突现了一个此前从未思考的问题：究竟河南的口头禅“中”字代表什么？参观了河南登封市告成镇的周公测影台之后，才知道河南的口头禅“中”字有以下四层含义：1. 代表位置；2. 代表中道；3. 代表随顺众生；4. 代表知止有定。周公测影台又被称为“天地之中”“天心地胆”，“天地之中”代表其地理位置，“天心地胆”的提法来自一个传说，据说远古时代在此处有一块会流泪的石头，只要它流泪天气就会下雨，人们用它来观察天象的变化，可惜后来“文革”期间被毁掉了。我真切感受到距今 1200 年历史的周公测影台的灵性了，到了目的地我才知道那里就是“天地之中”。可见路上我对“中”字无意识的思考是来自“天心地胆”对我发出的信号和暗示，我越发感知到人心就是天心，人和天原本即是不可分离的整体，一块冰冷的石头居然能感知到有朋自远方来，以至于在半路上我的心就有了回应。

公务员

今天给公务员培训“公仆心”。作为公务员，面对那个最丑的、最差的，晋升却是最疯狂的同级，怎能不怨声载道？其实内在的纠结与外缘无关，而是自己的昏聩所致。人成长最快的时期必是遭难之时，即使想让痛苦在生命中久留，痛苦都不同意，痛苦不过是人生的驿站，回眸一望，空空如也，唯有尘土紧随其后。

天命与使命

天命是天工，使命是人工。仅有先天的天赋，后天不履行自己的使命，是难以成就的。同样的道理，如果天赋里没有绝对的优势，后天再怎么竭尽所能，也难以成就。只有将先天与后天混而为一，接受神赐天职，履行人的使命，才能将自己的优势发挥到极致。

墨子之说

墨子在《修身篇》中说：“谮慝之言，无入之耳；批扞之声，无出之口；杀伤人之孩，无存之心，虽有诋讦之民，无所依矣。”旨在劝诫世人不说伤害人的话，不要有伤害人的念头，有这样的品行，即使遇到好诋毁的人，也无从施展了。世人很容易说伤害人的话，有伤害人的念头，我认为表面看来是修养问题，实质问题来自两方面：一是念头不清净的原因；二是来自习气问题。念头不清净，便很容易对人产生贪嗔痴的邪见。习气的惯性使然，让人无意识地去做出伤害别人的举动。

终南山的道人

有报道称，目前隐居终南山的道人达5000人，这些人过午不食，独居茅屋或山洞，在自然中获取食物或靠亲友接济度日。不识自性这座山，就有越来越多的人群背着山找山。

“道”与“空性”

科学家们通过实验证实，世界上不存在物质，有形无形的一切皆是不断振动的能量呈现的，振频高的能量产生无形物质，如人的思想、意识、情感等，振频低的能量产生有形物质，如桌子、椅子、石头等。而振频最高的是老子提出的“道”和佛家讲的“空性”。如此看来，一个人的灵魂有什么样的高度，他就拥有什么样的振频。

修心炼性

参加了论道的主题是“如何修心炼性”，什么是心？什么是性？在佛经中，心指前六识，第七识（末那识），八识（阿赖耶识），九识（阿末那识），超过第八识才叫性。心性既是一体的，又有区别，区别在于心有意识，有分别，称为“后天识心”，本性无分别，即我们常说的“自性流露”，一个是先天，一个是后天。我们常说的“修心炼性”“明心见性”就是要转识成智，由后天返先天。如何做到？昨天杨文学院长一语中的：“修心才能见性。”不去掉后天的贪嗔痴慢疑的种子，很难由分别心进入无分别的境界，更无法证到清净无染的本性，离开修心还谈什么见性？

师父

有人提出修行要有明师引路，这是一个关键问题，但要看个人的缘分与福报，无须刻意寻找，难道没有明师点悟就无法修行？真正的师父是自己的清净本性，念经烧香都是见到本性的法门，有人反复强调念经烧香不能成佛，但不意味着没有师父就不能成佛，成佛需要证到空性，即使有个师父，也需要自证自悟。

心性

越是简单直接的事物越有力量，心性的问题可以很简单：一是真，一是妄；一是先天，一是后天。同时心性又是一体的，不可分离。见性就是去妄存真，返后天归先天，做到了就是觉者，觉者即佛，做不到就是迷者，迷者即魔。为何要做到？觉悟是前提，所以修在悟前非真修。

庄子的至乐说

庄子在《至乐篇》中谈到世俗的快乐和圣者的快乐，世俗之乐是：“身安厚味美服好色音声。”圣人之乐是：“至乐无乐，至誉无誉。”实质是谈了一个幸福观和生死观的问题，世俗追求的快乐不可长保，至乐才能让自身的道气长存。

善恶之分

判断一个人的善恶不要看他的行为，而要看行为背后的动因。一个人不是为了自己的欲望行善，而是为了爱和信仰行善，这种善行才具有持久的影响力。

认识人的能量级别

一个人最低的能量级别不是欲望，不是恐惧，不是报复，不是忧伤，而是羞愧。羞愧几乎可以置人于死地，羞愧的能级是 20 以下。当有人羞愧到极点时，就容易诱发癌症，甚至被情绪所杀。

一念之间

日本小说家武者小路实笃写过一个故事：“有一个久米仙人在尘世里颇受情苦，为了逃情，入山苦修成道，一天腾云游经某地，看见一个浣纱女足胫甚白，久米仙人为之目眩神驰，凡念顿生，飘忽之间，已经自云头跌下。”很多人看了这个故事会感慨：“苦修无用，情关难破，落入凡尘不过是一念之间。”既然一念可以成魔，就一念也可以成佛，佛魔也在一念之间。

事物的本质

哪里有混乱，哪里就有清净！哪里有烦恼，哪里就有智慧！生活中完全没有欲望的人是不存在的，智者不是没有欲望，而是他能随时觉察欲望和本体的关系，如同浪花和大海的关系一样。就像憨山大师说的：“旋岚偃岳而常静，江河竞注而不流。”意思是山上的旋岚、飘叶、云飞很热闹，但山本身是安静的。河水奔流不息，但河的本质并未改变。

人生的游戏

人生就是一场戏，有的人玩的是低级游戏：打麻将，谈恋爱，看肥皂剧；有的人玩的是高级游戏：写诗，书法，绘画；还有的人玩的是超级游戏，是战胜自我的游戏。最后一种人的乐趣是前两种人体会不到的，如同肉欲的乐趣永远无法和禅定的乐趣媲美的道理一样。但最厉害的人不是最后一种人，而是能在三种不同的游戏中游刃有余，不让自己陷入任何一种游戏中无法自拔的人。

同情与慈悲

同情与慈悲的区别：同情是外求，是无明，是分别，是情绪。慈悲是内求，是智慧，是平等，是本性。我们常误以为同情是慈悲，也因此陷入无明，而真正的慈悲则由于无明的同情心的遮蔽而永生永世不得显发。

幸福就是找到生命之根

万物都有其根，人连根都找不到，何谈幸福？如何找到根？就是复命！如何复命？就是觉悟和修炼。

弱化后天意识

感性和理性思维是人的后天意识，过强的后天意识将先天的道性和灵气蒙蔽了，因此我们只能看到问题的局部。道家思想强调将后天意识弱化，目的是开启直觉思维的大门，让我们更好地把握事物的本质。

效法天道

人的主观意志不能扰乱道的运动规律，反而会因为人心的扰乱而反馈给自身，因而导致身心的失衡。

顺应心神

“直心即道场”，说话不经过大脑是语言行为中的无为无心的境界，就是不经过思维，不用心，而是让先天之气顺应心神的感受畅所欲言，让行为、语言自生，不受大脑控制，不受心机的控制，正是一个人道性的体现。

顺道而为

通常人都喜欢主宰自己和别人的思维，其实真正主宰人生命的是微妙的无形之道，所以人心必须进入无心无我的境界，如果处于与道的对抗状态，就会碰壁。老子提出的锦囊妙计就是：“收敛再收敛！”收敛自己的欲望，顺道而为。

乐天知命

《周易》上讲：“乐天知命，故不忧。”孔子也说：“不怨天，不尤人。”都强调了乐天知命的重要，乐天是通晓宇宙的法则，知命明了生命的真谛。

身体在哪里，心就在哪里

有一句话：“身体在哪里，心就在哪里！”你在我面前，我看你很美，你转身后，我看到你身后的野花很美，经过开满野花的山坡，野花立刻被我抛之脑后，我看到眼前惊现的溪水很美！只要心灵很美，无论身体在哪里，都会觉知美，无论生命中发生什么，都会让它以最自然的状态发生……

储蓄你的智慧和慈悲

有的富贵之人不信佛，但他的福报不可阻挡。有的穷人非常虔诚地茹素礼佛，但其思维和行为方式注定他永远是穷人。

可见佛性和钱一样也需要累世的储蓄，时间到了，即使你不想要，利息也都在那里。如果你的账户上没有储蓄智慧和慈悲，就注定会破产。

我存在，我安详

老子说“绝圣，绝智，绝仁，绝巧，绝利”等，目的是让人抱朴守拙，回到朴素自然的那一面。只有朴素的一面，才是人和宇宙的共性，像一棵老树一样，我存在，我安详，无来无去，亦无始无终。

“公”与“容”

道家思想认为身体只是臣民，本性是大国，也就是神主宰身，虽然身体好，但是境界和心量不够，宇宙的精华也很难在体内转化，所以道家特别强调“公”“容”。

生命之树

一棵树的生命力不是来自枝叶，而是来自根，是隐态的一面支撑着显态的生长。人也如此，人的根不是肉身，而是精神。往根部生长，自己的玄窍才能与天地沟通。

神在心，不在脑

当我无为时，写出的东西来自真性。当我刻意为之时，往往来自头脑。神在心不在脑，常用脑不用神，神会崩溃。因此要时时调节心和脑之间的平衡，老子说："谁能在安静时让它掀起波澜？谁又能在风浪四起时让它归于宁静？唯有道者！"玄妙啊！

动静虚实

道家认为守静守虚可以得到道气的帮助，就是要放弃，舍弃，抛弃主观意识中固有的思维方式，让思维超越身体的约束，在"无"和"损"中去求道，让道的无形之手推着人往前走，使人在无形之中释放自己潜在的能量。

炼神还虚

道家认为人的神是主人，自我意志是仆人。如果总是调动自我意志，主人就会失去应有的地位；如果总是反客为主，神的压力就会太大，必然导致崩溃。所以道家强调清净为本，目的就是化掉主观意识，炼神还虚，否则长生久视之道没有来源。

修行之人

很多人把修行与苦修联系在一起，其实不然。修行选择的是苦，但"苦"字中有乾坤，苦中必有寿，九死一生之人，经受过天地的考验必有高寿。苦中必有贵，修行人悲悯众生，走到哪里必有人敬重。苦中必有富，修行人亲和力强，人脉好财脉就好。苦中必有福，修行人不追求阳性物质，注重阴德，对祖先和子孙都是护佑，福从中来。苦中必有大器，修行人为道所用，心包太虚，可谓大。苦中必有道气长存，浩然正气就是长生久视之道。

生命之根

在传统观念中，“神”向来都代表客体。在道家看，神是人的主体，人的生命之根。所谓修行，就是去掉人的主体意志，让位于虚无之神。

神鬼之说

道家思想认为纯阴无阳为鬼，纯阳无阴是神，有阴有阳是人。道家认为通过性命双修，从性上修，从命上炼，提高生命的能量，打开心灵，让元神的信号开放，排除自身的不良信号，从而脱胎换骨。

人的灵性

很多人的灵性被地位、制度、琐事、环境等外在的信号干扰了，过多的外在干扰，消耗了自己最精华的灵气，就失去了创造力的源头之水。

得道兼济天下

自古就不乏满怀兼济天下之志，却终身落拓，怀才不遇，饮恨终身的才子。从世俗角度看，才子能唤起很多人的怜才之心，从道的角度看，道不喜欢曲高和寡，孤芳自赏。道如水，能上能下，能屈能伸。以道眼观万物，没有怀才不遇的人，只有不得道的人。

真我

贪名会死在名上，贪色会死在色上，贪财会死在财上。一个人无法驾驭名权财色，必然会被名权财色所驾驭。

“反者道之动，弱者道之用”

道的规律是向相反的方向运动，向柔弱处倾斜。由于道向相反的方向运动，让人凡事不要过火，而是慎终如始；由于道倾向柔弱处，让人不要有过强的自我意志，否则就处处让人碰壁；由于人的柔弱符合道性，道便赋予他真正的强大。

吸收负面能量未必是坏事

身处五浊恶世，内有七情六欲之骚动，外有五毒八风之搅扰，守心如一何其难！修行人由于本体的清净，对各种信息的防御能力是最低的，如同一块白布放在染缸里更容易着色的道理一样。但吸收负面能量未必是坏事，可以激活自身沉睡的免疫系统，从而让自己无坚不摧。

人之精华

人在吸纳天地精华的同时，人自身的精华也在被天地所盗取。天地盗取人精华的方式就是通过眼耳鼻舌身意这个感官的通路，人的感官用得越多，精华消耗越多，老子说“要为腹不为目”，意思是不要被感官牵着鼻子走。

放下自我，守住心神

人身无处不藏神，心藏神，肝藏魂，肺藏魄，脾藏意，肾藏志。神魂魄是先天的信号，意和志是后天意识。如果后天主导先天，就会消耗人的精气神。无为的妙用就是放下自我，守住心神。

先有功，后有德

道家认为，通过修心炼性将虚空的先天一气招摄体内，与宇宙的混沌一气融合，使身心复归到自然本性，回到未显化的状态，即天人合一，否则很难体悟和谐之道，就不会有真正的功德。

持戒与成佛

我曾绞尽脑汁地研究过布施、持戒与成佛的关系，有足够的理论依据证明布施、持戒皆属有为法，有为法与解脱和成佛无关。何况对于大成就者，他已经置身于净土的世界，他的眼里无处不是佛，就无所谓持戒、布施了，而是一切随缘。有人会说大成就者多好啊！可以随心所欲。恰恰相反，真正的大成就者通常不会破戒，他看透虚空的实相，不会认假为真。而对一般的修行人而言，持戒很重要。首先不持戒身心难以清净。其次身心不清净，会让自己随着业因转。再次如果他不开悟，就容易跟着某种欲望走，从而上瘾，就彻底迷失本性。所以对于修行人持戒很重要，而对于芸芸众生面对欲望的诱惑能做到不上瘾，在欲望中修炼自己的身心则更重要。

贪嗔痴和戒定慧

贪嗔痴和戒定慧——是一个问题的两个方面，两者都是对本性的污染，都不是终极的解脱之道，但由于贪嗔痴走向的是人的肉身，戒定慧走向的是人的本性，两者的根本区别在于精进的方向不同。也就是说，尽管戒定慧不是明心见性的终极目标，但戒定慧却是明心见性的必由之路。所以要么一念不起，要么善念随身，只有透过戒定慧回头一望，才能瞥见自己的本性，只有见性才可以抵达智慧的彼岸。

三脉七轮

西藏密宗的三脉七轮的理论对修行人有极大的启示，能把空洞的理论落到实处。所谓七轮：海底轮、生殖轮、脐轮、心轮、喉轮、眉心轮和顶轮。这七轮分别对应人体的七个部位，只有七轮和谐运转，人体才会阴阳合一，生活才会圆满。可是多数人都处于不平衡的状态，即有的脉轮能量过强，有的则过弱。比如注重财富者下三轮的能量强，注重灵性的则顶轮的能量强。这样必然导致物质与精神发展出现不平衡。那么如何调整七轮的平衡？1. 首先要找出自己能量不足的部位。比如过于追求精神需要的人，能量都集中在上丹田，要将能量导向海底轮，否则就会心肾不交。2. 要找出某些脉轮能量不足的原因。比如海底轮能量不足的人，不务实，物质基础不稳定，其中有先天不足的原因，但与一个人限制性的信念有很大关系。如果一个人讨厌钱，自然不会招来金钱。同理，顶轮没有能量的人，他不接纳自己的灵魂，所以他的宇宙意识不会开启。因此要弥补能量不足，就要找出自己对抗的部分。3. 还要找出能量过强的脉轮。比如有的人意志力过强，目标意识很重，那他的脐轮能量就过强，导致他的自我意识强大，因此头脑和身体都很僵硬。另外，这个脉轮关系到脾胃的正常运转，所以他的脾胃也会出问题。因此要解决能量过强的脉轮问题，最好的方法就是转移身心的注意力，让自我的能量回归整体。4. 最后接纳所有的能量，因为能量没有高下之别，高下总在互相转化互相依存。接纳也意味着爱上命运赋予自己的所有际遇，不良情绪会使内在的脉轮出现对抗。总之，人体的七个脉轮就是人体的小宇宙，其运动规律其实就是大宇宙的运动规律。由脉轮理论就很容易理解道家的返璞归真和守住虚空的思想，只有守住空性，内在能量才能与道合一。由七个脉轮理论我感悟到：人类的很多认知都来自限制性的信念，这些信念会对身体造成阻滞，降低人的能量指数，因而不能与高层次的宇宙意识同频共振。

武林高手的秘密

“一个武功高手要先有定静之心，后有夺人之气。”少林寺一个世界级的武术冠军这样说。他还说：“你看到的草上飞等神功都是表象，真正的高手比的是德行和心性。遇到对手挑战，心不能妄动，而是瞬间发力，稳准狠击其要害，但要点到为止不能伤到对方，这就要控制发力的力量、速度和时间。这个瞬间的完美表现，来自平时禅定的功力，平时心要不急不躁，否则关键时很难沉得住。”

魔高一尺，道高一丈

这个世上除了人外，还有妖。当然我说的不是人妖，而是道行较深，现了人形的妖。这些妖的特点是嗜欲很深，并且四处吸纳正面能量。可怕的是这些妖往往身怀绝技，总能找到你的死穴，让你六神无主，被其左右。妖无处不在，对付妖的办法只有一个：“魔高一尺，道高一丈。”

信仰，天地间最大的奢侈品

老子说“甚爱必大费”，过度的贪爱某种事物会耗尽人的心神，但人贪爱的往往都是让自己肝肠寸断欲罢不能的事物，此时最能考验一个人的根器。闯不过人间苦海，便到不了智慧彼岸。于是，信仰便成了天地间最大的奢侈品。究竟前进还是后退？其实就是成佛还是成魔的问题！

能量转换

我们常处于负能量场中，修行人强调要用正能量去转化负能量，就是让身心空掉，让负能量失去靶子。但这是需要资粮的，如同投资感情会收获友谊，投资金钱会收获财富。同样的道理，投资悲智和福慧，才会让本性不被巨大的负磁场覆盖。

君子与小人

“君子坦荡荡，小人常戚戚。”君子无我无私，心正神正，合于天地大道，自然襟怀坦荡。小人充满私心杂念，坐卧不安，自然常戚戚。常戚戚是产生晦气的根源。

恶缘

人人都会遇到恶缘，恶缘现前有个公式：面对、接受、处理、放下。面对即不逃避，而是随缘应物；接受即对当下臣服；

处理即利用自己的悲智之心去化敌为友；最后就是放下执着心。

修复不良情绪

有的人对不良情绪有很强的修复能力，有的人则长期被痛苦之身侵蚀。前一种人他的本体如同平静的大海，情绪只是海面上偶尔泛起的浪花。后一种人则是不停地追逐浪花，因而总是被情绪掌控。前者能守住本性，后者则迷失了本性。

看破放下

面对、接受、处理、看破、放下和自在。如果不敢面对，不肯接受，不会处理，没有看破，不能放下，便不得自在。一个人遇到难以克服的困难，一定是这六组词中的某一组，或其中几组出了问题，甚至全部出了问题，相反抓住这十二个字，便有了大开大合的心胸，自然可以做到“坐久幽怀如海，心窗宽广恒沙”。

万法皆空

宇宙运动的规律就是每时每刻都在变，如潮起潮落、物换星移、四季更迭等无不是遵循波浪式的前进，螺旋式的上升这一运动循环规律。所谓万法皆空，是指事物的多变性，可变性，正因为空的本质，才产生有的现象；正因为空，才有了创造的无限可能。人要想顺应宇宙的规律，就要以如如不动之心应对变化莫测的大千世界，守在空中但不执着于有。

心灯

“千年暗室，一灯即明。”修行就是自性的觉悟，这盏智慧的心灯是被你的自性点燃的，即使生命陷入黑暗，你的眼睛依然可以注视被自己心灯照亮的地方，依然可以用这盏心灯照亮世间所有的光明。

人生实相

佛说：“一切众生皆具如来智慧德相，皆因妄想，分别，执着不能证得。”圣人明了宇宙人生的实相，深知分别是世界的现象，不分别是世界的本质。可我们睁开肉眼就看到分别的现象，每天的分别无处不在。在不分别的境界中去看待分别，才不至于被分别的现象所迷惑。

石头中都有道

佛说世上原本没有一个众生是需要被他来度化的。“一花一世界，一石一如来。”一朵花，一块石头中都有道，又何必苦苦求道呢？

以出世的精神做入世的工作

中国文化强调“知止有定”“居中有度”，可人是最容易走极端的，因此智慧的人不是用了三十年的时间入世，一朝出世，而是每天既是入世的，又是出世的；也不是用了三十年的时间出家，一朝还俗，而是每天既是在家的，又是出家的。如果这样，他就能做到身在红尘，心在外，以出世的精神做入世的工作，以不动之心应对变幻万千的大千世界。

吸引力

吸引力法则告诉我们，你是什么人就吸引什么人，你想什么事就吸引什么事。我们用发散性思维扩大一下这个理论的范围吧！既然人和动物的本体是平等的，既然你可以招来和自己一样的人，就也可以招来和自己一样的动物。只是这些动物是以阴性形式附在你身上，在民间叫“附体”。所以提升灵魂的层级，才不能被低层次的动物追赶。

道法自然

有四个字简直是灵丹妙药，半丸成圣，一丸成仙。尤其在生命受阻之时，只要想到这四个字便会豁然开朗，这四个字就是“道法自然”。“道法自然”发挥的是先天本神的力量，而自我意识发挥的是后天识神的作用，只有本神才是取之不尽用之不竭的能量之源。

道的完美境界

我们往往在达成目标之后却发现不是自己想要的，往往在打败竞争对手之后却发现对手更多了。正是由于太强的企图心，反而给自己制造新的障碍。让生命没有目的，把所有的信任交给自然，交给无为，反而能够发挥道的更大的被藏隐的力量，这就是道的不可思议的完美境界。

放下即是

生命中看重什么就会被什么所伤，看重权力就会因争斗生嗔，看重金钱就会因利益气恼，看重爱情就会因求不得受苦，所以世上最大的敌人是自己，就连这个自己也是梦幻泡影，虚假中的虚假，如何识别真假？佛说：“放下即是。”

美在哪里，心灵的方向就在哪里

每个人都在追求名、权、利，但生命的终极目标是要回归心灵的本真。这个方向与世俗的目标相反，但并不矛盾。只有回归心灵的本真，我们才知道如何更好地行使手中的权力，不让手中的权力破坏自己心灵的规则。这个方向的找寻很简单：就是美在哪里，我心灵的方向就在哪里！只有超越世俗的偏见，怀着对美的追求去做事，怀着对事物最天然的体悟去领略心灵的美感，这样才能更贴近心灵的本真地带。心灵的本真地带，因为通达善恶，所以包容善恶；因为超越美丑，所以美无处不在。

修行人眼中的三种人

聪明的人，单纯的人，单纯又有正见的人。聪明的人既不会招来佛，也不会招来魔，他有强大的自我意识；单纯的人大多头脑简单，心地善良，这种人既容易招来佛，也容易招来魔，他很容易被外界左右；最后一种人是单纯又有正见的人，这种人除了头脑简单心地善良外，还有强大的定力来驾驭各种烦恼和诱惑，这种定力来自正见的力量。这样的人通常是在领略了人间无数旖旎的风景、饱经世间种种沧桑之后才恍然大悟了一个极其简单的道理，这个道理来自实证，它超越了一切名相。老子说的“复归于婴儿”绝不是单纯地回归无知无欲的状态，而是建立在树立正见的前提下的实修。这便是第三种人的特质，他是真正的修行人。

知识与智慧

知识是头脑理论系统的构建，智慧是心灵觉受能力的反映；知识只是从理念上发展自己的文化，智慧是一种生命的整体成就（包括宇宙观、生命观和心性修炼等）；知识是工具，智慧是使用工具的人；知识是死的，智慧是活的，像水一样流动。具体反映在现实中，有知识的人，不一定有能力。但有能力的人，一定有智慧。因为有了慧根慧性，所以特别容易获得良性信号的支持。所以人生最重要的不是拼命积累自己的知识，而是从感受上发展自己生命的整体成就。

读《星云大师谈人开悟后的样子》

人开悟后是什么样子？对于此类问题，我曾绞尽脑汁地想，翻来覆去地写，持之以恒地追求。回头一望，惊觉自己早已离开初心，才发现思想也是一种病。如今对于此类问题我早已不感兴趣了，并不是因为这些问题不重要，而是认识自己的初心比认识问题本身更重要。并且开悟不是一个目标，而是当下的一个进行时。只要你能观照到心灵每一刻的流动，就能守住初心，当下即是永恒。所以，丢掉这些问题比思考这些问题更重要，无佛可成是谓大成。

温情地对待这个世界

我的笔墨总是不轻柔，写东西缺乏亲和力，每当我看到很多成功的大男人内心都很柔软，总怀疑自己投错胎了。也许有人想改变我，其实我也想改变自己，笔墨的硬来自内在的不柔软。给自己找个最富丽堂皇的借口就是太把讲道理当回事了，太执着于传经布道了，其背后是小我的执着心，说穿了就是放不下，结果是恰恰用心时，恰恰不用心。今后我准备转换笔墨的角度，从高大上的境界中抽离出来，从心地上下功夫，温情地对待这个世界，放下正是我要学习的功课。

我的佛心

原则上我是拒加微信群的，仅有几个群也很少发言，今天看到一个佛教共修群的公告：禁止发布与共修无关的内容，不参加念经报数的请出群！世间哪件事与共修无关？甚至共修需要为自己寻找对手，否则如何修出来？我忍不住将这段话发进该群，立刻有人反击我，说我让他起心动念了。但心理学家研究表明：人每天的念头有六万多个。所以起心动念并不可怕，可怕的是认假为真，可怕的是无法观照念头的生灭。难道整日像老树般枯坐，持咒念经就是真修行吗？有人又说，我们层次低，就要从小学生开始修。我回应道："我没有否定持咒念经的法门，但关键问题是觉悟，觉悟之后就会从整体观看问题，没有分别心，一悟即入佛地。"说了这番话后，那个群里近五百个佛友都与我翻脸了，哈哈！一笑了之。

为女儿动情

刚才玖零集团的董事长付开虎老师说要投资女儿写的《太上老君》剧本，听到这个消息后，我很平静地痛饮了三杯烈酒，真恨自己为何没有哭出来。窗外风声四起，这个秋天值得怀念。当许多伟人出现之后，我那么渴望能做一个沉溺于人间烟火的小女人。

人间自有真情在

2016 年 10 月 1 日，这个节日非同寻常，我蜗居在家整理"太极智慧"的金牌课程，两个 14 岁的女儿在写 104 集《太上老君》的神话体裁剧本，两夜就写了 4000 多字，她们拒绝让我拿其作品在微群里显摆，怕有人侵权，这想法够牛吧？难道人间真的有活神仙？我这么想，不知老君是否也这么想。今天我不想讲大道理，我一思考，老君就发笑！当我的脑袋出现时，神话立刻不见了。该招摇时就招摇吧！

万法皆由心生

在登封中岳庙的龙王殿内有一台监控器，透过监控器的屏幕可以看到很多肉眼看不到的飞速跳动的能量泡，看到这一幕后你会怎么想？把这个世界上所有的显态物质全部粉碎之后，有形的存在会消失，但无形的能量却无法分割，所以是隐态的存在支撑显态的运动。我讲的不是有神论和无神论的问题，当你的能量振频在低层次的空间内交换，你就是人；当你的能量振频超高速运转，就会在高层次的空间内交换，你就是神。不要纠结唯物论与唯心论的区别，更不要纠结人与神的区别，你是什么样的能量与振频，就决定了你交换出一个什么样的世界，万法皆由心生。

清净心是通神的桥梁

清净心是通神的桥梁，知觉是轮回的纽带。回归清净心需要觉悟和修炼，那么如何切断轮回的纽带？就需要了解知觉的游戏。一切都是知觉在执着，在分别，在投射……因为知觉才有能量的延续和轮回。但整体就是整体，知觉是整体的显化，无论知觉如何分别，都不会切割整体的能量，因此老子和佛陀讲了大量关于超越知觉的观点，目的是让我们不再被知觉所游戏，而跟着整体飞升。

一切都是自然的呈现

人人都会死，仿佛不曾来过，没有一个你、我、他，就连整个世界也是空性的显化。究竟谁是背后的操盘手？我们可以说是道，是佛，是无量光，是上帝，是神，是整体能量……这些名词都不重要，重要的是所有显化都来自整体，在整体中没有任何需要被否定和肯定的事物，一切都是自然的呈现，而我们的分别心却时刻都在肯定和否定周围的一切，这种与整体的分裂之殇使每个人都需要爱和抚慰，因此乞讨的游戏每天都在上演。只有少部分人为爱而生，为爱而工作，他深知死是必然的，如同未曾来过一样。

遗忘是一种慧性

著名导演、诗人老巢说："我是个没脑子的人，对于过去发生的一切早已抛之脑后。"如果一个人的生命只有当下，就不会陷入知觉的记忆，没有知觉的记忆，就不会有执着心，没有执着心，知觉的记忆就不会轮回，因此所谓轮回都是来自知觉的执着。让知觉记忆作废，只剩下巨大的空。是否从学会遗忘的那天起，我们就已经超越了六道轮回？但遗忘还属于有为法，或者说遗忘是无法学会的，更多是来自一种慧性。

修行就是蜕变内在的能量

肉体会死，但能量是不灭的。不灭的能量有两个去处，一是遁入无形，回归整体能量的源头；二是寻找新的肉体去重组。那么能量是如何延续下去的？是根据能量自身所携带的信息做频率的延伸。比如你喜欢的任何事物，都有自身的能量与振频，都携带特定的信息，这些信息透过知觉在游戏，不断寻找新的肉体重组，其背后的操盘手是能量，只有蜕变内在的能量，提高自己的振频，才能从知觉的游戏中彻底抽离，老子说要超越知觉经验，目的是让人提升能量，改变振频，所以修行很简单，就是蜕变内在的能量。

人类的痛苦总是如此相似

我们每个人所感受到的自我如此真实：我的孩子，我的老婆，我的房子……但真相是自我并不存在，一切都是道的幻化，没有任何个体能够脱离整体能量。由于人人认假为真，而使人类的痛苦总是如此相似，每个人心灵都无法安住当下，都在一路狂奔，只要停止脚步，就会惶惶不安，这种分裂之痛由来已久，但整体却不会因为任何个体的分裂而分裂，个体的分裂却时时刻刻都在发生。

道是整体

在整体能量的中心，自我意识彻底消融，生命从哪里来又回到哪里去，老子把它称为“道”。“道”是什么？其实这个问题并不重要，重要的是“道”是绝对喜悦，绝对圆满的整体，在整体中没有分裂，任何的自我都是整体的孩子，孩子无论走多远，永远都在母亲的怀里打转。我在一首诗中写道：“你的远方我早已完成。”远方一无所有，你要去向何处？

物质与灵性

有的画家不看书只画画，因为画能带来短期经济效益。于是他的生活就落入“画画、卖钱”的机械化模式中。只要不画画，不卖钱，他就六神无主。请问他的灵性何在？但世人都喜欢钱，只有少数觉悟者喜欢灵性。

把生命的能量融入生活的实践中

昨晚老巢谈了很多观点，有一点对我触动很大，他说“要将生命融入所拍摄的影片中”。这是简单的道理，但做起来很难。比如将生命融进所讲课的内容之中，那就意味着我自以为是的很多观点，甚至我和我所面对的受众，一切存在都不见了，没有个体也没有整体，只剩下恍恍惚惚的知觉。在那种境界中，观点早已成了生命整体能量中的幻象，一切只有生命的整体能量在发生。

烦恼与菩提

有多少烦恼，就有多少菩提。越脆弱时，越想抓住佛；越想彰显高贵时，越要用道寻求内在的支撑。初级阶段很多人都是如此，都是为了寻求身心解脱，才去寻佛求道的。我曾用几百条悟道去化解烦恼，但瞬间一个念头就前功尽弃。其实没有什么烦恼是需要刻意化解的，烦恼与菩提也在一念之间。

红色能量

走进遵义有感：遵义这座小城，因为有了遵义会议遗址，成了著名的红色圣地。在遵义会议之后，确立了毛泽东同志在中国共产党和红军中的领导地位，也使我党在中国革命战争中转败为胜，转危为安。我对这座城市一直有着一种全然不同的情感，上次到贵州茅台集团，原本想顺路前来瞻仰这个革命圣地，遗憾的是因为行程紧张未能如愿以偿。此次有幸受邀再访贵州茅台集团，我特意提前一日来遵义逗留，爬红军山，瞻仰遵义会议遗址，感受老区人民的脉脉温情，深切体会到了红军身上的铮铮铁骨和昂扬正气，以及贵州人民对中国革命所做出的巨大贡献。在革命圣地，我收获了满满的正能量，提纯了自己的心灵，升华了精神境界。很想迫不及待地向女儿讲述红军在贵州所发生的故事。铭记历史，不忘国耻，是每个中华儿女应有的责任。谨以此短文纪念遵义之行。

无声之声

一个百无聊赖的夜晚，我打开电视看《中国好声音》，刚巧看到著名歌手罗大佑演唱《爱的箴言》。一个 60 岁的老人在演唱这首伤感情歌之时，犹如海德格尔说的“诗意地栖息”。曲终，他似乎忘了自己，忘了音乐的存在，仿佛娓娓道来一个自己年轻时代的爱情故事。由于是饱经沧桑后的再回首，这个故事与他既有关，又无关。因此，他的声音中透着一种哀而不伤的细腻的感受。最可贵的是他对情感把握得十分到位，内敛又阳刚，既有小我，又有大我；既有理性，又有感性。呈现在我面前的犹如一朵含苞待放的莲花，又如陈年的老酒，有种“曲已尽，音未了；人已散，情未绝”的独特味道。

这真是一次极为完美的表现，因为他放下了对于完美的执着心。

洞见

一个人看待事物的方式，是由内在世界决定的，我说的不是世界观。比如鲍勃获奖后，很多人开始评论他的诗，评论内容无非包括修辞与观念、心灵颜色、思维高度、节奏与韵律、情感表现……所有的看法都离不开表与里。每个人都跟着感觉走，但感觉是有层面的，感觉的层面不是由一个人的肉眼所决定的，肉眼看到的只有偏见。继续深入自己的内在，有了更深的洞见之后，便超越了是非，因为那个最深的本质超越了所有的表象。

瞬间的观照

某天，我偶然看到一个男人读报的侧影，想到武功高手说：

“先有定静之气，后有夺人之功。”他身上看不见的定静之气摄人魂魄，瞬间我爱上他了，幸好我及时观照到自己的起心动念，也许为了这个瞬间的观照，我在触觉中已经修行了千年万年，一眼即千年，一瞬即万年。一无所求，因为你原本早已拥有。

心灵的回归方式

每个人都在试图寻找一种心灵回归的方式，但短暂的娱乐，一时的感官享受都是转瞬即逝的，必须不断追求新的刺激，才能获得新的满足。所以我们真正需要解决的不仅是心灵层面的问题，还有本性层面的问题。前者是小学生，后者是大学生。

爱的领航人

当我去听很多的计划、方案时，我不太关注其中的锦囊妙计，而最关注的是他们做这件事的出发动机。格调、品位、高度、境界等词语总被我一再重复。很多人会认为我不务实，但我的理由很充分：没有境界，一个人不会有能量，而没有能量，这个人就不会有气场。没有气场，你的团队就不会打造一个好的能量场，没有好的能量场，就吸引不了真正有能量的人融入。因此你的方案除了那些雕虫小技之外，还要有祝福和祈祷在其中，祝福和祈祷会感染无私的人为你做无私的传播和奉献。因此真正的好项目必然离不开心灵的运动在其中，一个人不能让自己成为爱的领航人，他的项目一定不会走得很久。

心灵的沟通

当我感性地向一个人陈述我的难处，对方很理性地维护他的立场，其中的理由很简单：他是逻辑的脑，我是用心灵与他对话。于是交流不在一个频道上，痛苦产生了。如果回归那个中心，双方就都不存在了，痛苦也随之消失。但我们常无法回归那个中心，无法让自己深处安逸之时，就需要用痛苦之身填补内在的空虚。

知生死之道

写了很多悟道，突然间对死亡的恐惧彻底消失了，也许悟道中暗藏的能量将我的意识推向了一个高度，这个高度与死亡来临时的高度处在一个水平面上。在一个特定的高度之上，发生的一切都将是美的，包括死亡的来临。

生命的存在价值

总是忍不住写悟道，在我无所事事之时。哪怕是刹那间的深刻都会让我从世俗的牢笼中挣脱出来，然后每个细胞都充盈了新的养分，所有沾满灰尘的过往都被重重抛之脑后。仿佛什么也没得到，但某些旧有的元素无形中被彻底瓦解了。猛然回头一望，惊觉真正有价值的存在恰恰都在无所事事的状态中生发。

春节集聚能量

春节是个很好的积聚自身能量的机会，儿时的伙伴，曾经的战友，旧日的街坊邻居以及自己最亲近的人身上，包括熟悉的环境中都携带着自己曾经的信息和能量，这些信息对于我们很有帮助。可很多人都为请客送礼这些琐事纠结半天，一旦陷入纠结，心智不开放，信号又中断了，春节就变成了消耗。

圣人的能量永恒

基辛格曾评价毛泽东："他身上发出一种几乎可以感觉得到的压倒一切的魄力。"这就是磁场的能量。老子强调要守住阴性的一面，阴性的一面包括你的思想、心态、意志、修养和阅历等，这些看不见的力量一直支撑阳性运动。比如圣人是生还是死？可以说他们的阴性物质一直在生地，只是肉体在死地。所以很多圣人的能量很大，我们很难摆脱其精神的影响。

社会需要静心场所

古代的很多寺庙兼有教化官员和制定国家大政方针的重任。而当今之世，缺的不是寺庙，而是真正明心见性的大师，他们能够直觉到自己和别人心念的变化，直觉世界统一场的变化。看似多了闲人，却少了"盲人"。

内保长真

老子说要收敛不要扩张。想法要收敛，不要到处寻找机会；十窍三门要收敛，不要只为上下两个洞活着；刚强要收敛，不要主宰别人的思维和行为。只有这样才能调动内在循环机制，用自己的灵性思维，而不是经验思维支撑外在的循环机制，内保长真，方能长强不殆。

人与动物的最大区别

绝对是真事儿：一只叫提拉穆克的狗，是世上最著名的动物画家，已在美国和欧洲举办17次画展，受到多个国家总统接见。我继续在网上搜索，著名的动物画家不可尽数，还有大象、海豚、大猩猩等。我又看到一则更令人吃惊的消息：圣保罗动物园的一头犀牛为抗议政府腐败，参加了城市议会选举，居然获得了100000张选票，成为史上选票最多的选举人，当然这头犀牛拒绝当选。我战战兢兢地继续搜索“最著名的动物哲学家”，网上出现一行字：“您搜索的网页不存在！”我长舒了口气，总结一条真理：“人与动物最大的区别是人会搞哲学！”

保存先天的能量

一个真实而有趣的现象：天才自杀并不鲜见，但像济公、布袋和尚之类的癫狂之士很难自杀。因为天才们把所学的知识当成盔甲，当元神无法突破后，只有崩溃。老子说：“取天下常以无事，有事不足以取天下。”很简单的道理，无事可以保存人的能量，保持人的创造力和灵动性，从而发挥人先天的巨大能量。

感官消耗能量的危害

“如果没有了互联网和电视机世界会怎样?”据说聋子的眼睛更明亮，瞎子的耳朵更灵敏，究竟我们睁开眼睛看到的世界最真实，还是闭上眼睛感受到的信息更真实?原本我们应该用非凡的心灵去捕捉非凡的信息，恰恰相反，我们习惯了用乌七八糟的信息去扰乱一颗原本不平凡的心灵，因为感官消耗，所以离本性越来越远，老子说:“其出弥远，其知弥少。”

观自在

当年达摩对梁武帝说:“你修了很多庙，供养很多和尚，布施很多财宝，但你要下十八层地狱，因为你有心而为。”有心是不可能自在的，不自在是不可能得道的。自在者因为烦恼少;烦恼少，因为放得下;放得下，因为看得破;看得破，所以得大自在。

大器晚成

宣讲《道德经》的叶曼女士已是百岁高龄，仍然游历各地传经布道，这样的生命状态本身就是文化，语言已是多余，真乃大器晚成之典范。现在的孩子处处追求大器早成，事事争第一，处处评优。岂不知人一生的能量是有数的，最精华的能量要以备不时之需，过早享受荣光透支能量，后患无穷。只有大器晚成，才真正符合人和事物的发展规律。

知止不殆

人在坏的事物面前有份警觉心，很易知止，而面对诱惑则很难当止就止。如同饥肠辘辘时面对到口的天鹅肉，究竟是饿死还是撑死？反正终究一死，就撑死算了！所以当今真正饿死的少，都是撑死的。其实饥肠辘辘常不是生理上的，而是心理上的，大多数人对不可预知的未来有份惶恐，因此永远都觉得饥肠辘辘，便很难知止。

人性的弱点

卡耐基有本书《人性的弱点》，老子谈人性弱点只用了四个字："是、现、矜和伐。"自以为是，自我表现，自我骄傲，自我居功，总之，把自己看得太重要了。老子形容有道者像冬天在冰上行走一样小心谨慎，相反自己高高在上就会造成认识上的不足，行动上的失利。

学会施舍

昨天带女儿为少林寺的孤儿们捐款捐物了，其中有自私的发心：想让女儿体会一下慈善。可当女儿把物品放到一个个孤儿的手里时，我却像个做错事的孩子一样，我不确定这个举动能否给受施者足够的尊严与力量。我想这个价值比金钱本身更可贵。

穷文富武

在少林寺，我坚持不坐凳子，而要站着观看孤儿的武术表演。看着那些身体单薄的孩子表演着与其年龄不相符的超高难度的动作时，我怯怯地对身边的一位武术教练说："富人家的孩子谁舍得吃苦练这个？"他说："穷文富武，富贵的人才习武。"原来我的廉价的泪水在一个以自己的职业为荣的人的眼中不过是洒狗血！

生死一如的大美之境

我们每个人身上都住着祖先和子孙的灵。尽管他们当中有的人已化为无形，融入天地。但他们并非无影无踪，而是在我们身上相延相续。所谓生死原本就是幻象，是人为的划分。我们就是世界，世界就是我们，时时将自身化为无形以至通达万物，超越对死亡的恐惧。感受生死一如的大美之境。

世上的学问

中国人习惯把沉浸于某种不良嗜好的人称为"鬼"，故有了酒鬼、色鬼和赌鬼等。而西方学者则把各种成瘾行为经过实证得出结论：是由于外在感官刺激作用于体内而产生的化学反应。东西方的文化都有其理论依据，只是中国人强调宏观，忽略微观；强调整体，忽略具体；强调感悟，忽略逻辑推理。世上的学问多了，如果不能通过学问认识自己，澡雪精神，淳一心念，从而达到无为之境，那么学问就变成了障蔽自我心灵的残渣污垢了。

爱的教育

为这个世界传递正能量原本是极其简单的事，或许只需要一个由衷的微笑，一次深情的凝眸，一声同情的叹息，但很多人在欲望的裹挟下，心灵已经失去了对外在事物的觉受能力，因此世上最重要的教育就是关于爱的教育。

内在的光明

最近看了本《天才与疯子》的书，作者列举了大量举世闻名的天才都是精神病患者。天才与疯子仅一线之隔，其共同点是：两者都是大忧郁大孤独者。不同的是：天才的大孤独中始终夹杂着甜蜜的忧伤，而疯子的大孤独中却蕴藏着摧毁的力量。我想二者的差异不是物质层面的，而是内在的光明与晦暗。如同佛陀和老子，他们明知世界的无意义，却依然倾注毕生的所有，极力将光明传播给世人，实现所谓的意义。当我们明白了世界的意义，无需心灵的掌声，生命是自由的，世界就是有意义的。当我们明白了生命的意义，无需世界的掌声，心灵是自由的，生命就是有意义的。

透明的红萝卜

据说莫言最好的作品不是获诺贝尔文学奖的那本，而是早期带着青涩味道的《透明的红萝卜》，我想到我认识的一位著名学者，我曾在地摊上淘了两本其早期著作，后来又看了他如今出版的皇皇巨著，于是他现在的书被我束之高阁，而那两本旧书至今还放在我的床头。最初时，因为自己一无所知，所以是无所不知。到如今，自认为无所不知，所以一无所知。

孤独是最好的修行

作为佛陀的十大弟子之一，禅宗的第一代祖师摩诃迦叶，生来就喜欢离群索居。爱因斯坦也如此，他说："我保持创造力最好的方式就是和周围的人，包括最亲密的家人和朋友，永远保持适度的距离。"几乎所有的伟大都源自孤独，孤独是最好的修行。

有种人不怕穷，怕富

地委书记杨善洲放下所有，到大山里开荒造林，并把价值3亿元的林场捐给国家。当他以贫穷和遭难为自己生命的必由之路时，哪一顶昂贵的桂冠能配得上他向贫穷者低下的头颅？

觉悟者的富足与平安

酒场上推杯换盏的背后各怀其私，但几人能与自己的灵魂相依？当繁华淡去，夜深人静独观其心，妄去真现。于是很多人孤独难耐，继续在热闹中寻求感官刺激，只有觉悟者才能在终极之乐安享孤独。

以石悟道

无意中看到一幅字："石身人身，以石修身。石乐人乐，以石作乐。石性人性，以石养性。石道人道，以石悟道。"石头到玉的修炼过程要经过熔岩高压，去掉自身杂质，乃成玉身。一个人从凡到圣的过程也要洗净心灵的尘埃，不断向内提纯自己。所以石头和人的修炼过程都要经历由外向内返璞归真的过程，石头和人修炼的背后都必须遵循不成文的规则。这就是："石心死，玉心生，凡心死，道心生。"

讲道与成道

"讲道的不一定成道，听道的倒有可能成道。"星云大师的母亲的这句话讲到很多布道者的心坎里。因为讲道的很容易陷入所知障，讲来讲去把自己讲进去了，而听道的倒可能从自我的局限中跳出来。

我以为

“我以为”三字害了很多人，有人以为离开那个人，离开那个位置，离开那个合作伙伴就活不成。假如有勇气改变自己能够改变的，有能力接受自己不能改变的，结果往往出人意料。

舍小我而成大我

一个极其自我的人，他会有自私、嫉妒、控制和依赖等小我的瘾头，这样只会消耗他的能量。无我之人，没有一个人属于他，甚至他都不属于这个世间，因此他既不会做可怕的控制者，也不会做可怜的受害者。

一念一菩提

一留学生因与母亲言语不和，在机场将其母刺死。可见世间法的知识很多，但脆弱到经不起自己的一念。出世间法的知识很少，少到只有放下的这一念。

超于死亡的恐惧

如果我们不恐惧腊肉，就一定不会恐惧死亡。当我看到木乃伊的制作过程时想到了腊肉，这个联想让我瞬间超越了死亡的恐惧。肉身不过是灵魂寄居的旅社，不过是心灵修行的道场，如果灵魂和心灵可以无处不在，不生不灭，那又何必贪执假身为真身？于是我觉得佛家最大的慈悲是让人超越了对死亡的恐惧，并把死亡视为开花的过程，有个很美的名字——轮回。

尼采的疯狂和佛陀的宁静

我们最该提防的就是外表华丽、内在空泛的艺术。比如有的讲课听上去富丽堂皇但无内容，因为讲者第一次创作时他是有灵魂的，他取得了成功，也因此陷入了成功的模式，也因此失去了灵魂。尼采和佛陀之所以伟大，在于他们付出生命的代价诠释了本真，因此，尼采的疯狂和佛陀的宁静具有同样的价值。

“言语道断”

鸠摩罗什在凉州翻译佛经 17 年后被皇帝召进逍遥宫，每日派其十个宫女以让他绝世之才华传给更多后人，在这场优生学的运动中，鸠摩罗什出色并超额地完成了他的任务，但他说：“我可以采摘莲花，但不会碰莲花上的淤泥。”这种不视红尘又不离红尘的境界让人仰望却难以企及。佛陀的一句“言语道断”，就把无限的意象空间留给了众生。

健康和智慧

身心健康和智慧是生命之根，二者决定了人对事物的变通和取舍能力。拥有这两种财富的人，即使佛陀，也不能让他陷入任何的偏见之中。

笑对生活

当我睡不着时，索性睁大眼睛想：“我就要看看睡不着会怎样？”当我缺钱时，就想：“上帝不会让一只鸟饿死，我就要看看没钱会怎样？”当孩子不学习时，我常会放下举起的巴掌想：“我就要看看一直不听话会怎样？”遗憾的是，我总会睡着，孩子总会听话，最开心的是钱总会找我。你所恐惧的事物90%从未发生，我们却常因此付出百分之百的担忧。即使死亡来临，也要笑对生命的最后一秒。

哲学家的痛苦

昨天去一家家政公司，见几个保姆睡在大通铺上嘻嘻哈哈打闹，我甚至有点羡慕她们的快乐，但我明白这种快乐与我无缘。如同一个好的政客、企业家和哲学家，我相信他们的内心一定是孤独的。孤独和寂寞有着本质的区别，寂寞是带有消极和寡欢的情绪，而孤独中蕴含着昂扬的正气。这就是很多伟人宁肯做痛苦的哲学家，也不做快乐的猪的原因。

孩子的慈悲心

我问女儿最大的愿望是什么？她们争着告诉我：“妈妈，我希望有一天街上不再有流浪猫、流浪狗，不再有人歧视乞丐。

我希望每人都有房子住，都有衣服穿。我希望有一天全世界的人都不再为钱发愁。”我想到爱因斯坦曾说过：“我向一个孩子学习的远大于我给予他们的。”

观照大道

大道把万事万物的本来面目投射给你的观照，无论你是否和它相应，它都依然固守着自己的矜持和静默，它太近了，所以太远了；它什么都不是，所以它是一切；它无处不在，所以空空如也。

明心见性

当人受制于成功时，他就会被成功所愚弄，他就会把周围的人和事当成物化的工具去利用，自性的迷失使他自己也成了成功的工具。所以人最重要的不是成功，而是明心见性。可惜世人求成功的太多，求道的太少；求享受的太多，求见性的太少。岂不知，如不求道，最大的成功往往意味着最彻底的失败；如不见性，再大的成功都不会拥有生命中真正的喜乐。

心灵上的自我解脱

什么是女强人？真正的女强人不是征服世界，不是征服男人，而是战胜自己；真正的女强人不是头脑中顽强的自我意志，而是心灵里爱和慈悲的力量。什么是妇女解放？真正的妇女解放不是行为的解放，而是心灵上的自我解脱。

顺其自然就是最大的意义

北大常有骑自行车的教授给开奔驰的老板讲如何赚钱，如我一样，明明自己的悟道都是由于走极端而得悟，偏偏给别人讲放下，不要偏执。终于明白生命的意义是无所谓意义，履行神赐天职，接受天赋使命，顺其自然就是最大的意义。至于更深的意义，见到佛陀或者下地狱之时自然明白了。

一切随缘

真爱要与本性相应。什么是与本性相应？不是无所谓执着与放下，而是该执着时执着，该放下时放下；也不是无所谓爱他还是爱佛，而是与他有缘就爱他，与佛有缘就爱佛；也无所谓上天堂还是下地狱？不变随缘，随缘不变。

文艺作品不能市场化

最近习近平总书记提出“文艺作品不能市场化”，有人预言一场关于文艺作品的反腐风暴即将来临。回想中国古代的“文字狱”，残忍之极。而当今的文人在文化大发展、大复兴的时代背景下，可以百花齐放。对于文艺作品市场化的问题，我认为首先是艺术家自身的重大损失，用创作出来的低俗庸俗烂俗的文艺作品换得了钞票，却浪费了自己的天赋和灵性。原本艺术品可以升华自己和受众的灵性，但由于利益驱动，不但埋没自己，才华不能得以伸展，而且扰乱了市场秩序。

孤独的益处

人与人之间最重要的关系不是人际关系，而是潜在的关系。人际关系很多时候是一种扰乱，尤其涉及利益纠纷之时，甚至是相互的摧毁。而潜在的关系打破了俗心追求的兴旺，使彼此身心宁静，也维系了宇宙间的生态平衡。这就意味着人要学会从热闹中回归。人有为的一面越小，潜在的一面就越大。孤独有利于发展人与人潜在的关系，有利于减少世俗关系中相互的干扰，对维护宇宙的生态平衡都有极大的益处。

死亡的喜悦

昨天写了首关于死亡的诗，或许会让人感到恐怖。很多文学作品极尽华美之词来替代这个敏感的字眼，但无论你是否愿意，这一天都会如期而至。只有面对它，才能超越它。隆钦巴大师在最后的时刻说：“我对于死亡的喜悦远远大于商家在海上大发利市的喜悦，或众神吹嘘沙场凯旋的喜悦，或深入禅定的喜悦，我将安睡于无死的极乐堡垒中。”

邂逅仓央嘉措

藏地的人为何喜欢仓央嘉措？我想是因为太多人在他身上

找回了自己缺失的东西。卢梭说："大自然塑造了我，然后我把模子打碎了。"这无疑是智者的声音。现实中太多人活在自己的模子里，因而有了写字的机器，画画的机器，工作的机器，当然也有了学佛的机器。尤其在藏地，在一个纯粹的信仰宗教的土地上，自然不乏学佛的机器。卢梭还说："最盲目的服从乃是奴隶们所仅存的唯一美德。"在一个纯粹的信仰宗教的土地上，自然也不乏这样的服从者。因而，一个活在自己模子里的盲目的服从者，在他们的潜意识中一定深藏着对独立精神和自由意志的向往。直到邂逅仓央嘉措，人们才从他的身上惊奇地发现了真正的自己。

动画片中的禅语

女儿很小时就经常说一些令我大惊的禅语，都是来自日本动画片中的经典语录。早在明代日本就将我们的心学文化引入国内，并把这种文化的价值发挥到极致，甚至今天还影响着日本人的思维模式。时至今日，日本人能把如此精髓的传统智慧以娱乐的方式再现，并在儿童中广泛普及教育，足以看出这个民族有着极强的创新意识和创新能力。

本性的污染

关于本性的污染来自很多方面，最可怕的是文化的污染。可以说所有的文化都有它独特的价值，由于人的认知障碍而使文化变味儿了。比如宗教信仰向来分正信和迷信两种情况，正信者可以从宗教文化中汲取有价值的部分为我所用，迷信者则堕入外道，不是文化本身的问题，而是人的认识水平高低所决定的。

悟道容易体道难

从道的整体观看，万物都是平等的，现象界的所有分别都是假象，不分别才是世界的本质。悟道容易，体道难，行道更难。因为人的感官时刻都在分别，已经有它的惯性，要改变这种惯性，颠覆传统的思维方式需要的不仅是悟道，更重要的是体道。

美学带来的快乐

昨天在与一学者对话时，他说自己由理科转向美学的研究，因此由不快乐变得快乐。我急切地想听他最后的陈述。可惜他反复论述美给他带来的震撼，反复在道的外围打转。我很着急，但没有发表任何“高见”，只是用我的生命倾听他，欣赏他。我知道他已经进入了一扇门，继续前行就会看到曙光。

我不变态

忧伤的音乐，诗歌最动人，因此很多创作者都抓住人性的弱点，让水往低处流，将凄婉哀怨变成一种曲调，但忧伤一旦变为一种固化的姿态，就是病态的扭曲的存在，或者说任何一种思维方式一旦固化，都是变态的。我从不否认自己的世俗，因为我很爱很爱你，很爱很爱这个世俗的世界，所以我才很冷酷地谈佛论道。在生命的喜乐之河中自在畅游，是预防自己变态的最好方式。

山寨版大师

昨天看了篇佛家大师的文章，他说老子层次很低，性命双修是修阳神，阳神是佛家第七识所现幻境，亦是假身。还有人说，老子是佛家六欲天中的玉皇大帝，他还在欲界层次中。这是一种陋习，把简单问题复杂化。缘分不同，根器不同，任务不同，自然领悟的层面也不同。跟着自己的心走，管它这家那派，大师也有山寨版。

认识自己的佛性

认识自己，就成佛了。有人会说，他不信轮回，不信有佛。这和佛教徒正相反，后者相信轮回，相信佛。但这个信与否，与佛性毫无关系，不认识自我，就无法认识佛性。那么如何认识自我？首先要认识真我与假我的区别，仿佛石子投入湖心，水面泛起涟漪，但湖永远是不动的，由水面潜入湖底，便认识了最深层次的自我。前提是首先要分辨水波与水的关系，一个是真，一个是幻。

对峙妄念

“我看到我，伤了你，在不经意间，对不起，请原谅，谢谢你！”妄念出现，只要被知觉观照到，转眼间妄去真现。但妄念已经以能量的方式遍布虚空，将很多人拉下无意识的深渊。所以我选择一种方式，对我的妄念负起全责。你看到我传播的正能量，也许是我对峙妄念的武器，我从不否认自己是个俗人。

三界唯心造

佛家讲欲界有六欲天，越往高处走，欲望越稀薄，男女之间相视一笑，便什么都有了，向上是天堂，向下是地狱。但佛说“三界唯心造”，六祖说“前念迷是凡夫，后念觉是佛”，灵魂高低的不同取决于一念之间，观照心念，让心不被妄念引转，瞬间顿超彼岸，而一旦跟着念头跑，立刻就坠入谷底。于是便有了天堂地狱，佛与魔的二分世界。

倾听

一个好的倾听者，他的耳朵会消失，甚至整个生命都不存在，只剩下无为的觉知，没有任何意识的觉知。透过一个人倾听时的状态，可以判断他静心的程度以及灵魂的深度。我最爱这样的倾听者，我不在乎他对我问题的回应，只是他的那种存在的状态，便可以让我感知到灵魂的厚度。前提是我和他一样，在倾听的过程中，彼此的耳朵完全消失不见了。

瞬间即永恒

“你转身，我经过，便是人间。”一眼中包含了万有，一念的清净中包含了所有禅定的喜乐，瞬间灵性的交融经验了人间所有的悲喜交加，如果不是这一眼触动了心弦，你我就不会从一个高度中坠落人间。让欲望变得稀薄，灵魂扶摇直上，极乐的体验会替代心灵的喜乐，直到空空如也，极乐也会消失。于是爱重新化为一种深度的宁静，在宁静中我们听到了祈祷的声音，在祈祷声中窥见了永恒。

认识当下的自己

所有文化最终都要回归人的自身，苏格拉底说：“认识自己是人类最高的智慧”，我们可以用聪明的大脑认识别人，认识世界，分析各种文化的异同，但极少人能真正认识自己。认识自己的困难在于，身心每天都处于动态的变化之中，要认识每一个当下最真实的自己，就要养成持续不断觉察自我的习惯。而只要失去清净心，这种觉察能力就会丧失。所以最难的是认识今天的自己，当下的自己，但必须这样做，否则无法认识当下的别人。

国学让我拥有一切

年轻时，我爱成功学。如今，我爱国学。前者给我一种能力，后者给我一种能量；前者给我有限，后者给我无限；前者给我目标，后者给我终极目标；前者让我感到自己拥有很多，却什么都没有；后者让我感到自己苦苦追求的一切，原本早已拥有。

不辩

所有的辩论都是带有敌意的，都会让我紧张。我需要的不是真理，而是完全放松的态势。辩论会让我失去放松，会让一切的存在都变得不好玩儿。放松地让自己进入，包括对于严肃的哲学。

佛学与道学

佛学不等于佛教徒，道学不等于道教徒。同时身披袈裟的人未必有佛性，道袍加身的人未必成道。看上去什么都不是的人，也许我们并未深入其内在。但人类的通病是排斥异己，活在自以为是之中。比如基督教传教士曾对奥修说："无论你说的多么美丽、合理、动人，你仍然是一股邪恶的力量，因为你不是一个基督徒。"可是如今，人类永远记住了奥修的名字，那个自以为是的传教士的言论只会给人留下笑柄。

我写悟道

有人说，我常写悟道，没有男人敢爱上我。哈哈！没有关系，我可以主动爱上别人。我写悟道不是阻止自己去爱，而是控制爱上别人后的强度。爱得过火，是我习惯性的错误。因为过火，我写了这么多悟道。

我写悟道是为在哲学和宗教方面探究更为本质的东西。其实我的俗心更喜欢写诗歌，尤其是情诗，毕竟我是个女人。但我很怕情诗会迷惑你，导引你的俗情，让你停留在事物的表层，而忽略最本质的存在，那岂不是我的罪过？

有人说：“你的悟道在讲一个东西，道理我懂了。”我回答：“大道是不二法门，看到一，证明你对了。但停留在道理中，你就错了。没有道理，只有能量，这种能量来自体验。”

舞蹈家杨丽萍说：“看一个人是否是好的舞者，不看她的动作，而是看她的本质。”可有多少人忽视人的本质，而记住别人的动作。

美好的瞬间

一个瞬间，一股暖流，你体会到前所未有的喜乐。那个瞬间究竟发生了什么？其实什么也没有发生。是你破除了发现美的一切都是内在障碍，一定是由你的内在放下了什么。否则，无法觉知到那美好的存在。

拥抱道的意义

很多培训机构让学员“相互拥抱”，无疑是集体宣告：“我是多么无聊！多么匮乏！”当然你也可以让拥抱变得有意义，就是你要忘掉身体的存在。

美梦

卖火柴的小女孩做了一个美梦，我记住了她的梦，忘掉她的痛苦。她的美梦让我贪睡，不想黎明把我催醒，我想，多少人就是这样，有意识和无意识地曾把幸福建立在别人的痛苦之上。

一切向上走

脑袋的上方是心灵，心灵的上方是本性，本性之上是巨大的空无。一直向上走，你便进入了真实的内核。然后向下看，会惊觉一切的存在都是形式。一直向上走，你就赢了。

脑袋、心灵和本性

脑袋、心灵、本性都是你生命的一部分，但各自承担的责任却不同。脑袋负责做生意，心灵负责交流情感，本性负责与神对话。让你生命的每一部分各司其职，才能完全属于整体。这是对整体的尊重，更是对你生命本身的尊重。

说话的三个层次

第一个层次：用头脑讲话。当我们用头脑讲话时，往往会陷入观念、理论、语言的世界。对于头脑，我们是主人，很容易操控自己的头脑，所以我们的话往往带有荒谬性，甚至是欺骗性。因为老子认为头脑是人的后天意识，不是人先天的元神。既然不是人先天的元神，就不会让我们窥见问题的实相。比如语言可以说出爱的技巧，但什么是爱？只有透过静心才能体悟。所以要想学会爱，必须进入更深层次的觉醒，就是要学会由脑入心。

第二个层次：用心讲话。来自这个层面的声音比头脑更深沉，情感比头脑更热烈。在心的层面，我们不再是主人，而是一个奴隶，那什么变成主人呢？是爱！爱变成了主人，爱占有了我们。在这个层面讲出来的话，已经超越了语言和文字的技巧，而是自然而然的流淌，如白居易在一叶扁舟，一片孤帆中吟咏的“此时无声胜有声”，如泰戈尔独自仰望夜空感叹：“原来最美的风景在我心中。”这第二个层面的讲话艺术：用心讲话，这个层面的讲话超越了无声之音。大多数人停留在这个层面就已经足够了，但如果我们要了解更深层次的东西，还需要很深层次的进入。

第三个层面：用本性讲话。在本性的层面，语言已然是多余的，而是用生命内在的修炼。就像一位饱经沧桑的老人，经历太多，学会了沉默。又像千百年被风霜雨雪炼就的美玉，整个力量都是内蕴的，不需要邀宠于形。

由此得出一个结论：浅层的表象是言语与行动，深层次的表象是一个人心性的修炼。所以很多时候让我们心与心连接的不是说出来的话，往往是没有讲出来的话。老子说“大音希声”，是让我们随时随地用本性去聆听自然的天籁。

发疯的爱

你爱一个人，外面没有别人。你恨一个人，外面也没有别人，一切都是自我的投射。否则为何你疯了，而对方没有发疯呢？也有例外的，他自己疯了还不够，一定要对方跟着发疯才满足。如果他不亲手毁掉自己的生命，那么他是决不善罢甘休的。

爱的真谛

什么是真爱？真爱不是天天黏在一起给你感官快乐的那个人，而是能够让你感到宁静和平安的人。因为快乐来自俗心，平安来自本性。快乐来自欲望，平安来自缘分。这就是为何有人让你很快乐，但你却无法舍弃那个给你带来平安的人。

你听懂我的话了吗

我讲了很多反传统的话，注定会遭到攻击。但内在的精诚一直在导引我，必须这样讲。我已经做好束手就擒的准备。如果不是因为爱，那么我是没有兴趣讲这些的，更无意让更多人听懂，哪怕有一个人听懂就足够了，他会不会是你？

有人看我的话后开始痛苦了，他的自我遭到了打击。大可不必纠结我在讲什么，其实我的话来自单纯。我并不比任何人聪明，刚好相反。

有人说，他听不懂我要表达什么？这就对了！我要的不是肯定和否定的答案，事物没有是非，甚至佛是否存在也是未知数。你需要的不是答案，而是深刻的洞见。

答案在风中飘扬

“一个人要有多少只耳朵，才能听见人们的悲泣。要牺牲多少条生命，才能知道太多的人已经死去……”2016 年诺贝尔文学奖获奖者鲍勃的《答案在风中飘扬》，今早刷爆朋友圈。我候车时粗略看了歌词，没有字字珠玑，没牵动我的神经末梢。细细品味后，发现歌词并非空洞无物，字里行间流露着对人性的关怀。但看最后两句，就知道他紧握了神的手，无疑他的思维有高度，能在一个高度之上看世界，当然也可以在一个高度之上引领文学作品的思想导向。

我的逍遥

遵守政治秩序，爱党爱国，这个我赞同，不是什么忠君之道的问题，是起码的规矩，不能吃里扒外。但我很恐惧把自己打造成道德专家，抛开道去谈论道德，是老子最反对的。当然这个社会需要道德，至于谁去讲，要跟自己的感觉走，不是由谁做主的问题。

半解堂

著名书法家张瑞龄先生的艺术馆叫“半解堂”，这三个字很值得玩味，不仅有自谦之意，还蕴藏着天地大道，“半解”才不会过火，才会彻底放松，因此更有利于保全自身能量，也给他人创造了想象的空间。总是保持深度是自私的，甚至是有罪的，很多人不需要深度，需要的是一知半解。知道了不该知道的，在不该知道的时候知道，自以为知道了全部，过火使人生失去了无限创造的可能。

禅心居

在登封嵩山脚下有一处禅心居，是按照200多年前的古村风格复建的，其间有一处“见破书屋”，每一处细节都是故意做旧的，古老的泥巴土墙早已被岁月侵蚀，大面积脱落，门前的石阶布满青苔，低矮的屋顶委身于竹林丛中若隐若现，推开木门时发出的吱嘎声，仿佛进了自家的老房子，那种怀旧的柔软与打破的阳刚瞬间让心灵复归原点，不知从哪里开始，又从哪里结束。每一座城市都不缺文化，稀缺的是这样的文化标签。

还原诗歌的本来

金斯堡谈到鲍勃的《暴雨将至》时说“我被那些修辞给镇住了”，可那些被镇住的修辞被翻译成中文时，全部给丢失了。显然美成了一种局限，真正撼动人心的存在，远远超过形式上的美丑，人类真正需要的是回归生命原处的地带，它超越了所有问题的表象与二元对立的存在，它来自人类灵魂深处最深的期盼，它是唯一鲜活流动的存在，甚至它无法经由声音、节奏、文字来表达，那就是真我，诗歌就是我的本来，别人的样子与我无关。

西藏之旅

一

毛主席一生只去过一个国家——苏联，却写出了那么多通天达地的大文章。可见联通宇宙的是脑海，不是自己的脚。再看看很多人四处闲逛，只不过是换了张睡床，换了个吃喝玩乐的地方。很多人都向往西藏，如果让你在那里嫁给牧民，生个藏族的娃娃，那么谁会真的愿意呢？此行究竟又会给我带来哪些收获呢？

——2014 年 7 月 16 日

二

昨晚信步徜徉于川西古镇风格的锦里小巷，人山人海，挤的我喘不过气来。这哪里是看景，分明是看人。我也过了一把“好色”的瘾，仔细观察成都的美女都很有灵气，想到了白居易《长恨歌》中的两句诗：“蜀江水碧蜀山青，圣主朝朝暮暮情。”这是描写“安史之乱”后，唐明皇躲避到蜀中思念杨贵妃的句子。只因为这里翠竹太翠，芙蓉太艳，格外衬托出川妹子太靓，便更容易让“好色之徒”想入非非了。

——2014 年 7 月 16 日于成都

三

今天去了成都著名的武侯祠，很多人不远千里前来拜谒他们心目中的英雄诸葛亮，据说在西晋时期诸葛亮和刘备的庙是分开的，由于刘备的庙门庭冷落，后来合并成今天全国唯一一座君臣庙——武侯祠。在武侯祠真正触动我的是岳飞手书的《出师表》，当年岳飞在《出师表》面前痛哭流涕，以壮士断腕的悲愤之情将胸中的豪情挥毫于腕下，今天读来依然能感受到冰冷的石墨背后氤氲的浩然正气，此刻我眼前千娇百媚芙蓉如面柳如眉的成都，陡然间增添了一丝不易觉察到的野性之美和帝王之气，或者这正是我们亟须找回的民族气节。

——2014 年 7 月 16 日于成都

四

今晚在成都遇到一位我从未谋面的读者，她说读我的诗，一直想象我是个楚楚可怜、长发飘飘、小鸟依人的小女人，没想到我是女汉子。记得还有一位诗人直言不讳地说，“写诗的我”是真的我，“悟道的我”是我身披的外衣，诗歌表现的才是我的本质。孰是孰非？不是由我做主。上帝没有安排我过小女人的生活，我只好安住当下，此谓“乐天知命故不忧”。

——2014 年 7 月 16 日于成都

五

哲学家周国平先生说，他研究尼采是因为他是悲观主义者，想在尼采的理论中寻求力量。我研究道家思想是因为我与生俱来的对于世俗世界的疏离感，但愿此次西藏之行是良好的开端。期盼这一次上路，在那离天神最近的地方能够从此开启一场永不完成的自我救赎的生命旅程。

——2014 年 7 月 17 日晨于成都

六

我们一行近四十人正在成都机场的候机大厅准备登机，一个人闭上眼睛似乎嗅到了藏红花的香气，很怕自己会留在那里。此刻，我的鼻子有点轻微的酸楚，隐隐觉得自己与藏地随处可见的袈裟有着不解之缘。想起一首长诗的头两句："待我一袭袈裟，许你相思放下。待我君临天下，许你四海为家。待我了无牵挂，许你浪迹天涯。待你了无牵挂，许谁浪迹天涯。"眼泪真的流下来了。

——2014 年 7 月 17 日于成都

七

"一天有四季，十里不同天。"这是形容素有"藏上江南"之称的林芝的气候，一下飞机，我们急忙套上备用的外套，然后就对着烟雾缭绕的群山狂拍，仿佛来到人间仙境。在这里我第一次见到五彩的经幡，似乎每一片经幡中都飘荡着藏族的诵经声，但你千万不要误认为藏族群众都格外淳朴，我在北京就遇到过敛财的活佛和卖假货的藏族群众，同时你更不要误以为这块古老的土地不神秘，我对于密宗的“虹身现象”，充满了敬畏与好奇。

——2014 年 7 月 17 日于西藏林芝

八

透过林芝开往雅鲁藏布江沿途的车窗，我看到很多悠闲吃草的牦牛和满路乱跑的藏香猪。我第一个念头就是这种猪的肉肯定很香，知道自己是有口业的人，动辄发脾气，都是上世没持口戒的原因。

——2014 年 7 月 17 日于西藏林芝

九

在西藏林芝南伽巴马峰脚下，我遇到一个年龄不到十岁的、皮肤黝黑、衣衫褴褛的小男孩，他的地摊前放着一堆廉价的假手串，用力地大声吆喝：“买一串吧，还没开张呢。”可是无人问津，大家都在忙着为自己拍照。我从兜里掏出十元钱，蹲下来说：“给你吧！”他告诉我说：“暑假摆地摊为了赚学费。”我在他面前站了很久，直到大巴车的学员拼命下车喊我，我才一步一回头地离开了南伽巴马峰。

——2014 年 7 月 17 日于西藏林芝

十

第一次看到藏族聚居区的云，想到了家乡荣成依山傍海的九顶铁槎山，那里终年烟云缭绕，仿佛一个披着婚纱的害羞新娘，有一种婉约之美，喜欢道家文化的我，常一个人登上山顶临风而立，浮想联翩。而藏族聚居区的云，有着康巴汉子的粗放和阳刚，一大片一大片将整个天空遮蔽得严严实实，如奔腾的骏马，又如翻滚的海浪。只要你不经意地抬起头，常会不由自主地发出一声唏嘘和赞叹。如果云朵不小心掉下来，一定会砸得你头破血流。喜欢这样的云，以本色示人，无须粉饰自己，因为它实在太白了，一如我的心，或者这正是这里神山的灵气所在。一定曾有人在这种灵气的浸淫下复归本我，否则为何有那么多的人不远千里只为这一场朝圣之旅呢?

——2014 年 7 月 18 日离开林芝前往拉萨途中

十一

大家都知道藏族群众家家信仰佛教，这次在阿沛·阿旺晋美家乡的藏族群众家里才知道，这里家家户户都悬挂毛泽东像。一个口齿伶俐、活泼可爱的藏族姑娘自豪地说："老人们说没有毛主席，农奴不能翻身得解放。我们现在是社会主义新农村，你们回去一定要多宣传我们这里。"话音刚落，引得我们一阵大笑。

——2014 年 7 月 18 日于西藏百巴镇伍巴村

十二

在西藏，年满 60 岁正常死亡的人才能享受天葬。除此之外，还有水葬的习俗。所以这里的人不吃鱼，不吃天上的飞鸟。由于他们特殊的信仰，他们从不把财物留给儿孙，害怕儿孙因此好吃懒做。相反都会把金子和珠宝捐到寺庙里。诗人海子有首诗说：“今夜，九十九座雪山高出天堂，使我彻夜难眠。”最终青藏之行成了海子生命的最后一次远游，他究竟在这里彻悟了怎样无奈的生命的苦痛？难道只有用死亡才能解救那些来自灵魂深处的由来已久的内在危机吗？

——2014 年 7 月 18 日于西藏百巴镇伍巴村

十三

我很不适应跟着大部队游玩，不是走神，就是掉队。今天在巴松措湖，又让大家在大巴车上等我很久。我在巴松措湖中心的小山上看到了一个很不起眼的小庙：平安寺庙。我离开队伍一个人在门口转了三个经筒，又径自走进去，在昏暗狭窄的房间内看到了莲花生大师的佛像，我瞪大眼睛直视他的双眼，企图用我有限的感官捕捉他身上看不见的神性。然后我用蜗牛爬行的速度围着室内转了一圈。出来后，一个人都不见了。慌忙原路返回来时途经一个商店，这是我在藏地第一次发现有卖书的景区，急忙选了两本，走出景区，这时我们的大巴车已经离开景区了，差一点把我一个人丢在巴松措湖。我以百米冲刺的速度追上大巴车，呼吸越来越急促，似乎出现了轻微的高原反应。

——2014 年 7 月 18 日于西藏巴松措湖

十四

天色已晚，离开林芝前往拉萨途中，群山越来越贫瘠而荒凉了，夕阳的余晖倒映在河面上泛起一道金光，我的心涌上万般惆怅。一边听着大巴车里的情歌，一边想象自己身穿袈裟，独自流浪在这个渺无人烟的深谷，任思绪徘徊在情缘与佛缘之间。终于到达海拔 1500 多米的米拉山口，走出车门，一阵冷风吹散了我心中的阴霾，我不禁打了个冷战，裹紧衣服下车拍照。我向来以为最好的美景在心中，但在米拉山口我改变了自己的看法。当我置身山巅，双手高举过头顶，陡然间心生一种君临天下舍我其谁的英气，我对故乡大海的那份汹涌浩荡的激情顷刻间完完整整地移情到米拉山口，原来情和心都是可以改变风向的。车子翻过米拉山开始走下坡路，暮色笼罩四野，透过车窗只看见漆黑一片，我却仿佛看到一道曙光从东方冉冉升起。

——2014 年 7 月 19 日晨于西藏拉萨神湖酒店

十五

昨晚到达拉萨已是半夜，车子翻过米拉山口后，一直在暗夜里摸黑前行，大家一言不发，东倒西歪地在打盹。突然眼前出现了一条柏油马路，所有人一齐长舒了口气："终于到了。”这情景很像我在呼伦贝尔看到的景色，那年从呼伦贝尔到满洲里的路上，道路两边是无边无际的大草原，当满洲里像一幅画卷展开在我眼前时，犹如“忽如一夜春风来，千树万树梨花开”。心情豁然开朗。今夜抵达拉萨，尽管看不到动人的景色，但是沿着黑暗的山路行走了那么久，哪怕一丝微弱的灯光，一间可以栖息的陋室，都可以让我们感到无比的温暖和富足。

——2014 年 7 月 19 日晨于西藏拉萨神湖酒店

十六

此行最大的遗憾就是我的充电宝在西藏机场坏了，“巧妇难为无米之炊”，作为用手机写东西的我，没有了战斗工具如同战士没有了枪。这些悟道写得很辛苦，39 个人都要拍照，充电宝利用率很高，我的手机一直处于半死机状态。

——2014 年 7 月 19 日于西藏拉萨神湖酒店

十七

昨晚到达拉萨神湖酒店，洗漱完毕躺在床上睁大眼睛想到自己离地那么远，仿佛躺在云层上。那一刻，佛与魔，生与死，爱与恨似乎都触手可及。我暗示自己必须时刻保持正念，在离天最近的地方，不被神护佑，一不留神就会被魔鬼盯上。

——2014 年 7 月 19 日晨于西藏拉萨前往纳木错湖的路上

十八

既然出来玩，就学会“好色”一点，见一处风景爱一处风景，爱一处风景忘一处风景，以活心应对死景，时刻保持心的灵动性，才能吸纳天地之灵气，把最美的美景放在心里，就无烦无恼，也无牵无挂了。

——2014 年 7 月 19 日上午于西藏拉萨前往纳木错湖途中

十九

从拉萨到纳木错神湖往返要十个小时，只为看一眼心目中的圣湖。在纳木错神湖边有一道亮丽的风景线，就是很多藏族群众牵着牦牛和游客合影。游戏的规则是这样的：游客骑上牦牛，藏族群众将牦牛赶到湖水中，水花四溅，在众人的欢笑声中留下永恒的身影。然后藏族群众将牦牛拖上岸，用嘹亮的藏族民歌招揽下一个顾客。就这样不停重复的简单动作，一月下来藏族群众的收入近十万。从商业角度看这是好的，但在我看来真是大煞风景，这道风景起到了喧宾夺主的作用。大家来到湖边就争相拍照，难道只是为了换一处风景找自己的一声狂笑吗？这面湖已然成了附属品。

——2014 年 7 月 19 日晨于西藏纳木错湖返回拉萨途中

二十

在纳木错神湖藏族群众拉着我骑牦牛合影，我沉默地逃离了。我怕那种开怀的大笑打破内在的宁静，我知道自己更需要来自灵魂深处的喜悦。于是再一次悄悄退出人群，远远地凝望这面被誉为镶嵌在西藏大地上的蓝宝石的神湖，用力睁大眼睛，就像那天我用力睁大眼睛直视莲花生大师的佛像一样，久久凝视，默默相望。想到一别之后即是海角天涯，我的眼睛湿润了，这面蓝色的湖水顷刻间化为泊在我心尖的一滴眼泪。我多想只有一颗心，一面湖，一个人的藏地，那将是怎样火热的心，怎样滚烫的泪呀？我多想能像藏族群众那样用数月时间以额抵地环湖一周，用我缩小的身躯亲自来丈量一下这片神奇的土地。

——2014 年 7 月 19 日于西藏纳木错湖返回拉萨途中

二十一

来西藏很多时间都耗在车上，很多学员耐不住寂寞，扎堆打牌，结果有几个学员到了拉萨就有了高原反应，只好打道回府。在西藏，每人都会体会到在海拔最高处，只要情绪激动，立刻就有缺氧的感觉。而我们每天快节奏的生活也是在不觉间消耗大量能量。明天又有几个学员要离开了，很快所有人都要离开了，和我一同返回北京的人寥寥无几。人生就是如此，有人上车，有人下车，能陪我们到终点的也许只有一个人，这个人也许只是你自己。

——2014 年 7 月 20 日于西藏拉萨

二十二

此次进藏我原本没想在任何景区买东西，因为我上当多次了。导游将车子停在西藏博物馆后，大家争相进入展厅选购天珠和绿松石。我走马观花地在陈列老天珠的展厅转悠，突然发现了一个造型怪异、非常与众不同的天珠，服务员说叫“金刚杵”，这个名字很陌生，但它看上去似乎有种不可抗拒的魔力，一向爽快的我毫不犹豫地刷了卡。下午到了拉萨卖天珠的一条街，我拿出天珠问店主，店主说他没见过这种天珠，但在博物馆买肯定贵了十倍。出于好奇心，我百度了金刚杵：“金刚杵是密宗诸尊手持的修道的法器，有降妖除魔的作用。千手观音的四十只手和莲花生大师的手中都持有金刚杵。”我轻轻地转动手中的这颗天珠，此时它在我的心目中已不仅仅是一件工艺品了。

——2014 年 7 月 21 日于西藏拉萨

二十三

西藏的大昭寺陈列的金身佛像估计至少几千尊，整个大殿游客摩肩接踵，你只要驻足片刻，立刻就会造成后面的拥堵，工作人员就要粗暴地命令你开路。不要说你在哪尊佛像面前叩拜了，这些几乎千人一面的佛像你根本没看清模样，就要被动地随着人流前行。说实话转了大半圈，我没看清几尊佛。由于人太多，我一阵窒息，又一次离开大部队，一个人斜倚在玻璃橱窗的一角。突然我用眼的余光发现了一尊似曾相识的佛像。这时后面的导游拿着大喇叭大声喊：“这尊佛像是印度高僧，是深受藏地百姓喜爱的、密宗的开山祖师、宁玛派的教主——莲花生大师。”我拨开人群，再一次在这尊以前并不熟悉的佛像前默默凝望。就是这尊佛像居然让我在巴松措湖一个无人问津的小庙里待了那么久，也就是这尊佛像，让我在西藏的同一尊佛像前驻足停留了两次。我真的看见了，不是用我的肉眼。

——2014 年 7 月 21 日于西藏拉萨

二十四

我不得不再一次百度了莲花生大师：“相传在某岛，有一朵被众神加持而开放的莲花，莲花的正中央惊现了一个八岁的孩童，手持金刚杵，这个孩童就是后来的莲花生大师，所以我们现在看到的莲花生大师的佛像都手持金刚杵。”我摸着自己手中的金刚杵造型的老天珠，看着这个故事，无法言说。我明白了什么是缘分。但我不会去传播关于宁玛派的思想，我更不会躲到雪域之巅修行，因为我还有太多的放不下，或者这才是我真正的缘分。

——2014 年 7 月 21 日于西藏拉萨

二十五

这次如果不是北大企业家研究中心主任、我合作课程十几年的伙伴张嘹原先生执意让我来藏地，整日被琐事缠绕的、自以为脑海可以联通宇宙的我，根本不知道何年何月会来此圣地。而且他给我选择了如此殊胜的日子——观音菩萨成道日出行。也许是天意，也许是缘分。如果诸位在我的悟道中收获了些许智慧的碎片，请您像我一样深深地俯首感谢他吧！

——2014 年 7 月 21 日于西藏拉萨

二十六

同样一件事物，每个人的感觉却迥然不同，很多时候，我们能否与外部世界的信息发生共振，取决于你先天所携带的与生俱来的信息源。在西藏，关于转世灵童的现象，可以很好地解释这种信息源的由来，只是对于很多人来讲，打死他都不会相信有轮回学说，相信也需要缘分。

——2014 年 7 月 21 日于西藏拉萨

二十七

对于有的人来说，旅游不过是三件事：坐车、爬楼梯、拍照。不过达到了两个目的：精神和肉体的双重折磨。如果没有通过旅游放下自我，臣服天地，那么旅游是毫无意义的。对于有的人，头脑可以联通宇宙，不出门能知天下事。

——2014 年 7 月 21 日于西藏拉萨

二十八

很多爱情小说让人陷入了感官的意乱情迷，无形中污染了人的心识。如果一部文学作品没有男欢女爱，就不能流芳百世。来拉萨，一路上我又哭又写，发现自己也可以像三毛那样写一部流浪记，这或许比研究哲学让我更有女人味，更动人，也更简单。之所以没有选择那条路，因为不喜欢娱人耳目的作品，更喜欢究竟智慧。

——2014 年 7 月 21 日于西藏拉萨

二十九

在布达拉宫脚下，有很多沿路乞讨的孩子，他们拽着游客的衣角要钱，你不给，他就跪下来求你，再不给，有的孩子还动手打你，引来很多游客的谩骂。我想，自己在上个世纪是否像这个孩子一样乞讨过？我的父母是否也在这里手摇经筒磕过等身长头？我的孩子是否也曾像这个孩子一样？究竟我的前世给她们带来了怎样的伤痛使我至今无力偿还？我慢慢放下脚步，给一个乞讨的孩子拍了两张照片，我想让这一幕永远留存在我的记忆中。并且我没给他一分钱，我故意给自己留下一份遗憾，让我的心永远和他在一起。

——2014 年 7 月 21 日于银川机场

三十

进藏几天来，我心潮澎湃，但与大家同行，不得不故作笑颜。今天在拉萨机场登上返京的飞机，透过机舱的窗户，最后一次凝望连绵起伏的雪山，一任自己泪如泉涌。我还是固执地认为脑海可以联通宇宙，也许真的不会再来了。不知道再来，究竟是回家？还是出家？但无论如何，都注定是彻头彻尾的疼痛。不想让这样的痛在海拔的最高处最缺氧的地带寻求精神解脱，我要双脚落地，在大地母亲的最低洼处寻找常人看不见的精神之花。再见，拉萨！再见，神圣的布达拉宫！

——2014 年 7 月 21 日于银川机场

三十一

前面的悟道都是在颠簸的车上写的，此时我沐手焚香端坐在屋子里，把最浓情的笔墨留给布达拉宫，只有这样才能对得住它那份桀骜不驯的尊严。布达拉宫是安放前辈达赖喇嘛的地方，除了六世达赖喇嘛仓央嘉措之外，其他达赖喇嘛的灵堂都安放在这里。很奇怪，来藏地几天都没有做梦，但在去布达拉宫的前夜我做了一个很殊胜的梦，大意是提示我要做个对社会有用的人，这个梦因为是在来布达拉宫的前夜所做，我越发感知到了神性的启示。

——2014 年 7 月 21 日夜于北京

三十二

历代达赖喇嘛的灵塔都安放在布达拉宫，他们用香油浸泡过的遗体就真真切切地躺在银佛塔里，听说遗体上放满各种各样的珠宝，没有人能估算出布达拉宫宝库的价值究竟有多大。我在阴暗狭窄的参观通道中不时看到身体单薄的藏族群众一点点地将随身携带的酥油往灵塔前的油碗中添加；有的藏族群众从宽大的藏袍中掏出皱巴巴的人民币放进一个个灵塔前的功德箱中；还有的藏族群众带着几岁的孩子教给他如何叩拜。这一幕使我充分感受到了藏族群众对神灵绝对的尊敬，在这种氛围下每个朝圣者都神情肃穆，满脸的虔诚和谦卑。

——2014 年 7 月 21 日夜于北京

三十三

进藏五天走马观花，草草写了三十几篇悟道，而且是在非常艰苦的情况下写出来的，一会儿手机没电、没信号，一会儿大脑缺氧，一会儿在景区转悠。但还是坚持在旅途中完稿，怕不及时抓住瞬间的灵性，灵感会稍纵即逝。由于此前没研究藏地的文化，所以只能草草成章。最后我最想说的是很多人去藏地寻找信仰，寻找自我，其实真正的自我不在远方，真正的信仰也无须隶属任何一个宗教，而是自己的灵魂深处有无一种贯穿身心的伟大精神为自己做永恒的庇佑。

——2014 年 7 月 21 日夜于北京

三十四

此行最大的遗憾，一是没提前研究藏地的文化，二是没磕长头，因为实在没有那样的机会。即使有，那么多人我一人去磕头，也似乎有些不妥。幸好我带上了自己的心，也许我用心拍摄下的这些细微的感动都是片面的局限的，也许这些感动本身就体现了一个小女人的劣根性，甚至这一切的一切，包括山河大地，连同我自己都是假象。但在那个圣地，我情愿放弃所有的理性，相信人间的一切美好会像灵山神水一样永驻心间。

——2014 年 7 月 22 日晨于北京

三十五

唯真情方可通神，唯真诚方可通达，仓央嘉措写道：“我转山转水转佛塔。不为修来世，只为途中与你相见。”

——2014 年 7 月 22 日晨于北京

相约色达

一

2017年8月8日的朋友圈被四川九寨沟地震的消息刷屏了，我原定计划8月9日到成都，然后从成都到甘孜参加一师父庙里的法会，据说高僧云集，盛况空前。此行还要参访世界著名的色达喇荣五明佛学院，一个我向往已久的地方。不料突然接到地震的消息，加上大女儿感冒发烧，险些取消行程，可是缘分就是这么奇妙，鬼使神差我还是如期而至，于9日晚顺利抵达成都。

——2017年8月9日晚于成都

二

清晨，在成都推开窗户，窗外鸟语花香，阳光明媚，与往日无异。我想起了刚刚受到地震劫难的九寨沟，多少人的美梦从此遗失在那个人间的天堂，多少人的灵魂从此不得不在那里安放，不过是转眼之间，却是物是人非。诚然灾难是令人恐惧的，但诺言的兑现也是如此美好。是的，我来了，只是为了兑现一个美丽的诺言，只是为了奔赴一场前世的约定，你我的相约。色达，我来了。

——2017 年 8 月 10 日晨于成都

三

昨晚在成都吃夜宵，席间友人们迫不及待地和师父谈经论道，谈到密宗双修的话题，师父笑而不答，我见到很多师父皆如此，懂得适时沉默。“知止有定”是很重要的修行，相反无论遇到什么话题，都夸夸其谈者反而令人感到恐惧。密宗双修的根本目的是为了断除淫欲心，超越“欲”与“不欲”的二元对立，证得空性智慧，并且到了一定层次的修行者，才能进行双修，所以双修不同于世间的男女之欲。我见到师父对这个话题保持沉默，觉察到了他的清净心，他的脑袋里没有太多“修”与“不修”，“欲”与“不欲”的概念。

——2017 年 8 月 10 日晨于成都

四

昨晚在成都睡得很香，西南方是我命里的吉位，与我的磁场很相应，或许这个方向与我的修行缘分甚深。马上要包车启程前往色达，出发前，我的脑海里浮现出一系列的景观：草原、花海、雪山、油菜花、云海晨雾……当然我最感兴趣的不是风景，而是大大小小的藏传佛教的寺庙，我知道自己是为朝圣而来的。

——2017 年 8 月 10 日晨于成都

五

上午十点，我们自驾一辆越野车，从成都驶往色达，我生来就对荒芜之地情有独钟，反而到了热闹繁华之地找不到北。记得小时候拍照时，偏偏喜欢挑选一些断壁残垣之处做背景，如今才知道这是为了邂逅不同的自己。色达，无疑是我此生必定要去的地方，在这个荒凉人稀的川西高原居然聚集如此之多的修行人，不能不说是奇迹。一路上我想到了自己结识的很多高僧都来自色达，他们此生只做一件事，就是修行，我有点羡慕他们以苦为乐的日子，信仰的力量真的是不可思议。

——2017 年 8 月 10 日上午于成都

六

色达喇荣寺五明佛学院属宁玛派，是由晋美彭措法王于1980 年创办的，在短短数年间从藏族聚居区一个山谷中迅速崛起，成为世界上最大的佛学院。去色达路上，我回想起自己认识的藏地师父都是宁玛派的，包括我去西藏很多宁玛派修行的道场，总是不由自主地潸然泪下，觉得因缘真的很神奇，这些亲身经历让我不得不对未知的世界有一种本能的敬畏。从宁玛派师父的口中，我早已了解到色达的圣景，那里有漫山遍野的红房子，还有常年在那里安营扎寨的修行人，我甚至多次咨询红房子的造价，如果每日能够在那里静坐观心，听课念经，或许是让灵魂苏醒最快的方式。

——2017 年 8 月 10 日上午于成都

七

离目的地还远，说说车里的同行人吧！有一部分是师父的信徒；有一部分是我感召的好友，他们对藏传佛教的概念很模糊，只是因我而来；还有一部分是专家教授，他们热衷于佛学、道学的研究。至于我自己信佛还是信道，是不是教徒，在我悟道中多次说过，对于这些概念我很模糊，况且概念性知识性经验性的东西很容易引起争议，而自性流露出来的东西是无可辩驳的，因为后者你知道的是你自己，前者你知道的是世界。

——2017 年 8 月 10 日中午于峨眉山

八

在车上睡了一路，睁开眼睛已经过了天全县，驾车的是位藏族小伙子，他不时用藏语大声接打电话，并把车里音响声音放得很大，我的耳畔响着嘹亮的藏族民歌，思绪飘到了远方，翻过弯曲的山路，前方就是康定，我想象八月最美的康定风光，想到一位康巴汉子，他出生在我的家乡，这一诗意的想象使我的表情瞬间生动起来，从惊鸿一瞥到细水长流，需要经过多少生世的修行，才能“择一城终老，遇一人白首。挽一帘幽梦，许一世倾城”。

——2017 年 8 月 10 日于成都天全县

九

我们的越野车继续在 318 国道上向康定的方向行驶，路况比想象中拥堵，穿梭在各种货车、轿车、大巴车中间，不时有些心惊肉跳，我倒有些怀念那个以马为主要交通工具的岁月，那年那月，多少人在这条茶马古道上露宿荒野？有多少生命在这里疲惫倒地？我怀想到祖先们曾在这条茶马古道上所经历过的狂风暴雨，不由自主地打了个冷战。此刻，车子行驶到雅安，窗外下起细雨，今晚住在康定，我会不会赶上一场倾盆大雨？会不会一个人在草原的暴雨中久久伫立？“妈，今晚我住在康定，孩子昨天发烧了，自己留在家里。”

——2017 年 8 月 10 日下午于雅安

十

车子行驶到二郎山隧道，离康定还有 50 公里的路程，终于见到传说中的云海了，都说云海仿佛是人间仙境，丝毫不夸张，同行友人对我说：“你这个神仙姐姐到云海了。”不觉间人也开始飘飘欲仙，仿佛与尘世间再也没有什么牵挂。雨也越下越大，透过车窗玻璃，前方的视线越来越模糊，车轮也不时打滑，不得不换了一个更有经验的藏族司机驾驶。

——2017 年 8 月 10 日于二郎山隧道

十一

夜里 9 点多才到了康定，康定的夜景出乎我们的意料，四处灯火辉煌，游人如织，全然没有旅途中见到的荒凉。我们住在一家充满藏族风情风格的酒店，进入酒店大厅，我便仔细品味墙上悬挂的唐卡，桌子上热气腾腾的奶茶，随处可见的哈达，还有具有藏族风格的精致的木雕家具，一种回家的感觉油然而生，仿佛是一个迟到的归人般在酒店大厅默默伫立，想到藏地的几个许久没联系的师父，连忙打电话向他们报告我的行踪，听到他们的声音后，我旅途的疲惫顷刻间消失得无影无踪。

——2017 年 8 月 10 日晚于四川康定

十二

在康定县城仅仅停留一夜，第二天清早，我们就匆匆上路了，清晨的康定，有一种深秋的凉意。前面就是雪山，我们都穿上防寒衣，甘孜州的师父来电叮嘱我穿羽绒服，担心我会着凉。在康定城的马路上，看不到转着经筒的阿妈，身披袈裟的喇嘛，背着行囊的游客倒是络绎不绝，由于藏族群众有着发红发黑特有的肤色，所以你在马路上很容易辨认他们。从车窗外回望一眼幽谷中的康定城，雪山顶上缭绕着薄薄的雾气，婉约而清秀，尽管这里没有那么多的仿古建筑，没有刻意雕琢出来的城市文化标签，但多少人对这里魂牵梦绕，将灵魂栖息于此地，这是自然的恩赐。车子在盘山公路上飞驰，将康定城远远地甩在身后，车上的友人忍不住唱起了不朽的康定情歌：“跑马溜溜的山上，一朵溜溜的云哟……”暂时我还没有任何高原反应，走走看吧！

——2017 年 8 月 11 日上午于四川康定

十三

前往甘孜州路上，我看到路边有一处年久失修的破败不堪的希望小学，不自觉地深深叹了口气，友人觉察到了我的心事，说：“你的压力慢慢会越来越大，因为你会看到太多需要帮助的人。”我开始在车里发动大家捐赠藏地希望小学，车里的河南籍朋友说，他的家乡也很穷，先到那里去扶贫，我说：“不行，我爱藏地，这里有我的师父，这是我的家。”或许是时候了。

——2017 年 8 月 11 日上午于四川康定

十四

为了缓解高原反应，在海拔 5000 多米的天路上，很多车辆停下休息，顺便拍照。我刚打开车门，遇到一身穿黄色袈裟的陌生法师与我打招呼，见他法相颇庄严，友人们都跑上前与他合影。短暂相聚，又决然分离，见与不见，你都在那里，在通往解脱的道路上，朝圣者终究会在同一个目的地再次相聚，再次携手。修行者的灵魂生世都是紧密相连的，无论你身处何方，无论你暂时与世俗的事物发生何种关联。

——2017 年 8 月 11 日上午于四川康定

十五

汽车在蜿蜒的山路上一路前行，马路边有很多放养的牦牛，显然它们是这片神秘土地上真正的主人，路的两旁开满了格桑花，我们忍不住下车拍了几张人物特写。再有两小时就到甘孜县城，有个师父住在那里，临出门时，我特意戴上他送的一串明代活佛用的绿松石佛珠，我已珍藏多年，从不轻易戴出来。此刻，坐在颠簸的车上，我透过前方的蓝天白云，眺望甘孜县城的方向，像一个虔诚的信徒般手捻佛珠，回想着我和师父近二十年的缘分，仿佛师父就在眼前。突然师父给我打来视频电话，说要冒雨骑摩托车到县城接我，我看到他眼神中关切的略带欣喜的神情，我的眼睛湿润了，连忙挂上电话，平静地对车里的友人说："今晚住在甘孜，我带你们去觐见一位师父。"一日为师，终身为父。这里是我的家，这里开满了格桑花……

——2017 年 8 月 11 日于四川甘孜

十六

离甘孜越来越近，我开始变得沉默寡言了，并毫不客气地制止了友人的大声笑闹，平时我就比较反感过于吵闹的人，我真的有点怕吵。沉默地想起一座城，不想喋喋不休地去描绘一座城市。一个人，往往因为一座城，让人与人之间的沟通没有裂缝。一座城，也往往因为一个人，而让你备感温馨。有人说，找老公的标准就看你和谁在一起感觉舒服而自然，谁就是最适合你的最终的缘分。但我生来就和修行人在一起感觉最舒服，也许是磁场的同频共振的原理吧？这对于一个没有脱离人间烟火的女人而言，是不是一种宿命的悲哀呢？

——2017 年 8 月 11 日于四川甘孜

十七

在那里，你可以无拘无束随心所欲，那个充满温馨的地方被称为家。昨晚我们一行三人住在甘孜县城上师的家里，进屋后师父对我说：“这是一个可以让你自由自在的地方。”师父的房子是两层小院，二楼是客厅，客厅中间是桌子，桌子上放满了准备好的青稞酒、酥油茶、手抓羊肉和各种小吃，屋子的陈设和所有藏族群众家里的一样，让我们感受到了浓厚的藏族风情和虔诚的宗教信仰。唯一不同的是，师父的墙上挂了很多他不同时期修行的照片，还有一张据说是他前世的照片，打量一番之后，大家都觉得非常像，是神似。再有师父的佛堂也很有特色，大大小小的佛像不计其数，体现了他对不同宗教文化的包容性，在佛堂诵经念佛是他每日的必修课。简单参观他的老宅后，其他两位好友和师父围坐一起谈经论道，我则脱掉鞋子，躺在客厅的床榻上打起呼噜。一觉醒来已是凌晨四点，看了一眼墙上发黄的老照片，恍惚间仿佛回到了小时候我奶奶的家里，那是一个可以让我自由自在的地方，一个可以让我的心灵陷入极度宁静的寓所，永恒的故园。

——2017 年 8 月 12 日于四川甘孜

十八

原定计划在甘孜师父家里逗留一夜，第二天如期去新龙县另一个师父庙里开法会，但甘孜的师父执意挽留我，要带我去见甘孜几个知名的高僧大德，去看我最喜欢的老天珠。我有点犹豫了，差点改变行程。吃早点时，店里的掌柜又如数家珍地向我描绘，甘孜的寺庙哪些可以消业障，哪些可以许愿，哪个是文成公主建造的，从他的口气中，能感受到他对自己宗教信仰的笃信。在清晨甘孜的大街上，随处可见转着经筒的藏族同胞，身披袈裟的喇嘛，他们节衣缩食，但家家都定期跑到寺庙里给佛像贴金，供酥油灯，这真是一片神奇的土地。

——2017 年 8 月 12 日于四川新龙县

十九

今天我们数辆越野车翻山越岭抵达甘孜州新龙县阿刚寺，降错上师用最隆重的仪式迎接我们，在距寺庙五公里远的山路两边，上百位信众挥舞手中的哈达在向我们挥手，当我们推开车门时，第一时间把哈达挂在每个人的脖子上。上师的寺庙坐落在僻静的山坡上，阿刚寺是一座有着七八百年历史的藏传佛教寺庙，由于年久失修，加之僧徒越来越多，无法正常运转，上师用七八年时间筹集几千万元复建了这座古寺庙。来参加法会的信众都相继将善款放进功德箱，或许有人认为这不过是圈钱的套路，但我更相信缘分，如果不是缘分，不敢想象我能历尽艰辛跑到这个无人问津的小山谷。有一天，当所有的人一路欢歌散去了，我必将独自返航。

——2017 年 8 月 12 日下午于四川新龙县

二十

进藏族聚居区几天来，没有出现明显的高原反应，但今天在攀登阿刚寺的山坡时，出现了头晕气短的症状，一个人斜靠在山坡上大口喘气，迎面走来一位年轻英俊的喇嘛，我随口问：“你为何出家？”他说：“为何大家都会这么问我？”接着对我说：“因为价值观不同，比如我的根本上师，就是你认识的那位师父，他非常有慈悲心。”对于慈悲与智慧的追逐与向往，足以彻底改变一个人的价值观。

——2017 年 8 月 12 日傍晚于四川炉霍县

二十一

昨晚在甘孜州的炉霍县，我醉酒了，我喜欢自己喝到微醺的感觉，毕竟一个女人喝得烂醉如泥是令人生厌的，通常过于疲劳和多愁善感时，我会把酒独酌，但昨晚不是我一个人豪饮。今天要前往色达了，一个让我无数次百度过的地方，那里有天葬台和数不清的僧人。甘孜、康定、雪山、草原……太多风景没来得及欣赏，太多牵挂的人未曾谋面，太多的缘分尚未了断，太多心里话无法说出口。但我想瑶瑶、慧慧了，我和她们的关系就像龙头与龙尾般，牵一发而动全身，所以我不敢有邪念，因为我知道，我不是我，我活在世间，却完全不属于这个世界，所以时刻要“善护念”。甘孜、康定、雪山、草原……今天我不得不离开，这里不是我的家乡，我的家乡还有我的亲爹亲妈，我的家乡盛产无花果，此刻正是无花果成熟的季节，果实挤挤挨挨，煞是诱人。

——2017 年 8 月 13 日晨于四川炉霍县

二十二

我为何会有情绪？即使行走在朝圣的路上。与大部队同行，本身就是一种修炼，时刻都有你意想不到的状况出现，一会儿有人生病，一会儿有人掉队，一会儿有人企图改变既定行程，一会儿有人对诸多问题牢骚满腹……所以对于人群的存在，我向来是有恐惧感的。此行很多人要随我同往，都被我婉言相拒，担心气场不同引发不必要的矛盾，即便如此，即便与自己的知交出行，旅途中的突发事件也很多。觉察情绪的关键不是忍让，而是我看到我生气了，当我不断看到我自己生气了，情绪对本体不再是扰乱，而是我看到我在游戏人间，于是情绪开始变得好玩儿，因为情绪不是你，思想也不是你，用大我时刻观照小我的狡猾，一切都将变得好玩儿，所以一路上，我不断告诉自己，不要想，尤其不要胡思乱想，想别人的不是。与大部队同行是一种修炼，但我还是那么渴望，渴望有一日，只有一颗心，只有一种情绪，只有一个方向，只有一种思想，只有一个人，只有一片完全属于自己的寂寞的藏地。

——2017 年 8 月 13 日晨于四川炉霍县

二十三

今早离开炉霍县，从炉霍县到色达的路上，走了好长一段时间崎岖的山路，刚行驶到柏油马路上，我掏出手机继续写悟道。一小时就到色达了，我想起一个人，他在五明佛学院，我很平静地想他，佛不喜欢太浓烈的情感，感性和理性都不是佛性，因此修炼思维方式很重要，一个出家人进入禅定的状态后，他的感性和理性都会荡然无存，此时，你去测试他的脑电，就会发现他的思维与常人不在一个振动频率，想到这里，我想此次去色达那个道场会不会改变自己思维的振频？难道朝圣是带有目的性的吗？如果这样，真的太小我了，这就是我们常常不快乐的原因。我还是什么都不想吧！却忍不住想起一个人，他在色达高原的阳光下，知道此刻，有人很平静地想起他。

——2017 年 8 月 13 日上午于四川甘孜巴各寨

二十四

出门旅行，带上一个喋喋不休的旅伴是最糟糕的，如果他牢骚满腹，就更惨！尤其在清净的藏地，很多风景需要用心触摸，很多人需要用心感受。今早从炉霍县一家酒店出来，我们四处打听去色达的车，遇到一位好心的藏族老大爷，他跑到很远的地方叫来一辆专车，好友拿出 20 元小费感谢他，他怎么也不肯收下，在去色达的路上，女友提到这一幕温馨的情景，我想到海子的诗歌："活在这珍贵的人间……"

——2017 年 8 月 13 日中午于四川色达县

二十五

关于到庙里布施这件事，并不是富贵人的专利，没有慈悲心恭敬心，捐出多少善款都于事无补，那天从阿刚寺出来，大家都在询问彼此捐了多少钱，甚至有人认为看我的面子才来捐款，为此还引发了一阵小的口舌，实在让我无语。但我离开阿刚寺，上师下山送我的时候，认真地看着我的眼睛问：“刚才法会时你祈祷和祝福了没有？否则等于白跑一趟。”师父关心的是我，我们关心的是钱。因此平时你觉察一个人的念头，就能觉察他灵魂的层级。

——2017 年 8 月 13 日中午于四川色达县

二十六

一路艰辛，终于到了此行最重要的目的地色达喇荣五明佛学院，到了佛学院的山脚下，因为山上正在修路，所有车辆一律禁止通行，已经筋疲力尽的手无缚鸡之力的我瞅一眼手里重重的行李箱，望一望看不到边的山顶，有种想哭的冲动，不！是真的眼睛湿润了。我很庆幸没带女儿出来，看来女儿比我聪明，否则连续三日在海拔三四千米的高原上马不停蹄地翻山越岭，身体一定吃不消。即使前方是黑暗，也要点燃蜡烛，没有退路，只有前行。于是我们拖着笨重的行李箱，一步一步向山顶攀登，我感觉自己几乎是挪到山顶的，看来苦行僧的角色不是想象中那么浪漫。到了山顶，由于体力严重透支，我开始出现明显的高原反应，头晕恶心发烧，除了不流鼻涕外，与重感冒的症状很类似。到了山顶，女友开始找酒店，跑了两个多小时也没找到酒店，色达果然很火，据说每天的人流量高达四五万人次。此时，我那么盼望能美美地睡一觉，但每次接到女友电话听到的都是不好的消息，我有点绝望地坐在山路边一个水果摊旁边，把头软软地趴在行李箱上，继续等待女友的消息，自己则连说话的气力也没有。

——2017 年 8 月 13 日下午于四川色达县

二十七

等女友找到酒店已经是三个小时之后，我在色达喇荣五明佛学院半山坡的水果摊旁边整整坐了三个小时，严重的高原反应让我顾不得紫外线的伤害了，我命里缺火，晒太阳对我很有好处，我这样安慰自己。就这样，我一个人静静地坐在那里看风景，远处是数不清的依山而建的红房子，极其壮观，令人震撼。近处来来往往的路人不断在我面前穿梭，有的是行色匆匆的过客，有的是身披红色袈裟长期在此安营扎寨的修行人，由于高原的阳光热烈，几乎每个人的头上都戴了一顶或黄色或红色的遮阳帽，原本我以为是为了区分红教和黄教，后来才知道没有这个意思，只是个人喜好而已。我想到有一个女友来色达后，回京剃度了，在这样的氛围熏染下，你很容易理解她的选择，色达的僧人的确太多了。没有找到酒店之前，女友见我实在撑不住了，建议我回到县城，说："不就是红房子和僧人吗？已经看到就了却心愿了，还有啥可看的，可以回去了。"我说："不行，今晚我一定要住在色达的山上。"如果不是我的坚持，今天就要下山了。

——2017 年 8 月 13 日下午于四川色达县

二十八

女友费了九牛二虎之力才找到酒店，已经累得虚脱了，我看她怀抱两个氧气枕头远远向我走来。新问题出现了，我连半步都挪不动了，刚巧有一辆摩托车迎面向我们驶来，女友拦下骑摩托车的藏族小伙子，向他描述了我的状况，请求他驮着我去酒店，小伙子看了一眼有气无力的表情呆滞的我，爽快地答应了，并拒绝了我的小费，他说："放心吧！能帮你的，一定会帮你。"水果摊的老板见我即将离开，连忙跑上来神秘兮兮地告诉我，身体的反应因为业力的显现，此地正是我超度冤亲债主的圣地，赶紧啊！我轻轻地闭上眼睛，眼前浮现一些人，一些事，想到戒律的问题，我曾绞尽脑汁地研究戒律与成佛的关系，但当你置身这样一个红色的佛国，曾经的知识和经验瞬间变得一文不值，我不由自主地做了一个合掌的动作，我知道什么力量让我留下来了，又是什么力量会暗示我何时离去。此刻，我站在灯火通明的色达山上，眺望远处满天的星空，是谁手持心灯缓缓向我走来？我将随时等待灵魂的昭示。

——2017 年 8 月 13 日夜于四川色达县

二十九

这一系列悟道是在色达喇荣五明佛学院山上的宾馆完成的，确切地说是在病床上完成的。边走边写，既可以修心，也可以健身，去完成一场说走就走的灵魂之旅，听上去很浪漫，过程中却无比艰辛，高原的手机信号不好，山路也极其陡峭，用手机写东西有很大障碍，所以这一路的文字都是在大家停车拍照，吃饭时，或睡前和清早，用我零散的时间完成的，旅途中写东西是我的习惯，离开那情，那景，那独特的山水风光和风土人情，我的灵感便荡然无存。再有，回京后诸事繁多，很难抽空写这些心情短文，大都是围着女儿转，和所有家庭主妇一样，柴米油盐酱醋茶。

——2017 年 8 月 13 日夜于四川色达县

三十

来了不如不来，也有人这样形容色达之旅，但我还是希望你在有生之年，能够来一次色达！尽管这里有着恶劣的路况，严重的高原反应，强烈的紫外线，但这里是人间最后一方净土，在这离天堂最近的地方，在数千间赭红色的木头房子中间，你会窥见自己灵魂的颜色，你会明白永恒是什么。在这里，我想到上个月去参观澳门赌场，在人声鼎沸、私欲膨胀的环境中，你的灵魂只有堕落，而这里则完全不同，你能感觉自己在慢慢上升，轻轻飘飘，身体慢慢变得没有丝毫重量。来吧！你与色达有个约定，我就在这里，我在色达等你，等你共赴一场千年的盟约，你我的约定，我就在色达等你！

——2017 年 8 月 13 日夜于四川色达县

三十一

清晨的色达，佛光笼罩的金顶，光将万物在这里汇流成河，在光的照耀下，你在这里无须刻意觉悟什么，只需要回归自己生命应有的位置，因为世俗琐碎的事物，早已使你彻底偏离了轨道。而此刻迎着光，你的内在又有了新的成长，在那股红色洪流的簇拥下，向着光的方向一路前行。

——2017 年 8 月 14 日晨于四川色达县

三十二

清早在色达，我的高原反应还是很严重，吃不下一点早餐，但兴致很高，因为今天要去觐见喇荣五明佛学院的副院长，世界著名的大堪布丹增活佛，我向路人打听其住处，听说至少要走半小时山路才能到达目的地，我又傻眼了，心慌气短的症状瞬间加重，于是站在山路边四处张望，期待有过路车辆出现。突然一辆小汽车在我身边来了个急刹车，我抬眼一看，驾车的是位身披红色袈裟的年轻小伙子，我一边道谢，一边打开车门坐在副驾驶的位子，一路上开始向他了解佛学院的情况，他今年只有 33 岁，但在这里学习了 18 年佛法，他说修行人修的就是苦。他还介绍说，色达的山上原来有上万常住信徒，后来政府为了改造环境，有意减少了僧人的数量，加强了对红房子的治理。很快我们到了丹增活佛的住处，驾车的僧人留给我一个电话号码，让我出来后联系他，再把我送回目的地。感谢缘分，如果不是这个年轻的僧人帮忙，此次我就会与丹增活佛失之交臂，因为他每天只在中午 12：00 的时间才接待来访者。

——2017 年 8 月 14 日中午于四川色达县

三十三

色达喇荣五明佛学院副院长，著名的大堪布丹增嘉措活佛是龙钦巴尊者的化身，因为他广博的学识，无上的慈悲心，以及在世界佛教界的地位，每日前来请他加持的信众不计其数，大家都说：“来五明佛学院不去觐见丹增活佛等于没来。”还有人说：“你只要见到他本人，他自性流露出来的慈悲和喜悦，会让你所有的烦恼顷刻间化为乌有。”我走进他的房间，只见房间屋顶四周摆放了转经筒，他端坐在佛榻上，表情平静而安详，佛榻周围摆放了信众送来的请求他开光的佛像和法器。他整个人看上去既平易近人，又高山仰止。他见我有高原反应的症状，让身边的弟子找来三粒治疗高山反应的藏药，随后给我摸顶加持，又问我需不需要一个法名？万般随缘，我恭敬地伸出双手将活佛给我的法名收下，心想：“这是不是皈依了？”记得二十几岁在泰山道观，道长也给我做了一场盛大的收徒仪式，后来在京遇到很多上师，他们都给我发皈依证，我是谁的弟子？道还是佛？我想这个不重要，皈依意味着以戒为师，以善为本。但我承认我偶尔还喝酒，我还很重感情，这都是修行的魔障。此时，在红色的圣地，在庄严慈悲的活佛面前，我生发了忏悔心，色达喇荣五明佛学院是不是我修行的转折点？我敢不敢在这里发一个宏愿？我问自己。听说丹增活佛非常有功德心，他将所有信众给他捐赠的金银财宝都做了慈善事业，数年来，被他救助的老弱病残者不计其数，所以在喇荣五明佛学院，你只要提到他的名字，每个人都知道他是真正的大成就者，都对他佩服得五体投地。

——2017 年 8 月 14 日下午于四川色达县

三十四

即将离开喇荣五明佛学院，一位师父匆忙跑到停车场，给我送来加持过的转经筒和藏香，另一位师父则亲自驱车 20 里把我们送到色达县，越发让我觉得不虚此行，学到太多东西了，回去一定说给女儿听，我默默地想。常年在色达喇荣五明佛学院的山上修行，需要极大的勇气和决心，首先是高原的严寒和缺氧的自然环境，一般人都会望而却步，另外这里除了诊所、商店、经堂、佛学院、坛城、红房子、宾馆、饭店之外，没有任何可以休闲和娱乐的场所，是一处绝对清净的修行之地，在这里你是很容易持守戒律的，因为环境的影响。那么多人能坚持在这里修行，因为他们坚定不移的信仰，因为他们的出离心，因为他们要永断轮回之苦，所以他们昼夜只做一件事情：听课、念经、转经筒、打坐，即从闻思起修……

——2017 年 8 月 14 日夜于四川色达县

三十五

车子到了色达县，看到沿路的饭馆，我有一点食欲了，由于高原反应，一天一夜没吃东西了，严重时我都怀疑自己能否活着回去，如果这次直接到色达，就不会搞得如此狼狈不堪，因为来色达前，已经走了三天恶劣的山路，可谓马不停蹄，当所有人第四天到了色达，住在海拔 4400 米的酒店，身体都出现明显不适。色达县离康定还有七八个小时的路程，从康定飞成都，然后才能转机北京。此刻，我住在色达县城，不敢想瑶瑶、慧慧了，山高路远，插翅难飞。这几天我断绝了与外界的一切联系，唯有与孩子保持24小时热线，有妈的孩子是块宝。

——2017年8月14日夜于四川色达县

三十六

色达喇荣五明佛学院的僧人们真是太苦了，他们经年累月住在最简陋的木头房子里，吃着粗茶淡饭，穿着清一色的袈裟，忍受着高原最恶劣的自然环境，完全脱离世俗世界。而都市里的现代人有的整日花天酒地，纸醉金迷，彻底被物欲的洪流淹没，那些人真该到这里看一看，走一走，或许瞬间就可以让其觉醒，瞬间就可以改变其价值观，面对此情此景，我们可以做点什么？或许是时候了，真的是时候了。至少我们可以引领一种生活方式，穿粗布衣服，骑自行车上班，用二手家电，与清风明月为伴，让生命向内生长，向上攀登。

——2017年8月14日夜于四川色达县

三十七

有人说，色达的僧人也有很多骗子。你为何要这样想问题？这是你的头脑，你需要觉醒的是自己的心灵。在这个世界上，最容易被原谅的错误就是轻信，在相信的那一刻，你的心灵是完全接纳与敞开的，因此宇宙中爱和喜悦的能量可以任由你抓取。可当你是封闭的，你规避了坏的事物，同时也失去了很多美好事物的觉受，这完全取决于你习惯用脑袋思考问题，还是习惯用敏感的心灵去细细觉受周围的一切。习惯用脑袋思考，无非想证明你比别人更聪明，而事实往往正好相反。

——2017 年 8 月 15 日晨于四川色达县

三十八

天葬台是色达最后一站，结束色达之旅，今天和友人前往康定机场，路上我对友人发了很大的脾气，我知道好与坏都不是实有的，包括我的情绪也不是实有的，这一切都是业力的显形，所以我接纳自己的愤怒和情绪，我从不标榜自己是好的修行人，恰恰相反，我敢于承认自己其实就是个混蛋。我的慧根告诉我，这方红色的净土可以消除我的业障，因为累世因缘的作用，严重高原反应时我怀疑自己不会再来，但今天我在去康定机场的路上，我看到路边大片大片不知名的野花，依然芬芳而惊艳地等待在我必经的路旁，我肯定地告诉自己，我一定会回来，我知道有人会对我说：“你走，我不会送你，你来，大风大雨我都要去接你。”想到那句话：“为何我的眼里常含泪水？因为我对这片土地爱得深沉。”非常能诠释我此刻的心情。

——2017 年 8 月 16 日下午于四川康定机场匆匆

三十九

登上康定到成都的飞机，我看了一下手里的登机牌“23c”，这是我出生的日子，是天意还是巧合？这是否寓意着生命的重建？所有念皆虚妄，我问自己怎么才能什么都不想？如果肆无忌惮去想，我有太多的喜怒哀乐，我有太多割舍不下的人，好吧！让自己什么都不想……顿时我的大脑一片空白，空白中出现了很多藏地城市的大标语："打好脱贫攻坚战""争当脱贫第一县""爱党爱国，建设美丽的新藏族聚居区"……我的鼻子有些酸楚，一任自己泪如泉涌，这里不是我的家乡，但我确信这片土地不止一生一世生养过我，否则为何会激起我如此强烈的灵魂震撼？命运让我此世轮回成一个女人，目的是让我用女人特有的敏感和细腻深深地觉受每一个当下，觉受当下每一刻最真实的临在，我真切地觉受到自己曾在这里来过，包括我微不足道的拙笔，我脱口而出的演讲天赋，我确信自己这些小小的才能，都与这片曾生养过我的土地有关，都是这片土地赋予我的使命，所以我回来了，不管我是否愿意。

啊！我的爸妈，我的瑶瑶、慧慧，我的色达……

——2017 年 8 月 17 日于成都

六祖慧能故里之行

一

广东新兴县的夏卢村是六祖慧能的出生地，相传六祖出生那天也是释迦牟尼佛的出家日。到了广东新兴县的第一站，我前来参谒六祖的故居。刚到故居门前，就迎来了兜售香火的村民，对于各种宗教仪式，我都有着本能的敬畏之情，仪式也是宗教情感的外在化表现，于是我买了一些祭拜的香火，在村民的引领下开始礼佛，村民们在行法的过程中遵循严格的规范与仪式，足以看出夏卢村村民对于六祖慧能的恭敬虔诚之心，如同对待自己的在世父母。在他们庄严仪式的感召下，我的心瞬间由凡入圣，在各个角落里对着佛像虔诚祭拜，最后在故居外将手中的纸箔于香炉中付之一炬，以示对六祖的恭敬之情。临别时，夏卢村村民没有忙着招揽其他顾客，而是在故居门前频频向我挥手告别，口中念念有词："愿六祖护佑您全家平安！"我反复追忆这个画面，感叹村民的本性并未受到世俗的熏染，相传夏卢村中有一口古井常年不枯，被称为"仙人奶"，寓意深远。

二

第二天，我们来到了六祖寺，在六祖寺了解到一组数据：这里每月举办的禅修班只招收200个学员，但每期报名人数都超过上千人，目前全国有40多家寺庙有类似的禅修班，每月有近万学员参加禅修，但市场的需求量远远大于这个数字。说明一个什么问题？当前我们弘扬传统文化缺的不是学员，缺的是真正明心见性的祖师，后者才是真正的核心竞争力。

三

此行原本带着一个任务过来，昨天与六祖寺大愿住持交流思路时，他当头一棒泼了冷水，我意识到思路没有抓住魂魄，而是在末梢上做了文章。如果让文化从根部生长，那么开花结果只是一个自然过程。比如当前有关六祖慧能的影视剧作品多达三十几个版本，但为何真正有影响力的作品寥寥无几？根本原因就是禅文化并未真正深入人心，并未形成我们固化的生活方式与行为习惯，此行又引发一个新的思考：如何将禅文化落地成一种生活方式？如何再造我们禅文化的魂魄？如何让禅文化像瑜伽馆那样变成我们的文化标签？只有这样，才能研发出来与禅文化有关的系列产品创设，包括优秀的影视剧作品。

四

为何我们需要禅文化？对出家的僧人而言，他需要的是最终的解脱法门。对于普通信众来说，他需要开启智慧，去除烦恼。所谓信，是信仰自己的佛性，不是相信心外有神。六祖说：“即心即佛，自悟自度，顿悟成佛。”我们谈文化自信，首先是破除封建迷信思想，不要谈佛色变。毛主席最喜欢的两本书：一本是《六祖坛经》，一本是《道德经》，他说广东出了两个最重要的人物，一是孙中山，二是六祖慧能。

五

通过寺庙文化也可以体现一个地区的经济实力，比如六祖慧能故里的所有寺庙都免收门票，对此我感到很欣喜，务实精神也是广东人的优点之一，但作为禅文化的圣地，务虚精神必不可少，我认为很多国学机构都应该到此圣地广泛开展各种自悟自度的相关活动，让“直指人心，见性成佛”的禅文化的魅力广泛征服社会。

六

文化对人的熏染来自潜移默化的力量，在六祖寺我见到一个僧人，他给我讲的不是经典，但他说了很多与智慧有关的关键词：“提升学员频率”“内在生发”“认识心性”等，这与他长期研读《六祖坛经》，长期在六祖故地接受这个信息场的加持有关。

七

说话做事喜欢转弯抹角的人，很难爱上六祖，或者说他的本性很难与六祖的智慧相应。直指人心的智慧没有拐弯抹角，无论语言行为，都是自生自发，因此他的智慧是由内向外生长的。比如昨天的僧人说话直来直去，但抓住了问题的本质，抓住事物的本质，才能找到问题的解决方案，如此看来，拐弯抹角的成本是最高的。

八

很多人爱六祖，爱的是他“卖柴夫”的身份，这样的一个劈柴的行童，竟能领悟佛法精髓成为禅宗六祖，也正是这样一个“见性成佛”的成就者，推动了佛教的中国化平民化，并且禅宗思想对于后世的宋明理学，宋元道教都产生了深远影响，因此慧能与孔子、老子被欧洲称为“东方三圣”。此次六祖故里考察行之前，我特意看了一部电影《六祖慧能传》，并查阅了相关资料，总体感觉是落入俗套的宣传居多，创新性的文章较少，因此在六祖寺我与大愿住持交流了关于“再造禅文化”“再造中国文化”的相关思路，我觉得台湾地区的僧人做得很好，他们说法妙趣横生，不落俗套，直指人心，充分体现了禅宗思想超越理论思维的独特魅力。

九

新兴县六祖镇的藏佛坑因收藏六祖真身而闻名遐迩，到了藏佛坑，这里的天然环境得天独厚，是一个天然大氧吧，绵延四公里多的坑道周围四处都是奇花异草，原始植被，我和女友们忙着摆出各种姿势拍照，在这里并未感受太多禅文化的气息，只觉得这是一处修炼的圣地，关于很多飞升的神话故事，如果你身处藏佛坑，就丝毫不会怀疑它的真实性，因为这是一处名副其实的藏佛之坑。

十

在六祖故里，所有寺庙都免收门票，唯独在国恩寺，我们每人花了50元钱，是为了祭拜在此供奉的距今2550年历史的七颗佛舍利子，这七颗佛舍利子是公元2006年在报恩寺西侧出土的，相传是六祖从五祖处接法之“衣钵袈裟信物”中的信物，我久久地将目光定格在舍利子前，进一步深刻理解了“凡所有相皆是虚妄”这句禅理。走出国恩寺的最后一道大门，只见大门上方赫然写着“解脱”二字，犹如五雷轰顶，很多人穷尽毕生的精力正是为了寻求这个生命的终极目标，很多人不远千里前来拜谒六祖，也正是为了去妄存真明心见性，当下获得心灵的解脱。国恩寺不愧为中国禅宗的发源地，在这里仿佛可以听到当年六祖在此弘法的圣音。离开国恩寺时我对女友说：“看到这两个字，我当下顿悟禅机，真是不虚此行，这是一个高潮。”

十一

我最爱的两个人就是老子和慧能，我爱的是自己本然心和与生俱来的智慧。六祖的“顿教法门”中的一个“顿”字，当下破除了多少人的“我法二执”？当下破除了多少人对于佛法的封建迷信思想？当下破除了多少烦琐仪式与长久坐禅？并且给了所有人一个明确的内在方向：行住坐卧皆是禅。这个顿悟无修的大自在境界是通达禅道的最高境界，所以禅道文化是中华传统文化最重要的组成部分，我们弘扬国学，离开了这些最本根的学问，难以有立足之地。

十二

佛道是不分家的，有的信徒排斥异己，一方面说明了自己对本教的笃信与热爱，另一方面又呈现了自己的分别之心，而老子与佛陀的思想旨在去掉人的分别之心，让人回归本性，在目的与方向上完全一致。比如六祖的“心性论”认为：佛性即人性，心性的特点即清净、空寂、自化，而心性也可化生万物，这与老子的道生万物的理论不谋而合。因此佛道思想揭示的是宇宙真相，目的是引导我们回归本性，开发心灵的潜能，获得心灵的终极解脱。相传慧能圆寂那天，一道华光升天而起，肉身不翼而飞，这与藏传佛教的虹身现象以及道家的羽化成仙的现象何其相似？至于慧能是佛家还是道家，这都不是关键问题，尤其对于信徒而言，去掉对于宗教信仰的分别之心极其重要。

十三

《六祖坛经》是六祖慧能弘法数十年，弟子法海辑录其法语而成，充分体现了禅宗“不立文字，直指人心”的思想精髓。

再看我们的专家教授耗尽心神被知识囚禁，终其一生不得解脱，不能任运自心，让般若智慧自然呈现，若认识自己的本性，一悟即入佛地。我认为最应该读懂《六祖坛经》的是专家、教授这个群体，因为开悟之后，学到的不再是知识，而是增长了自己的大慈大悲，大智大慧。

十四

在国恩寺的大雄宝殿两旁供奉有两尊护法罗汉，分别是慧能的弟子法海和神会，当年有人企图烧毁《六祖坛经》，让慧能的思想灭绝于世，是这两位护法神纵身跳入火海，用身体保住了经书。今天我们所得到的一切智慧，都是建立在无数死去的人劳动的基础之上，可我们往往丧失了求道的虔诚之心，总是轻易地向别人索求道，而道是可贵的，可贵之处在于唯有内在的精诚方可通达。

十五

对于任何一种思想而言，有人信仰就有人反对，比如有人认为禅宗理论遁入顽空之道，过度夸大了心性的力量，也有人认为顿悟成佛的理论纯属子虚乌有。我认为选择一种信仰也要看缘分，对它有没有感觉，这种感觉到不到位，只有自己的本心知道，至于文字上的辩论没有意义，唯真情方可通道，唯精诚方可通达。

十六

在肇庆去往九江的路上，我想到此刻六祖慧能正离我越来越远，我下意识地把手放在自己的胸口，很怕不小心将心神留在了六祖故里，这并不是六祖想要的结果，他要我们彻底打破对“佛”的偶像崇拜，彻底从打坐念经的牢笼中挣脱出来，反观内心，自性自度。他的出现无疑为中国佛教史带来了一场革命，他敢于返烦琐为简易，返神话为现实，返伟大为平凡，与其说这是中国佛教史上的一场革命，不如说他敢于革自己的命，与其说我们要学习《六祖坛经》，不如说我们要学会如何认识自己的本心。

十七

六祖慧能最著名的思想就是他的“心性论”“顿悟论”“修行多元论”，从他的思想中我们可以看出，他对传统的佛教文化有自己独到的见解，即他拥有创造性思维能力，任何一个领域都离不开这种能力，也可以说创造性思维就是佛性的呈现，只有见到空寂清净的本性，才能照见万物。我们的心好比一面镜子，如果镜子上布满灰尘，就难以见到光明，所以修道是修心，不修心而去修神通，非真修也，因此六祖甚至敢于“呵佛骂祖”，是因为他拥有了最本根的智慧。

十八

六祖讲了那么多打破传统佛教的理论，体现了他的勇敢和承担精神，这种勇敢与承担正是他内在大慈大悲、大智大慧的外现，他打破传统无非为了服务于一个目标：道法自然，看看吧！我又扯上老子了，所有的文化都要回归生命本身。无打破就无变革，不遵循道法自然的规律，生命就不得大自在，这是最基本问题，高级问题才是灵魂的解脱。有人说修行首先看他的脸上是否有喜乐，其次看他的定慧之功，能够做到拥有生命的喜乐自在，然后有定有慧，至少证明他敢于打破传统，敢于放下与承担。

十九

当年六祖一闻经语，心即开悟，执意去黄梅东山寺向五祖求法，但遭到家人的阻挠，于是六祖在一块巨石前日夜叩拜，49天后天空电闪雷鸣，一声巨响将巨石劈成两半，家人感到天意不可违，便答应了六祖的请求，至今这块巨石仍然陈列在新兴县的别母亭，香火从未间断。有人从石头中看到了孝道，有人从石头中看到了求道者的虔诚，也有人从石头中认识了自性的本来面目：勇猛精进，坚如磐石。

二十

明早就要从佛山去广州了，此行有一个遗憾，没能去南华寺瞻仰六祖千年的不坏真身。也许这是天意，有种声音告诉我，他并未真的死去，并警示我不要追随一切有形的存在，只有慈悲与智慧才能永世轮回，外在的一切终究要荒芜。我宁愿相信神的启示，启示我将注意力从闪光的雕像前回归自己内在的光芒。因此我接纳这个不是遗憾的遗憾，没有离别，一切刚刚开始，仿佛听到神对我说：“走吧，一切刚刚开始……”

道家生命智慧

反者道之动

世人求强大，老子求柔弱；世人求聪明，老子求糊涂；世人求富贵，老子求俭朴。修行人追求的东西和世人相反，得到的结果也和世人相反。

“反者道之动”是指矛盾对立的双方不是静止不动的，而是总是向相反的方向转化，向弱势的一方倾斜。《道德经》中用八十多对相对的事物阐明了老子的这一辩证思想，比如：“曲则全，洼则盈。”“少则得，多则惑。”“天下至柔驰骋天下至坚。”老子的目的是用这些辩证思想升华人类的认知，让人能够“知雄守雌”“以柔克刚”，他认为走向强大就意味着走向衰亡，这是事物的运动变化规律所决定的，所以老子主张“无中生有”，要守“虚”不守“实”。

“反者道之动”的道理告诉我们，不但要从有形的一面看问题，更需要关注的是无形的一面。老子说：“天下万物生于有，有生于无。”这个理论和佛家的“缘起性空”的理论是一致的，佛家认为我们肉眼看到的一切都是阿赖耶识投射出来的幻象，换言之，是一个不真实的世界。唐代的贤首法师讲经时特意造了一个八角亭，上面装满了镜子，人走进去后会看到很多自己的影子，而忽视了站在亭子中间最真实的自己。人迷失的原因就是他走向了自己的影子，而看不到真实的存在。圣人对事物之所以有着较高的认知水平，是因为看到了肉眼之外的更为真实的世界，不但能够看到实有的一面，而且总是能从事物的对立面去看问题。

五色令人目盲

“五色令人目盲”出自《道德经》第十二章，原文是：“五色令人目盲；五音令人耳聋；五味令人口爽；驰骋畋猎，令人心发狂；难得之货，令人行妨。是以圣人为腹不为目，故去彼取此。”其中五色、五音、五味代表的都是人的感官追求，意思是人如果不把感官需要控制在合理范围内就容易发狂，所以圣人心不外驰，而是注意守住自己阴性的一面。

著名哲学家叔本华认为，人的每个感官都需要满足，一个满足结束了又会衍生新的需要，人生的痛苦就是徘徊在“痛苦、欲望、满足、再痛苦”的怪圈中。老子的理论无疑比叔本华的更有深度，这与老子的宇宙观有关系，老子最终求的是道，他认为走向道就要走向人的灵性，而走向感官，则会阻碍自己与道合一。

道家思想认为过度的感官追求会迷失人的本性。商代有一个叫师涓的乐师，他专门收集、整理乐曲，并能奏出一手动听的乐曲。一次，残暴的纣王把师涓抓来，要师涓专门为他演奏。可师涓奏出的乐曲都不合纣王的口味，纣王威胁要杀死他。他冥思苦想，创造出一种名叫“靡靡之乐，北里之舞”的歌舞来应付纣王。纣王听了很高兴，免师涓一死。从此，纣王整天陶醉在这种“靡靡之乐”的歌舞中，不用心去治理国家，不久被周武王打败了。

中国历史上还有一个很重要的亡国之君就是南唐后主李煜，他对皇后情有独钟，双宿双飞，游戏人间，怠慢了政务。李煜的《浣溪沙》将这种醉生梦死的生活描写得极其生动：“红日已高三丈透，金炉次第添香兽，红锦地衣随步皱。佳人舞点金钗溜，酒恶时拈花蕊嗅，别殿遥闻箫鼓奏。”他时常沉醉于儿女私情中不能自拔，直到沦为俘虏才如梦初醒。

“五色、五音、五味”这些感官享受看上去是好东西，实际上却可以透支自己的生命，导致人类的灾难，所以圣人负阴抱阳，让自己守住朴素的一面。

现代人聚在一起论道者寥寥无几，大家谈论最多的是比较现实的话题，甚至连小学生们都在讨论谁家里最有钱，谁父母的官最大，谁身上穿的名牌最贵。这些思维方式是根深蒂固的，已经影响了宇宙的集体潜意识，使人类深陷其中不自知。要想改变思维方式，就要学习圣人的智慧。道家主张：“清心寡欲。”孔子说：“视而不见，听而不闻，食而不知其味。”圣人们主张关闭肉眼，打开心眼，不让肉眼局限人的视听，用自己的心眼联通宇宙。

复归于婴儿

婴儿分不清钻石和石头的区别，分不清好人和坏人的区别，也分不清平房和豪宅的区别。老子这样形容婴儿的状态：他终日啼哭，嗓子却始终不会嘶哑。也就是这样一个婴儿的生命状态，千百年来却受到无数圣者的赞颂，耶稣说："想进入天国，请靠近一个孩子。"英国浪漫主义诗人华兹华斯说："孩子是成人之父。"就连尼采这样的超级狂人也说：人类精神所要经历的三种境界："骆驼，狮子，婴儿。"当今时代，我们也常用"赤子之心"形容最高的理想人格。那么老子为何提出复归于婴儿呢？复归于婴儿的现实意义又是什么？我总结出以下几点：

1. 有利于本性的回归。世上再也没有比本性的迷失更为深重的危机了，我们去观察一个婴儿的状态：没有分别心，没有自我意识，但却拥有一片未凿的天真，这份天真也是每人与生俱来的天心。而在我们成长的过程中，我们的文化，我们的教育，我们的社会却无情地摧毁了婴儿所拥有的一切特质，继而让我们从天真走向成熟。这个过程也是我们从整体走向分裂的过程，我们因此变得聪明、狡猾、野心勃勃，为此付出的代价是失去了自己的淳朴之心，也因此失去了通往神明的必由之路。

2. 有利于去掉分别心。有个故事说：一个修行人的师父去世后，他号啕大哭，终日郁郁寡欢，众人大惑不解，因为这个修行人比他师父威望高，道行深。于是有人问："你不是天天告诫我们要有平常心，看破生死，为何你深陷其中？"这位修行人说："别问了，就让我好好痛哭一场吧！"当一个人佛性越大，魔性也越大，如同将自己的门敞开，朋友来了，敌人也尾随而至。记得著名词作家叶宝林先生有两句诗："佛魔本是孪生体，天堂地狱共此心。"所谓的高低、好坏都是我们脱离整体后的分别心臆造出来的。复归于婴儿，在整体的世界，超越一切相对，便有了一颗看淡万物的平常心。

3. 有利于超越生死。天地间除了生死事大，其余的都是小事了。古人为了长生不老，吃药，炼丹，服气等，可谓绞尽脑汁，但终究难逃死亡的结局。人类的很多行为，从潜意识层面去分析也是为了延续自己的生命，比如：生儿子，著书立说，用自己的名字建筑基业，获取社会荣誉等，但最终所有形体都会化为无形。老子看到生命的局限和无奈，于是提出："死而不亡者寿。"是说人不在了，神还在。他的理论依据是："归根曰静，静曰复命。"如果人回到自己的本根，就可以像万物一样生生不息。归根的方法就是向婴儿学习，像婴儿般将自己的先天祖气与宇宙的滂沛元气合一，生命就可以生生不息，所以老子崇尚婴儿的柔弱，他认为柔弱象征新生。

4. 有利于升华自己的认知。我们都知道思想是因，行动是果。我们所得到的一切，都是因为曾经在思想上种下一颗种子，条件成熟后，种子就会生根发芽。所以圣人教化众生都是从思想上升华人类的认知。比如当人离开婴儿的状态，都发现钻石和石头不一样，于是都去争夺钻石，结果就产生争斗。老子看到这种现状就用辩证思维引领众人："福祸相依，高下相倾，音声相和。""金屋藏娇，不可长保。"有得必有失。老子为了引领人类认知的升华，进一步阐述人的外在与内在的关系，人生最宝贵的难道是外物吗？结论是"贵以身为天下，爱以身为天下"，就是最宝贵的是人身，而人身最宝贵的是人的灵性，是未经污染的天真本性。于是我们知道了人生最宝贵的不是外在的宠辱得失，而是如婴儿般的那一片未凿的天真。所以行动时，我们不妨问问自己："我是在追随自己的本心，还是背道而驰？"

5. 有利于创造力的发挥。前几天，我看到著名画家黄永玉先生为自己90岁生日所创作的几幅书画作品，当时感觉到大师的共性就是童心未泯，灵气十足。那些作品看上去未经雕琢，出自本心，源自天籁，不觉间让人开怀，题跋中歪歪扭扭的文字，不但没有影响其作品的美感，反而有了一种不拘一格、浑然天成的洒脱之气。

知我者希

讲《道德经》时，我常说："世人求成功的多，求道的少。求物质的多，求精神的少。可我偏偏讲的是道，一个很多人不需要的东西，一个常人看不见摸不着的东西，一个老子眼中最宝贵的东西。那么为何老子的人生观和常人迥然不同呢？……"老子说："知我者希，则我者贵。"意思是了解我的人很少，跟随我的人就更难遇到了。

这首先是关系到一个人的信仰问题。今年暑假我去西藏，得知藏族群众笃信佛教，很多人都把家中所有的珠宝捐到寺庙，而不会留给自己的孩子，他们认为那样会让孩子产生惰性，不思进取。当我看到很多衣衫褴褛的藏族群众以额抵地绕着大昭寺磕着等身长头之时，我想到诗人海子的一句诗："今夜九十九座雪山高过天空，令我彻夜难眠。"

一个人的信仰会决定他行为的方式。老子信仰的是道，他认为道比生命中的其他拥有更重要。我最初接触他的理论时，发现老子的理论揭示的是宇宙实相，能够从根本上拯救人的心性，于是边研究边推广，不知不觉走过了十几个年头。

考虑到市场需求，我也曾想放弃对于老子文化的研究，而转向一些大众更需要的、当前更热门的课题。但一个人见过了高山，就知道什么是平原。见过了大海，就知道什么是小溪。深入老子的智慧后，再去看那些符合流俗的文化，感觉味同嚼蜡。我索性一不做二不休，婉言谢绝了很多家机构的邀约，用很长一段时间，几乎足不出户潜心专注于《道德经》的研究。

在研究老子的过程中，它的思想潜移默化地对我的世界观、人生观，尤其对我的身心产生了极大的影响。经常与我互动的群友中不乏一些成功人士，他们的实践经验让我在道学文化的应用问题上得到了很大的启示。因为研究道学，我失去了很多赚钱的机会，但得到的东西却是金钱无法比拟的，有些东西只有亲历才会懂得，语言往往是苍白无力的。

我不禁想到老子的话："知我者希，则我者贵。"知道我的人太少了，如果多了，如何体现道的尊贵呢？老子说："圣人被褐怀玉。"圣人表面看起来很朴素，怀里却抱着美玉。我想老子指的这块美玉就是圣人看到了与常人完全不同的精神境界，这个境界往往是常人难以理解的。常人只有觉悟之后才能理解圣人的境界，因为觉悟的人少，所以明道的人自然很稀少了。

想当年，有谁能理解子期死，伯牙终生不复鼓瑟的知音之情？相识的人很多，相知者能有几个？

老子的无为智慧

无为是老子最重要的思想之一，并且无为也是被世人误解最多的思想。很多人认为无为是无所作为，其实老子的本意是顺应事物的发展规律，不妄为，不刻意为之，无为才能无所不为。与无为相对的是有为，老子说的有为是说要避免有意识的争贪。

为何老子深深地反对有为？第一，有为阻碍了天人合一。老子认为在宇宙的原初地带，天人本来是合一的，后来由于人的有为造成了天人的分裂。第二，有为阻碍了人类潜能的开发。老子认为："域中有四大：天大，地大，王大，道大，人居其一焉。"也就是说老子认为道是宇宙最大的能量，人的能量再大，也无法与道抗衡。科学研究表明大多数人的潜能开发了不到百分之三。阿基米德的故事非常有名，他苦思冥想也无法完成皇帝交给自己的任务，最后他决定放弃之后，一个人在浴室洗澡，无意中顿悟了著名的阿基米德定律。这样的案例太多了，许多伟大的发明都是在无意识状态下创造出来的。第三，有为阻碍了人与人之间的和谐。有为的背后必然有一个强大的自我，也可以称之为虚假的自我。虚假的自我必然要用虚假的面孔、虚假的梦想、虚假的外在来支撑假我的存活，为了使假我拥有一席之地，就必须通过有为的争贪来满足假我的需要。值得注意的是假我的需要永远也不会满足，只会造成自己内在新的冲突。所以有为不但导致了自己内在的冲突，也导致了人际关系的冲突，影响了世界的和谐。以上谈到的是有为所造成的三大阻碍，这三大阻碍影响了身心的健康，影响了创造力的发挥，也是导致天人不合一的主要原因。

那么如何做到无为？

第一，放下。前面讲过的阿基米德的故事很有说服力，如果他一味地陷入苦思冥想中，结果适得其反。老子说："反者道之动也。”也就是说道的运动规律总是向相反的方向发展，往往越是执着越不能如愿。生命就是这样，自我越小，道的能量就越大，如果一个人企图心太强，便会阻碍更大能量的发挥。

第二，顺应本性。老子说：“大道甚夷，民好径。”是说大道是平坦的，而人却喜欢走捷径。这是世人关注短期利益的取巧心理在作怪。而老子强调大器晚成，大器晚成就要顺其自然，顺应人与万物的自然，不刻意追求世俗的名利。比如现在的大学生在选择自己专业之时，有多少人是顺应自己梦想而不考虑外在因素？比如当今的企业家，在参与竞争的过程中，有多少是顺应自己的使命感的原动力，而不是陷入有意的争贪？我坚信每人来到世上都有着与生俱来的伟大使命，只是很多人没有听从自己内心的声音，而被野心勃勃的头脑驾驭了，因而导致失败。当我们顺应本性，去掉野心勃勃的头脑，反而能使自己发挥更大的被隐藏的力量。无为无不为，这就是道法自然的不可思议的完美境界。

第三，无心而为。前面讲到无为要顺应自己和万物的本性，但只有去掉一切有心而为，才能顺应万物的本性，因为很多的有心而为，都是来自私欲的蒙蔽，结果我们在前进的道路上越走越远，却忘了自己当初是如何上路的。

老子所处的时代是晚周纷乱的天下，贵族骄奢淫逸，法令繁如牛毛，百姓民不聊生，在这样的历史背景下，老子提出无为而治的思想，是为了告诫人们不妄为，不做违反自然规律的事。当今之世物欲横流，没有比自我的迷失更为严重的危机了。只有回归真实的源头，顺道而行，才能创造一个全新的自我。

贵以身为天下

“贵以身为天下”出自《道德经》第十三章，上面还有一句：“宠辱若惊，贵大患若身。”这句话好解释，意思是我们太在意外在的得失，因为我们有一个身体，如果身体不存在了，那还会在意外在的宠辱吗？老子说：“贵以身为天下，若可寄于天下”，意思是放下自己的身子为天下服务的人，才能把天下托付给他。主要讲的是圣人无我无心，奉献天下的精神境界。

老子主张让我们放下身。因为身体是欲望的载体，如果不升华自己的精神境界，那么人与动物就没有区别。人与动物最大的区别是人有思想，有精神境界，有创造力，既然生而为人，就要走向自己的灵性，而不是肉身。

另外要放下心。不放下执着心，就无法回归真心。所以老子让我们放下所有的“善与不善”“美与不美”“爱与不爱”的分别心，目的是回归自己的真心。

关于“贵身”的思想，老子所说的牺牲自己奉献天下，绝不是让世人无视生命的存在。相反，老子特别重视“重生贵养”的思想，我认为他提出的“贵身”的思想，还有另一层意思就是能够珍视生命的人，才有资格去治理天下。不能珍视自己的生命存在的价值，必然也会无视他人生命存在的价值，这样的人如何治理天下呢？

春秋战国时，齐国得到宰相管仲的治理，以至能国富民强称霸于诸侯。其临终时告诫齐桓公道：“求主公今后不要重用易牙、竖刁、常之巫等人，最好让他们远离您身边。”齐桓公说：“这我就不懂了，易牙连自己的孩子都肯煮了给我吃，竖刁为了在我身边侍奉，宁可自阉当太监，而常之巫有测生死祸福的能力，可以帮助我逢凶化吉，至于公子启方多年追随我，连父亲病故都不肯离开我去奔丧，这些人如此忠心耿耿，何用提防呢?”管仲叹气道:“主公可细想:一个人连自己的亲骨肉都不爱怜，都肯杀死，难道他不会杀主公吗?一个人连自己的身体都肯残害，难道他不会去残害公主您吗?所以，求主公看在国家社稷分上，三思而行!”

最终齐桓公不听劝告，还是把易牙等人找了回来。第二年，齐桓公卧病在床，易牙等人便大肆活动，放出谣言，说齐桓公已不久于人世。然后封锁宫廷与外界的联系，不准任何人给齐桓公送吃的东西，齐桓公临终悲叹道:“都怪我没听管仲的话啊!”

老子和庄子都认为:“重生者则轻利，重利者则轻生。”轻生的人必然追逐名利，弃身而殉物。这种自身且不能安保的人，怎么能治理天下呢?老庄的贵身思想会给我们带来很重要的启示。

上德不德

中国人讲五福:“福、禄、寿、喜、财。”要想得到这五福，离不开一个最重要的条件:德行。但老子却是一个求道者。他说:“上德不德，是以有德。下德不失德，是以无德。”他认为德是道的外现，合于大道的人自然有德，不必刻意追求道德。简单讲他认为的“上德”是顺其自然无心而为的道德，而“下德”是顺其自然有心而为的道德。我的理解是，他提倡的道德标准是内心的道德，而不是世俗的道德标准。如哲学家尼采说的："世上有两种东西最宝贵，一是头顶上的星空，二是内心的道德律。"

中国人讲"官德、商德、艺德、师德、酒德、言德"等，"德"是为人处世的基本准则。但老子认为表面的道德和内心的道德大相径庭。比如我们从小就被要求做一个"有道德的人"，以"获奖""立功"为荣耀，于是我们有了很多关于美德的准则，为了捞取"道德楷模"的光环，我们的行为常常符合美德的标准，却背离了人性，这被老子称为背道而驰的表面的道德，其实是自己的贪性在作怪。

日常生活中，我们常遇到做了好事不留姓名的人，这种人行善的动机是不求回报。我们经常看到救人英雄被采访时，当记者问道："您当初跳水前是怎么想的？"回答通常是："我什么也没想就跳下去了。"这就对了，"什么都没想"就是源自自己本性的冲动，就是老子说的"上德"，是顺其自然无心而为的道德。

有无相生

很多人认为，玄之又玄的幽冥大道，看不见摸不着，且毫无现实意义，但正是大道的虚空，才创生了这个大千世界，包括芸芸众生。正是"空"，所以"容"；正是"无"，才生"有"。

老子曰："三十辐共一毂，当其无，有车之用。埏埴以为器，当其无，有器之用。凿户牖以为室，当其无，有室之用。故有之以为利，无之以为用。”三十根辐条凑到一个车毂上，正因为中间是空的，所以才有车的作用。糅合黏土做成器具，正因为中间是空的，所以才有器具的作用。凿了门窗盖成一个房子，正因为中间是空的，才有房子的作用。因此“有”带给人们便利，“无”才是最大的作用。

关于“有无相生”的理论在中国传统艺术中体现得尤为明显。中国画讲究“留白”，着墨部分重要，空白的部分更重要，目的就是把最多的想象空间留给观众，这种以虚写实的表现手法是中国画中不可或缺的元素。比如清代八大山人的作品，将“空白”发展到极致，被称为“泪点多，墨点少”。他画的小鸡，大片空白的画面中，唯有一只小鸡可怜兮兮地仰望横阔无边的茫茫天宇，孤独地存在于空无的世界中，自由自在。八大山人的空白已是“空无”之境，所谓“空无”不是一无所有，而是包容一切。

我曾为著名的美术评论家、画家陈履生先生写过一篇文章《陈履生印象》，其中谈到他画的梅花的留白的艺术，看似寥寥数笔的背后却是精心的剪裁取舍。“无”看上去什么也没有，但其中却蕴藏着无限的可能性。中国的诗歌艺术也很注重“无”的艺术，从事诗歌创作的人都知道，太直白就不是诗歌，诗歌也必须像绘画一样善于留白。我曾写过一首诗《看海》:“我踏着海浪看海，海的尽头是天，天的尽头万里无云，空荡荡一片。我想从清晨站到黄昏，站成永恒，自始至终的沉默，不代表我什么也没有看见。”不代表我什么也没看见，恰恰证明我看见了很多。李调元提出“文章妙处，俱在虚空”，刘熙载认为，“律诗之妙，全在无字处”，王夫之评论盛唐诗歌，“墨气所射，四表无穷，无字处皆其意”。总之，在中国古代文艺理论家眼中，“空白”是“无象”中的“有象”，“无形”中的“有形”，“空白”中包孕着艺术美的极致。

虚心实腹

老子“虚心实腹”的理论在很多人看来都认为是“愚民理论”，有人曲解为：“让老百姓吃饱肚子，弱化斗志，就不会当反动派了，就会被当权者随心所欲操控。”其实“虚心实腹”是讲身体内在的运动规律。所谓“虚”，是指我们肉眼看不见的东西，阴性的物质，精神的一面。所谓“腹”，是指人的先天之本。我们常说“气沉丹田”就是指心要虚，肾要实。中医讲“心肾相交”，心与肾的关系密不可分，有一种中成药就叫“健脑补肾丸”。相反，如果人的心气太强，造成头重脚轻则无法归根。因为“肾藏志”，心气太强会伤肾，耗散自己的元气。过度强化人的自我意志，很难保证其可持续发展。所以道家主张：“弱其志，强其骨。”

现代社会很多人都处在“头重脚轻”的本末倒置的状态，因为欲望使然。每个起心动念都在盗取自己先天的精华，耗散自己的心气，久而久之，让身体长期处于透支的状态，就导致了疾病。比如心里有件放不下的事，这件纠结的事无形中就会消耗自己的能量，何时放下，何时就会轻松，“虚心”的重要性就在于此。

理解了“虚心实腹”的理论，我们就很容易理解东方文化的出发点了，比如老子的“无为”“顺其自然”“少私寡欲”“致虚守静”；庄子的“坐忘”“心斋”；佛家的“放下”“平常心”“守心”等理论不但有利于修身养性，而且有利于调整自己身心的平衡。

老子说：“不见可欲使心不乱”“驰骋畋猎令人心发狂。”我们的心首先要学会“死”，我说的“死”不是真的死，而是关闭一个能量通道，打开另外一个更重要的能量通道，即把心放下来，让能量进入自己的下丹田。比如一个人站桩时，他往往会进入一个无我无欲的清静无为的状态，这个人死了吗？没有！只是他的心死了。这时他进入了最佳的生命状态：气沉丹田，唾液满溢，精足血旺，掌心通红。这时任何人激惹他，他也不会动怒，他的心不在那里，在自己的肚子里，想发脾气都困难。试想一个人经常处于这种状态，疾病怎么会找到他呢？道家讲：“心虚神来合，腹实命不枯。”

心除了会死之外，还要会活。任何事物都有两面性，一走极端就出问题。很多人读书多了，修炼久了，还不如什么也不知道。有人天天思考问题，导致身心极为不平衡。任何事物一旦过度，就会反向运动，就像维生素吃多了，体内有利的免疫细胞也被杀死。

“虚心”的关键是心会死，还要会活。这样既能从静态的一面看问题，又能从动态的一面看问题。即使修得再好，也不可能天天心如死灰，心时刻都在随着环境的变化而变化。欲望起来，该接受就接受，该放下就放下。只有在这个动静结合、死活交替的过程中修行，才可能真正做到“虚其心”。

“实腹”的意思就很简单了，就是气沉丹田。但“虚心”是“实腹”的前提，“实腹”又可以升华“虚心”的境界，所以没有心无杂念的基础，很难气沉丹田。没有气沉丹田的实修，很难升华心灵的境界，二者的关系是相辅相成的。

现代社会竞争激烈，人人既想要健康又要有欲望，所以心既要活又要死，每天都让自己处在动态的自我平衡之中，才能“实其腹”。只有这样，才能保证自己先天之元气不被天地盗取，并给自己补充人体所需的能量。

自知者明

老子说“知人者智，自知者明”，是说认识别人是聪明，认识自己是智慧。也可以这样说，前者是人的后天意识，后者来自先天智慧。人最难的是认识自己，人类最大的敌人就是自己。古希腊神庙的金顶上也刻着一句话：“认识自己是人类最高的智慧。”

叔本华是悲观主义哲学，他认为人有很多器官，每个器官都有自己的需要，当需要满足后又产生新的需要，所以人的需要永远不会满足。他认为当某种需要被暂时满足后，会有一时的幸福感，但这种新幸福感会转瞬即逝，人便陷入痛苦和无聊之中，直到新欲望被重新满足，痛苦和无聊才会消失。因此他认为人的生命就像钟摆一样，在痛苦和无聊之间左右摇摆。生活中这种人的确存在，由于他仅仅停留在自己感官欲望的世界，那么他就会陷入叔本华说的“欲望—满足—痛苦—欲望”的怪圈。但还有另一种人，他已经超越了这种怪圈，我们再看看另外几个大师的理论。

弗洛伊德把人的意识分为三个层次：“自我、本我、超我”，他认为自我是人的本能欲望，本我是人的理智，超我是人宗教信仰层面的自我约束。比如本我是一匹野马，自我是骑士，超我则是握住缰绳的手。超我可以随时随地驾驭本我的欲望，让人由欲乐上升到较高的精神境界。这个理论显然比叔本华的理论更深一层。

还有一个理论，是众所周知的马斯洛的需求层级论，他认为人有五种需要：生理需要，生存需要，安全需要，社会尊重需要，自我实现需要。只有当低级需要满足后，人类才能达到高级需要。其中有个关键问题，什么时候才算满足？对于某些人，他永远活在低级需要中，永远不会满足。还有的人则安贫乐道，能够很快超越物质的匮乏，进入较高层级的需要中。显然处于低级需要中的人，他需要提升灵魂层级。

通过上述先哲的理论，我们可以得出一个结论：人不但有肉体，也有灵魂。或者说，人与人的肉体几乎没有差别，真正决定人与人差别的是人的灵魂。我们把人分为身、心、灵三个部分，所谓认识自己，首先是认识人身这三个部分的组成。究竟是往肉体的方向走，还是往本性的方向走？如果走向肉身，就走向了贪嗔痴慢疑，吃喝嫖赌抽，甚至坑蒙拐骗偷。如果回归本性，就走向了觉醒之旅，不但能重新认识自己，还能创造一个全新的自己。

老子说："天得一以清，地得一以宁，神得一以灵，谷得一以盈，万物得一以生，侯王得一为天下正。"是说只要得到"一"，就会天清地宁，这个"一"，就是发现自己，认识自己，回归自己最真实的中心。

在最真实的中心，每个人的最原始地带，我们的心灵都是清净无染的，但在社会化的熏习中，我们的心被贪嗔痴慢疑所蒙蔽。透过向内的回归，为自己点亮一盏智慧的心灯，就会化解内在冲突，重新认识自己。之所以老子说认识自己是最高的智慧，是因为认识自己需要觉悟，而认识别人，只需要头脑的聪明。

死而不亡者寿

很多人都害怕死亡，尤其是暮年的老人。记得我姥姥晚年躺在医院的病床上，看到临床的死者被抬出病房，她惊恐地张大嘴巴转过身，紧紧闭上眼睛。那时我还年幼，对于死亡并无太多概念，反而责怪她大惊小怪。直到她撒手人寰，我才第一次体会到生命的无常和脆弱。从那时起，我就像所有人一样，对于死亡有种本能的恐惧。

老子说“死而不亡者寿”，老子认为人形体没有了，神却在，死并不可怕，只不过是换了一个新的躯体而已。

庄子的《养生主》中有个故事说，老子死了，他的朋友秦失去吊唁，哭了三声就出来了，老子的弟子怪他居丧不哀。他说人原本从自然中来，最终回到自然中去，死的只是人的形体，但人的精神还在，有什么好难受的？所以庄子说：“指穷于为薪，火传也，不知其尽也。”

老庄思想认为生死是一样的，所谓生死不过是气之聚散。气聚则生，气散则死。而佛教徒对于轮回之说更是深信不疑，因此他们能够平静地面对死亡。

十四世纪大圆满大师隆钦巴最后的遗言《纯净之光》中说：

“我对于死亡的喜悦，远远大于商家在海上大发利市的喜悦，或终神吹嘘沙场凯旋的喜悦，或圣人深入禅定的喜悦。因此，犹如一位在时间来到时就踏上征途的旅人，我将不再留在这个世间，我将安住于无死的极乐堡垒中。”

空中妙有

《奥义书》中有一段孩子和父亲的对话：

孩子说：“父亲教我一些知识吧！”

父亲说：“好吧，孩子，去拿一个无花果来。”

孩子说：“拿来了，给你！”

父亲说：“把无花果切开。”

孩子说：“好的！”

父亲问：“你看到了什么？”

孩子说：“是些很小、很小的颗粒。”

父亲说：“将其中的一个颗粒切开。”

孩子说：“切开了。”

父亲问：“你看到了什么？”

孩子说：“里面什么也没有。”

接着父亲说，那里有最精妙本质性的东西，但你看不到的，可果树正是从这最精妙的本质性的东西中生成的。亲爱的孩子，你应该相信，那是最精妙的本质，那是世界的自我，那是永恒的真，孩子问：“为什么我自己感觉不到呢？”于是父亲为孩子做了另一个实验，他对孩子说：“孩子，将这块盐放到一杯水中，到明天早上来看看是什么情形吧！”

第二天早上，孩子看到杯子里什么也没有。

父亲看到后说："你尝尝水的味道。"

孩子说："咸的。"

父亲接着说："你尝尝杯子中间的水，是什么味道？"

孩子说："咸的。"

父亲再问："你尝尝杯子底部的水，是什么味道？"

孩子说："咸的。"

父亲说："把水倒掉，然后回来。"

孩子把水倒掉，发现那块盐虽然不见了，杯子依然是咸的，证明盐一直存在着。这时，父亲告诉孩子说，同样道理，人虽然看不见本真的自我，但实际上本真的自我一直存在着。那是最精妙的本质，那是世界的自我，那是永恒的真，那就是你自己呀。或许你从来没有感受到他的存在，但他没有一刻曾经离开过你的生命。

道是看不见摸不着的，它却是宇宙的本原，是人和万事万物生生不息的源泉。比如春夏秋冬，潮起潮落，昆虫草木，这些都是可以看到的现象界的万事万物，背后却有潜在的神秘力量支配表面的运动，这种潜在的看不见的力量就是道。把道比作大海，个体生命可以叫作云、雾、冰、雨、雪等名称，也可叫作江、湖、小溪、池塘等名称。但任何一个单独的状态都不可能是永存的，太阳出来，雨水不存在了。冰化成水，冰就不存在了。河里的水蒸发后，河水不存在了。最终都要魂归大海，只有整体是永恒的存在。

种子的空你看不到，但如果没有它，就没有果实的芬芳；海水中的盐你看不到，但每朵浪花都是咸的味道；你骨骼中的钙你看不到，但它却是你成长中不可忽视的生命根本。空不是什么都没有，而是指事物的多变性、可变性，正因为如此，生命才有了创造和容纳的可能，才有了回旋的余地。老子说：“圣人不积。”是教导我们遵循自然大道，守住自己内在最广大的空，“有”便会随之而来。

道学与艺术

一

美学家李泽厚提出审美的三个境界：“感觉、知觉、精神”，这三个层面的审美都超越了头脑的理性。当人受制于自己的头脑时，是很难发现心灵本真的。艺术的最大魅力就在于，可以瞬间超越人的理性思维而进入直觉思维，进入玄之又玄的体验之中。这个由脑袋进入心灵的过程，就是道家提出后天思维返先天本性的过程。

二

八大山人的画被称为：泪点多，墨点少。正因如此，画面背后无尽的悲怆令人动容。令人触动的不是他画出来的东西，而是他没有画出来的东西。在诗朗诵中，停顿是最重要的艺术，令人触动的不是他说出来的话，而是他没有说出来的话。老子说：“大象无形，大音希声，大巧若拙，大辩若讷。”在各种艺术形式中，将最多的想象空间留给受众，写虚不写实，已经成了中国传统艺术最重要的表现形式了。

三

道家文化认为无创生了宇宙万物,《道德经》中有两个最重要的字:“道”和“德”。我们评判一件艺术品优劣的最重要的标准,不仅是肉眼可以看到的线条、笔法、色彩、构图等有形的表现,还有更重要的肉眼看不到的“道”和“德”,也就是作者的心性是否合于道性,包括其人修为、思想境界、文化修养、生活经历、胸怀气度等诸多要素都直接影响了作品的价值。

四

道家思想站在本体论的高度解释了宇宙和人生的实相,不同于西方的文化。西方文化强调向外的扩张,东方文化注重内在的探索,主张回归最原始的玄冥地带。道学修行中的站桩、吐纳等功法都是为了让人致虚守静,亲近宇宙的本体。而艺术可以让这些常人无法企及的深不可测的玄冥体验具象化,以诗歌、绘画、舞蹈等形式让人达到致虚守静、亲近本体的境界。因而好的艺术品一定是能让人迅速静下来的,能够让人迅速超越并不诗意的生活,而进入精神上的诗意的境界,甚至可以感受到作为生命本体的生命的律动。

五

老子说:“难易相成,长短相形,高下相倾,音声想和。”世上有好就有坏,有善就有恶,凡事都有对立面。如同断臂维纳斯永远无人超越，正是因为少了一只手臂，受众可以尽情想象她另一只手的位置，而想象的价值永远大于我们肉眼看到的价值。再如《巴黎圣母院》中敲钟人的丑陋，并不妨碍他在美丽的吉卜赛女郎怀中温柔地死去。这些以丑为美的艺术作品比那些一味地追逐美给我们带来的灵魂触动要深刻很多。

六

道家思想认为在得道的境界中是没有美丑之分别的，所谓的美丑不过是本体的幻化。所以我们去评价一件艺术品，仅用美和丑作为评判的标准，显然是局限的、片面的、浅薄的。

七

好的艺术品不仅是艺术家本性的呈现，同时也是宇宙万物本性的呈现，这种呈现必须在致虚守静的状态下才能做到，所以老子说："不欲以静天下自定"，即特别强调身心的清净。庄子提出的"心斋""坐忘"，也是强调身心的清净。艺术家只有致虚守静才能将自己的灵性洋溢于神经末梢，挥毫于腕下，从而让作品呈现出人与宇宙的本来面目。比如中国的美术关注自然，把人类自身与自然的融合概括为"天人合一"，而西方美术更注重自身。这与东西方文化的差异有关，东方文化深受老庄思想的影响注重和谐，而西方是强者文化。那么老子提出的天人合一用什么合一？就是三个字"精气神"，即用无形的自身能量对接宇宙的能量。中国美术也体现了这种文化的特点，中国画注重无形的“象外之象，景外之景”，旨在创造超越具体物象的艺术意境，不像西方美术努力刻画具体形象。比如中国人看到一幅国画中的马只有三条腿，立刻通过这三条腿奔跑的态势语判断另一条腿的走向，用想象去确定另一条腿的位置和象征意义，如果是不了解中国文化的老外，就会很纳闷为什么马只画三条腿。

八

在道家看来，宇宙万物都是有和无的统一，从无来看，道是玄之又玄，是宇宙万物的众妙之门。妙就妙在道的无确定性，无规定性。这种思想深深影响了中国人对于艺术的审美视角。我们看艺术品，不仅停留在好坏、美丑、善恶等感官享受，不仅停留在分别的后天意识，而是通过艺术品的媒介，通过有形背后的无形的玄妙，去窥见整个宇宙的本体，寻找人与自然合一的美妙。所以从中国文化看中国艺术，不是单纯的耳目的快感，很多的是超越现实的灵魂深处的喜悦，这或者就是道家讲的“至乐之境”。

九

道家文化认为人和宇宙万物之间有着潜在的必然联系，只是有的人没有觉察到而已。比如一个人的思维方式表面看来是自己的意识，其实宇宙万物之间的潜意识都是相连的。尤其是最亲近的家人朋友之间联系更为紧密。同样，我们在看一幅画，在听一首音乐，在读一首诗歌时，我们和创作者的潜意识也是相连的。所以那些给我们带来强烈震撼的大师的艺术作品，其中必然包含了作者对于人生、历史、宇宙本体和生命智慧的领悟，也就是作者本人和宇宙万物之间本身就是合一的，有着很强大的连接，犹如一棵枝繁叶茂的大树，仰望天空，根植大地，因此才创造出与众不同的高峰的审美体验。

十

天人合一体现了人对宇宙万物的包容性，在作品中体现中国文化，仅靠技法是不够的，还要有一双慧眼，能够窥见无形之状，无声之音，甚至他要成为神的代言人。他要透过作品重建人与神、人与自然、人与人、人与自己的和谐关系，否则当未来的人类都无法生存之时，艺术的存在价值又从何而来？

十一

天人合一意味着宇宙间没有任何一个人，一件事与自己无关，包括一只流浪的野狗，一个乞讨的孩子，一朵无名的野花，都可以唤醒自己内在的慈悲，都可以让自己由欲爱升华到大爱。比如我写过一首诗《布达拉宫脚下行乞的男孩》，我透过这个陌生的孩子，进行了穿越时空的想象。想象我的孩子，我的父母，包括我自己都曾经和他一样做过乞丐，这是我与万物为一的大道之爱。这种爱越多，艺术作品所呈现的美就越多。

十二

道家认为宇宙间存在一股生生不息的创生力量，人只有用自己先天祖气对接这种能量，才能像宇宙万物一样生生不息，即天人合一。所以道家认为“人活一口气”，气聚则生，气散则死，是这口混元一气决定了人的生灭。而艺术作品也是有生命的，艺术创作的最终也是为了表现大自然背后所深藏的这种最原始的不可思议的生命力。比如中国画强调“气韵生动”，艺术家正是通过自己的灵气洗净尘世的尘埃，透过作品显示生命的本真，从而让人感受到宇宙深处时刻都在流动的无形无相的原初之道。所以中国画受传统文化的影响，不是征服世界，而注重内在意蕴的营造，注重透过极深的宁静去表现恒常不变的动，以及人与自然的和谐，这正是道学文化的精髓所在。

十三

道家认为人在认识宇宙万物前，早已与宇宙万物融为一体了，后来由于人类的迷失才使自我脱离了整体。所以老子强调“复归于婴儿”“修真”，因为孩子没有自我意识，看不到事物的二分性。能够保持童真的艺术家，更容易进入“无我”和“物我两忘”的原初状态，在这种状态下创作出来的作品往往有神来之笔，无人工雕琢。

十四

中国画注重“外师造化，中得心源”。这个“中得心源”

和老子追求的“一”的境界是相同的。老子说：“昔之得一者，天得一以清，地得一以宁，神得一以是，谷得一以盈，万物得一以生，侯王得一以为天下正。”修行就是回归这个一，艺术家只有与道合一，才能心不为物役，进入无我的空灵境界。反之，一个画家被自我的贪嗔痴慢疑阻碍时，他的作品必然沾染了现实的污垢，无法净化心灵。所以修心之道与艺术之道是相通的，范曾先生说：“没有宗教般的虔诚，就没有艺术。”

十五

道家讲：“千教万教，教人修心。千学万学，学做真人。”所谓修道即修心。修清净心，去污染心。艺术创作的过程也是修心的过程，我们去看大师的作品，除了有一流的创作技法之外，更多的则是体现出对人性的关怀。比如罗大佑被称为“音乐教父”，他写的歌词充满着对人性的关怀。不像很多流行歌曲，跳不出小自我。中国画也如此，大家的作品都很雅，重水墨，少浓彩，有文气，作品之所以能体现简约的大道精神，是因为心性的淳朴使然。

十六

修道即修心，修心即修道与修德。中国艺术家特别注重“德艺双馨”，通过各种艺术形式，将自己高超的艺术技巧，将自己对于宇宙人生的领悟，以及自己内在的美好展现给世人，引领人类的智慧和灵魂飞升。尤其是最后一点，是否有一颗优质的心灵直接决定了其艺术品的含金量，这是尊道贵德的道学文化对于中国传统艺术很重要的影响之一。

十七

我们常用“风格空灵，画面动静相宜，刚柔并济”来形容中国画，这是深受道家“天人合一”“有无相生”思想的影响而形成的独特的审美意境。可以这样说，中国艺术的表现就是道家思想的表现。正如鲁迅先生讲的：“中国文化的根底全在道教。”艺术家只有深刻领悟道家文化的精髓，并以返璞归真为导向，才能在绘画、音乐、雕刻、文学等各种艺术形式中体现出道家的美学思想。

十八

凡是有影响力的艺术作品，即使被岁月侵蚀千年，却依然有一种郁郁葱葱的生命力，这种真正牵动灵魂深处的活的东西，不仅仅来自语言、声音、色彩、线条等表象，而且可以穿越头脑的知见沉入本体的层面，这时总会发现足以提升和净化人心的圣人的灵气氤氲其中。比如范仲淹的《岳阳楼记》，体现了普通士人的“为士之道”：“先天下之忧而忧，后天下之乐而乐。”因此艺术的大美在于人类自然本性与宇宙本性的契合，作者如果不以悟道的灵性激发艺术的创造力，很难在作品中体现“道学之美”。

十九

道家认为事物原本无差别，我们之所以停留在差别的知见上，是因为心智被障碍了。所以道家主张修心炼性，才能看到万事万物内在的同一性。所谓修心炼性，就是去掉识神对人的干扰，回归自己的元神，简单讲识神是自我的后天意识，元神是生命原初存在的一种状态。在原初的生命状态中创作的艺术品，才具有真正的生命力。拿演讲艺术举例，其实讲什么不是最重要的，最重要的是演讲者的生命状态，而生命状态的呈现离不开心智的修炼。

二十

艺术向左是魔，向右是佛。如同酒，向左是酒鬼，向右是酒神。如同爱，向左是恨，向右是慈悲。世间的万事万物都是通往佛和魔的媒介，因此一个觉悟者会通过这些媒介修炼自己的佛性，不觉者则会累心于物中。只有前者才会把艺术当成升华灵性的一种娱乐，其作品才会超越世俗的标准，放下自我的偏见，呈现自己和世界的本来面目。

道与诗

一

初写现代诗歌时，我查过很多关于现代诗歌的定义与写诗的技巧，但现在我记不住了。我认为现代诗歌应该是灵性的瞬间爆发，个体对于整体的刹那觉知，因为生命是偶发的，是一个刹那紧连另一个刹那，无数个片刻组成了整体的生命，刹那间的灵性爆发是如此有张力，如同生命整体流动的能量是如此自由。所以现代诗歌是完全来自刹那间的直觉思维，来自当下的意识流，至于所有的修辞与技巧都是它的副产品。

二

有人因为忧伤有了诗，有人因为诗才忧伤，似乎诗和忧伤是孪生姐妹。我常想到顾城、海子等天才诗人，他们成就了艺术，又被艺术所伤。思考是后天意识，大量动用后天意识，会导致心脑的不平衡，后天主导先天，神就暴怒。

三

最近在读纳兰性德的诗词，他以其“哀感顽艳”的词风在词坛上独树一帜，当他的爱妻卢氏难产而死后，他将所有的哀亡之伤寄情诗词。尽管他留下了如此之多脍炙人口的名篇，但那是血泪铸就的。假如当初从苦中抽离出来，为自己的灵魂寻找另一处安放的空地，假如将哀情寄托于天地大道，也许会当下解脱。

四

看仓央嘉措的诗集，使我对藏地产生了浓厚的兴趣，很多人像我一样因此去藏地朝圣，可是朝圣归来后反而更迷惑了。正如巴楚仁波切说的：“你把大象留在家里，却跑到森林里寻找它的足迹。”

五

研究道学后，再看情诗，看婉约动人的宋词，我会重新审视爱情的意义。这些祭奠才子佳人的千古绝唱，更多的价值是让人自叹自悼。一个“情”字究竟气煞多少英雄豪杰？但情关却是修道的障碍。如何平衡情与欲之间的矛盾？唯有升华自己的境界。

六

老子说“开其兑，济其事，终身不救”，就是说眼目也是藏神之地，过分使用自己的感官，会使心灵浑浊，最终无药可救。有的人写诗用的就是自己的感官，有的人调动的却是心神的运动。

七

“诗歌注重感觉，写虚不写实”，这是众所周知的理论。但感觉不是人的本性，是本性的迷失。有的诗人疯疯癫癫，就是他长期心不守神的缘故；有的诗人离了男女那点事就写不成诗，因为他离开感官刺激就没有诗情。这些诗歌从艺术的角度像很多言情小说一样，起到了很好的“勾魂”的作用，但最终的结果不但勾了读者的魂，也让自己神魂颠倒。

八

有的诗歌愉悦人的心神，有的诗歌愉悦人的耳目。有多少勾起我们欲望的诗歌，仅仅停留在愉悦人耳目的层面上？但有的诗歌却愉悦了人的心神，比如泰戈尔的诗歌，语语出自肺腑，句句发乎灵性，文字的背后充满着神性的力量。即使再过几千年，类似的经典巨著也会站在时代的巅峰，被最懂得他的人奉为圭臬。

九

所谓“天机”，是天赋的灵性，是与生俱来的存在，不是按照自己的感觉和意愿写诗，而是受到一种力量的驱使。这种力量超越了头脑、感官刺激、诗歌的技巧，更多的是身不由己。

十

“删繁去简留清瘦，画到生时是熟时。”郑板桥的这句话表达了艺术表现手法的最高境界。绘画和诗歌都需要留白，对于诗歌我还做不到，常常文字塞得满满的，归根结底还是不自信，用笔不够老辣。那我就按照自己现有的水平发挥，凡事都要尊道而行。不妨接纳自己的丑陋，尊重事物的本来。

十一

“汝欲学写诗，功夫在诗外”，仲尼厄而作《春秋》，屈原放逐而赋《离骚》，杜甫独居茅屋才生发出“大庇天下寒士”的济世情怀，所有的巨作都来源于作者沧桑的经历，只好用笔墨宣泄心中之悲愤。因此苦难的经历与灵魂的深度，对于诗人而言是最宝贵的精神财富。

十二

诗亦有道。著名诗人舒洁老师说：“诗歌就是人性。”比如杜甫的诗“朱门酒肉臭，路有冻死骨”，同样的社会现状，有的人熟视无睹，有的人感慨万千，区别就在于诗人心性的差异。诗性合于道性，契入每个人的心性。这种胸怀宇宙、悲悯苍生的情怀比写诗的技巧更重要。

十三

佛家有个“种子现形”的理论，就是客体对于主体所产生的不同反应，是由于主体本身所携带的信息决定的。如果诗歌是情的产物，是欲望的宣泄口，那么很多天才诗人的种子库中无疑携带了大量情欲的信息。这些情欲的种子往上导引是有情无欲的大道之情，往下导引就是导致世人生死流转的情障。当今的诗歌能否承担起复归读者本性的重任？让诗歌变成升华人类灵性的载体，而不是引导人堕落的文字垃圾。

十四

神和魔也是孪生兄弟，具有等同的能量。二者区别在于：开悟的人神性的能量巨大，不开悟的人魔性的能量巨大。所以重要的不是能量，重要的是开悟。对于诗歌创作，亦是如此。

十五

古人治学强调“文以载道”，诗歌亦要有此担当。诗歌应像通往天堂的云梯一样，引领人类的灵魂飞升。如果诗歌仅停留在欲望的宣泄，那么诗歌最重要的价值就是扰乱人心。难怪有位诗人的博名叫“且诗且骚”，他自己都知道很多诗的主要功能就是让自己和读者骚动不安。在当今这个盛世，究竟写诗的目的是什么？在艺术的背后是否需要一种承当的重任？

十六

诗歌也是一种沟通，既然沟通，就离不开媒介。因此诗人总把山河大地、日月星辰、花草树木以及宇宙间的所有众生拖进自己的诗中，赋予它们各种各样的意象。但往往忽视了最好的沟通媒介是人的灵性，灵魂未出窍就不能沟通人心和天心，作品就少了神韵。

十七

我看到女儿对于诗歌的感觉很到位，联想到顾城当初写诗时常在童话故事中吸取灵感，由此可见，诗人永葆童心是灵感之源泉。但诗歌又要与生活有所区分，毕竟生活不总是诗意的。能够区分好诗歌与生活的关系，才不至于使诗人的落差太大，以至于崩溃。

十八

生命是一场戏，但剧情时刻都在发生变化，一个诗人究竟用何种思维面对并不诗意的生活？是一种能力，更是一种智慧。

因此我们评价大师的标准，不能停留在作品本身，而是从生命的整体观评判。诗意是一回事，生活又是另一回事。一个大师看上去特别像普通人，因为他参透了生活中没有大师。一个看上去特别像诗人的人，生活中和普通人很不一样，神经兮兮的不是少数，因为他一分钟都离不开头脑中臆想出来的“诗意的生活”。

十九

我热爱诗歌，因为其创造的魅力。既然是创造，必然离不开创新。创造是制造以前没有的，创新是改造以前原有的，否则就失去了诗歌存在的价值。诗歌就是人性，而人性在本源上是相同的，但呈现出来的却大相径庭。所以千人一面绝不是诗歌，独创性才是诗歌存在的最大的价值。不但诗人要有独创性，一个诗人的每首诗歌都要有独创性，因为心每天都是新的，客观环境每天都在发生变化，用活心面对活境，哪里来的死诗？

二十

懂得诗歌理论的人、会写诗歌评论的人不见得会写诗。我是做国学研究的，不懂诗歌理论，诗写得也不好，诗歌不是我的主攻方向。但我希望我们的教育能上升为一种诗化的教育、一种禅意的教育，去掉冷冰冰的说教，让传统文化的智慧像诗歌般润物细无声，滋润每个人的心田。

道与教育培训

生命的三种呈现方式

在河南省参加北大企业家中心举办的论坛，席间与著名文化学者郭春林教授探讨生命智慧，他说生命的呈现有三种方式：一是感官产生了思想，二是思想产生价值观和信仰，三是信仰产生了不同的文化趋同，不同文化又呈现了不同的生命状态。我想进一步诠释一下其中的内涵：我们对这个世界最初的认知都来自人的感官，由感官向外部世界摄取信息，因而产生了不同的思想。问题到底在哪里？我们的感官是有限的，每个人用有限的感官窥探无限的大千世界，看到的永远是局部不是整体，所以形成不同的价值观和信仰。浅层的信念形成价值观，深层的信念形成不同信仰，最终是信仰呈现了生命的存在。也就是只有把感官认知的一切都形成生命的存在剩下的，留在自己身上的才是文化。应该说前者是知识，后者才是智慧。换言之，智慧不是知识，而是慈悲的呈现。所以，我们对这个世界的认识是要进入得更深，而不是更多。

邂逅李燕杰

在河南邂逅久违的演讲家李燕杰老师，他患癌症多年，平时我很少打扰他，此次偶遇见他气色精神俱佳，甚感欣慰。他说教育界最大的问题是形而上的没人讲，形而下的没有用。可谓一语道破天机。

禅的究竟本质

当今各种禅修班是国学课程的重要组成部分，学员通过“打禅七”“学武术”等特定方式训练注意力，改变心智。这些禅修项目的最大作用是让学员从世俗的心智中脱离出来，而进入“心如止水”的禅修状态。但“心如止水”只是心灵的一种状态，而非禅的究竟本质。所谓的禅就是道，就是自然，无所谓静与动，善与恶，也无所谓修与不修，所以修禅的目的是对当下每个自然状态的觉知，这种觉知只是一种接纳，没有妄想改变的自我意志在其中，也不企图去创造一个完美的自我。所以禅修的目的是去觉知那个自然的原本完美的自己，我认为禅修营对学员的层次要区分，根器浅的人可以引导他们忏悔，洗心，但对于上根器的人，只是引导他们觉知自己的自然状态。只要执着任何法，都不可能实证到禅的究竟本质。

优秀员工的特点

做了多年的企业内培，今天总结了优秀员工的特点：一、有点傻气。太聪明的人难成大事，即使成事，也耗尽心神。二、有点匪气。人无匪气必无血性，尤其销售团队，必要时要有成吉思汗、朱元璋、努尔哈赤踏着鲜血创造帝国的精神。三、有点土气。做到再高的位置也要牢记是百姓中的一员。四、有点贵气。哪怕岗位再卑贱，也用老板的思维模式考虑问题。五、有点猴气。老板最喜欢的下属就是机智灵活，行动果断的人。六、有点牛气。此牛是老黄牛的牛，意指扎实肯干，忠诚老实。七、有点稚气。把工作当玩具，以轻松之态势展开对目标的追求。八、有点暮气。设想换个时空，自己的所思所想是否会变化？九、有点脾气。一辈子不发脾气的员工有可能从未认真过。十、有点锐气。每日都将心态归零，如同生命中第一日参加工作般锐意进取。

老板最喜欢听到员工讲的十句话

老板最喜欢听到员工讲的十句话：一、这是我的错。二、我会尽快完成任务，并及时把结果告诉您。三、我发誓会为您保守秘密。四、请把功劳给我的下属。五、我明白您的处境，我理解您的感受。六、我同意您的看法，但如果这样调整结果是否会更好？七、我认同公司的远景，所以我会和您风雨同舟。八、现在我们面临的最关键的问题是这个。九、对于这项工作，我准备了三种解决问题的方案。十、如果这个任务没完成，我会对结果负全部责任，没有任何借口。

生命的无常

之前有学员问我："有西方极乐世界吗？"我回答："无所从来，无所从去，世间无处不是净土。"说完后我的心掠过一丝隐痛，我知道这个答案无法战胜他对死亡的恐惧，继而自省自己并未深刻地理解世人内在的悲苦。人生最大的恐惧莫过于对死亡的恐惧，同时死亡也是人类觉悟的最好的方式，有多少人面对亲人的故去才明白世间有些事是自己无能为力的，有些情注定是无法偿还的。人在绝望的一刻往往会让曾经桀骜不驯狂躁不安的心灵顷刻间回归宁静，终于觉悟到生命和万物本质都是平等的。因而世上最重要的教育莫过于教会一个人如何看待生死。正因如此，对于道我进入得很深。偶尔也会感到凌驾于万物之上的虚无缥缈的大道与世俗间的落差，但每当看到世间的无常和生命的脆弱，我都会重新认识世界的价值。

我的识人观

我的识人观：一、观色。五脏六腑其华在面，色不正者，心必不正。二、观气。身有浩然正气，此人必能与天地沟通。三、观情。有大慈大悲之情，而非俗心俗情。四、观行。行动不拖泥带水，反应迅捷者必有过人之处。五、观言。真语，实语，不妄语，敢于直言者必是心性耿直之人。六、观听。听话时不仅用耳朵，而是用整个人去听。此人必能体察别人，懂得换位思考。不会听话的人，必是自我自大自私之人。七、观慧。观察此人是否看问题能切中要害。八、观悦。时刻保有喜悦之心的人必是心胸豁达之人，必有安详从容之态，自然临危不惧，处变不惊。九、观性。心性光明者必有天赋使命，表现在艺术上似有神通，表现在处世上似有神助。

什么是无为？

有人把“无为”定义为一种示弱的手段，“治”定义为目的，把老子说成谋略。无为并不是手段，而是遵循自然之道，遵循生命的自然状态。太有为，才脱离了自然之道。所以老子才提出返璞归真，目的是使人返回自然的生命状态，回归本然心，开发自己的原始潜能，从而无不为。简单说，无为就是开发人类的原始潜能。

修道即修元神

昨天有人问我：“修道重要的是修什么？”我说：“修元神。”又问：“元神从哪里来到哪里去？”我回答：“无来无去！”既然元神无所不在，遍布虚空，就无所谓来去。既然元神是一的世界，就不存在来和去的二分性，所谓来去的概念只是后人不得已的区分。道友立刻应声：“如来。”

老子思想

老子说：“上德不德。”他反对的不是善，而是伪善。不是德，而是刻意人为的德。那么善和德与得道之间有何关系？善德是得道的桥梁，善和德尽管不是先天的道性，但却是道的外在表现，如同有善因才有善果的道理一样。

有学员问我："何为善？"问题的答案不在问题中。从道的本体论看，道是"非善非恶"，"为善去恶"是方法论。前者无分别，后者有分别心。"善"不是道的本原，却是通往道的必由之路，"恶"也非道的本原，却是通往魔的必由之路。显然世间万物皆为中性，唯人心可以凌驾万物之上。

为什么说老子的思想是一场关于人类意识上的革命？因为通常我们认同的只是自己有形的肉体，而老子从本体论的高度，让人对肉体的认同转向对元神（灵性本体）的认同，从而唤醒灵性意识，最终达到天人合一。量子之父，诺贝尔物理学奖获得者普朗克博士说："我对原子的研究得出结论是世界上根本没有物质，物质是由快速振动的量子组成的。"也就是有形的肉体和无形的灵体都是由振动的能量产生的，世界上不存在物质，只有能量。这一理论从科学角度充分证实老子揭示的宇宙实相是有据可依的。如果人的本质是先天的灵光，肉体只是载体，那么提升人的灵性层次，与道合一就是人生最重要的目标了。

保持清净

夜深人静扪心自问："今天心乱动了多少次？""今天说了多少废话？""今天忙了多少没用的事？"人心乱动给予宇宙的反馈也是极其混乱的。要想升华人类灵命和维护宇宙生态平衡的唯一出路就是依靠虚空大道，而人每天在物质和精神方面消耗得太多了，就不能获得潜在信息的支持，就要走弯路。尽可能保持清净，减少每日的消耗，才能守住虚空大道。

我是道的完美呈现

我们可以把道想象成一张圆满的太极图，它是绝对完整、绝对喜悦的生命状态的呈现，只有活在整体的世界，我们内在的爱的能量才能流动起来。人类的痛苦在于总是生活在二元对立的世界，头脑中充斥大量关于是与非的对立概念，于是生命的另一半能量就在冲突与对抗中消耗掉了。这样的生命难以鲜活，因为少了一半的精彩，生命便无法完整。而缺失的那一半是关于能量的，而非世俗的拥有可以弥补的。因此追逐外在的目标永远难以弥补另一半的缺失，所以对于缺失能量的提升的最好方式就是跳出二元对立的思维，接纳人生所有不完美，你的人生便因此变得完整，完整比完美更重要，这份完整在于你对自己和这个世界能够爱得全然，每天清晨对自己说："我全然接纳我自己。""我就是道的最完整的呈现。"

"国学热"的冷思考

曾经的"国学热"掩盖了很多问题的真相，有多少学员是为了求道而来？不过为了寻求短暂的心灵减压，或者为了在人群中寻觅一些商机？又有多少"国学大师"担负起传道授业解惑的重任？以至于很多人误以为"打禅七""背弟子规""男女双修"就是国学。无法帮助人解救心性层面的教育，必然难以为继。国学教育永不过时，过时的是固化的思维方式和模式化的教育理念，直接导致当今国学班的现状："一边是系着的草，一边是饿着的牛。"国学班真正需要的是打造出凝聚魂魄的能量场，否则无法肩负弘扬中华文明的重任。

学习的目的

每次上课前，我会问学员三个问题，一、"为何来学习？"答案只有五个字："认识你自己。"二、"认识自己什么？"答案只有四个字："'灵魂'与'肉体'。"三、"认识自己的目的是什么？"答案只有四个字："回归自己。"

悟道语录

1. 在生命的每个刹那，让每一个念头都源于爱，赢得了刹那，就赢得了永恒。

2. 灵魂的匮乏不是你一个人的问题，不是你不需要精神财富，而是你从不关注自己真正的需要。

3. 想象力比语言更有冲击力，剥夺别人的想象力是有罪的，我却常明知故犯。

4. 生命需要时时放下，但不能放弃。

5. 写悟道是求真，写诗歌是求美，二者都离不开善的基点。我很庆幸自己活在世俗的世界，却并非一无所有。

6. 当你不爱自己了，就是对生命最大的辜负。

7. 不带有执着心，却执着地做自己的事业。不带有分别心，却执着地爱着这个分别的世界。

8. 你很执着地去做一件事，会因此陷入，陷入会让你发现自己和世界的无聊。但你的生命正是为了陷入而来，否则你很难看到自己的执着心。

9. 如果说勇气和信心是一种能量，喜悦和宁静就是更大的能量。当你的付出没有得到回报之时，不要忘了心安是宇宙对你最大的报答。

10. 灵感很奇妙，不经意间总让你脑洞大开。苦觅时，它又会和你捉迷藏。

11. 这个世界没有意义，但我甘愿全然接纳它的无意义。

12. 宇宙的能量时刻都在经由你敞开的心胸流向你，无论如何，都要放大胸中的浩然正气，坚信一切的存在都是最美的。

13. 最值得被宇宙宽容的过错就是：轻信。宇宙不会伤害任何人，即使轻信，你也会安全地活在它整体的丰盛之中。

14. 只要保持正见，你所做的一切努力就有回报。宇宙永远不会辜负你，背叛你。

15. 佛家的 84000 法门是为了对治 84000 颗心，不存在一种法门可以解决所有人的问题，哪里有执着，哪里就是开悟的法门。

16. 在红尘之中，总有一份情让你放不下，当你连“放下”这一念都放下了，就是最美的放下。

17. 我们想要的一切都是自身的能量创造出来的，前提是要的东西究竟是什么？问题的答案直接决定了一个人创造的能量。

18. 世上没有真理，所有的语言都是有对立面的。

19. 真爱会让人无所畏惧，我全然地爱我自己，爱着命运赐予我生命的所有悲喜。

20. 思考让人烦恼，顿悟让人喜悦；思考有边界，顿悟无边界。

21. 爱一个人，你会去觉察他。爱自己，你会觉察最深层次的自我。

22. 爱不是理智，觉察不是思考。如同我们去闻花香，只有花香，没有悲喜。自我消融了，爱才会登堂入室。

23. 追求灵性的同时，不能否定有形有相事物的存在价值。

24. 再好的真理也不会大于生命本身。

25. 自我是无法臣服于任何人和事的，自我习惯掌控一切。有的人放弃掌控别人，就找不到自我。

26. 和一个不懂爱的人谈爱最痛苦，他的灵魂和你不在一个层面。找到灵魂伴侣似乎很难，那又何必为难自己？

27. 孤独是一个人的热闹，热闹是一群人的孤独。

28. 跟着爱走，不跟着感官走。

29. 世界上最美的语言不是“我爱你!”，而是“我要带你一起成佛”。

30. 有人说修行苦，只有修行人知道，不修行更苦。修行人无所谓苦乐。苦中有乐，苦中有寿，苦中有浩气长存。

31. 你可以看书，也可以不看书。可以总结别人的经验，也可以不理他们。不作为也是一种作为，只要你和宇宙保持同一个振频。

32. 思考之时，你立刻离开真我。日久苦思冥想，你的脾胃就出问题。脾主思，掌管后天思维。陷入后天，离开元神，真我不见了。

33. 我的使命是天生的，不是野生的。

34. 有真人，后有真知；有觉者，后有天籁之音。

35. 真正的放下，不是放下名权利，而是放下对名权利的执着心。

36. 很多话是说不明白的，不妨以静默回应；很多事情是无法终结的，不妨以不了了之。

37. 皈依不在于形式，心死才是真正的皈依。正所谓：“俗心不死，道心不生。”

38. 人间就有天堂与地狱。身心难安，如同身处地狱中；放下妄念，转眼就是天堂。身处五浊恶世，既要富贵，又要平安；既要竞争，又要健康，就难免时刻在地狱与天堂间轮回。

39. 面对善缘和恶缘，只有爱与智慧具足的人，才能控制各种复杂业缘的发展方向。

40. 要修神道，先修人道。如果是畜生，就要先成人；如果是庸人，就要先成圣人；如果是圣人，就要成仙人。

41. 我们很多的烦恼都源自：“我一定要成为谁!”“我应该是谁!”“我为什么不是谁?”而原本就没有一个我。

42. 灵魂的存在是绝对的真理，谁否定了这条真理谁就等于否定了自己。

43. 我们总是试图超然物外，却发现所有的一切最终回归到人的本身，当我们不再囿于一己之见，当脑海中不再浮现任何固化的概念之时，就是真正理解了真理之时。

44. 穿粗布衣服，骑自行车上班，与清风明月为伴，让心灵向内探索，非向外攀比；让生活标准向下追求，非向上提高；让生命安享孤独，非追求热闹。随外在所需的递减，心灵逐渐复归于朴，归朴才能天人合一。

45. 行走于绿色的原野，闻野花的香气，听溪涧的水声，觉知到我和蓝天、绿草、流水以及天地万物之间都有着密不可分的关系。自我小了，天地就变大了。

46. 生命要向上攀登，向内生长。仅向上攀登，会走向空虚。仅向内生长，会走向寂寞。只有让向上攀登服务于向内生长，才可以使生命臻于完美。

47. 依赖便弱小，独立便强大；指责便弱小，承担便强大；郁闷便弱小，阳光便强大。

48. 海子、尼采等文人也曾认为工作很有意义，但最终因为无意义而结束了生命。爱因斯坦也曾认为科学研究很有意义，但最终因为无意义而毁掉了重大的研究成果。世界的本质就是无意义的，智者早已参透实相。如何在无意义的世界寻找意义，同时又不深陷其中，也许才是真正的意义。

49. 我们都是道的孩子，生命由道掌控。身体，思想，情感，名利都不是真我，可我们如此习惯以爱的名义去掌控别人，并习惯被外在的一切所掌控。

50. 头脑的模式化和心灵的刻板让你离开了生命的太极，于是向外部世界探究，以弥补心灵的坑洞。

51. 突然你遇到一个人，他所有的特质与你都是相反相成的，你爱上他了，其实你爱的是生来圆满的自己。

52. 有的活佛认为工作最无聊，到大山里静坐才有价值，静坐能让他看到很多肉眼看不到的东西。当然这不是最高层次的师父，“万般神通皆小术，唯有空空是大道”。

53. 观察一个人驾驭烦恼的能力，从中能看出他的慧根。

54. 像孩子一样活着，全然地爱着这个世界。

55. 婴儿无法分辨钻石与石头的区别，他爱着流浪狗，爱着天边的夕阳，爱着同一条河流，全然地爱在生命的每一个当下。

56. 头脑不是停留在过去，就是追逐未来，野心勃勃的头脑是无法活在当下的。

57. 追逐热闹，不如享受孤独。

58. 灵魂的本质都是孤独的，再好的灵性伴侣也只是过客，最终都要独自而来，独自而去。

59. 如果一个人过于依赖工作带来的荣光，那么工作未必是美丽的。模式化的工作造就人的同时，也阻碍了一个人灵性的成长。

60. 佛陀最伟大的一句话就是“感恩众生度我”，感恩给你欢喜的人，他导引了你的本性；感恩给你悲伤的人，他导引了你的无明；感恩众生，以不动之心包容了宇宙所有的显化。

61. 真我性无主，谁为尘识昏，无名氏《来生债》第一折：“佛说大地众生，皆有佛性，则为这贪财好贿，所以不能成佛。”故曰：妄以一念动，势如千波翻。

62. 我曾听到的最受伤的两句话：“一是讲学不叫事业，二是悟道无用。”

63. 思考动用的是后天思维，使人产生阴性物质，而自身的阴阳和合，比真理更重要。

64. 修行的目标很简单，就是让自己重新做回一个孩子。

65. 把所有心灵的显化都投射给你的观照，全然接纳自己与生俱来的存在。

66. 接纳这个喧嚣的世界，于是当下破除了对于静心的执着。

67. 我的诗歌来自感性思维，悟道来自理性思维，而感性思维和理性思维恰恰是人类迷失本性的根源，因为都是后天思维。后天思维难以穷尽真理，只有太极思维才能切入事物的本原。太极思维来自先天的直觉能力，超越一切语言和名相的束缚。

68. 世上最不值钱的就是语言，也许是我太爱讲话的原因，反而那些懂得沉默的人对我有着非凡的吸引力。

69. 跟着妄念走，会念念生心；跟着佛性走，会念念归空。佛说：“不怕念起，就怕觉迟。”

70. 学会接纳自己的阴暗面，阴暗面也是你与生俱来的一部分。如果学会欣赏自己受伤的美感，那么伤痛对你的心并不起作用。

71. 活在宇宙整体的丰盛与喜悦中，你内在所洋溢出来的爱与温情的力量可以感染每一个人，做自己的国王，而不是乞丐。

72. 我深爱一个人，他不爱我。我很慈悲他，真正懂得爱的人会无所不爱。

73. 心灵干净的人，才能接受心神的引领。自我意志只能接受欲望的引领，欲望让你无法明确心神想要的。

74. 无论你要的事物有多美好，只要有自我意志在其中，都会破坏心灵的美感。你完全可以拥有自己想要的，同时保持心灵的柔软。

75. 当你肉体死亡，神识尚存之时，会看到贪爱的人和无数迷人的风景。不放下执着心，将永远无法抵达智慧的彼岸。

76. 同样一个道理，我用脑袋讲和用心讲，你听后的感受完全不同。因为后者你听到的不是道理，而是爱。

77. “濒死体验”给你带来的极度的孤单，会让你身不由己去重新经验活着的情感和感受，而全然不顾那道白光的引领。只有那道白光，才是永恒的拯救。

78. 我把能量用在文字上，真是一种浪费。可不这样做，又会发现更大的浪费。

79. 至于写悟道的原因，也许是因为我爱上一个人，我看到他身心饱受的折磨，想以这种方式开悟他；也许因为我无法化解自己的烦恼，才这样自说自话。如此简单，你就当我爱上你算了。

80. 有的文字很美，但只是娱乐了你的感官。让感官经验作废，就要忘掉语言的技巧。

81. 你需要知识，可以去查百科大词典。你需要智慧，除了知识外，还要有慧心慧性。我可以是你获取知识和智慧的助缘，当然石头和花也可以使你开悟。

82. 全情地投入一件事，很快会发现其中的无聊。错的不是你的全情，而是世界本身的无聊。为了不辜负自己的全情，不得不转换无聊的方向，不得不去找个人陪你一起无聊。

83. 不可复制的存在最具有竞争力，当你不将生命作为物化的工具看待之时，你将成为宇宙间唯一不可复制的存在。

84. 真爱不是讨对方欢心，而是让他心安。

85. 人人都要开心，但更需要宁静。比如好的艺术品不是娱乐你的感官，而是触动了你的心神。

86. 孩子培养了我爱的能力，让我在真爱中学会了成长。

87. 爬到山顶是为了更好地认识自己和世界，至于多少人看见我并不重要。

88. 如果不明道，道就无法给我们最大的支撑。

89. 重新做回一个孩子与原来的孩子是不同的，前者是有知无畏，后者是无知无畏。

90. 很多问题没有答案。如同道，不可说，不可传。但我常忍不住抛给对方一个答案，“拈花一笑”的禅机试尝论之？论而道之本身不就是一种享受？

91. 对我而言最大的过错是，一不小心把道讲明白了。

92. 开悟的最大魅力在于，在你尚未陷入之前，预先经验了所有的未知。但你依然会去挑战未知的世界，仿佛自己从未经验过一样。

93. 孩子一如我的本心，我也会暂时逃离她们，到红尘中浮沉。却总用一种神奇的力量将我拉回生命的原点，这是彼此灵性、神性、道性三者合一产生的“化学”反应，所以老子总把“道”比喻成母亲。

94. 被高能量的师傅灌顶可以改变信息场，但自身的愿力也是一种高能量。“业力大于修行，愿力大于业力。”发利他之大愿也是一种高能量，可以快速改变自己的信息场。

95. 无福可祈，无灾可消，自然之道便会给你最大的支撑，如同母亲，她的最大能量总会自然流向最弱小的孩子。

96. 成道是自私的找寻，谁也不要说，谁会帮谁成道。谁也不要说，谁会赐谁道。

97. 肉体每天都要洗澡，爬楼梯。心灵每天也要洗澡，灵魂每天也要爬楼梯。生命没有衰老，只有生长。

98. 很多的成功源于自身的道性，但成功后又膨胀了自我，失去道性。

99. 肉体的疾病可以看医生，灵魂的疾病只能看心性。

100. 很多修行人看重终南山，看轻自性这座山，再美的山，都美不过自性这座山。

101. 阻止我去爱你的只有观念。只要我不爱你了，就是自己陷入观念之中了，这与我的内在毫无关系。

102. 世界是自我创造出来的，直到自我被所创造的世界彻底击垮，疲惫的心才遁入空茫。

103. 冲动里没有爱，直到我的激情消退，真爱才会降临。所以我一直在等，不管你是否会来。

104. 自我是有暴力倾向的，自我在说爱，爱中也夹杂着控制占有欲的火药味儿。

105. 即使我爱上整个世界，世界也无需我生命的驻足。

106. 你很爱一个人的灵魂，可他很爱你的身体，你不得不转向爱自己的灵魂，因为你需要的是深度，不是肤浅。他误以为你不爱他了，其实是爱得更深了。

107. “喜新厌旧”是你喜欢得过头了，这并非坏事，永不厌倦反而有点糟糕。

108. 一个不开悟的人，他无法让自己看到更远。

109. 我爱特立独行，哪怕别人瞧不起我。你想让所有人都瞧得起你，因为你并不瞧得起自己。

110. 你所需要的一切外在都要为之付出代价。只有一无所求，你才是真正自由的。或者说，只有爱才能让你自由。

111. 因为内在神性的驱使，我不得不像花朵一样去绽放生命内在的活力。

112. 令人无法放下的不是过去，就是未来，过去心和未来心是执着之因，最可贵的只有当下，也只有当下无须放下。你说“当下”时，“当下”已经成了过去。

113. 自由是你想去哪里就去哪里，至于坐火车、轮船、飞机，这些交通工具都不重要，甚至道路和方向也不重要。只有当你真的拥有自由时，才知道什么最重要。

114. 时间的消逝是个假象，肉体的消逝却是真相。肉体死了，时间并没有死亡。

115. 永远与宇宙保持同一个振频，不要担心无人与你共鸣，原本你也无须与任何人共鸣，唯有如此，死亡来临你还是清醒的。

116. 你真的爱一个人，也许是你的孩子、父母、学生、朋友……只要你的爱永不言弃，那个人就是你的师父。如果你爱上整个宇宙，宇宙就是你的师父。

117. 海水会枯竭，但大海永远都在，这就是念头和本性的关系，浪花会带你流浪，大海才是你永恒的故乡。

118. 多情让我看到了自己的愚蠢，幸好我与我的多情是分离的，你又何必去嘲笑我的多情？

119. 每天都像初恋的美少女，充满欢喜，满怀期待。等待爱，等待宇宙的爱，因为你的欢喜和喜悦向你走来，只要你是敞开的。

120. 我笑别人可怜，别人笑我傻，显然这种高人一等的嘲笑都是缺乏教养的。直到各自接纳自己的粗鄙，整个人类的教养才得以提升。

121. 浅薄者嘲笑别人，智慧者嘲笑空无对整个宇宙的捉弄。

122. 面对悲喜，我们有两种选择，要么拒绝，要么超越。

123. 孤独者最高贵，他从不感到无聊。只有人群，会让他感到无聊。即使身在人群中，他也仿佛不存在一样。空使他无处不在，人群已是多余。

124. 依赖环境、他人、情感和物质等一切外在所有，几乎是每个自我从小到大形成的惯性。直到自然之道将所有的模子打破，自我彻底陷入恐慌。这种体验在濒死的一刻尤为强烈，多少证悟者为了瞬间的解脱，用几个世纪学习无我，练习死亡。

125. 永远活得像个孩子一样，是我真正想要的。穿上女儿的衣服，和她们一起疯跑，是我最开心的娱乐方式。

126. 一段关系结束后，你既不恨他，也不爱他；既不再想付出，又不再想占有。证明你真的爱他了，或者说你学会爱了。

127. 肉体要穿新衣服，灵魂要换新肉体。

128. 有的师父我很爱他，他让我陷入极度的宁静。宁静来自一种灵魂的深度，我没有亲近他的念头，丝毫没有，否则深度立刻会转化为肤浅。

129. 打坐，念经，太极是你静心的方式，写悟道是我静心的方式。

130. 有些人不关心如何让自己重生，只对痛苦着迷。

131. 接纳别人的帮助，会让对方感到骄傲。为了不伤害对方的骄傲，就要时时放下自己的骄傲。

132. 艺术可以触动心灵的美感，宗教却可以带来灵魂的震撼。

133. 经过灵魂的创痛之后，体验到的快乐才不是肤浅的。

134. “活着真没意思”，这句话你哭着说，会自杀。你笑着说，活着会变成一个游戏，你只是好玩儿，不会被游戏带走。

135. 如果外在有多种声音，内在只有一种声音，那么外在的声音永远无法进入你的内在。

136. 年轻时我去讲道，遭到很多人的嘲笑。幸好我没有听从众人的反对，而是一直听从自己的心。听从自己的心永不疲倦，有趣的是嘲笑者也不感到疲倦。

137. 来到生命上方，你是一个观众，看着自己在演戏，却不会认假为真。来到生命下方，你将变成一个演员，被剧中的喜怒哀乐拽进去了，能量就是这么流走了。前者你的意识是清醒的，后者是无明的。

138. 死亡最大的对手是放弃，不是挣扎。放弃了一切抗争，才会重新活过来。

139. 他人会成为你的一面镜子，镜子会折射你的自我。可总在他人的眼神中寻找存在感，这是对待自我和他人的不公平。你原本就十分可爱的，不用每天照镜子。

140. 我是一个孩子，你怎么对待我，是你的事情。记住自己是个孩子，是我的事情。

141. 你痛苦时，别人就高兴。你开心时，别人就嫉妒。只有没心没肺的孩子，人见人爱。

142. 很多女强人拼命赚钱，不是为了赚钱而赚钱，而是为了拥有独立和自由而赚钱。

143. 灵性需求是宇宙间最大的奢侈品。

144. 智者认为平庸是一种罪过，平庸者看待这个问题的观点正好相反。智者或用愚蠢伪装自己，以逃避平庸者制造的群体性暴力。

145. 在睡梦中，那些曾经的伤痛如此清晰，以至于你不敢睡去。那些对未来愿景的描摹如此美好，以至于你不愿醒来。

146. 坚持做自己，不附和流俗，你会失去很多，同时会获得内在的丰盛。人们需要的不是浮华，是真正的丰盛。

147. 我的眼前没有人，心却是初恋的少女。谁也看不出来，昨夜我哭过。总是如此健忘，恐怕这是我唯一的优点了。

148. 我喜欢大笑，有人说我傻，但我觉得自己很美。美在狂笑时的感染力和穿透性，故作矜持的做派绝不属于我。尽管有人批评我的不矜持，但还是忍不住靠近我。因为缺乏活力的生命，让你辜负自己很久了。

149. 你拥有足够的外在，未必拥有足够的内在。但当你拥有足够的内在，必然可以创造一切的外在。

150. 除了灵魂最熟悉你之外，整个世界对你都是陌生的。正是这份陌生，彰显了熟悉的魅力。

151. 做任何事，首先要看到事物背后的无聊，于是自我被摧毁了，你陷入了宁静。这不会影响你生活的方式，无我和宁静只能使你拥有更高贵的生活方式。

152. 凡事都是一个累积的过程，比如悟道。累积的力量会把你推到一个高度，某日不可思议的事情就会发生。

153. 如果没有荷尔蒙，生命将无法延续。可荷尔蒙又会制造疯狂，宗教徒认为它是毒品。既要利用荷尔蒙，又不让它制造疯狂，对付荷尔蒙最大的武器就是心念。

154. 佛是一个想尽一切办法让脑袋和经验作废的人。

155. 事物不是按照你规定的道路行走，这世界是整体的，恢复它的本来面目，你与道路都会放松下来，放松中才有和谐。

156. 我就是爱！这一个很深的懂得，这个懂得让我自己永远是一个小女生，无论是否有人来爱我。

157. 你看到的女汉子，在另一个眼里可能是个小女生。固化的脑袋总是愚蠢的代名词，一旦固化就不会有鲜活的事物流向你，而智慧一刻都离不开鲜活的存在。

158. 智慧是祖先的，钱是众生的，灵性是上天的，真正令我恐惧的事物无关世俗的得失。

159. 我们习惯把眼睛看到的视为真实的，把看不到的视为不真实的，实质却恰恰相反，最真实的存在被彻底忽略了。

160. 濒死的一刻，所有的依靠都会消失，只剩下恐惧。这种恐惧的情绪无处不在，因此每个人在活着之时就开始寻求依靠。

161. 我们去听音乐会，去欣赏艺术品，美将你的烦恼带走了，可回到现实中，一切又都回来了。其实你可以什么都不做，只是静静坐着，进入极度的宁静中，会发现外在的美其实是一种搅扰。

162. 你爱一个人过火了，就不爱他了。你活得太认真了，就不想再活了。去死是毫无必要的，心死神活才是真正的拯救。

163. 你靠智慧去追女人，野马靠兽性赢得头马的交配权，二者没有什么两样。唯一区别在于，你和野马的意识层面是不同的，野马只是在做，而你是带着警醒的意识去做。

164. 挑别人的毛病很容易，可以逃避面对自我。

165. 将极其浅薄的知见讲得眉飞色舞的老师，总令我感到十分震惊。我想要的不是传授知识，而是让生命发光。

166. 让顿悟不再是个目标，而变成一个习惯。

167. 天天写这些，性欲没有了，性是为了得到一个人，写这些是为了得到一个世界。但一个人，也是一个世界。我没有放弃谁，只是他还没有来。即使他来，得失对我也是一样的。

168. 六祖慧能是最伟大的觉悟者，他用“顿悟”二字，令你当下摆脱了一切自己愚弄自己的游戏。

169. 向内生长，保持主动；向外生长，保持被动。

170. 小时候，我的外号叫“老板”，那时我已呈现了智慧的全部。后来我越长越老，便走向了愚蠢。直到我领悟到要越长越小，便彻底跳出了时间的陷阱，挣脱了光阴的圈套。

171. 焦虑是人类的通病，它是有害的，它导向了尚未发生的事物，它认同了即将发生的一切。既然你已经认同了，就一定会发生你想要的。

172. 自我欲望创造了人类一切有形的存在，而宗教却无情地摧毁了自我。如果不这样做，人类就无法拥有宁静。

173. 孩子是生命的延续，不是肉体的延续。

174. 佛陀觉悟前，看万物都是死的。在肉体死亡前，经历一切死亡之死，神活过来了。心死神活，然后呈现了宗教精神的全部内核。

175. 曾有人说，他平生所学仿佛只为教会我一个人。智者们总是曲高和寡，其孤独非平庸之辈能理解。

176. 外在的一切都是昙花一现，只有内在才有永恒的圆满，可大多数人的看法正好相反，尼采说："历史会告诉你们究竟谁是真正的疯子。"

177. 人生最为惊心动魄的来临，莫过于死亡的来临。面对垂死挣扎的亲人，每人都陷入极度的惊恐。恐惧来自死亡的未知与神秘，现在就经验这个未知，死亡将变成一个游戏。

178. 我很怕自己成为一个带有暴力倾向的宗教人士，我只希望自己成为爱的化身。

179. 深入内在，不是与世界格格不入。只有内在知道，你与世界格格不入。

180. 我的右脑装着诗歌，左脑装着道理，感性和理性形影不离，却又从不停止斗争。

181. 觉悟者，所有的失败都是成功。反之，所有的成功都是失败。

182. 不怕死的有两种人：真正活过的和真正死过的。

183. 让心灵无法保持敏感的罪魁祸首是人的感官，感官放大了外在，因此我们看到的永远是世界的局部，无法窥见那个无边无际的存在。

184. 平庸者喜欢制造暴力，暴力的矛头一定指向智者。平庸者必须与智者做殊死搏斗，否则不能彻底暴露平庸的嘴脸。

185. 最有福报的人，往往不是最精明的人，道最不忍心伤害的就是这种人。老子就是这样被稀里糊涂地成就了，他压根不想让自己有什么成就。

186. 爱因斯坦最终由脑袋回归心灵，到死他都是老顽童，我很爱这个老头儿，爱上了他的温情和幽默感，对于他的伟大发明，我丝毫不感兴趣。

187. 宇宙法则是很公平的，你要什么，它给你什么，前提是要夺取你的精气神与之交换，于是你用最终的失败夺取了一时成功。如果你什么都不要，那么宇宙就用精华的部分与你交换。拥有了宇宙的精华，就拥有了宇宙所有的订单。

188. 亲密关系是开悟的障碍，因为你无法享受孤独。同时亲密关系又是开悟的助缘，因为你的自我不见了。

189. “我经历过，我都知道。”正因为你的经验，才丧失了心灵的敏感。

190. 你无法要求任何人把自己交给你，但你可以把自己彻底交给这个世界。

191. 我不是爱诗歌语言的游戏，我爱的是写诗时的创造力。创造力让我感到生命每天都是鲜活的，如同我的爱。

192. 既然写悟道，就要正大光明，就要言必由衷。因为我写的不是知识，而是我的存在。我没有企图改变谁的野心，那样会破坏我心灵的美感。

193. 你的存在，是宇宙最高的智慧。了知存在，就了知一切。

194. 至真则通天地，通人心、通万物、通真理，修行离不开一“真”字。

195. 与宇宙的约会，是一个高度，不是一个高潮，如同水遇到了火。

196. 肉体是你的朋友，灵魂是你的师父。朋友无处不在，师父却弥足珍贵。

197. 心灵的困顿在于吸纳了太多肮脏，时常给心灵洗澡，让它披上华服，然后游走于朝野之间，继续吸纳更多的肮脏，这样的惯性谁都无法避免，所以每天给心灵洗澡是必不可少的工作。

198. 人与人之间的关系可以给你带来什么价值？学会在关系中臣服之后，才能找到问题的答案。

199. 每个夜晚在肮脏中沉睡，每个清晨在清新中醒来。

200. 我爱你！我对你的爱是大爱！第一句话让我觉得自己可笑，第二句话让我自己觉得可爱。但让我成佛的，往往是因为第一句话，同时让我成魔的，也是因为我仅仅停留在第一句话之中。

201. 无所顾忌的人，往往有非凡的吸引力。他的脸上写满爱、勇敢、热忱，他的无所顾忌可以摧毁一切伪装，以至于很多人喜欢靠近他。

202. 远方总是更远，它无法令你满足。如果满足，梦境就会被粉碎。自我要的是梦，不是满足。

203. 有时你独自坐着，惊觉周围一片死寂，只有你活着，你开始深入那个终极的存在了。

204. 当你自己成为光，任何的光都无法使你耀眼。觉悟者的目标是成为光，政治家要的是有形的光环。

205. 分别心看世界，总有一半是黑的。

206. 发情的动物闭上眼睛，也会流露神性的存在。人类却总是睁大眼睛，让动物性取代神性。

207. 病态的人格总向世界索取爱，而世界也是病态的，它永远无法满足你想要的。

208. 能够对我的话引起共鸣的有两种人：一是他意识到自己是疯子，二是他完全保持清醒。当然还有第三种人，他拒绝让自己清醒，也不想让别人清醒。

209. 我理解你！这句话的层面是很低的。我就是你！说明你已经彻悟了与生命有关的全部智慧。

210. 什么是佛？就是你从睡梦中醒来了。人生如梦，这个没有错。你总是做梦，就是你的错误了。

211. 真正的幸福，不是来自你的小家，而是走到哪里都是你的家。真正的福报，不是你在一个地方能混口饭吃，而是你走到哪里都有饭吃。

212. 强烈地主动地深入自己的意识，你仿佛处在一个幽谷之中，对其他事物开始变得被动，不觉间你的能力开始转化为一种能量，而能量可以为你带来更多的创造。

213. 头脑的狡猾是无法让人彻底安定和放松下来的原因，

因而永远无法回归那个源头，在那个源头没有思考，一切的存在都是极为单纯的。

214. 开悟者眼里的世界是索然无味的，抑郁症患者眼里的世界同样是索然无味的。但开悟者看到的索然无味是来自他内心的敏感，因为敏感才穿透了自我和世界的本质，而抑郁症患者看到的索然无味是对自我与世界的厌倦，所以二者对待世界的态度截然不同，抑郁症患者会因为厌倦而结束生命，而开悟者的心智是狂喜和自由的。

215. 真正的美往往是在没有任何制约的状态下浮现的。但由于头脑需要成功，便将能量导向了外在，美丽精微的本质便隐匿于世俗的背后。

216. 你知道很多，但你不知道你自己，那么你所知道的一切都是不完整的。不完整就意味着残缺，这种残缺在关键时刻会浮现出来。老子说：“知道别人是能力，知道自己是智慧。”只有在你遇到烦恼之时，才会充分暴露自身的残缺。

217. 在追求成功的过程中，丧失了对美的追求，丧失了对事物的敏感性，因此成功会令很多人感到窒息。而生命如花，每一刻都没有停止绽放它的芬芳。只要你用整个生命去倾听一朵花开的声音，便会发现内在的美与敏感度会令成功变得极为肤浅。

218. 觉悟是动态的，来自你持续不断的觉察之中。持续不断地觉察自己和他人的每一个心念，在生命的每一个当下，于是你无法不去爱。在觉察之中，脑袋不见了，内在的混乱消失了。在空无之中，所有的挣扎都不见了，爱便成了唯一的存在。

219. 阴柔总被阳刚所吸引，女汉子常会爱上女性化的男人。

我们总会被事物的对立面所吸引，对立面使这个世界得以完整。

220. 放下那些雕虫小技，神才会降临。神会将你推向一个高度，在那个高度中，你会发现所有人的本质与他的雕虫小技都是分离的。此刻你会欣赏那些雕虫小技，这份欣赏使你看上去仿佛像是个傻瓜。

221. 所谓神，也是循着魔的轨迹而来的。或者说神和魔原本是一体的，这恐怕是宇宙间唯一颠扑不破的真理了。所以像神一样活着，像魔一样爱着，便跳出了神和魔的掌控。

222. 神不是人，人却可以通神。通过不存在的状态，抵达存在的彼岸。

223. 当挫败无法粉碎你心灵的敏感，你就是真正的赢家。

224. 人的思想总会随时空的改变而发生变化，回首过往总会发现自己的愚蠢，可怕的是往往认为当下是最正确的，而当下又很快地成为过去。

225. 真正的创造不来自有心，而来自无心；不来自思想，而来自内在的宁静。

226. 生命没有死亡，有的只是生长。

227. 世上唯一的成功就是明白生命从哪里来，到哪里去？否则所有的成功都意味着失败。

228. 这个世界上最宝贵的不是爱情，而是那颗清澈如圣湖、洁白如雪莲般的佛心；这个世界上最可贵的也不是那个多么忠于爱情的人，而是那个对爱的需求消失的人；这个世界上最珍贵的也不是你爱的那个人，而是一个自性圆满的你自己。

229. 好听的声音，可口的食物，很容易让人驻足。但道太平淡了，看不见摸不着，也没有立即得到的利益，很容易让人忽略。但有形的事物都是幻灭的，只有大道如如不动。

230. 人总习惯给自己制造对立面，比如绝对的唯物者最反对唯心者，而绝对的唯心者又总超然物外。于是人永远被自己塑造的对立面所羁绊，超越一切相对，才能明了宇宙实相。

231. 读书很重要的作用是通过书升华自己的灵性，透过文字的背后去探寻作者的初心，便有了智慧的碰撞与升华。

232. 慧律法师二十几岁出来弘法时，口若悬河。他闭关二十年再出来弘法时，反而字斟句酌。有人惊讶他老了怎么反而讲的差了。正是由于他知道的多了，反而一无所知了。

233. 直觉思维是人的先天智慧，来自天人合一的妙明真心，感性思维和理性思维来自人的后天意识。直觉思维是人对事物的直接经验，只有通过直觉思维得到的才是绝对真理，而感性思维和理性思维得到的只是相对真理、局部的真理，后者难以使人获得究竟圆满的智慧。

234. 因为信仰，你让自己陷入了。陷入导致心智的扭曲，看所有不信的人都是另类。原本信仰是为了修炼平常心，因为你的陷入，信仰反而成了制造分别心的罪魁祸首。

235. 有知识的人未必有能量，有能力的人也未必有能量，有能量的人必定有智慧，因为他的智慧来自整体。

236. 拥抱过道的人，当他去拥抱人的时候，是不会带有暴力倾向的。

237. 凡肉眼所见一切，都不是真我，包括你的肉体、情感、思想等。直到向内走，发现那个中心，激情不见了，但爱还在。只是由火化为水，此刻你走向深渊了。

238. 宇宙万物的创生都离不开道，如果一个人有意识地将心性合于道性，就能有意识地将心性合于万物的神性。

239. 每天都在受到七情六欲五毒八风的搅扰，因此观照是必不可少的功课，时刻保持观照，不要把时间浪费在其他无用的事物上。

240. 将毛泽东思想和老子思想放进同一个脑袋中，会发生何种化学反应？任何的答案都是荒谬的，因为你不是毛泽东，也不是老子。

241. 感恩众生度我，我透过你的存在看到了我自己。

242. 出家人的存在，是向世界宣告：生命以这样的方式照样可以活得很好。

243. 有意识与无意识之间隔着很远的距离，但又形影不离。一个是大海，一个是浪花。浪花永远是个体，是从整体中分离出来的。

244. 头脑制造了欲望，欲望又让你的感官异常活跃，以至于你无法做到静心。因此冲动里没有爱，反而使你无法觉知到事物的美。

245. 平庸者一旦接受自己的平庸，他将从此摆脱平庸。可怕的是平庸者往往无法接受自己的平庸，反而抗拒别人的独特，因为别人的独特威胁到了他的平庸。反对独特，才能将自己平庸的嘴脸大白于天下。

246. 宇宙间最伟大的重逢是在自己的内在找到另一半，巅峰的体验会被导引在最内核处。最内核的能量会将那个高潮推向一个高度，极乐将替代欲乐。

247. 感官喜欢追求刺激，无法让自己进入更深。

248. 生命没有死亡，有的只是生长。

249. 肯尼迪总统曾经有两句经典的演说词:“我同情你们的感受，我理解你们的处境。”我也总是对自己说两句话:“我是多么幸运，我是多么感激。”

250. 尽管我们是相反的存在，但我不能不爱你。正是相反的存在，创生了宇宙万物。

251. 一个佛，对于美毫不动心。即使你追逐他，他也不拒绝不反抗。只是存在，那份存在仿佛你根本不存在。

252. “轻信会使你头破血流!”这句话是初恋男友告诉我的，在我不懂什么是爱的懵懂年代。他说对了一半，尽管我流过血，但从未感到疼痛。一个害怕敞开的人是无法学会爱的，我愿意对宇宙全然敞开自己的心胸。

253. 失去自由是可怕的，所以你会去选择一个不爱的人结婚，理由是他能给你自由。更为可怕的是，你只是要求自由，却限制对方的自由，于是出现了奴役性的社会。如果你是一个有深度的人，就无法忍受肤浅。

254. 工作只能呈现你的部分价值，潜在的价值常被单调重复的工作掩盖，尤其对于有才华的人而言。

255. 宗教家将静心等同于死亡看待。在那个片刻，你摆脱了所有外在依靠，连同自己也化为乌有。然后身体变成一座庙宇，神在祈祷声中飘然而至。

256. 推销员很热情，是为了掏你口袋里的钞票。但你遇见一个佛，他通常很冷静，他深知无法将一个佛贩卖给你。

257. 身体的毒素可以通过物理排毒清理，心灵毒素的清理可以通过诗歌、绘画、舞蹈、音乐等艺术形式化解。但这些艺术来自同一个创造的源头，在这个源头无任何毒素需要清理，所有创造也将不再成为心灵垃圾的宣泄场，而进入了空灵的大美之境。

258. 大家如此热衷讨论性，反对者未必是高尚的，讨论它的本身证明对这个事物的热忱并未消失，而赞美者未必是愚蠢的。如同有的师父，他不对你大肆宣扬持戒的妙用，因为在你未达到那个高度之时，他不忍心破坏你任何一个当下心灵的喜悦。

259. 曾有一个师父，每当弟子修炼出神通，就毁掉其神通，让他从零起修。如此这般，弟子才会重新被空占据，而不是被神通所占据。

260. 回想女儿出生的那个瞬间，眼神明净如镜，让她们重新回到那个瞬间的生命状态，是我们此生唯一的努力方向。

261. 在孩子面前，我那么渴望被她们所占据，占据使彼此的生命有了流动的美感。

兰考悟道

一

河南兰考县作为政治大县，沿街嗅不到很浓的商业气息，看不到大量林立的广告牌，反而到处都是“大标语”，置身于这样一个政治氛围很浓的特殊县城，不觉间就把心放在天地之间思考问题，并将个人与组织的距离拉得很近。上午我拜谒了焦陵，我不认为这是共产党员的专利。

二

在焦裕禄同志纪念馆内，悬挂了他写的很多语录，内容生动鲜活，都来自充分的调查研究，读来直指人心。只有创新型的思维方式，才有新鲜流动的语言文字，而这种创新型的思维方式来自思维的高度，高度决定能量，所以焦裕禄同志到兰考后，迅速总结出“三大自然灾害”，并能对症下药。他依靠自己的精神力量，一度改变了兰考这片多灾多难土地的命运。

三

兰考人把泡桐叫“焦桐”，以纪念他们的老书记焦裕禄。春天，紫色的桐花开放，朴实无华，无艳无香，一如这片多灾多难土地上的兰考人……今早我看到很多参观团队在泡桐树下默默驻足，他们大部分是来自全国各地的公务员。听焦裕禄干部学院领导介绍，全国的县委书记都要到此处轮训，我看了他们轮训时的照片，还有下地干活的体验活动。第一次知道县委书记们的课程也有体验式教学，很新鲜。

四

兰考市政府领导介绍说，这里的公务员是“5+2”“白+黑”，即每周七天工作日，没日没夜随时待命，并且很多人每周至少有四晚要住在党委，真正做到了舍小家顾大家。我看到他们精神面貌都很好，没有萎靡不振的情绪。据说每年接待各界来参观的人士高达 260 万人次，也难怪每人都神采奕奕，精神面貌是伪装不出来的，体现的是一种文化和作风，比语言更有力量。兰考作为全国学习的标杆县城，这里的工作节奏和其他县城很不一样。

五

去兰考途中途经淇河，淇县即以淇水而名。淇县古称朝歌，是殷商故都、卫国都城。三千多年前，这里曾是烽火戏诸侯、武王伐纣的发生地，也是成语酒池肉林、郑卫之音的发源地。《诗经·卫风》中有“瞻彼淇奥，绿竹猗猗，有匪君子，如切如磋，如琢如磨”，描写了淇水沿岸自然风光和时事人物。空中俯瞰淇河，有一处完美的天然太极图，传说文王曾被囚于绝壁洞穴，久观河曲山形之变，而悟太极阴阳之妙。相传甚久的古联“东临淇水凭鱼跃，西依太行听鹿鸣”，更是道尽了此地山清水秀、和谐安逸的环境宜居……淇河，不愧为一条诗河，一条史河，一条文化河！乘坐高铁，淇河一闪而过；逝者如斯夫，不舍昼夜！冥想酒池肉林、默诵诗经风雅，可以想象，当年这里物质文化生活曾经何等富足繁荣！

六

走到哪里，我都喜欢拍照，但到了焦裕禄纪念馆，我把焦点放在了历史图片和陈列物之上，用心感受每一个角落里流淌出来的关于生命的律动，生怕有半点遗漏。看到焦裕禄同志用过的被褥，我感到了与现实的差距，因为我的被褥换得很勤。当时我想，有人会认为时代不同，现代人考虑的是如何花钱的问题，节约的观念很难深入人心。但物质的节俭反映的是内心的简朴，这个时代需要呼唤心灵的回归，所以焦裕禄精神的复归，也是我们优良传统文化的复归。

七

自有史书记载以来，兰考先后经历 19 次水灾，每次都哀鸿遍野，百姓无家可归，有人戏称这里是“龙尾巴”，只要龙王不高兴，轻轻摆动尾巴，就会山崩地裂。但如今的兰考，已经有了翻天覆地的变化，“龙尾巴”早已隐形一去不回。踏着兰考这片土地，我怀想当年焦裕禄书记与“龙尾巴”的斗争，他为之付出生命的代价。“龙尾巴”如今安在？我很想在此修一座龙宫，请求水神赐福给龙王，感恩它赋予兰考人民的这一切，没有大灾大难，一个人，乃至一个民族是难以成长壮大的。

八

我讲课不喜欢讲历史、故事以及引用别人的观念，那样使我看上去毫无生气，而我生命本身是如此生动，那么我讲什么？只好到了现场找感觉，看到人群我就兴奋，但脱口而出很容易有纰漏，所以我很懒得出来讲课。此次到了焦裕禄干部学院，我知道不会讲课的原因了，就是因为缺乏调查研究，这里是活的教材，随便看到一点，就可以用发散思维无穷放大。

九

我不是党员，但走进兰考，仿佛我的身份变了，就像我遇到和尚，认为我是佛家的，遇到道士，认为我是道家的。其实我没有主动皈依任何教派，在我看来，皈依也是一种野心。

十

焦裕禄同志与兰考生死相依，在病危时流着泪说：“我对不起党，没有完成党的重托，死后请把我在兰考埋葬。”这段话感动了很多人，可以看出他对党的赤胆忠心，这片诚心惊天地泣鬼神，想不成就大业都很难。我研究过心学课程，把正能量的心分了很多种：比如感恩心、慈悲心、诚心……可以说一念就是一颗心，但在所有心当中，我认为诚心最重要，这是一切的根源，至诚可以通天地鬼神，更可以联通人心，而融心才能得天下。

十一

我和焦裕禄同志不是同时代的人，也没经历他那样的苦日子，但为何到了兰考我如此有感觉？因为我父亲，他是忠诚的共产党员，在部队就开始宣讲毛主席思想，潜移默化间对我影响很大，我又想到十四岁的女儿对我说：“当小官无法影响整个世界的格局。”在兰考的焦裕禄同志塑像面前，我想到很多的现代名词：频率、波长、磁场、光谱……

十二

写了多年悟道，很少替党讲话，因为我不在那个环境中，本人又不愿意虚言假套，没有感觉的话不说。但今天，默默伫立于党旗之下，浑然忘掉了所有可能面对的功过毁誉。这一刻，我的心只在当下，只属于一个人，只属于兰考这片最温情的土地，也只属于我的祖国。

十三

习近平总书记在中学时听到焦裕禄同志的事迹报告后，深受其精神的影响，此后这种影响一直伴随他的政治生涯，可见精神的力量可以改变人的命运。他将兰考作为联系点，实现工业反哺，使兰考步入发展的快车道。可以看出精神资源可以转化为生产力，无形资源可以变成资本，其背后的驱动力是思维高度和内在能量，所以我讲国学课程时，曾总结："所谓修行就是提升思维高度和蜕变内在能量。"

十四

我的心总是如此敏感，曾在布达拉宫的山脚下梦见过佛祖对我开示。昨夜睡在兰考的焦裕禄干部学院，又梦见我去世多年的奶奶，没有看清楚她的脸，但声音清晰可辨，依稀看见自己回到少女时代，长发及腰青丝如瀑，我想这是某种活的存在重新开始流动的暗示，也暗示着因缘的长长久久，感恩生养我的国土，不忘国土之恩，盼来世在轮回的路上，你我能够再次重逢于东土。

十五

有这么一个人，他远离故乡，强忍病痛，带领一方百姓做了一番今天看来不小不大的业绩，如今人们为何却能用最高规格追念他？无他！在这个人身上，体现了一种奉献精神，一种坚强意志，一种坚定信仰，一种家国情怀——他叫焦裕禄！今天，我以小老乡的名义，以最普通市民的身份顶风冒雨前来拜谒焦陵，致敬忠魂，并用最温情的笔墨留下这份珍贵的回忆。

问道梵净山

一

今天是2017年9月20日（藏历七月三十日），释迦牟尼佛节日，清早藏地的师父们就给我发来诵经的视频，这个日子是极其殊胜的。我们一行人乘坐一辆旅游大巴车前往梵净山，此行来梵净山，完全是机缘巧合，原本不在我行程的计划之中。因为到贵州铜仁之前，梵净山对于我来说是陌生的，仿佛它只是一个神秘而静静的村庄。记得前天到铜仁途中，我向司机打听这里著名的景区，听到的第一个名字就是梵净山，才知道这座在贵州西南方屹立了几千年之久的中国五大佛教名山之一的梵净山，是中国著名的弥勒菩萨道场。

二

车辆从贵州铜仁市区出发，经过长时间的拥堵路段，由于天气下雨，透过车窗看不清这座现代化县城的全貌，当车子路过锦江广场时，导游介绍说，在锦江广场的第六十四级高台上，伫立着三尊铜像，分别是孔子、老子、释迦牟尼佛。这三尊铜像，是这座城市的文化名片，“铜仁”的来历就因为这三尊铜像，铜仁原名铜人，相传元朝时有渔人在铜岩处潜入江底，得铜人三尊，挽而出之，因此而得地名。

三

出了铜仁市，车子行驶到了狭窄的高速公路，前方云雾缭绕，仿佛在云海中穿行，道路的两旁群山起伏，绿树成荫，偶见一些散落在大山脚下古朴静谧的民居，来不及细细打量，车子便倏然而过，在瞬间的交融中，不觉间洗去一身铅华，当下即与朴素结缘，万千功名不过只为在红尘中炼心，不过只为这一瞬间的回归，朴素又低调，却有温情盈怀。

四

一路颠簸，到了梵净山脚下，我睁开惺忪的睡眼，只见车窗外大雨倾盆，狠命地敲打着玻璃窗，路面上雨飞水溅，迷蒙一片，听说贵州就属多雨之地，偶尔从云层中挤出一丝珍贵的暖阳，因此得名“贵阳”。真是天公不作美，大家只好跑到一家餐厅门口的屋檐下避雨，我瞅一眼脚下的平底皮鞋，赶忙到路边买了一双防雨鞋套，发现很多友人都挤在狭小的商店中，小店生意陡然红火起来。

五

大家全副武装之后，坐上大巴车向梵净山山顶驶去，从车窗前方望去，天空之上还是天空，雨水之外还是雨水，雨越下越大，将天地万物复归于空灵之境，我的心也渐渐明朗开来，友人赶忙在雨中给我抓拍了一张照片，尽管大雨倾盆，但我的笑容看上去却灿如艳阳，每每到了名山大川，我似乎总能快速与周围的景致浑融为一，反而有时在嘈杂的人群中显得格格不入。

六

在向梵净山顶索道行驶途中，由于雨天，车窗外的能见度是很低的，满眼皆是朦朦胧胧的青翠之色，路上的车辆和行人并不是很多，所以车速很快，车辆在起伏的山路上一路飞驰，不一会儿就到了登山索道入口处。这种天气是不可能徒步丈量梵净山的，坐索道是唯一的选择。坐上索道，在海拔两千五百多米的高空，有点轻度耳鸣。友人趴到索道的窗户上俯瞰整个山区，非常遗憾的是，我们仿佛置身于一间温度很高的汗蒸房中，四处都是雾蒙蒙一片，雨水将所有美景肆无忌惮地隐匿于莽莽的群山之中，只见天地一片浩瀚，唯独人渺渺。

七

走下索道后，我们前往的第一站是梵净山的蘑菇石景区，蘑菇石是梵净山的精魂，也是梵净山的象征，蘑菇石高十余米，顶上一斗状石堆放在一根较细的石柱上，上大下小，形如蘑菇，因而得名。导游介绍说，蘑菇石已经在此稳稳站立了数亿年之久，不能不说是梵净山的奇迹。我想象他是梵净山这个偌大舞台上的主角，当所有的演员都谢幕了，所有的观众都离席后，当曲终人散之时，只有他独自站在没有掌声与鲜花的舞台中间，无言地向世界诉说岁月的哀伤，静默地感受独孤中的大美，我喜欢这样的意境，有点“独钓寒江雪”的凄凉况味，又仿佛是一位孑然一身的坚韧的侠客，独自仗剑俯瞰天下。

八

因为陡峭，所以要攀爬。前方就是蘑菇石景区，大家一路高歌向山顶攀登，此刻雨也渐渐停下来，我收起雨伞，整理好背包，跟着人群向上攀登，不一会儿就开始气喘吁吁了，因为来贵州前，刚刚抽了几百毫升鲜血，医生叮嘱要注意休息，但由于事务缠身无法脱身，便带了很多补品按照计划出行了。此刻爬到半山腰，渐觉体力不支，眼看离前面的人群越来越远，不由得紧张起来，担心晕倒在不见人影的山谷中。连忙坐在半山腰的石阶上，掏出早上准备好的水煮蛋，一口咽下去给自己补充体能。有点想退缩的念头，又觉得不远千里来到此地，半途而废会给自己留下终生的遗憾。

九

正当我坐在通往蘑菇石景区的石阶上，犹豫是进是退之时，从山上迎面走下来两位轿夫，询问我是否坐轿上去？我见他们的年龄和我父亲相仿，觉得有点难为情，半开玩笑地说：“我也不是新娘，还是算了吧！”他们以为我因为价格问题犹豫，便主动提出来给我打折，我半推半就地略带羞涩地上了轿，很快我便意识到这是一个错误的决定，在接下来的时间里，我经历了极其漫长的时光，根本无心欣赏周围的风景，甚至连大气都不敢喘，望着正前方那位长者的背影，我想起很多人的背影，包括父亲的背影。一路上我都不敢挺直自己的脊背，而是半弯着腰坐在轿上，显然我坐得并非那么理所当然，并非那么理直气壮，一连声地说：“师傅，要不休息一下再走吧！”……

十

看着眼前那位轿夫的背影，我想起冯骥才先生的文章《挑山工》，当年冯骥才先生第一次去泰山看到挑山工的艰苦生活之后，感觉到剧烈的心痛，他的灵魂深处受到极深的触动，特意专程采访了挑山工，深入了解他们生活的悲苦，然后强烈建议政府成立挑山工博物馆。此刻，我身临其境，感同身受，很能体会他当初的心痛，但很怕读者觉得我的笔墨有些矫情。其实不然，我承认自己廉价的同情心，在活生生的现实面前无疑是“洒狗血”，我承认所有的喜怒哀乐的情绪，都不是实有的，都是人感官的错觉，不是清净无染的本性，所以我提醒自己控制好情感的尺度，不想让谁误以为我要借机标榜自己的大慈大悲，相反我曾说过，其实很多时候我承认自己是个混蛋。

十一

望着轿夫的背影，我思绪万千，心想到了山顶我多付一些小费聊以自慰吧！眼前出现了两个数字，但转眼我便觉察到自己的无聊，为何到庙里做功德时，常会慷慨解囊，面对活生生的人之时，反而会这般计较？这是人之劣根本性，常对佛祖有所求，而把最宝贵的人性当成交易的成本，无疑只有人，才是宇宙的精灵，也唯有人，才能用心透过宇宙万物来寻道悟道。想着想着，轿夫把我抬到了山顶，幸好距离没有我想象那般漫长，但这两位轿夫给我带来的心灵触动，是此次梵净山之行给我带来的最宝贵的人生体验，我知道此行自己真正想要经验的，已经足够足够了。

十二

终于见到了传说中的蘑菇石，尽管不是亲自攀登到山顶的，但总算到了梵净山的精魂之处，总算不虚此行。山顶的气温明显偏低，我裹紧身上的雨衣，打了一个冷战，刚才轿夫给我带来的些许郁郁寡欢的情绪，顷刻间被山顶的冷风吹得无影无踪，这便是人心之无常，念头之虚妄，唯有当下这一刻是最真实的，所谓过去心不可得，未来心不可得。在这个当下，我抬头仰望眼前的顶天立地的蘑菇石，忍不住伸手抚摸石头上的青苔，怀想多少年前，它们是怎样地从海洋移步到陆地？其中又经历了怎样的沧桑？这种头重脚轻的结构，很容易给人造成一触即倒的错觉，然而事实恰恰相反，它外柔内刚的坚韧，使它千百年来经历了无数自然的灾害，但改变的仅仅是它表面的形态，其内在的结构却越发坚韧，历久弥坚，最终形成今天的蘑菇石。“石心人心，以石修心。石道人道，以石悟道。石性人性，以石养性。石乐人乐，以石作乐。”石头的修炼和人心的修炼何其相似？彼此都要经历不断返璞归真，向内提纯自己的过程。石头和人修炼的背后都要经历不成文的规则。在这个当下，我的心只选择与眼前的蘑菇石在一起。

十三

置身于山顶的蘑菇石底下，如果不是刚巧赶上下雨天，就可以将整个梵净山的美景尽收眼底，由于雨天，我们无法欣赏到梵净山的全貌，但它的灵气却势不可挡，感觉自己瞬间精神焕发，毕竟人体内幽居着肉眼看不见的三魂九魄，它们对山明水秀的名山大川情有独钟，最爱逍遥于山水之间，留恋于红尘之外。因此大家到了山顶，并未走马观花，而是将周围的美景细细品味了一番后，径直向前方著名的景点梵净山的金顶走去。

十四

“不爬梵净山的金顶，等于没来梵净山。”但我感觉自己离晕倒仅有半步之遥，不得不放弃了爬山的念头，独自坐在金顶山脚下，用随身携带的食物补充体能，这恐怕是我克服身体不适的唯一方式了。无意中我看到眼前不远处的山脚下，有一处幽隐的古寺庙，门口广场上有很多香客来回进出，有的只是走走过场，在此做短暂停留。当然也有很虔诚的信徒，长途跋涉于此地叩拜祈福。我起身慢悠悠地走进大殿之中，里面供奉的是弥勒菩萨，弥勒菩萨以修慈心观而闻名，“宁破骨髓出头脑，绝不啖肉食众生”，表达的就是弥勒菩萨慈心救世的坚定立场。我在弥勒菩萨的面前，虔诚地焚香叩拜，脑袋里什么也没想，一念不起即是佛吧？我只是来弥勒菩萨的道场报个道，而且赶上了初一的大好日子，也算幸运至极。走出弥勒菩萨的大殿，友人们已经陆续从金顶的山上下来，纷纷向我描述山上的奇雄险峻，庆幸我没有与他们同往。

十五

离开梵净山的红云金顶，到了该下山的时候了。刚过净心池，我感到自己一阵晕厥，双腿开始发软，这时前方的队友回头看到了我，连忙过来扶我向索道的方向走去，至于沿路的风景，我再也提不起任何兴致，只求自己不要晕倒在返回铜仁的途中。此刻，我坐在铜仁机场的候机厅，感到笔墨和我身体一样有气无力，一边听着《我的家乡梵净山》的歌曲，一边想着给这个小短篇文章收尾。突然间想起一个许久未联系的彼此之间有点矛盾的好友，也许所谓矛盾只是个误会，其实在我的心底从未真正恨过他，我想立刻让他知道我的感受，于是当即拨通他的电话，尽量压低自己的声音，温柔地告诉他我此刻的心情，居然我第一次深切觉察到，他的内在和我一样，他的内在原本就和我一样，只是我的心灵曾丧失了对周围的事物和人敏感的觉察能力而已，今天不正是梵净山这个弥勒菩萨的道场，给了我灵性的加持力吗？让我在倏忽刹那间隐去了积郁心底的哀伤，在生命中留下了一份持久的绵延不绝的温情。唯有宽容，才能让自己在这个薄情的世界里深情地活着。感恩神圣而美丽的梵净山！那一世，因为我曾经来过，所以这一世，你仍然记得我。

觉悟大道之爱

大道之爱

相对于头脑，我们是主人；相对于本性，头脑是奴隶，爱才是真正的主人。所以头脑是虚假的中心，本性才是整体的中心。无论如何完美的表达都无法真正切入心灵的最本真地带，在心灵的最本真地带，语言是多余的，因此说话可能是生长的力量，也可能是摧毁的力量，老子说静默中才有真朴的大道之爱。

爱的层次之分

爱是有层次的，有大爱、情爱、欲爱之分。世上最宝贵的是你的灵性，灵性可以满足自身最高层次的需求。灵性会让你体悟禅定的极乐，这不是禁欲可以达到的目标。灵性到了一个高度，即使身在欲中，也能做到无我无心，也不会因为欲望下坠。

爱是做的，不是说的

诗人老巢说："我不会写爱情诗，我认为爱是做的，不是说的。"这句话很有禅意，禅就是一种体验，错过体验的喜悦就错过了整个生命。比如我的爱情诗，都是在我无法拥有爱情的时期写下的，如果能让事情顺应最自然的态势去发生，就不会写下那些口头禅。但在现实生活中，有多少人整日醉生梦死，错过"做"的喜悦，而因此错过整个生命本身。

情与欲

道家讲要有情无欲，是说既要接纳自己的多情，又要不混同世俗之情，为了平衡这一对矛盾，我写了很多与情有关的文章：《爱情的真相》《相思何必相守》《破情执》等，主旨思想是让爱只是成为爱本身，让爱不带有任何企图心，让爱以最自然的状态发生，让心不随爱的生灭而生灭……前提是带着觉知观照心灵的所有自然呈现。这些理论究竟有多大作用？昨夜我叩问心门，不禁眉头一皱，感觉自己活得太严肃了，只要一思考，真相立刻不见了。所以我希望自己的下一本著作不再是严肃的读本，但这个最终的不严肃，是建立在曾经严肃的基础上，没有理上的通达，内在的喜悦是难以生发的。

爱与恨

爱和恨是一枚硬币的两面，老子和佛陀都这么说过，科学家们通过实验也得出同样的结论："爱和恨的情绪作用于人体后，所产生的化学反应是一样的。"当然上面说的爱是小爱，因此只对一个人说爱时，恨必然也夹杂在其中，或者说有多爱就有多恨。只有激情消退，真正的爱才会浮现，所以我在等，等不再冲动之后，我的爱才是积极的。

让自己成为爱

如果爱，就让它发生。因为爱不是技巧，不是关系，不是概念，只是爱本身。透过爱那个人，最终将爱的能量转向爱自己的神。是的，这个理论是千真万确的。但到头来往往发现爱来爱去，本质还是在爱自己的神。可是当一个人有能力让自己成为爱，而不是寻找爱，他便少了很多烦恼。有的活佛由于他本体的清净，你坐在他对面什么杂念也没有，只是静静地觉受那份清净对彼此身心的滋养。在那种境界中，语言动作都是多余的，包括关系的建立。他本来就在你里面，在你本性的最深处，这种体验是极其可贵的。可喜的是，当你成为爱本身，就能随时随地活在全然不同的体验之中，这份喜悦来自你内在的圆满。

爱与欲

爱字说得好听是爱心，说得不好听是爱欲。其实爱与欲是没有分别的，尽管爱的尽头是真善美，欲的尽头是贪嗔痴，但即使到达真善美的极致，也不过是触摸了大道的边缘，也不过是天人合一的初级体验，也不过是到达彼岸途中的行者。直到消除了爱与欲的二分性，直到我就是世界的源头，直到宇宙的众生都在我的心智里跳跃，每时每刻都与我同呼吸共命运之时，于是无爱无欲，也无佛无魔。

有爱的心灵

伟大的爱因斯坦用生命最后的十年时间倾心致力于世界的和平事业，足以向世人证明聪明的头脑走到最后依然是局限。头脑可以给人真理，无法给人爱；可以给人聪明，无法给人智慧；可以给人正确，无法给人慈悲。只有有爱的心灵，才有真正的智慧和慈悲。

爱情与悟道

向一个我爱的人去讲道，似乎是件很残忍的事，也许他需要的是爱我，不需要悟道。但我和他谈爱情，又显得很肤浅，因为爱是做的，不是说的。讲道和谈爱情都令我感到无聊，所以在这两件事上我是失败的。只好抛开爱情开始论道，可是我越想讲明白就越糊涂，直到有一天我顿悟：什么是道？这不是重要问题。于是道融入了我整个生命的存在，我也因此顿悟了爱情的真谛。

遇见的瞬间

一见钟情不是来自头脑的思考，而是来自瞬间的敏感。诗人海子在川藏之旅归来后，不惜以生命的代价诠释了敏感的价值。无数圣者先贤摒弃浮华，就是为了保持内在的流动，因为这个敏感的瞬间，整个世界也因此变得与众不同。

圣凡之间

既要有“修行”的目标，又要虚化“修行”的目标，不虚化这个目标，很容易给自己贴上“修行人”的标签，于是就产生了二元对立的分别心，时刻都在区分“修行人”与“非修行人”，甚至会滋生贡高我慢的心态。在我眼里，二者没有区别，圣凡皆在一念之间，安住当下的平凡人比隐于山林的“修行人”，或许更容易成道。

合一的喜悦

成魔是成佛的必由之路，在经历了是非颠倒的魔性之旅后，终于绝处逢生，有了生命的觉醒，让自己成为爱本身，于是成了真正的国王，人生的喜乐富足也随之而来，为了感恩宇宙的这份馈赠，唯有在修行的旅途上不断精进，通过修行蜕变内在的能量，此时无魔可降，无佛可成，即与宇宙完全合一，每个人都会被你由内而外散发出来的合一的光芒所感染。

分别心

平时要修炼一种思维的惯性，即不用分别心看世界，包括不过多提出二元对立的问题，比如佛教与道教哪个更好，宗教与科学哪个更重要，诸如此类的问题很易让自己陷入分别的知见。并非人人都要变成一部百科全书，除非他的生命很匮乏，需要用知识支撑生命的全部。

知与不知

不空，无法容，以至于别人讲了什么，你听不到。世界发生了什么，你觉察不到。因为你习惯用大脑中固化的标尺去丈量世界，可惜你的标尺不是宇宙最精密的仪器，世界也无法被丈量，所以你永远无法潜入最深的谷底，于是冲突发生了，也因此丢失了合一的美妙。如果放下你所知道的，你知道的不再是越来越多，而是越来越深。

自身的光芒

一次我问师父关于爱情的话题，他说："何时你不把这个问题当回事，就会称心如意了。"太把爱情当回事，很容易走极端。做学问亦是，相比于一个人渊博的学识，我更喜欢的是他脸上的神光，何必去纠结他学过多少善知识？生命自身由内向外散发的光芒就是对文化最好的诠释。

语言的本质

"我真没想到自己能活着出来。"这是一位被老师"教训"

两小时的同学走出教室后说的，继而有人问他："那你听到什么了?"他一脸茫然："什么也没听到。"这听起来是个笑话，但却揭示了语言的本质，语言的本质是能量，这种能量以声波的形式呈现，如同大海和浪花的关系，大海是最内核的存在，浪花却是表象，只有离开本质的人，才会喋喋不休。语言显然是搅扰，因为对于原初的我们，根本没有语言这个工具。然而我并未否认语言存在的重要性，通常经历太多后，我们才懂得沉默的妙用，不经过相对的存在，很难让自己静处那个绝对的深渊，在那里，没有语言，因为激情不见了。

我错了吗?

认识自己最难，指责别人最容易。而世间并不存在错误的事物，当我这样想之后，再回顾以前的导致自我指责的错误的事件，发现只是我给事物贴上了自我认识的标签而已，而这些标签随着时空的转移，早已发霉腐朽，不但时空能改变错误的定义，随着生命的消亡，所有的过错必将化为乌有，你的过错绝对不会带到地狱中，只要你意识到当下即是天堂。

真诚

我不在乎我说的有多正确，只在乎我说的有多真诚，因为真诚契合你的本性，正确只是让你获得更多知识。我不希望你透过我学到很多知识，但我希望自己能为你创造一种全新的前所未有的感受，让你在身体、精神、灵魂三个层面做到和谐统一。

宇宙最高级的思维

女儿最崇拜的不是班里的第一名，而是倒数第一的孩子，因为他没有渴望，不参与竞争，不完成作业，但依旧乐呵呵，从不动怒，以至于老师们无可奈何，只好听之任之，理所当然他成了班里的开心果。这个倒数第一的孩子未必没有出息，喜悦的感受是宇宙最高级的思维，一个不扭曲的灵魂必然会吸引所有的目光。

不知道

“不养儿不知父母恩”，做过母亲的人，才知母亲的艰辛。同理，经验“道”的人，才知“道”是什么。我们喋喋不休讨论道，恰恰因为不知道。所以老子说，知道的不说。如同母亲，如何做好母亲，没什么好说的，做过母亲的人对此问题心知肚明。

死后的去向

所有宗教家都认为，死亡是开始，不是结束，于是死亡成了生命的恩典。那么死后我们去了哪里？会重新回到身体中吗？这取决于此刻我们思维的导向，如果当下我们拥有无条件的爱，慈悲与喜悦，死后就依然会与这些存在发生关联，即天人合一。事实上，天人时刻都是合一的，除非你人为地制造了分离的假象，于是每个人死后灵魂的去向也迥然不同。

控制思维的状态

如果你脑袋中有一个固化师父的形象，就无法接纳我的语言。如同你脑袋中装着固化的概念，就无法汲取每部经典中的精华。其实每个人都有可取之处，每本书都可以学到东西。就像你自己，也是宇宙中唯一独特的存在，当你用全新的思维创造全新的生命，则无须追逐任何人，除非你无法控制自己思维的状态，只好经由别人的经验找回原本属于自己的存在。

在狂喜之间出入

狂喜不是局限于肉体，它来自灵魂的深度。来自灵魂深处的狂喜才是真正的富足，我并不否定肉体的狂喜，只是你感受到的层面是不同的，或者说它是短暂的欢愉。而灵魂深处的狂喜是持久的丰盛，因为它不需要伴侣，你可以尽情独舞。

灵魂的层级

伟人之所以伟大，在于他们引领了人类灵魂的飞升，对于人——这个万物之灵而言，平生最需要的即是提升自己灵魂的层级，否则当灵魂重返肉体之后，只能与较低层次的物质进行重组，比如各类动物。那时灵魂再想提升它的层级，就要经历更多的劫数，付出更多代价，还是趁早下手吧！

通灵者

有的问题通灵者已经回答多次，但提问者还是不厌其烦，不是通灵者对问题的回答不到位，而是提问者的倾听能力有问题，而是提问者无法听懂神的语言。并且通灵者最惧怕回答问题，因为很多问题都是纯粹觉悟方面的问题，很多答案本身就包含在问题之中。

心电感应

当你想到某个人，在起心动念的瞬间，对方立刻感受到你思维的能量，问候的电话打来了。每人都经验过类似的情形，这就是心电感应，它是宇宙法则。然而我们常忽略通灵的经验，忽略春风拂面给灵魂带来的细微能量的震颤，于是无法预测人生的吉凶祸福，也无法分辨善缘福缘恶缘的显现，相反，我们按照灵性的导引去行动，人生的结果会怎样？

停顿的艺术

停顿是艺术创作中最重要的技巧，诗歌、绘画、音乐、舞蹈、表演等艺术形式中无处不在。生活也是艺术，也离不开停顿的技巧。无论做什么，都让自己停下来，停止头脑的欲望，用敏感的心灵，怀着对爱对美无尽的渴望去感受静止的一切，就像此刻我在阳光下惬意地晒太阳。享受心死的美感，才能深刻领悟活着的意义。

当下的醒觉

昨晚与友畅饮，席间因价值观问题发生冲突，但最终我把场圆了回来，不是舌战群儒的辩才能力在起用，而是对自我意识的当下醒觉，酒精的存在并未使我丧失醒觉的能力。所谓价值观和语言都是后天存在，穿透这些表象，人人都拥有无条件的爱、慈悲、智慧的本性，在这个层面去共融，而不轻易被谁的价值观和语言的能量拽走，是每个当下都要完成的功课，于是喜悦无处不在，时刻都有新活的味道弥漫而来………

本性之光

你可以抗拒我的价值观和语言，但你无法抗拒我的爱，如同无法抗拒和煦的春风轻抚你的秀发，如同无法抗拒风吹麦浪发出的最细微的声响，如同无法抗拒黑暗中黯淡的火光。如果你无法感受到这些细微的能量，就请继续提升心灵的敏感度，因为它一直在那里，就在那里。

灵魂的内核

一位教徒告诉我，他只信自己老婆，因为她不是异教徒。这样的答案不知神听后怎么想？如果他老婆成了别人的老婆，那么他灵魂的救赎又要交给谁？如果他认为死后灵魂要回到别人的肉体，那更是大错特错。为此我狠狠骂了这位“教徒”，他说反而更爱我了，因为内心难以遏制的温情汹涌而来。其实不是我的原因，是他瞬间卸下了“教徒”的躯壳，灵魂是感受的总和，“教徒”的概念和身份无法触及灵魂内核。

喜悦的思维

爱笑的人都年轻，这是纯粹的内在经验，微笑的背后是喜悦思维的能量在起用。当一个人不能接纳自己，当一个人缺乏生命的能量，当一个人无法时时入定，当一个人做事太有目的性，他很难笑出声来。有人会说：“难道我不需要理性吗？”觉悟者会这样回答：“微笑是生命的基质。”当然你可以选择在水底和水面间自由浮沉，重要的是记住这是一个令人开怀的游戏，沉潜水底是一种喜悦，漂浮于水面又是另一种喜悦。

无中生有

承担是凡夫的心，放下是圣人的心，大放下才有大担当。把世俗的功过毁誉，宠辱得失看得比生命还重要的人，可以获得世俗所有，却失去了内在的光芒，它来自生命的大自在，它是纯粹的能量，而这种能量又可以无中生有，创生所有的外在。

财富能量

穷人和富人对待财富的态度一定迥然不同，你爱钱，钱才爱你，你对钱有负面定义，财富能量不会流向你，所以请注意，我谈的是很俗的关于金钱的话题，但它的焦点不是如何挣钱，而是如何提升内在的能量，让自己的内在成为光，所有事物都会被光吸引，包括你想要的财富，所以你为何需要钱比怎么去赚钱重要。想要拥有财富前，请给自己找一个让钱发光、让生命发光的理由吧！

真知

真知超越了科学与宗教的对立，也超越了语言的表象，很多问题都来自纯粹的觉悟。觉悟不是经过科学证实的，也不是宗教迷信，更不是肉眼可以看到的，它完全来自你的内在。因此你选择了何种语言与我辩论，我不在乎，我在乎的是你呈现了自己心灵的本色。有些问题无标准答案，有的辩论毫无意义，比如该不该信因果？生病是否需要医治灵魂？对此类问题，请允许我保持沉默，同时也感谢能提出异议的朋友，用足够包容的心胸容纳所有的异己，它来自纯粹的觉悟，比一万个标准答案更重要。

止语

我很恐惧自己会被某种偏见束缚，但很多人一起辩论时，常常会无意识地选择共鸣者，对于异己却有分别之心，唯有静心之后，方才惊觉反对者并不可耻，所以佛家强调“止语”。但也有时，我对反对者暴跳如雷，他们反而更爱我了，因为在我的愤怒中看到了爱。这才是问题的根本，至于说与不说，全凭当下的直觉。

有效的陪伴

真爱一个人，你会拿出时间陪伴他，陪伴即无条件的爱，但有效的陪伴比付出时间更重要。比如陪伴孩子，我们完全可以让陪伴变得更有意义，就是教给孩子自我觉察的能力，前提是你能敏感地觉察到他每个念头背后的动因。什么是觉察？我对孩子说："你要知道每刻你在想什么。"你知道！这是你的大我。你在想！这是你的小我。你的大我永远凌驾于念头之上，即是保持高度醒觉的意识，于是你不会偏离轨道。可以说，我是为了觉察孩子而去陪伴她们，这就是有效陪伴，它来自全然无我与宁静的心智。所以我培养的是开悟者，而非知识型人才。

思想是一种病

当我说爱，每个人都能听懂，因为那是他生命的本来，只是有人暂时忽略了内在的需求，或许到临死时才恍然大悟，生命中能留下的，除了那些触动自己内在的细微的感动之外，一无所有。所以最大的慈悲，莫过于有人能唤醒你的爱，让你先知先觉。但演讲时，却要情理交融，离不开思想的深邃，所以我总觉得自己思考得不够深，贴近听众才发现，你想的，他人完全没想到，惊觉思考也是一种病。不得不又回归了心灵的本来，心灵一刻都不能离开爱的感受，它是一种温度，离开了特定的温度，思想也会降温。

下载宇宙的力量

宇宙的力量无处不在，比如花朵在大地绽放的声音，其中便蕴藏着无穷无尽的喜悦和爱的力量，但由于我们内在的不清净，无法与这种力量对接，或许我们知道太多修行的概念："真我""真如""道"……但这些概念只能导致头脑的杂乱和无序，除非放下所有的思想，否则清净就是口头禅，否则永远无法下载宇宙的力量，所以最该警惕的就是干扰你、带走你能量的思想，如果我没有过度思考，就不会彻悟清净的价值。

万物皆有灵

人对事物的认识会改变其行为方式。昨天在影楼拍照，起初没找到感觉，动作表情一直很僵硬，我跑到门外，披上一条我最爱的围巾，它是与藏传佛教僧人僧服一样颜色的紫红色的真丝长围巾，它常使我想到藏族姑娘脸上醉人的高原红，想到我披上僧服之后的心灵的本色，于是喜悦和富足的美感以及对于未知世界的憧憬和向往之情瞬间在镜头前绽放，摄影师也有了灵感，连续狂拍了几十张，我说该结束了，他还意犹未尽。在我眼里，那不是一条普通围巾，它是与生命的觉悟和绽放有关的神物，一条围巾都可以通神，于是彻悟"万物皆有灵"的深意，这份灵性是人内在的神明赋予的。

痛苦的真相

肤浅者会在外部世界寻找快乐，聪明者会独立思考，他以为自己很聪明，其实思考永远无法通道，因为通道是经由不思考而来的，所以聪明者尽管不追求肤浅的快乐，但常陷入思考的世界自娱自乐，结果导致另一种不肤浅的痛苦。根本问题不是在聪明与肤浅的快乐之间如何抉择的问题，而是方向性的问题，除非他找到内在的方向，开启智慧，不是做聪明的思考者，否则追逐肤浅的快乐和智者的思考都一样痛苦。

用我的心神对你说

一个让你心仪很久的女人，她满足了你对一个女人所有的幻想，可当你走近她，旋即便感到索然无味，你开始怀疑自己的眼光，女人也开始怀疑她的魅力，只好在新的刺激中检验一下彼此的感官是否出了问题。不是感官出了问题，而是体验的层次决定了愉悦的深度，比如狗喜欢肉骨头，苍蝇喜欢垃圾堆，男人喜欢美女，但神却未必喜欢人之所好，更别提动物之所好了，所以我说我爱你，是用我心神在说，无论你是否在我身边。即使你在我身边，我的神与周围的存在也时刻保持分离。

消耗者

有的人以各种借口靠近我，有的借口听上去有点卑鄙，但我深知他只是找借口，其实他的内在有一个良善的动机，尽管如此，我还是假装糊涂冷面相向。理想很丰满，现实很骨感，现实中不得不承认，有一种人他会消耗你的能量，对于消耗者，要么提升他，要么包容他，在万不得已的情况下，只好选择回避他。

觉悟者

当我爱上一个人，我会找借口靠近他，不是为了占有，也不是为了某种动机，而是喜欢和他在一起时内在的宁静和平安，这就是所谓的灵魂伴侣。显然我有些欠修炼，因为宁静和平安的感觉原本根植于自己的内在，无须外求。如果说，靠近他，是为了向他传递我内在原本具足的宁静与平安，这个境界就比前者高，但还不是觉悟者的境界，因为有分别心在其中。一个觉悟者，他的存在时刻都洋溢着平安和富足的美感，不需要灵魂伴侣。

向深处探寻

一个轻浮的人，也许他很有灵性。一个贪欲心重的人，也许他很务实。如果他有了思维的宽度与深度，就不会被表象意识所迷惑，就会觉察到行为背后更为深层次的动因。但向深处探寻，是一项艰苦的工作，所以有时候，我们往往为了轻浮而轻浮，为了贪欲而贪欲。

感性素质

现在流行一个词叫作："感性素质"，它是创造力的源头，它来自较高的艺术修养、审美水平，归根究底来自内在的敏感度，它是如此精妙，令你陶醉于不知名野花的芬芳之中，令你对着流浪的野狗伤怀，令你嗅着阳光的味道却感到无比富足，由此有了诗歌绘画等艺术作品，也有了创新创造的动力，在司空见惯的事物中发现了人间的大美。而“感性素质”能力的提升又是如此简单，它总是隐匿于琐碎狭隘事物的背后。

高维空间

关于高维空间的存在，早在 2000 多年前就有人亲证过，宗教家们不厌其烦地描绘他们所体验的真相，目的是引领世人看破三维空间的幻象，获得心灵的解脱。由于它是超越语言与逻辑的存在，所以智者强调心悟。但是到了科技日益发达的今天，无数科学家通过实验证明了高维空间的存在，比如七彩光，在高维空间它只是能量投射，在三维空间才呈现其颜色。由此可见，高维空间人的思维方式是三维空间的众生所难以理解的，思维的高度深度宽度，直接决定了看待问题的角度和视野。

无意识的混乱

有一次讲课，我认为没什么可讲的部分，现场发挥得却很精彩，反而我很看重的内容，研究最深入的内容，大家却听得云山雾罩，因为我太看重某些理论，无意识中大脑输入了太多概念知识，因而呈现了大脑的杂乱无序，这也是执着心的表现。原本大道至简，知识不需要越来越多，而是通透，但在这个微信时代，人人都是思想家，这是否会导致集体无意识的混乱？

沧桑

心灵的沧桑决定了笔墨的沧桑。我们常用“遒劲有力”“力透纸背”“用笔老辣”形容书画作品，一位八十岁的饱经沧桑的著名画家说，他的画不够沧桑，他渴望再多些沧桑的经历，可惜作为一个垂暮的老人，能够选择的只有安逸。原来沧桑的经历不仅是艺术的源泉，也是人生最大的奢侈品。但我认为，沧桑感未必来自经历，而来自一个人对于沧桑的感受能力，我大笑着对那位老者说：“原本您就是沧桑的，用笔墨表现您沧桑的美感已经足够足够了。”

有血性

那天在某部队讲课，讲到习主席对军人提出的“有血性”，我当即拍案而起，提高嗓门说：“危难之际军人挺身而出，这是本能，也是做军人的底线……”，由此看到自己骨子里纯爷们儿的特质。一个人身上的铮铮铁骨和浩然正气，象征的是他的精神境界，因此没有一个国家和民族是不推崇英雄的，当下的时代，依然是一个需要有血性的英雄辈出的时代。

像伟人那样思考

佛祖想的是如何普度众生，狗想的是如何吃到肉骨头，念头的差异可谓天壤之别，这被称为思维维度的差异。我在那里，你却在这里，世俗之中就有此岸与彼岸之分。你去观察一个人，只要他的思维很琐碎，那么他必定处于极低的维度空间，所以低维空间的人与高维空间的人会有交流的障碍，因此有一种人，是永远读不懂经典的，除非他问自己：“如何提升我的维度空间？”或者很简单，就是改变思维方式，像伟人那样思考，让自己从琐碎中彻底抽离。

你为什么不自由？

你不爱的人，你无法专注的事物，你难以抗拒的各种诱惑，你应对危机所做出的迫不得已的对策……面对各种现实问题，究竟尊重内心的感受，还是委曲求全？这个决定来自你的智慧，而非聪明。聪明的人只知前行，智慧的人则知止有定。当你脱掉身上的盔甲，便呈现了智慧的内核。才发现，如今失去的并未失去，曾经得到的并不真的属于自己。

欢乐谷

我知道否定世俗的快乐，也是一种偏执，但在感官刺激中寻找快乐，对有些人而言，也是极为困难的。那天带两个女儿和一个道友去深圳的欢乐谷，里面四处都是惊险刺激的娱乐项目，老实说那个氛围是令我生厌的，女儿也遗传了我的基因，生来就喜欢安静，道友更不必说，进入景区后便独自坐在树下晒太阳，结果我们一行四人，花了 800 元的门票钱，只为在欢乐谷景区的树底下喝茶。我想到肉体快乐和灵魂快乐之分，显然有了这些分别的念头，人是很难真正快乐的，最好是什么也不想，但每次遇到喧嚣的环境，我总会在热闹中寂寞，深处于我自己的不为人知的欢乐谷。

你究竟输给了谁?

你什么都有，为何周围还有那么多苦难的灵魂，有的不是别人，正是与你最近的亲人，想到他们的苦难，你的幸福和快乐变得如此肤浅。有一种惩罚，来自对你身边最近的亲人，因为他们的苦难，你开始质疑自己活着的意义，开始深刻地反省自己的过错，终于知道人生没有赢家，正是因为你赢了，所以你输了，这就是宇宙的平衡之道。面对那些苦难的灵魂，你不得不问自己："我究竟输给了谁?"

厌倦世俗之后

痛苦的灵魂还有救赎的可能，至少证明他对某些世俗的存在已经产生厌倦之心，至少证明他有了让灵魂寻求解脱的渴望，相反沉迷于酒色财气中永不厌倦的灵魂才有些糟糕，因为他永远无法发现一个全新的方向，让自己当下解脱的方向，也许老天让你厌倦世俗，是为了让你重返天宫。当然仅仅厌倦还远远不够，厌倦的另一面是贪爱，是永不厌倦，超越了此二者，也就不会再被灵魂的苦乐搅扰。

你在修什么?

究竟什么是佛，什么是道?什么是我?什么是宇宙的本原和实相？什么是先天和后天？这些基本问题没有搞清楚，就不要口口声声说自己是修行人，因为你在修什么，自己都不知道。或许这些问题很玄，那么可以反过来问：什么不是佛，不是道，不是我，不是宇宙的本原和实相？……正是这些基本问题没有搞清楚，才导致个体与整体的分离，导致自己处处用分别心看问题，处处对事物贴标签，做判断，导致你二分性的思维方式，导致人类的痛苦之因，因为你还有一个“我”。

从琐碎中抽离

某些人，某种事物，具有极大的诱惑力，以至于带走你所有的能量，在澳门赌场，我观察那些赌徒的表情时，这样想。突然发现自己有很多优点：不打麻将，不穿名牌，不看电视，不闲拉呱，不爱逛街，不喜扎堆……我对所有琐碎的事物，有种天然的恐惧，它会让你神魂颠倒，从而带走你的能量。但只要你学会时刻从琐碎中抽离，就会迅速拿回自己的力量。

我在做什么？

只要你看到，每一刻正在发生的，即使你做错了，也不会酿成大错，因为你的意识是清醒的。只要保持意识的醒觉，所有外在事物都不会带走你的能量，这是人与动物之间最大的区别。人也有兽性的一面，所不同的是，动物对于自己的兽性，永远无法做到自我觉察。

心魔

昨晚噩梦惊醒，看到天花板上有一毒蛇盘踞，开灯一看，原来是幻影，也许是自身的贪嗔痴三毒招来的，自己看到的并非幻象，我的心眼说。有时你所遇到的灾难，正是修行的契机，相反有些机会，会导致你三毒缠身。所以要有正知正见，不能颠倒是非，鱼龙混杂，陷入邪知邪见之中，我又想到了魔的定义："扰乱人心性的，妨碍人修行的，让人不得清净的事物被称为魔。"切记！切记！

关于教派之争

我们学习传统文化，是为了认识本心，开启智慧，不是为了教派之争，你是佛教徒，但未必有佛性，道教徒亦然。真修行者，无论身披袈裟还是头戴道帽，他的心不属于任何组织，任何教派，因为他深知，这与他的本来面目没有丝毫关系。因为他深知，所有的分别之见，都来自人的后天意识，而非本然心。

感受力

感受力是一种能力，也是一种习惯，比如植物学家对植物有独特的感受力，画家对于颜色有独特的感受力，这是一种能力，除此之外，还要培养一种习惯，即感受别人内在的习惯，这种习惯的培养，不但有利于自己了解别人，也有利于更好地了解自己，因为别人即自己。感受别人的习惯，更多的是来自倾听，你去观察一个好的领导者，非常善于倾听下属的汇报，否则他很容易导致决策上的失误、情感交流上的障碍。

会议发言实录

在“把道讲清楚”主题论坛上的即兴发言

王凤仪先生说：“上等人迷在文字里，下等人迷在财色里。”意思是，凡是被外在事物所转、所迷，都不是得道者的表现。她举例告诉大家，自己最早写悟道的过程中，提纯了心灵，升华了精神境界，成长了灵性思维，但也因此产生了对这个世界的分别心和对文字的执着心。直到有一天醒悟：一叶一菩提，一石一如来。一朵花，一块石头当中都蕴藏着道，何必执着自己口中的道呢？有了这个觉悟后，她放下对求道的执着，而是回归生命的内在。才发现，所有的道都在生命的内在，所有的外求是一种本性的迷失。过度外求，会导致人身心不平衡，会导致一个人最终的崩溃。她讲道，老子告诉人们一个原理：神在心，不在脑。当一个人过多动用后天意识，过多用脑，会导致反客为主，神会暴怒，杀死人，所以要多用心灵感受，少用大脑。

头脑是人后天意识，是道的孩子，生命最终要回归道的母亲的怀抱。老子主张绝圣弃智。尽管头脑制造了二元对立的世界，但孩子也是母亲的一部分，因为孩子也是母亲创生的，所以我们也不能否定头脑的存在。正是这些差异化的存在，让我们回归了道的整体。道在创生万事万物的瞬间，也创生了我们生命的差异性，我们要像道包容万物一样，包容个体差异性的存在。

观察一个人是否通道，可以看他有没有分别心，是否用分别心看待这个世界，是否拥有生命的整体观。这些是判断他是否通达道的一个最重要的标准。

道是否能讲明白？她说，老子是用宇宙意识在讲，我们是否进入深度聆听的状态。你和老子的意识是否在一个层面，决定了你是否能通达老子的智慧。

至于什么是道，它不在任何人口中，而在你自己的心里。我们很难说“道”是什么，它必须经由“不是”的存在，才能抵达“是”的彼岸。

千学万学，教人学真；千修万修，教人修真。修道之人，首先要学会做一个真人，也就是：嘴里有真话，眼中有真人，胸中有真气，心中有真情。

在刘绥滨老师“太极智慧”论坛上的总结发言

当太极拳仍然无法解决人灵魂的困顿之时，便很自然地完成了由“太极拳”到“太极智慧”的跨越，前者是术，后者是道。

道家思想追求的终极目标是延年益寿和羽化成仙，打太极只是到达终极目标的通路，因此太极拳不仅是一种拳术，也是道家思想的最具体的呈现。

会打太极拳的人比比皆是，但最终能把太极打出一种精神境界，打出一种悲天悯人的情怀，打出一种艺术的美感，打出一种与道合一的宇宙思维，这样的太极人士寥寥无几。

如果没有一份如水的禅心和忘我的精神，那么太极拳仅仅是一项体育运动，任何人是永远无法打出太极智慧的，所以太极智慧是一种心性的修炼，最终的目的是让我们完全与道合一。

打太极的过程，除了强身健体之外，还是不断弱化后天的自我意识和不断弱化后天自我聪明的过程，这个过程也是不断让心灵返璞归真的过程，所以首先打好内在的太极，有了自我身心和谐，才能打好外在的太极，最终构建社会和谐。

所有文化最终的价值都回归了人生命的本身，太极智慧也是如此，只有回归自己内在的太极，才能回归自性圆满的自己，不觉间，惊讶地发现，自己的支持者越来越多，反对者越来越少。

太极智慧的最高境界是以柔克刚，当每个人都感觉不到你武功高强之时，正是你内在力量最强大之时，因为你所有的力量都是内蕴的，它来自宇宙更深的源头。

让全球一亿人都能学会打青城太极！让地球上所有的英雄都能延年益寿！正是这一伟大愿力的感召，未来的太极运动，一定是一项全民健身运动；未来的中华太极智慧，一定会是传播中华文化最好的载体与纽带。

在刘绥滨老师“青城太极智慧”论坛上的总结发言

1. 无我谦卑的心胸是最重要的生活太极智慧。

2. 承担重要，放下更重要。没有大的放下，就不会有大的乾坤，因为承担是凡夫的心，放下是圣人的心。

3. 太极不仅是一项运动，更是一种心性的修炼，一种生活方式，一种思想境界，一种生命的大智慧。

4. 真正的武术高手是先有定静之气而后有夺人之功，真正的武术精神首先是战胜自我，而不是打败敌人。

5. 智慧的最高境界是把最复杂的问题简单化，打太极也是如此。

6. 将太极智慧落地成一种生活方式，会彻底改变一个人的世界观。

7. 如果一个人不能看破放下，心智就无法保持喜悦，太极可以打开你的心智，所以太极也是悟道的通路。在我眼里，世间万物无一不是悟道的工具。

8. 回归内在的太极，则正气存内，邪不可干，内在的正气，可抵御外在邪气的侵蚀。

9. 太极可以改变人的心灵品级，让你的心性渐渐合于道性。

10. 将太极上升到美学的高度，则会打出一种意境，意境是所有艺术创作的最高境界。但一颗荒芜纷杂的心灵，一颗充满欲望和私心的心灵，永远无法将太极打出独特的审美意境。

11. 通过太极的修炼，贴近宇宙的混沌一气，与宇宙的滂沛元气混融为一，也许你会因此迈向不老的长生之殿。当你愿意为太极而生、为太极而死之时，生死对你而言，也许不再有边界。

12. 当你用太极精神、太极智慧去领导和治理一个国家之时，和谐社会，宇宙大同从此不再是神话中的传说。

13. 每个人的内在都是一个太极，我们的外求，导致内在的分裂，这种分裂又导致外在的矛盾和冲突，透过太极运动，回归你真正的太极，就会找到自性圆满的你自己。

14. 打好自然的太极，更要打好生活的太极。

15. 一个太极高手，不在于他功夫的高下，而在于他能否导引你的道性。

在马毓鸿老师“灵性领导力”论坛上的总结发言

当你自我多了之时
当你聪明多了之时
当你头脑多了之时
当你虚伪多了之时

你会发现自己
能力在提升

能量在下降
灵性在减少

相反
当由大我代替小我之时
当由智慧代替聪明之时
当由先天代替后天之时
当由真实代替虚伪之时

你会发现自己
能量在增加
灵性在提升
你的外部世界随之改变
你需要的能力随之而来

由此可见
灵性原本人人具足
只是被人后天的自我意识阻碍了
使你无法提升自己的意识维度
自我意识的强化
阻碍了你与最本质存在的链接
阻碍了宇宙最高的智慧流向你
阻碍了你创造力的发挥
因而导致了你灵性的匮乏
使你无法活出真实的自己
以及你想要的最为丰盛的人生

提升你的灵性智慧
仅有定静的智慧远远不够
除此之外
还要提升你的精神境界
境界决定了你的灵性能量
究竟你的内心装了多少人
直接决定了你将有多大的承载能力
究竟你的内心有多少爱的能量的流动
直接决定了你将会点燃多少人的灵性之光

做一个灵性具足的全新的你自己
对于一个有责任有担当的领导者
仅仅做到这一点
还远远不够
你的成就还在于
能否开启他人的灵性智慧
能否带领他人快速适应灵性时代的伟大变革

让我们放弃那些陈旧的观念
彻底清理掉大脑中的残渣污垢
全然地活在当下
活出最真实的自己
完完全全与宇宙合一
全面迎接崭新的最伟大的灵性时代的到来

在“教练技术与道”主题论坛上的即兴发言

通过各位朋友慷慨激昂的分享，我充分体会到东方智慧的博大精深，道文化的深邃思想在实际生活中的广泛应用。但所有陈旧的、缺乏创新的、一味模仿别人的事物都令我感到厌倦。比如我也讲过沟通的、人际关系的课程，但当我面对活生生的人群之时，我会忘掉那些技巧，而关注当下每一个人流动的存在。很多模式化的工具，尽管在工作中非常实用，但同时也妨碍了一个人内在的光明，阻碍了人与人之间灵性的交融，毕竟最好的教练是自己内在的光明。对于上上根器的人而言，自己就是自己人生最好的教练。所以我们吸纳教练技术中精华的同时，也要认识其中的糟粕，我更希望大家能融合东西方哲学智慧，研发出一套具有中国特色的全新的教练课程。至少我们要彻底抛弃模式化的部分，因为真正的大师，他的脑袋是空的，他反对一切的模式化。他平时是无法可说的，即使说法，也是不得已为之！即使说法，也是应机说法！只有应机说法，讲出来的才是真法。并且他说法并非为了表现自己，也没有任何自我实现的渴望，而是为了满足当下众生需求来说法。所以我们需要创新自己的课程，更需要培养一群真正有灵性的导师。一群真正有灵性的导师，他决不会千篇一律复制别人的流程，他也决不会借助太多辅助工具来引导别人灵性的觉醒，他自己才是真正光明的使者，他内在流动的能量才是真正的武器，所有人都将跟随他，明白生命从哪里来，终将回到哪里去……

与诗友对话

“诗歌是我心灵的故乡”，著名诗人舒洁老师说。诗歌对于他是抵达神性的桥梁，任何人都需要回归心灵的故乡，都需要选择适合自己的交通工具抵达目的地，只是有人选择诗歌，有人选择宗教……在我眼里，好的诗人与宗教家没有区别，正如柏拉图说的，回归本性有两条道路：艺术的道路与宗教的道路。

一个人喜欢的书，热爱的诗，乃至选择什么样的同类做朋友，都可以从中看出他的品位。昨晚论诗，钱启民老师分享了一首诗，只有寥寥数笔，语言质朴无华，但瞬间惊醒了我的感觉，每读一次都有不同的灵魂触动，无疑这是真正的好诗，但同样的美，有人为之惊叹，有人熟视无睹，何故？因为每个人心灵对美的感受能力截然不同，或者说，是一个人的心灵品级决定了他的审美意境。

能将诗歌的感性、智性与神性三者合一，无疑是最完美的呈现。但我认为这三者的关系，既是合一的，又是分离的，比如极其纯粹的感性经验，尽管没有上升到神性的高度，但纯粹的事物本身就是心灵的大美之境。比如灵魂深处的剧痛，不是神性的呈现，但由于全然地纯粹地经验了这份剧痛，在无形中疼痛已转化为心灵的美感，此刻神性的存在已经穿越了苦乐本身，因此纯粹的感性与神性一样，都是灵魂中最为高贵的存在。所以如何处理好感性、智性与神性的关系，我认为不必刻意追求三者完美的统一，全靠心灵当下对事物纯粹的直觉经验，在纯粹中已经包含了万有。

著名诗人舒洁老师说，他的诗歌接受了神性的引领，从他的诗中可以看出，对于这份神圣的引领，他的内心充满了敬畏之情，因此他有本诗集题目叫《神赐的口信》。当一个人写诗时，不是我说，是神说，这个神不是来自外在，而是源于内心，因此他的诗歌便呈现了神性。能联通神性，就能联通所有的人性。我们热爱诗歌，因为离不开自己灵魂的故地。

看到诗友，我总有种莫名的亲切感，我关注他这个人的本身，远远大于我对他作品的关注，至少他的灵魂有一个方向，至少他可以通过自己的方式抵达这个目标。我相信每一个诗人，他的心灵都是富足的，活在珍贵的人间，即使两手空空，也并非一无所有。

舒洁老师用诗歌般的语言为大家阐述写诗的心得，但他没有说出来的话远远大于口中描述的。写诗的他亦如此，他的诗没有太多的哗众取宠，在无心处显真功。比如昨晚，面对大家严肃的提问，他默不作声，反而不时在我微信的小窗口幽我一默。所谓诗，该是什么样子并不重要，重要的是诗人本身就是一首诗。

有人说，写诗需要思维的广度、深度与心灵的敏感度，其实这一切都来自灵魂的深度，通过深度的静心就可以抵达这个灵魂的制高点，因此写诗也是修行，在诗歌中呈现神性，更是需要心智的修炼。可以这样讲，没有宗教般的虔诚就没有艺术。

有的诗歌写得很用力，太用力的诗歌都不是好诗。打太极也强调“用意不用力”，用力必然着相，必然掺杂太多的人为要素在其中，而无为才能开发心灵的最大潜能，无为即让一切的存在都变得好玩儿，包括对待艺术的态度。

说来惭愧，我是真正的边缘诗歌爱好者，但动辄就喜欢评论大家的诗作，没有功利心，纯粹的爱好使然，因为这份纯粹，大家也就原谅了我的信口开河，同时也引发了很多人的好奇心，我的诗到底是什么样子？后者令我感到恐惧，在一个专业诗歌创作者眼里，我的诗歌并不入流，幸好我没有以此为生，对于不入流的边缘诗歌爱好者，最大的好处是可以赢得包容与同情，所有人也不会聚焦于我，这正是我要的结果。

中国著名收藏家、诗人曾力老师说："再美的神话都是人写的，有神性的诗歌也是人的心灵感悟，如此而已！"这番话启示了生命的真谛，所有的存在都是身外之物，再美的诗歌也是人的身外之身，所有的智慧最终都要回到人类的自身，之所以诗歌可以悟道，可以通神，是因为透过诗歌我们认识了自己内在的本真。

曾力老师还说："与其讴歌诗歌中的神性，不如关注人性中的闪光面，那才是真正的神性！"是的，人性中的闪光面可以抵达神性地带，没有对人性的悲悯，难有神性的升华，因此诗人的人性决定了他的神性，也有的诗人并未将人性与神性合二为一，因此产生了我与诗的二元对立。

诗歌是情的产物，但有时也不仅停留在空洞的抒情，有时是接受了神的启示，曾力教授举了一个例子："六祖慧能与唐代武则天时代的国师神秀斗法的《菩提偈》，也与情无关，却深究禅理！"不能不说通慧、通神的此类诗歌不是好诗。

由于多年写悟道，我形成一种习惯，酒也要悟道，诗也要悟道，似乎离开道，对一切存在都感到乏味。昨晚曾力教授说："诗歌不完全是悟道，还要有怡情功能。"一句话瞬间让我的心生动起来，生命是要用情用心去觉受的，再美再崇高的存在也无法束缚生命本身的大自在。

酒道

昨晚论酒道，大家热度很高，文人墨客即兴对诗，大谈竹林七贤，魏晋玄风。当话题切入酒与道的关系时，理性的脑袋便出现了，包括我也开论关于酒的是非，以及如何用酒近道等。不得不说，对于酒这样一个特殊的感情媒介，用理智去分析它，似乎有点不近人情。总要通过一件事物总结道理，这是一种陋习，生命最重要的不是讲道理，而是学会爱，学会用心觉受，觉受比道理重要。

我爱酒鬼，更爱酒神，酒鬼能让我看到自己无意识中的隐流，酒神能引领我意识的升华。

酒鬼的敌人并非酒，而是自己的瘾好神经。瘾好神经会吸引所有的鬼，不仅是酒鬼。

酒可以通人心、通神、通魔，如果心能掌控酒，酒就通神，即使醉酒，你的神与醉酒的你也是分离的，或者说，你在用大我观照小我的醉态，但小我的醉态并未带走你的神，其实这份观照本身就是修行。

我坚信酒神的存在，因此对酒有一种本能的敬畏之情，和最懂你的人相向而坐，或小酌，或痛饮，酒既在生命之内，又超越于红尘之外，彼此的那份惺惺相惜，以及来自灵魂深处的默契，早已融入酒的万般风情之中。

有人因酒顿悟禅机，有人因贪酒招来酒鬼，人的心性决定了酒的心性。比如艺术家可以通过酒激发灵感，觉悟者可以通过酒通神，嗜欲者可以通过酒纵欲……能通过酒认识本性者方为上智，饮酒也是修行，品酒即品味人生。

酒之美，仅有口感是不够的，还要有对酒神的敬畏之情。玉之美，仅有质感是不够的，还要有一颗如玉般的纯心。世上的大美一定是超越性。让我们一起接受超越性的引领，神就会降临。

酒精可以让你无意识，这个无意识不是佛，佛是让你有更高的意识。如果你有比酒精更高的意识，那么酒也可以帮助你成佛。这条悟道，是醉酒后酒鬼告诉我的。

如果你在一个境界中，酒就会变成水。如果你在一个境界中，性就会变成爱。爱又会变成静心，静心又会变成祈祷，祈祷就会变成觉悟，觉悟就会变成佛。无论发生什么，都不是最重要的。重要的是，你是否能让自己活在一个境界之中？

酒关难过，因为上级逼着你喝，下级敬着你喝，同级忽悠着你喝，很快三杯过后尽开颜，不让你喝你要喝，酒场达到最高潮，最终每人充分满足自己的耳目之娱后尽兴而归，由于人人喜欢快乐，便形成一种瘾性。有人说，人最难闯的不是名权财色关，而是酒关。酒关难过在于酒与情的关系密不可分，万苦之中情最苦最累人。

图书在版编目（CIP）数据

燕妮悟道／吴燕妮 著. —北京：东方出版社，2018. 6
（点亮智慧的心灯；1）
ISBN 978-7-5060-8309-6

Ⅰ. ①燕…　Ⅱ. ①吴…　Ⅲ. ①杂文集—中国—当代　Ⅳ. ①267. 1

中国版本图书馆 CIP 数据核字（2018）第 104800 号

燕妮悟道
（YANNI WUDAO）

作　　者：吴燕妮
责任编辑：贺　方　王　萌
出　　版：东方出版社
发　　行：人民东方出版传媒有限公司
地　　址：北京市东城区东四十条 113 号
邮　　编：100007
印　　刷：北京文昌阁彩色印刷有限责任公司
版　　次：2018 年 6 月第 1 版
印　　次：2018 年 6 月第 1 次印刷
开　　本：880 毫米×1230 毫米　1/32
印　　张：8. 375
字　　数：120 千字
书　　号：ISBN 978-7-5060-8309-6
定　　价：130. 00 元
发行电话：（010）85924663　85924644　85924641

《点亮智慧的心灯》系列

燕妮诗选

吴燕妮◎著

人民东方出版传媒
東方出版社

序一

花朵在大地绽放的力量

王爱红

中国自古不乏女诗人，从许穆夫人、蔡文姬、薛涛、鱼玄机、李清照、席佩兰、林徽因……到现代的冰心、陈敬容、郑敏，到今天的舒婷、席慕蓉、三毛、李小雨、翟永明，等等，数不胜数，当然，还有本书的作者——美女诗人燕妮。我觉着，就像是花朵，她们都是天生的诗人。即使她们不写诗，即使花朵不绽放出诱人的花香，她们也是很好的诗人。在中国诗歌的长河中，女性诗歌是一道亮丽的风景线，它以独特的视角、独特的感悟，展示出独特的魅力……

人与具体的生活有关，这是现实；诗飘逸在生活之上，这是理想。我们常常把生活在理想中，往往充满浪漫主义色彩的诗歌作者称为诗人。诗人就应该像骑士一样，是一个崇高的词，善良的词，真实的词，美丽的词，令人肃然起敬的词。诗人经常问的一句话就是，我为什么写诗？著名诗歌评论家谢冕教授给我写过一句话："一切都会过去，只有诗歌永存。"这就是回答。关于这个问题，我还没有问过燕妮。

毫无疑问，燕妮是充满理想，并且具有浪漫主义精神的诗人。她把自己定义为诗歌爱好者，我是不赞同的。她是一位成熟的诗人。读了她的诗歌文本，我得出这样的结论。燕妮与前辈诗人有所同有所不同，多愁善感，或者叫多情善感，情感丰富，对事物有敏锐的观察力，向往崇高，歌唱美好，这是不会改变的。改变的是时代，是物是人非、今非昔比的心境。也许正是这个原因，燕妮的诗歌内容就显得非常宽泛，涉及面广。燕妮有怀旧情结，她写故乡的诗，仅《故乡的草房》就有十首之多。燕妮有自己的向往，她写《远方》正好十首，与远方有关联的诗还远不止这些。她的诗写一花一草的多，写城市高楼大厦的少；写参禅悟道的多，写生活景象的少……这些均来自内心真切的感受，趋向自我与自然。

还没有进入所谓的诗坛大圈子，燕妮的诗歌就有了许多赞誉，真是可喜可贺。燕妮的诗歌的可贵之处就是自然，她的诗歌不是刻意为之。为什么她的诗是随意所得？因为，她有一颗诗心，这心是醒着的。唯其如此，才能俯拾即是，俯拾即诗。

燕妮是一位传经布道者。在传经布道的过程中，她也参得人生的大道。燕妮的诗有禅意，但不是禅诗，她的诗以情感人，一个“情”字，也是她的诗眼。所以，燕妮的诗还以抒情诗见长。燕妮待人诚恳、热情，这些都成就了她的诗，都凝聚成她的诗歌的力。

燕妮说：“宇宙的力量无处不在，比如花朵在大地绽放的声音，其中便蕴藏着无穷无尽的喜悦和爱的力量。但是，由于我们内心不清净，无法与这种力量对接。除非放下所有的思想……”

也许，这正是燕妮作为“这一个”的意义所在。虽然她的歌声还显得有些稚嫩，但是清纯。这正是花朵绽放的力量。当今诗坛，流派纷呈，意象万千，思想表现得空前活跃，我期望燕妮不断创作出更具力道的诗歌。

是为序。

（**王爱红**　中国作家协会会员、中国美术家协会会员、中国书法家协会会员、第四届中国当代诗歌奖获得者。）

序二

通灵者的圣途

舒　洁

对于所谓诗坛，燕妮是一个陌生的名字。在“著名”这个词被一再滥用的今日，燕妮的出现让我感到惊喜。她为人自然、诚挚、率真，对诗歌的感觉就如璞玉，呈现自然的光泽。因为与喧闹功利的诗坛保持距离，她的诗歌鲜见虚浮与造作。可以这样说，她干净的诗风还原了诗歌应有的品质，就如群山雪线或涓涓细流，源自大地的心灵。

在此，我无意将燕妮的诗歌抬到脱离根系的位置。就是你在这大地上生活，即使你不能说出树木的语言，你也会被苍翠感动。作为一位学者，燕妮在感悟这个世界时，也选择了诗意的表达，她的诗歌集《燕妮诗选》，让我看到通灵者的圣途，因为诗歌的伴随，渐次显露出她的追寻。

燕妮的诗歌是这样的，比如《眼泪》——

在上帝面前
你注定是我短暂的情人
永恒的唯一
雨夜挂在树枝上
但你永远看不到我的泪滴

燕妮是一个迷醉国学的人，她四处讲学，这是她的主业。她信奉缘起缘定，她的《燕妮诗选》中的很多诗歌，是在途中所得，此为圣途。她说，这不存在选择，只有接受冥冥中的恩赐。热爱诗歌并写作诗歌，让她在寻常的生活中觅见了精神的金顶，而国学，被她视为巍峨的建筑。

除了接受恩赐，燕妮在诗歌里确认美好的生命源头真的在一个静处，那是圣地，是每一个人必须依托敬畏的背景。她是虔诚的，她对诗歌的想象毫无桎梏，那是绝对自由的、放松的、惬意的、纯粹的表达；是享受；是作为人的女儿，在广大的人间以介入的方式，将自己的心灵真实呈献给透明的时间。

请看《海上的天灯》——

是你　读懂了我这颗漂泊的心
是你　用这盏灯颠覆了我的世界
是你　为我送来了一缕清风
是你　消融了天堂与地狱的距离
是你　让我想起许多无家可归的生灵
是你　帮我收起所有的经文
是你　让苦修的神话在灯下滑落
是你　饶恕我不再诉说虚空

通过诗歌，燕妮完善着自己的世界，在诗歌内外，她所重视的精神的滤洗，在每一秒钟都在发生蜕变。所以，我们说，一个真正热爱并敬畏诗歌的人是有福的。《燕妮诗选》这部诗集，是燕妮跋涉圣途收获的果实，就如一个女儿成为母亲，就如这位年轻的母亲面对自己的美丽女儿——她的诗歌，就如对女儿倾吐的爱的絮语。

由此，因《燕妮诗选》，特立独行的燕妮成为自己的偶像，不是自我崇拜，是自我认同。至少，在所谓生活中，燕妮听到了另一种声音，那是遥远的、近在咫尺的、飞翔着的、富有启迪的、能够安抚人心灵的声音，通常，我们说这是天籁，这是久已存在的、具有深刻影响的、不可忽视的神的声音。

在《暗语》中，燕妮这样说——

你听
在这静谧的夜晚
在烧香的河岸
默祷的钟声再次响起
各种颜色的灵魂
在我们的暗语中飞升

燕妮的诗歌写作没有接受任何人的影响，她完全服从于心。就是这样，一个尊重诗歌荣誉的歌者，肯定会拥有属于自己的独立的世界——这个世界与外部世界没有对立，没有冲突，也没有排斥。这个世界可以确立人的品格，诗的品格，可以形成对望对听的关系。这个世界，让作为学者和诗人的燕妮，找到了行走圣途的依据。

那些尊崇天地万物的人，被我们称为通灵者。毫无疑问，诗人身居通灵者的核心。我对燕妮说过，不错，诗歌，是国学的核心。我的意思是，因为漫长，我们的国学是诗意的；而漫长，不就是珍贵的淘洗与沉淀吗？在这个世界，除了伟大神秘的主宰力量，也只有诗歌才能够聚合灵魂之光，正如怀想。

在某种怀想中，燕妮写作了《唯一的远方》——

我坐在远方的肩上
世界是我体内的血液
谁都无法将思想者的脚步囚禁
我的远方　超乎你的想象
我守在唯一的远方
脚下的远方

三年前，通过诗人、词作家贺东久认识了燕妮，最初，我不知道她写诗。北京是这样一个地方，你可能会去不同的酒局，但你很难在酒局上结识真正值得交往的朋友，有一些酒局散了，人也就散了。或许是看到我编辑并为《贺东久诗选》写序的缘故，或许是燕妮信任我，在一个偶然的时间，她将编就的《燕妮诗选》诗集发给我，她说请我作序。我说，我先看诗歌。因为忙，一放就是半年有余。

是的，我没有将燕妮视为诗坛中人，这可能是我同意为之写这篇短文的原因。我已有数年拒绝为任何人的任何一本诗集作序，也是知难而退吧！在序言成为克隆般的赞美词的今天，礼赞居然变得如此廉价。所以，我选择拒绝。燕妮不同，燕妮将自己视为诗歌的孩子，这就令我感动！

你看燕妮的《诗之殇》——

月亮是我灵魂的故乡
但我还是拥你
在异乡飘荡

我在前面说过，我无意将燕妮抬到什么高度，我只看重她的为人，她对诗歌的态度，她的诗歌里让我感到闪光的部分。这已足够。相信燕妮会懂，诗歌之于一个情感充沛的追随者，一定是一生的，是一生的追问、追寻、追忆、追记。还有，这真的是通灵者的圣途，需要信仰，需要光，需要持续的力量。

正如燕妮的诗歌《忽然》——

可是　我依然
我依然　用爱心抓住每一瓣风
我依然　在甜美的果园守望明天
我依然　狂笑着跑过丰收的麦田
我依然　在桃花正红的树下幻想爱情
我依然　让生命之花开遍天涯
我依然　守望在流浪儿必经的路边
我依然　期待慈悲能感化敌人
我依然　轻诵经文祝福每一个陌生人

最后，我想对燕妮说，诗歌从来都不是故作高深，诗歌是平易的，诗歌是通过诗人之口传达的神谕和神语。

就如燕妮的《燕妮诗选》。

是为序。

自序

在诗歌中修炼当下心

生命是偶发的，是一个刹那紧连另一个刹那，无数个片刻组成了整体的生命，刹那间的灵性爆发是如此有张力，如同生命整体流动的能量是如此自由，以至于所有的修辞与技巧都是它的副产品。

我是以传经布道为生的，是一个真正的边缘诗歌爱好者，并且是不惑之年后才开始写诗的。此前写了多年《燕妮悟道》，内容皆来于自身的体验，当我接触诗歌以后，发现诗与道竟然是相通的，两者都来源于对生命智慧的觉悟，用诗歌特有的隽永与含蓄更能凸显事物的本源。

似乎，写诗比讲道要有难度，写诗要符合诗歌的写作要求与技巧，而我又是门外汉，以至于不敢拿写出的作品给别人看，但既然我爱它，它又有什么理由拒绝我？自然、自由、自恋，诗歌的存在让我委实纠结了很久。

诗歌中所蕴藏的真善美，所特有的意象和境界，总不自觉地将我的悟道引入其中，让我欲罢不能，或者说我受到了自己灵性的导引。无论诗歌与悟道都是灵性的产物，诗歌与悟道的本质都是自然的存在，往往令人身不由己。

于是，我倔强地认为，既然我爱它，为何要被规则所束缚？

我需要吟唱，为何非要五线谱？诗歌的存在让我感到生命的每个当下都是流动的生机，诗就在那里！道就在那里！自然而然融入当下每一刻，这不就是生命的旋律？这不就是诗，不就是歌？有人说“想成为诗人时，先把自己变成诗”，我终于顿悟：我不会写诗，因为自己还没有将自己变成一首诗。如果将自己变成一首诗，还会再纠结诗是什么？诗就是你的本来，就是你的当下心，就是体道、悟道、得道、传道的过程。

当下心是什么？就是禅，就是道，难以言说，却一刻也离不开当下真实的生活和感受，我想这就是诗歌存在的价值。至于我是否会成为一个真正的诗人，我何必去关心这个问题？

• CONTENTS • 目录

序诗

是命中注定
让我体味那个瞬间

就像开花的树
在云里雾里的缭绕中
没有错失千年的怀念

为了一刻静默
为了静默中包含的万有
你我在视觉中修炼了千年万年

我确信自己
正是为这个瞬间而生
也愿为这个瞬间而死
在一刻的交融中
天地万物复归寂静
唯有记忆绵延

在花落池边
无处不是我瞬间的感念
佛与魔在夹缝中呼吸
但我不会划清它们的界限

神秘的相知高过风雨
天上人间，红尘中的灿烂
高过风雨中所有的诺言

你的一转身，我的一念间
在道心与佛心的间隙
没有任何未知的错失
我窥见内在的光芒
我没有错失你
也没有错失天地

我就在这里
就在这里，我等你

永恒的守望

在想你的山岗上
我以天为被
以地为褥
以野果充饥
我为你在野地寻觅

在想你的山岗上
我以雨滴为墨
以干草为纸
以枯枝为嚼笔
我为你写下情诗

在想你的山岗上
野草一夜疯长到天堂
云朵淹没所有诗行
我为你在天上写诗

在想你的山岗上
我逃离没有你的天堂
只为不可饶恕的野草
只为不可饶恕的诗行
我为你早已遍体鳞伤

在想你的山岗上
脚下只有野草疯长
我不哭泣
也不恐慌
我为你在山岗上守望

今夜，故乡的海滩

月光下故乡的海滩
静静地睡在暮色里
我们在暮色中相向而坐
我时而天真时而娇羞
缓缓地向你诵读这些诗歌
轻轻诉说当时写诗的心境
你时而含笑时而静默
时而舒眉眺望远方渐去的柔波

在今夜我一个人
坐在暮色笼罩的海滩
海里涛声如山中松鸣
诗歌在海天之间徘徊
谁会听懂我的诉说？
是远航回来的船？
还是渔船上的灯火？

不！除非是你！
我的幸福不在远方
远方的幸福是我的痛苦
异乡的流浪是我的驿站

又有谁会像我一样？
一个人在今夜
怀抱青春时为你写下的诗歌
头枕波涛在海滩上安睡

谁会像我一样？
永远为你守候在故乡的海滩

初恋

我想为你，写一首诗
记忆之门却向我紧锁
为此，我翻遍所有的诗集
无论如何表达，对于过去
都是一种做作

在那万物复苏的季节
我的梦与长大或归隐有关
花季里没有烦忧
如今却要“为赋新词强说愁”

那时，我不确认是否爱过你
甚至无法分辨幸福与痛苦的味道
在哪里约会？何时相爱？如何分手？
一切都是由你做主
对于爱情，我仿佛是个不速之客
无法成为它的主人
我从不死缠烂打，以爱的名义

也许，我不曾爱过你
也许，你从未远去
那初生的花蕾在冬夜中的不慎凋零

那初吻中暗藏的某种恸哭
那平静的河面下涌动的隐流
那在隐流下潜行的鱼群……
我不确认，这一切是否与你有关

如今，我人到中年
前方的山路纵横交错
我独爱人迹罕至的那一条
奋马扬鞭，单身独骑
新欢与旧爱已渐渐远去
唯有方向清晰

孑然一身
或许是对过往最好的慰藉

独钓寒山雪

当大雪淹没马背
当天使抬走马匹
我用腹部支撑身体爬行
我不能离开这雪地
我还欠你一颗泪滴

飞雪沾染泪滴
拖着长长的尾巴在眉间展卷
冰雪唤醒了多少古老的记忆?
蒸发一颗泪滴需要多少叹息?

当大雪淹没马背
当天使抬走马匹
我用鞭子抽打心脏
眺望伊人归去的远方
远方连着远方
幽深的山谷群峰峙立
唯有相遇没有留下痕迹

来时的方向
踏雪无痕
风向一个方向吹

雪在天地间挂起白色的斜线
白色的平原映照白色的斜线
古老的黄昏紧连古老的黄昏
只剩下一个守夜的不归人
踽踽独行在天地之间

眼泪

我的眼泪
是雨夜挂在树枝上的雨滴
清晨你看到它时
它早已融入大地
你永远看不到我流泪的样子

在夜里　我也会质疑我的性别
也会叩问星空："神为何偷走我的身体?"
神说："你不过是回到原地!"

在上帝面前
你注定是我短暂的情人
永恒的唯有雨夜的雨滴
挂在树枝上
你永远看不到的泪滴

黑暗与光明

我在黑暗中行走
撞到了一棵树

我“哇”的一声
昏了过去

你把我扶起来
我看不到你的影子

但在我的疼痛里
却有你的名字

孽缘

我无助地坐在海平面上
一条红色的大鲤鱼
在我屁股下游来游去
它说要载我到彼岸

我变成了船
鱼变成了帆
风载着浪花一路前行

我看见五百年前的自己
偷吃了一条大鲤鱼
今世它幻化成美丽的帆
徜徉在我的怀中喘息

我的慧眼让鱼现了原形
帆被我的狂笑折成两段
我重新回到海平面上
过尽千帆皆不是

我的船　静静等待
我的帆

前世今生

我恨透自己的这份俗情
让我背负了着相的罪名
我恨透自己的这双慧眼
让我洞见了前世和今生

今世真情是前世的假意
前世缘分是今世的劫数
我不敢看你无辜的眼睛
我不让你看我泪水盈盈

感恩这柔肠百结的疼痛
痛死的是今世这颗凡心
感恩前世我道心的修行
让今世的凡心不再现形

你看到的我不是真的我
我看到的你不是真的你
请原谅我吧　我的爱人
不要再背负着相的罪名

今世想我是最好的修行
来世我还你一份不了情

海上的天灯

放飞的天灯在海上移动
火光染红黑夜的海平面

谁为我放飞了今夜的天灯
与我为伴又渐行渐远

谁让这盏灯属于我又属于别人
把孤独留给我把热闹送给别人

谁读懂了我这颗漂泊的心
让灯光神游于此岸与彼岸间

谁与我之间只隔着一盏灯
一缕风便可以颠覆整个世界

谁能为我送来一缕清风
让这盏灯在海洋上空驰骋

谁能用一盏灯的距离
让天堂与地狱消融

谁用一盏灯的温馨
让我想起许多无家可归的生灵

谁能帮我收起所有的经文

让苦修的神话在灯下滑落

谁能为我点燃一盏放飞的天灯
饶恕我不再诉说虚空

是你　读懂了我这颗漂泊的心
是你　用这盏灯颠覆了我的世界
是你　为我送来了一缕清风
是你　消融了天堂与地狱的距离
是你　让我想起许多无家可归的生灵
是你　帮我收起所有的经文
是你　让苦修的神话在灯下滑落
是你　饶恕我不再诉说虚空
是你　为我放飞了一盏天灯
又是你　将这盏天灯化为灰烬

你亦是我放飞的一盏天灯
许你一世盛宠了无牵挂
我却日夜徘徊在你的身影之下
神游于此岸与彼岸之间

三生石

石头上坐着一对恋人
石头和石头靠在一起流泪
人和人靠在一起赏月吟风

石身和人身都是38.5摄氏度的体温
都有一颗火红的肉团心

同样的温度涌向火炉
石头从很远的地方回来
石头又做回石头
人却迟迟不归

“身前身后事茫茫，
欲话前缘恐断肠”
石头用自己的一双手
扼住了轮回的咽喉

孤独的女子坐在三生石上
消耗了三生的福报
在一夜之间

暗语

黑色的原野如此沉寂
褐色的老树睁大眼睛

这样静谧的夜晚你并不陌生
我在诗歌中多次描写过
此刻，在烧香的河岸
默祷的钟声再次响起
多彩灵魂在暗语中飞升
化为七色虹在天际横卧

如此静寂的暗夜
有什么样的蓝鸟从我们头顶掠过？

我什么也不想说
一如你的沉默

你的心事

阳光冻结了冰面
金色的森林飞遍天空
这是冬日的黄昏
你被金色的事物迷恋

黑深渊静悄悄逼近
树叶脚踩金色的舞鞋枯萎
金色隐藏在群星中向你做鬼脸
你在金色的美影中一路踉跄

我想抱着你
走出这金色的幻影
用我为你写下的诗篇
我们无须与谁结伴同行
故乡的云正飘过头顶

只有我，懂你的心事
你是一粒带珠的蚌
偶尔也会在沙滩上搁浅
我愿和你一起葬身金色的漩涡
哪怕全身扎满刺人的沙粒
直到海水涨潮

将你我洗净

金色的黄昏轻柔地消隐
眼前是一望无垠的大海
莲花盘坐在海中央
你在我深情的诗歌中栖居

我们无须与谁结伴同行
故乡的云正飘过头顶

诺言

想为你写首诗
在启程前
周围一片寂静
只有风摇动树影的声音
桃花也不敢在春天肆虐
我找不到任何写诗的道具
只好对你说
嫁给我吧！我是女汉子
一句不经意的诺言
响彻了五千年

那时被你的青丝缠绕
我总是口若悬河
如今我活在人间烟火中
风中的承诺
吹落了手中的拂尘

笔

笔是我紧握的一把皮鞭
我在对你的爱中操练
我竭尽全力爱你
否则我的笔没有重量
无法穿透你的心灵
那落在纸上的泪滴
湿润的是你的心
疼痛的是我的手臂

故乡的海草房（一）

我在城市，遥想乡村的你
你的胸膛，有我年少的秘密

今夜，走向你
我奋马扬鞭，跨海渡洋
只为跨我半生流离
只为敛我一世情殇

故人西去，没等我把话讲完
我只好向你诉说

我是否可以像鱼群
踏着你，野性的胸膛
返回故乡

故乡的海草房（二）

北方落雪　你高举火把
火种　由陆地蔓延海洋
海鸥　悬于上空　停止躁动
鱼群繁衍　叫嚷着
天鹅高歌　返回故地

部落村的气息传给海洋
水与火　再次相拥
生与死　超越边界
石头　泥土　海草　鱼群
将海洋点燃　朝霞满天

这是北方渔村的清晨
屋顶上栖息　燕子
燕子和我是同一个名字
我们之间从不说话
对你有一样的眷恋

是你将我的魂魄还给海洋
我是你北方的孩子
有大海的胸怀　质朴的情感
我要像你一样　庇佑生灵
用自己的双手

故乡的海草房（三）

大天鹅来了
在冬日的北方

很多游子返乡
顺路来看看你

有人推开你的门
摸摸父母曾睡过的土炕

老式煤油灯下
谁的脸在闪着幽光？

也有游客
想抠出你的秦砖汉瓦

贪婪的人无法认清
大海赋予你的第三只眼

大天鹅返乡的旅途
被你照亮

第三只眼
不会改变它的方向

故乡的海草房（四）

小时候
你的门前有一口原始水井
水向四面八方奔流
如今辘轳绳还挂在废弃的井口

你守候在我祖先的源头
成了一道风景
常有摄影家画家诗人作家
在你门前发情

没有谁说起我的祖先
风景如此美丽
谁还惦记死亡？

故乡的海草房（五）

你用苍老的双手
穿过北方的浅海神游
是怎样一种神秘的力量
促使你，拖着
数万斤的身躯靠岸
为一个叫家园的地方
负重前行

休渔的日子
你两手空空
在石头和泥土间生长
面对空空的渔网
你从未想到死去

我是你永远的孩子
请原谅我
对外面的世界毫不向往
我宁愿，漂泊在
你被渔网困住的屋顶
直到我的租期来临

故乡的海草房（六）

你从海上来
到泥土中去
将身体还给陆地
将灵魂还给海洋

伫立在你门前
艺术家想起抒情
老船长想起曾失去的船只
流浪的游子想起远逝的先祖
可是，一切都是人们的想象

聒噪的灵魂，一路高歌
歌唱幸福的生活
歌唱美丽的村庄
歌唱不变的爱情
用妄想的翅膀

就像此时的我
歌唱天鹅的故乡
歌唱永恒的海草房
一切都是我的妄想

你空无一物

我还有什么放不下
一切都将远去
你却在默默生长

你在永恒的禅定之中
我的灵魂究竟要在哪里安放

故乡的海草房（七）

草，总让人联想到火
你的火种来自水
渔民们祭海祈祷
在水神与火神之间
选择你转移的位置和时间
美丽的渔家姑娘
远嫁他方也总在这一天

你是大海最忠诚的孩子
有水的柔软和草的坚韧
在陆地不忘水源
在海洋不忘山岚
有船舶靠岸的港湾
就有你的身影

为了重建你的屋顶
有多少航船失去了北方
在渔民离去的无人渡口
你已经走过了千年的时光

会流泪的海草不死
燃烧着的原始石头不灭

美丽的海草房啊
你静静守候
在不长庄稼的古老村庄
等待远航的人
收起渔网

故乡的海草房（八）

在海洋中，你是海草
群鱼在你的最深处潜行
到了陆地，化为火把
北方的渔村没有冬天

水与火的交融
远古与现代的合奏
终于有人相信了
生命有同一个源头

源头能容纳所有
仿佛你的胸怀
容纳了人间的爱恨情仇
人性的美好丑陋

还是给你绑上渔网吧
将光阴的故事一网打尽

故乡的海草房（九）

你从秦朝走来
怀想远逝的祖先

常有故人或游客前来
说起与你短暂的缘分
或者只想有一夜情
摸摸你质感蓬松的头发
抚平你长在原始石块上的皱纹
亲吻你长满青苔的脸
你却像修行千年的老僧
看不清痛苦与幸福的表情

从哪里来，回到哪里去
一切不是由你做主

临海而坐
被绑上渔网的人
是你，也是我

远方（一）

远方　从天而降
洁白向我袭来　酝酿了几个世纪
残雪在记忆之河畅游　此岸到彼岸
趁着洁白尚未褪去　心事在诗歌中放逐

远方　最浪漫的词语
理所当然成了我写诗的道具
远方引领我　唱响冬季的恋歌
我愿意　奉献出眼耳鼻舌身意
我愿意　交出弱小的身躯
我愿意　歌颂洁白的远方
并非为了满足口腹之欲

洁白的远方　从天而降
覆盖我野兽般的身体
21 克的灵魂　只有 21 克啊
腾空而起　毫不迟疑

远方（二）

没有你的远方
四周都是菩提树
我在树下闭目
在寂寞的正午

时光回溯从前
你对我回眸的背影
我无数次放大
被永远定格的画面

瞬间的停留足矣
没有你的远方是更深的远方
光阴被瞬间封存
远方为我关闭了所有的窗户

远方（三）

远方延展在脚下
我的双脚长出眼睛
远方　无法逃出视线
万物落下
世界透明

远方时光的陷阱
在我脚下洞开
足底的风声　淹没
尘世间所有的箴言

远方（四）

你的远方，对我毫无意义
没有谁懂得我的远方
我的远方，是前世向宇宙下过的订单
宇宙时刻都在对我偿还

我所需要的粮食蔬菜
像空气和阳光，应有尽有
智慧和慈悲，也任由我取用
我没有远方，却并不贫穷

奔赴远方的列车，拥挤不堪
有人上车，有人下车
我宁愿，背过身
将人间的芬芳都给你

我的心早已被空无占据
我的生命早已托付给空无
如果有一天我死去
我会将尘世的一切都奉献给你

你的远方，我无法实现
我的远方，你无须怀疑

你的远方，真的好远啊
我的远方，毫不费力啊
唯有宇宙，清楚我的悲喜

远方（五）

向远方奔跑的影子
暗藏几个世纪的期许
远方究竟有多远
影子如此疲惫不堪

远方没有尽头
世界浓缩在眉宇之下
灵魂一日千里
仿佛神的旨意

远方的影子
是思想者唯一的伴侣

远方（六）

远方　从我的内部点燃
手拉手　黑暗与光明
唯一的远方　无须选择
更无须被谁规划　我的故乡

远方　我体内的一片蓝色海洋
我自由徜徉　如一对阴阳鱼
有和无　永不分离
永不枯竭的水源　唯一的远方

不要怪我　踽踽独行
我的远方　无须陪伴
脚下是五千年的明月
整个世界都变得亮堂堂

我坐在远方的肩上
世界是我体内的血液
谁都无法将思想者的脚步囚禁
我的远方　超乎你的想象

红尘中的女子　是我
但少了一对飞翔的翅膀
想飞的　统统高飞远走吧

关于梦想的神话　不要和我描绘
你们经历的每一次离散
我早已　细细品尝

我守候在唯一的远方　没有新欢
脚下的远方　和我初生时一个模样

远方（七）

远方　更远的远方
谁让我的手脚慌乱
谁在裹挟我前行
谁为我点燃明明灭灭的烛光
谁在慢慢偷走我体内的暖阳
谁在空耗我如花的容颜
让我无法成为自己的主人

远方徒劳的追逐
夜灯　被小鬼掌亮
受伤的肉体　在原地画圈
骨头　被异乡抽走
沉重的包袱　心灵背负
回乡的路呵　拥挤不堪

远方　光阴的圈套
给我迷途　也给我遥不可及
远方　永远是更远
最真的我　你无法看到

远方　异乡的流浪
深不可测的源头呵　我的母亲之河

在我的脚下九曲回肠
停止追逐　我已抵达

我是说　我什么都不缺
请你不要　提起远方
我的生命　没有更远
我只有脚下这一季的花园
我只珍惜这一季的芬芳
就像此刻　残雪落在我的肩头
雪　是雪一生的归宿
从此　我以水的方式流动
远方　在我身体内部
源头之水啊　我的母亲之河
谁也不要说　谁会给谁远方

远方（八）

你说　带我去远方
我的远方　与遥远无关
我站立的地方　是远方
比太阳更暖　比溪水更清

你的远方　我早已完成
它没有位置　也无法被命名
它能抵御所有的阴暗
它是寄居我体内的精灵

远方　空无一人
万物都在缓缓下沉
我注定不会有这样的远方了

远方　是巨大的落地玻璃
透明的远方　注定不会拥有

你说　带我去远方
天空正飘着雨
我不看你　隔雾听雨
对着雨水抒情　一个人
用双手拥抱雨水
雨水和我如此亲密

倾盆大雨　旋即
脚下涟漪接着涟漪
世界从我脚下流走
带走人间所有的悲喜

我的远方　没有远方
远方是我们曾经站立的地方

远方（九）

魔镜照见鸟的灵魂和我是一个人
燕子和燕子同在一个屋檐下
我独倚黄昏看着燕子

远方悬浮于目光之外
世界在眉宇间越来越小
听不到一丝声响
只剩下燕子的呢喃

远方是时间的圈套
四季更迭是远方布下的陷阱
时间一直停留在原地
燕子有一对想象的翅膀

燕子　是我的名字
燕子　是我的归宿
燕子　是我的哲学
燕子　是鸟中之王
燕子　是春天的燕子
燕子　是永恒的燕子

在大雪弥漫的山谷
看不见一只鸟儿的踪影

只有我和燕子沉溺于严寒
燕子一直牵着我的手
回应我灵魂深处的呐喊
默默无闻的燕子啊
总在我耳边呢喃
春天来了

远方（十）

对天空发出猛攻
鸟
翅膀之下　永恒的空
深不可测的空　竖起羽毛的鸟
戴着面具　筑起一个巢
遥想另一个巢
鸟
从空中来　回到空中去
鸟
盼着风　送往远方
又是风　吹落了远方
远方　有人提着鸟笼　等候
远方的天空　一只鸟和鸟笼

诗之殇

诗所呈现的
并不是我想要的
我想要的
并不能用诗来呈现

我想要的
你无法透过诗来感知
恰恰相反
我的诗是透过它感知的

诗中情人嬉戏
疾驰的马蹄
都是伴随着它的幻化而来

诗中最深的静默，最美的孤独
都是伴随着它的清醒而来

诗中最痛心的爱憎，最温柔的生死
都是伴随着它的永生而来

摆脱感官，诗才有灵魂
摆脱感官，智者才会永生

我想要的不是爱恨和生死

它超越了已知和未知的
也无法用语言和思想形容

我想要的是月亮
诗只是指月的手
我想要的是大海
诗只是一朵浪花

月亮的光芒不会遗弃流浪的孩子
大海不会拒绝每一朵浑浊的浪花

大海是我的家
但我还是牵你的手
在浪花中沉浮

月亮是我灵魂的故乡
但我还是拥着你
在异乡飘荡

大海决定了浪花的方向
你决定了我
是否流浪在
诗之殇

两个情人

诗是我的旧情人
画是我的新情人
雾霾的日子
诗
让我沐浴阳光
刮风的雨夜
画
让我在雨季飞翔

诗是我的阴中之阳
画是我的阳中之阴
他们是我最听话的情人
招之即来　挥之即去
我夜夜抱着他们缠绵
我是阴阳和合的神仙

不要跑来安慰我
我的能量并未沉睡
我的夜　只属于我的情人

这个春天我嫁给了诗神

我生了一个小诗人
春天被诗歌囚禁

我的丈夫叫诗神
他已移情别恋
我和我的小诗人
相依为命

月子里我收到不少礼品
没有一件值钱的东西
都是些补品之类的食物
并不足以果腹
我的小诗人嗷嗷待哺

属于春天的诗歌很扭曲
这个春天我想起负心郎

属于春天的诗歌很扭曲
我抱着我的小诗人
又生了一个小诗人

除了扭曲的诗歌
手边没有任何粮食抓取

诗神骑着我的头颅

行走　并不自由
对着　脚尖抒情

遥远的边疆　诗神流放我
不敢声张　故乡的黎明

光明的言辞　最肤浅
阴郁　诗神的孪生兄弟
诗神　掠夺我的嘴巴
我的牙齿　坚硬
阴郁的种子　反复咀嚼
嘴唇开满　忧伤的花朵

黑夜　高高升起
黎明　被诗神隐去
诗神　骑着我的头颅
赤裸身体
表情阴郁
长鞭　对我发号令

遥远的边疆
悲伤的土地
陌生的土地

忧郁的花朵
愤怒的长鞭
我的孪生兄弟
骑在头颅上

行走并不自由
对着脚尖抒情

诗神抱着我

诗神抱着我
走过人间的高地
我的诉说并不肤浅
诗神掠夺了我的子宫
万物都在我的诗歌中孕育
诗神总是很冲动
他是欲望的主人
不是自己的主人

诗神抱着我
孕育情欲的种子
又把我丢到荒无人烟的野外
我用诗歌重建家园　在废墟之上
欲望的家园
只有诗歌疯长

诗神抱着我
走过人间所有的悲喜
他不懂沉默
他是欲望的主人
总是紧紧抱着我

万物都将熄灭
只有诗歌疯长
诗神抱着我
我的子宫长出了花朵

滚蛋吧！诗神

诗神抱着我
孕育出情欲的种子

无病呻吟的诗歌
语言的工具
修辞的游戏
天才的刽子手
谁是谁的主人
谁又是谁的奴隶

在诗歌的高地
灵魂走投无路
咆哮着杀死诗神！

如果我活着
诗歌必将先我死去

诗神抱着我
孕育出情欲的种子
使我落入诉说的荒地
我的灵魂又冷又饿

诗神　请放开我

你闪电般的诉说
总是惊起灵魂的震颤
很美丽　却很短暂

你必将先我死去
不以诗歌的方式

阴郁的女人身披诗神的外衣

诗歌　阴郁的女人
喜欢思考　吸食血和泪
诗神降临前　我必先诗歌而去

阴郁的女人　喜欢和我对坐
大声质疑我
为何比她更漂亮　更年轻
反复到我梦里追问
她是否也要像我一样脱掉诗神的外衣

阴郁的女人　喜欢在夜里飞
太阳出来　就陷入困境
阴郁的土地　长出诗歌的庄稼
天才的诗人　抱着阴郁的女人
一丝不挂　在诗神外衣的包裹下

天才的诗人　抱着阴郁的女人
骑着语言的骏马　忧伤的骏马

我比诗歌更美丽
我比诗歌更年轻
我比诗歌更有力量
我背着一个阴郁的女人

迷路的女人　徒步远行
寻找新的生命

她诗神的外衣
被我残忍地剥落
扔给了一个死去的诗人
天才的诗人
她身后落下了一地鳞片

诗，欲望的种子

欲望的种子长出诗
诗中长出谷物
谷物也有种子
种子变换了姿势
欲望的种子

欲望的种子让我生了病
天天躺在床上写诗
从清晨写到黄昏
耗掉所有的光阴

种子在我体内蔓延
欲望的种子潜伏了几个世纪
种子不断长出诗
封锁我回乡的旅途
种子抱住肉体
风一样飘离尘世
种子在新的肉体上长出诗

我是欲望的囚徒
诗歌的囚徒
种子囚禁我
一世又一世
以燃烧的方式

与诗神对话

在诗神降临前
我必闭上诗歌的嘴巴
独自走向滚滚红尘

我早已说过
压根不想成为诗人
灵魂不属于肉体
诗歌是我的奴隶

诗神降临前
我跑到空无一人的山谷
倾听自己的回声
久久驻足谛听
在太阳落山之前

诗神在山谷上空呼唤我
我已忘掉用诗歌的语言回应
给他一个最华丽的转身
走出诗歌的迷宫

我走到山谷尽头
诗神对我说

曾有人在山谷与他擦肩而过
那人骑着一匹枣红色的骏马
手里拿着一把宝剑
直指苍天

我只写这一季的诗歌

我的灵魂只有一个
只写这一季的诗歌
诗歌无法跟上灵魂的脚步
我还有很多事情要做
诗歌无法与我相依为命
我还年纪轻轻
还有人用最世俗的方式爱着我

为何我的灵魂只有一个
给我诗歌，给我哲学
时而欢喜，时而悲伤
此岸，彼岸游走

时间，瓜分我的青春
诗歌，折断我的翅膀
哲学，让我陷入深渊

我的左右脑十分平衡
手拉手，穿过云层
又带着想象的种子落下
诗歌和哲学囚禁我
我的生命是否会因此荒芜

我只写这一季的诗歌
我还年纪轻轻
正在人间烟火中
有人还想借助我的身体
修炼，得道成仙

此刻，正是欲望争锋的初春
花儿正红，草色正青
诗歌不再重温冬天的记忆
嘴巴不再幻想惊动天神

平凡的女人闭上诗歌的嘴巴
准备把嘴唇奉献给袅袅炊烟

用 51 首诗歌与病魔搏斗的 20 天

诗歌被忧郁的芦花点燃
芦花是个疯子
从一个空间飘过另一个空间
春天啊　你的脚步再轻一点
不要弄脏洁白的季节
请让我继续接受神圣的引领

雪将天地连成一线
恩怨情仇消失了边界
爱恨生死改变了风向
我高举诗歌的火把游走生死的两地
我确信父亲的疾病与我有某种关联

我永不泯灭的灵性踏雪而来
像篝火般将冬夜点燃
魔鬼也接受了神性的暗示
在我诗歌的祈祷声中
移情别恋

这个冬季我永远不会忘记
芦花在冷风中发出的阵阵哀鸣
是在呼唤灵魂的归隐

在遥远的天际
生死的边界早已模糊不清

我高举诗歌的火把歌颂冬天
雪正在我的脚下
慢慢融化

诗之外

诗与我的灵魂有关，也无关
我的灵魂比诗更美
诗与我的爱有关，也无关
我的爱比诗更深
诗与我的远方有关，也无关
我的远方比诗更遥远

诗是通往天堂的云梯
在天堂门口，诗会束手就擒
诗是观音的一滴眼泪
在一滴眼泪中，诗会彻底崩溃
诗是天才的独舞
在旋转的疲惫中，诗会独自沉睡

天才诗人的灵魂小小年纪
就游荡在他们坟墓的上空
相对于永恒的智慧和慈悲
天才诗人的头脑是一种罪恶

诗是天才诗人的刽子手
诗是无常的文字游戏
诗是束缚灵魂的枷锁

我不是天才的诗人
不是诗的俘虏
诗只是我孤单夜里暂时的伴侣
诗只是我相思梦里胡乱的呓语
诗只是我尚未长大的孩子
诗只是我生命中停留的驿站

我的灵魂，我的爱
我的天堂，我的远方……
都在诗之外
如同我对你的爱
远远胜过我为你写过的所有诗篇

我只选择对本性诚实

原本我该替天行道
我该飘过大街小巷
包括很多村庄
为一个叫“使命”的玩意儿
一个人四处流浪
途中遇到淳朴的情郎
一起修行到天堂
也不是什么坏事

可是，我居然
悠哉悠哉地写起诗来
用或真或假的故事
用或喜或悲的情绪
写诗，最终
我要忘掉这些诗篇！
如同，最终
我要忘掉或幸福或痛苦的往事！
如同，最终
我要挣脱掉或真实或虚伪的盔甲！
因为我只选择对本性诚实！

我终将带上一个
叫作“使命”的玩意儿
四处飘荡

天上人间

——致仓央嘉措

你站在绿草如茵的湖边
隔着并不浩瀚的青海湖
眺望远方，那盏
只为你守望的灯光

那灯光
离你越近时越暗淡
离你越远时越璀璨
那璀璨的光
不是来自远方

那远方
蒙蔽了你的慧眼
那近处的璀璨
照亮了
你来时的方向

那方向
是众生向往的贝阙珠宫
不曾遗忘在
阿妈生养你的毡房

那毡房

是极乐世界的四色莲花
不曾凋零在
红尘俗世中的重重围墙

你站在绿草如茵的湖边
隔着并不浩瀚的青海湖
眺望远处的那盏灯光
忽明忽暗

不负如来不负卿

——致仓央嘉措

你坐在烟雾缭绕的经殿
每一种梵音
都是她轻启朱唇　向你耳语

你轻轻地转动经筒
每一次木竹相碰
都是她玉佩铿锵　替你伴奏

你匍匐在山路
每一步叩首
都是她散衣飘香　拥你入怀

你转山转水转佛塔
每一世轮回
都是她鬓云乱散　拽你入梦

你伫立在雪域高原之巅
每一炷心香
都是她轻摇纨扇　为你舞风

你躲在红色帷幔的后面
每一声诵经
都是她吹箫引凤　引你惊鸿

你寻遍雪域高原的每一寸土地
只为寻找那八瓣的格桑花
让她绽放于你的佛前
常开不败
你看着佛时
她看着你
你望着她时
她含情凝睇　望着远山

仓央嘉措

如果不是雪域日光之下
所有的生灵，都愿意
长久地匍匐在你的座下
有谁愿意忍受这苦恋的纠缠？
不如珍惜今世的相遇
像苍鹰和天空一样
永不分离

如果不是你驻足的
地方，遍地都长满了
极乐世界的四色莲花
有谁愿意枉费姑娘的
一片冰心？
不如留住这样的美好
让彼此魂魄相依
永不止息

如果不是你生生世世
轮回的记忆
有谁愿意一世一世
不停重复轮回的游戏？
不如大声说：“我爱你！”

演绎一场人间的离愁别绪

如果不是你洞见了
躲不过的情伤
有谁愿意只拥抱瞬间的欢愉？
不如焚香数千年
来换取生生世世的相许

仓央嘉措
你困在布达拉宫的金殿里
不再祈求佛的护佑
可是谁来拯救你的灵魂？

辽远的天空一定知道
飘浮的白云一定知道
高唱的雄鹰一定知道
盛开的格桑花一定知道
只有你，不知道。

情缘与佛缘

——致仓央嘉措

如果那一天你没有与她邂逅相遇
你便不会坠入爱河

如果那一月你没有与她把酒言欢
你便不会日日相思

如果那一年你没有与她失之交臂
你便不会抱憾终生

如果那一世你没有与她海誓山盟
你便不会生死相依

如果那一夜你没有与她耳鬓厮磨
你便不会暗约偷期

你是雪域最高的王
可上天让你们相遇又相思

何不让人间最美的情郎住进她的怀里？
让佛住在你的心里

用爱在心中筑起神圣的佛坛
把你们带到那个肉眼看不到的地方

那里的菩提树和罂粟花一样美丽
被思念抽干的身体早已奄奄一息

一梦如是

——致仓央嘉措

高原的雪峰睡着
它将从寒冬中苏醒过来

拉萨的阡陌田畴睡着
它孕育着全新的生命

初春的藏南家乡睡着
它要改变草原的风向

皑皑的白雪睡着
它要滋润雪域高原的万众生灵

拉萨的小酒肆睡着
它即将恢复往日的纵酒欢歌

只有你梦中那盏幽幽的酥油灯
穿越千年的记忆
在很远很远的地方
醒着

轮回

头顶上盘旋的秃鹰啊
在那桑烟升起的地方
我祈求　你俯身而下
乱啄　饱食
忘掉这顿丰盛的美餐吧
你们撕裂的不过是
我爱人的仆人

眼前那勇敢的天葬师啊
在那焚香供神的藏场
我祈求　你沾血的锥子
如雨　似风
忘掉你多余的仁慈吧
你敲碎的不过是
我爱人的皮囊

脚下花岗岩的戳痕啊
在那击碎头盖骨的地上
我祈求　你涂上香油
璀璨　明亮
忘掉你昨日的伤痕吧
你留下的不过是

我爱人的影子

在另一个黎明
天籁传来
魂魄熔为一炉的
霹雳声响
那双泪眼婆娑的眼睛
和着我
椎心泣血的心
正一起慢慢苏醒

布达拉宫脚下行乞的小男孩

他手握皱巴巴的人民币
沿路喊着："求求你！"
他向我伸出满是油污的手
我不知道可以给他什么
只好用眼神交换彼此的沉默
"你是阿弥陀佛吗？"他红着脸问我
然后笑着消失在路的拐弯处
这一声稚气的叩问
久久回荡在布达拉宫上空
令我震耳欲聋

其实我早就看到不远处
有个妇女不时上前给他喂水
擦拭他满是汗珠的脏脸
她的手上戴着几枚钻戒
我想象她家里会有几十头牦牛
有一辆轿车，两栋房子，三箱珠宝
也许还有四个保镖
可在神权永恒的栖息之地
我身在天堂，为何要游走于地狱？
为何要徘徊在富贵与贫穷的两极？

只渴望雨
渴望那一场久违的滂沱大雨啊！
渴望雨水将道路冲洗得明亮如镜
所有路人都躲到屋檐下避雨
雨中只剩下两个身影
我以永恒的姿势蹲在那里
抬眼望着那个乞讨的孩子
如同望着身着华服
在朝野中穿梭的
我自己

那一夜，在一个藏民家里

在一个藏民家里，我只想你
那些幸福和忧郁的过去
让我忘掉神的偈语
不为携带大海的献礼贡神
只为简单快乐的生活朝觐
那一夜，我不说憧憬

在一个藏民家里，我只说回忆
古老的唐卡诉说着情话
墙上毛主席相片上挂着洁白的哈达
院里的荒草
门口的篱笆
酥油灯的温暖
让我忘记自己
远赴雪域高原
仿佛回到自己的家
东边的流星，西边的雨
将前世今生的记忆汇成
雅鲁藏布江的巨流
那一夜，我不说异地

在一个藏民家里，我只想做个“卓玛”

一颗通灵的心多么残酷！
通灵的心无法将隔世的记忆销毁
它刚被大地托举星空又摔回人间
那一世我为伟大的梦想绝情而去
这一世我为偿还你小小的幸福乘愿而来
在永恒的家园之上，我只想做个“卓玛”
那一夜，我不说伟大

在一个藏民家里，我只想写诗
其实我写与不写
诗意都在那里
我无法止住天空的一滴雨水
如同无法止住自己的两行眼泪
谁又能止住我的笔？
仰望天堂，脚踩大地
那一夜，我不说妄语

梦游西藏

透明的身体在梦中
飘荡于桑烟升起的湖心之上
是什么让我窥见无形？
又是谁曾在湖心投下最初的影子？

月光在湖心倒映的是谁的身影？
有着娇美的容颜，绰约的风姿
可是，当月光隐退山谷
无情的影子被高原的积雪淹没
刹那间身披红色的袈裟
消失于远方青山的古寺中
清晨的，黄昏的，深夜的钟声
近一声，远一声
高一声，低一声
伴随着诵经声在我梦中回荡
谁的影子消失不见了？

梦有醒来之时
水无留影之心

昨夜的梦我一无所有
清晨醒来我无所不有
梦中的影子不是我
醒来后我却是自己的影子

转世灵童

放弃果实
放弃星辰
放弃阳光
放弃皇冠
放弃墓群
放弃婚礼
一路向西

物换星移
呱呱坠地
再度放弃

放弃什么
拿起什么

焚心于藏地

在藏地，我不得不
慢慢走，轻轻说
一吹牛就会缺氧
一抬头就看到秃鹰
在云层中对着众生睥睨

在藏地，我想展翅高飞
似乎被风折断了羽翼
只好乖乖地敛翅归巢
而我没看见一只低飞的鸟
我担心头颅中唯一骄傲的思想
一不小心就会被秃鹰击毁成淤泥

啊！我这颗因脆弱而不堪一击的心啊！
除非纤尘不染
哪怕有一丝骄傲都会被染上血迹！
就让我像湖泊一样还心于天！
就让我像河流一样还水于地！
就让我像积雪一样还魂于上一世纪！
就让我省略一切繁文缛节，双手合十，屈膝致礼！
就让我把心趁早还给鱼群和秃鹰吧！
就让我在今夜，焚心于藏地！

拉萨的不眠之夜

从梦中惊醒
仿佛躺在云层里
用洁白的身体翻炒星星
翻过几个世纪
佛与魔，触手可及

我的面前出现一个人
他的手里握着金刚杵
他的眼泪有一面湖水那么多
他的心却是空的
他的嘴里讲着天葬的故事
他的笑容很神秘

我不忍睡去
只好睁大惊奇的眼睛
靠在他温暖的臂弯里
在莲花开放季节的夜里
跨越了几个世纪

口业

藏香猪在川藏线上飞跑
这名字，使人想到农作物与蔬菜
还有嗷嗷待哺的婴儿

嘴巴不是用来接吻
就是抹上蜂蜜蛊惑别人
或挂上尖刀等待猎物
在精神的领地也不例外

妈妈说
睁着眼睛接吻的人最阴险
嘴巴好使的人没有心

在雪域高原
一个六根不净的家伙
闻到藏香猪的香气
恨不得
割掉自己的嘴巴
献给神

火供

火龙腾空时突然长出了翅膀
但我还是看清了它的脸
陌生又熟悉的龙
吞噬粮食　食用油　布条　金银
奉献给人类不熄的火种
奉献给人类力量的源头

火龙踩着上师的鼓点向上旋转
巨大的火轮穿越寒冷阴暗
时光的隧道倒挂长空
莲花生大师在夜空初生
黑影子身披红色的袈裟长跪不起
火复原了人类最真实的面孔
宇宙初始的情形

当无数人间的珍宝化为灰烬
许许多多的生命便在火中永生
包括活着和死去的生灵
相同的初心和不同的肉身谁都无法分清
火让人类摘下面具
火让一切都遁入虚空
火验证了爱因斯坦的结论：

“宇宙间不存在物质，唯有精神永恒”

沉默的大火
唤醒无数生命重生
火　召唤人类
召唤人类　莲花般的初心
火　召唤我　召唤我
召唤我　与我的另一个我
相逢于一场大火

一切的重逢
宇宙的诞生
都起源于一场大火
火龙在莲师荟供日降临
火龙用翅膀驮着莲花生大师重逢
黑影子在金刚杵中重生

我与我的诞生
我与我的原始祖先
这一切人间最美好的重逢
我把这一切的美好都奉献给你
用我不朽的诗歌
奉献给人类最伟大的火神

转世

在酣梦中　被众神的目光唤醒
身体扶摇直上　化为彩虹
虔诚的信徒　以匍匐的姿势　迎送
你从远方来　又回到远方去

雪域高原的圣湖　再次受孕
头发　指甲　在供奉的灵塔中被指认
凝结几个世纪的渴望　瞬间爆发
初娩的圣婴　被高高托举
如同托举　整个人类的灵魂

诵经声　像一阵花雨隔着云层落下
大地的伤疤　瞬间被抚平
废墟上　绽放出不知名的野花
群鸟离开危巢　久久在头顶盘旋
聋子听到雷鸣　瞎子睁开眼睛
冰封的河流融化　柳树发芽
阳光驱散阴霾　和平不是愿景
五彩的经幡四处飘飞　风声也在诵经

你回到远方去　又从远方来
人间的苦难得以救赎　你宁愿沦为囚徒

一次一次流放　一次一次囚禁
用轮回的生命　给世人警醒
那横跨天际的彩虹
是永不熄灭的心灯

一个人的藏地

我自东海一路向西　飞越雪域高地
海天之间的距离　用张开的翅膀丈量
从东到西　轮回的种子一次次埋下
用我匍匐的身体播种　沸腾的血浇灌
又用终年不化的积雪还原
心灵的颜色　雪一样的圣地

那虹化者缩小的身体　种在我心里
我误将彩虹看成千年前的自己
不忍归去　在七彩光的指引之下
万物都和经幡一起飘飞
每一缕风声都在为我诵经
曾经的我是那样美丽
彩虹一样的身体

如果时间能在这一刻停住
我体内的冰会重新融化成水
流入雪域高地
流入东方的晨曦
而藏地的积雪不会因我掀起任何波澜
还是以飞翔的姿势托举我
自西向东　在海与天之间穿梭

用圣湖一样的翅羽

格桑花倔强地红
在我的丹田处呼吸
火红的草籽在虚空中悬浮
像许多鬼魂四处游荡
寻找新的肉体播种
我的心没有惊起丝毫涟漪
在一个人的藏地

泪别拉萨

今夜我不得不离开
雪山透过苍茫的暮色袭来
上个世纪的积雪
化为一滴滴蓝色的清泪
流淌成纳木错湖的一面湖水

灵魂的脚步在拉萨停住
仓央嘉措的玛吉阿米
马克思的燕妮
一同匍匐在布达拉宫脚下
只剩下一个名字叫：卓玛

鸟巢

鸟
你是
森林里
一只可怜
贪婪的鸟儿
为何你有一个巢
还要寻找另一个巢
为什么你欠一个拥抱
还要沉迷于另一个拥抱
快快洗净你尘垢的羽毛吧
放弃寻找你不再被悲喜打扰
不要等大地埋葬你的时候怒号
原来纯净的身体才是你真正的巢
你这里筑巢那里筑巢因为自己无聊
你的生命完全掌控在外部的世界
领略不到自己的世界多么美妙
迷失的你时而欢喜时而悲伤
不悲不喜才是真的你自己
这是一个最伟大的秘密
上帝让灵魂埋葬肉体
鸟巢才不是你的家

你的家空空如也

如无染的天空

纯净又明亮

纤尘不染

身体是

你的

巢

我看见我自己

豆蔻年华之时
有个男人爱上我
却又深深伤害了我
我好不容易忘掉了伤疤
“老天！真的不是我的错！”

花信年华之时
有个男人爱上我
却将我愈合的伤口撕裂
“老天！真的不是我的错！”

待字闺中之时
有个男人……
唉！我搞不清爱不爱我
总之在一起了
但他还是离开了我
“老天！真的不是我的错！”

风韵犹存之时
我遇到一个男人追我
我一边疯跑
一边仰天祈祷：“千万不要爱上我！”

一不小心掉到深沟里
居然有个男人在里面等我
我拼了老命爬出来
我怎么会掉到同一个沟里?
“老天！这绝不是我的错!”

我终于明白
这是一种业力和习气
如同天空无法拒绝云

可是云不是天空
更无法在天空留下痕迹

徐娘半老之时
我走到深沟边向下看
我没有看到人
只看到深不见底　浩瀚无边
我终于知道自己错在哪里
那一刻　我看见
我自己

生命重生

不要吵醒熟睡的人！
在梦中
雄鹰翱翔不再需要翅膀
多情的麋鹿不再迷恋花香

不要吵醒熟睡的人！
在梦中
沉默的羔羊不再四处躲藏
森林之王不再畏惧猎人手中的枪

不要吵醒熟睡的人！
在梦中
瑶林琼树不再向上攀登
而是向下生长
那是复归于婴儿的力量

不要吵醒熟睡的人！
在梦中
负重的马车不再呻吟着走向死亡
而是沿着来时的方向
迎接新的曙光

不要吵醒熟睡的人！

在梦中
太阳月亮星星不再闪烁光芒
真性之光才将幻化的自我照亮

不要吵醒熟睡的人！
在梦中
鱼儿自由地于彼岸和此岸徜徉
鸟儿飞回古老的爱巢欢唱

不要吵醒熟睡的人！
在梦中
一只修行的天鹅
离开它的肉体
或升或降
或孤独或成双
或热闹或流浪
或暗淡或发光
或重生或死亡
它在随着自己的意愿翱翔

如是我愿

我愿

你身披朝霞

疯狂舞动青春的旋律

尽管转身便是回忆

我愿

你如风舞香草

将美德的种子

吹散在空气中

尽管看不到它的生机

我愿

你沐浴菩提心的花雨

让利他的喜悦

滋润每个人的心田

尽管魔力像影子般跟着你

我愿

你心净如莲花

暖日和风暗香浮动

尽管污浊的淤泥

一刻都不能和你分离

我愿
你投入地爱一次
彻底放下自己
尽管这是迷乱的幻象
但却是你必经的苦谛

我愿
你为了目标一路狂奔
把心还给天地
彻底忘我在人间
尽管人间只是一场游戏
大地早已满目疮痍

我愿
你静坐于黄旗紫盖
像曼妙温柔的少女
陪嫦娥嬉戏
尽管无人读懂你的痴迷

你是谁？

你是我眼睛中的眼睛
我要保证我的眼睛永远明亮
是你在黑暗中给我指引光明

你是我耳朵中的耳朵
我要保证我的听力永远灵敏
是你在静默中让我聆听梵音

你是我思想中的思想
我要保证我的思想永远纯粹
是你在糊涂中让我保持清醒

你是我心灵中的心灵
我要保证我的心灵永远安宁
是你在尘垢中赐予我清净

你是我躯体中的躯体
我要保证我的躯体永远纯洁
是你在无形中让我向你致敬

我要洗净心灵的一切污垢
才能见到你
我生命中挚爱的主人

我要驱除世俗的所有欲望
才能拥抱你
进入不死的灵魂圣殿

我要在感官的世界
竭尽全力呈现你
真我纤尘不染的本来面目

我要让我的爱之花
常开不败在你
永恒的心性之海

如果有人知道你是谁
——这个世界上最伟大的秘密
他便获得了生命的真谛

游曳在轮回的时空

我是尘埃中的尘埃
却以美的名义生成或毁灭
我是梦幻中的梦幻
却以真的名义粉碎或铸就
我是泡影中的泡影
却以善的名义哺育或抛弃

我是尘埃　梦幻　泡影
却身披真善美的外衣
以大地的名义
从大地回到大地
以爱的名义
从记忆走向记忆

我不停重复这轮回的游戏
只为了饱经沧桑
只为了一贫如洗
只为了勘破情殇
只为了脚踏莲花
在下一个时空
等你

正念

枪俯射胸膛
只为信仰而信仰
只为忠诚而忠诚
只为勇敢而勇敢

枪直射
本性的幽光

头颅是你的枪
正念
不会使枪睡在别人的肩上

得道的鱼

我尝遍每一滴苦涩的海水
游遍海之尽头
躲过可以栖息的港湾

我寻找最穷苦渔夫的网
只为今夜没有饥荒
明天　我会苏醒
在太阳升起的地方

觉悟

那顶桂冠
王子的华服
赶紧扔掉它们吧！
那会拉远你与神的距离

那些珠宝
骄奢的锦衣
赶紧让它们蒙尘吧！
那会让你失去人间的游戏

那些美言
悦耳的乐曲
赶紧停止聒噪吧！
那会让你的心不得安逸

那团圣火
熊熊地燃烧
赶紧靠近它吧！
那会让落红化作春泥

有无相生

春风带走季节里
最后一片花瓣
一只小蜜蜂
错过最美的花期
踩着贪婪同伴的尸体
俯身冲向下一个雨季
它身后的花瓣
撒了一地

道法自然

我不知道该如何是好
只有这样
跌跌撞撞地
漫无目的地
跟着你奔跑
像个傻子一样

我彻底
淹没在你的光芒之中
我睁开迷茫的眼睛
看不到一点光亮

我张开嘶哑的喉咙
喊不出一丝声音

为了跟上你
我主人的脚步
寻找合一的美妙
我只好
脱掉自己的霓裳羽衣

像个傻子一样
跟着你奔跑

漫无目的地
跌跌撞撞地
我只有这样
不知道该如何是好

复活

我摘下贝阙珠宫里的一粒珍珠
把它挂在胸前
如一块石子丢到湖心
涟漪接着涟漪

我迷失在它璀璨的光芒里
我只好把珍珠放回宇宙宽大的网

那里的珍珠重重叠叠
每一粒都有不同的面向
每一粒都有其他珍珠的七彩光芒

我的那粒珍珠长上了翅膀
穿过乌云和暗流
攻破无常的心性城堡
消失于晴朗无边的天空
这是复活和永生
不是死亡

我不在乎

我不在乎你是否忧伤
我在乎你是否能和忧伤共处

我不在乎你是否被人欺骗
我在乎你是否不背叛自己的灵魂

我不在乎你是否发现世界的美
我在乎你是否能在美中找回源头

我不在乎你是否有很多知识
我在乎你是否不靠知识支撑所有

我不在乎你是否孤独
我在乎你是否懂得在孤独中热闹

我不在乎你是否有一个家
我在乎你是否回归真正的家园

我不在乎你是否快乐
我在乎你是否依靠外在快乐

我不在乎你是否拥有
我在乎你是否敢追求你的渴望

我不在乎你是否权大如山

我在乎你是否能和贫民共舞

我不在乎你是否高贵
我在乎你是否能将贫贱视为通往高贵的必由之路

我不在乎你是否辉煌
我在乎你是否能用沧桑触痛自己的内核

你是否成功？
我不在乎！

我在乎你是否能够为了爱
是否能够为了生命的奇迹
是否能够为了共同的渴望
像个傻瓜一样前行

我在乎你
是否能够抵达彼岸

内在的小孩

你是寂然不动的星星
倾其所有
流向
心灵敞开之人的灵魂深处

你是攀登云霄的皎月
洁白明净
照向
灵魂不封闭之人的心灵之中

我来
你就来
我走
你也走
我看不见你
你却看得见我
我不是你
你却是我
百年之后
你还是你
我不再是我

为无为

我是一株小草
泥土把我推到哪里
我就生长在哪里
我不需要矫揉的伪饰
也不奢望廉价的赞许
更不追求常绿的意义

没有外在世界
我与山川草木紧紧相连
如果我要做老大
就会被连根拔除
倒不如和天地和谐共处

我就是神，就是爱
就是宇宙的孩子
我的本来面目
就在老子出关时
骑着的那头青牛里

你就是世界

如果你知道你自己
那么你就知道你所能知道的一切

如果你不知道你自己
那么你可能知道很多

如果你知道的很多
那么你所知道的只是你的知识

如果你知道很多知识
那么这些知识只能暂时掩盖你的愚蠢

如果你放下你所知道的
那么你知道的不再是更广而是更深

如果你知道的更深
那么你便知道了你自己

如果你知道了你自己
那么你就是世界

我与真我的对话

我的眼睛在看
却无色可着
不是因为我一无所见
而是因为我无所不见

我的耳朵在听
却了然无声
不是因为我一无所听
而是因为我无所不听

我的身体在动
却寂然不动
不是因为我一无所为
而是因为我无所不为

我的真我在家
却了了分明
不是因为我一无所依
而是因为我无所不依

寻找家园

喧嚣的酒场不是我的家
漆黑的街头不是我的家
曾以为爱人的胸膛是我永恒的依伴
可一个声音从天而降
所有世间法如梦亦如电应作如是观

我踉跄地一路狂奔
在漆黑的夜里
在掩卷沉思之中
在菩提树下
在我的佛前
可我依然无法窥见永恒

于是我放弃了找寻
在一个无人的荒野里
一个小女孩寻找妈妈的泪水中
我瞥见了心的颜色
顿悟

爱与神的缠绵

爱是天上的神
神是人间的爱
爱与神本是同根生
是万物流转之本根

休要说人间的爱是俗情
天上的神是佛心
有大爱才能引真性
有真性才能见真神

神是人间的爱
爱是天上的神
爱与神本是同根生
生生不息之本根

归去来兮

暮垂斜阳
雾起的时候
一个孤独的老人
不再迷恋春天的诱惑
独自行走于秋天的旷野

远处大山中的篱笆小院
穿过　秋日的夕阳
穿过　浓雾中干枯的芦苇荡
穿过　父母的坟头　祖先的祠堂
穿过　儿时嬉戏的田间地头
远远地　向他眺望
他缓缓地　从旷野走向远处的村庄
每一步　都紧贴着死亡

一群乌鸦从他的头顶掠过
他一阵战栗
拽紧怀里的包裹
想起年轻时走出大山
背起的也是这个行囊
还有年少时意气风发的癫狂
如今他不再有目标

耳边不再有丝竹管弦
不再有欲望的洪流泛滥
只有青草在脚下沙沙作响
他缓缓地　从旷野走向远处的村庄
每一步　都紧贴着死亡

那间篱笆绕墙的小院多么沉寂
没有了嘈杂的鸟群遮蔽天空
没有了熟悉的亲眷
只有门前的那棵老树在傍晚燃烧
他朝着唯一有光亮的地方
缓缓地　从旷野走向远处的村庄
每一步　都紧贴着死亡

暮垂斜阳雾起的时候
一个孤独的老人
不再受春天的诱惑
独自行走于秋天的旷野
回家的路一夜之间变得很长
一眼望不到边
他不停地行走
却发现在原地转圈
一圈又一圈　旋转
他缓缓地　从旷野走向远处的村庄
每一步　　都紧贴着死亡

顿悟

我们总是试图
探究世界的意义
却不愿
接受世界无意义的事实
因为　这意味着
自我的消亡与毁灭
这意味着　我们将从
虚假的梦中　醒来
这意味着　我们将从
世俗的关系中　抽离
当然是心　不是躯体

这个世界没有意义
周而复始　无始无终
除非　我们放弃一切抗争
当下顿悟　保持宁静
亲证无我　在另一个世界
进入　不死的灵魂圣殿

点亮心灯

为自己点亮一盏心灯
它不是灯光
却能照亮灵魂的方向
哪怕一丝邪恶的念头
都会被它的炽热灼伤

为自己点亮一盏心灯
它不是火种
却是生命赖以存续的源头
哪怕弱小的蚂蚁
都是它给予重生的力量

为自己点亮一盏心灯
它不是和平的使者
却能用本性之光照亮世界
哪怕残暴的匪徒
都会向它的慈悲投降

为自己点亮一盏心灯
它不是生命的守护神
却能医治自己的疾病
哪怕世界漆黑一片
都会向内寻找本性的慧光

逍遥游

我是天边的一片孤云
在无尽的苍穹逍遥游
金色的森林向我微笑
美丽的罂粟花向我招手
我路过无数人间的美景
却不想在任何一处停留
我透明的身体没有欲望!
怎能抱着光溜溜的树干不放?
怎能向凋零的花朵诉说哀愁?

人间没有我熟悉的面孔
我是宇宙白色的孩子
来自最远古的时代
我的世界只属于寂静和苍穹
我纯净的心灵没有污垢!
怎能追着尘土一起飞扬?
怎能随着溪水四处漂流?

人间不是我的家园
世界对于我是陌生的
我趴在云朵中向下看
我明亮的眼眸没有记忆!

怎能在蓝色的湖上留下身影？
怎能在五彩的土中日夜游走？

每当玫瑰色的黄昏悄然入梦
我的灵魂小心翼翼上升
没有人能测量我飞行的高度
星星都一颗接一颗为我让路
我不曾投下任何生死的种子
轮回对于我是陌生的
我不死的灵魂没有黑夜！
怎能在冰冷的石头上刻下名字？
怎能在没有星星的草地上腐朽？

其实我是个孩子

月光下的林间小路
我们手拉手
穿过疲倦的青草地
你在我耳边窃窃私语
仿佛在诉说爱
仿佛就是一对情侣
仿佛我是个女人
其实我是个孩子
在我内在的最深处

其实我是个孩子
是个永远长不大的天真的孩子
我渴望像个孩子一样
拥抱你，轻轻地，轻轻地……
用我的爱，用我一无所求的爱
用我的灵魂，用我因你而战栗的灵魂
用我的肉体，用我神一样禁闭的肉体
拥抱你，轻轻地，轻轻地……
直到你也像个孩子一样
直到我开始成为你

其实我是个孩子

我拉着你的手
内在的小孩
拉着我的另一只手
在我们内在的最深处
终将独自而来，独自而去

回归心灵的家园

离人间最远处
离家园最近
比如孤寂
比如重生的鹰折断羽翼

有形的肉体真的消隐了吗？
又是什么将生命的家园托起？
在无边的暗夜
灵魂沿着天际由北向南
一个源头到另一个源头
生死之间只隔着风
终于明白什么叫归期

在人间迷路的孩子
嗅着花香等待与大地长眠
仿佛没有什么彼岸
仿佛没有什么值得向往
直到最后的色彩也将褪去

回家的方向传来
纷至沓来众神的足音
那么嘹亮　那么温暖

无数明眸被警醒
我不想说重生与超越
那只是孩子天使般的记忆
不曾随风远离

遗忘之美

置身丛林深处
嗅到青草的气息
久闻玫瑰园的花香
多么令人疲惫
不想再说来世

在夏季不念飞雪
甚至那陌上的花开
最好也消隐于莽荒中
否则怎么学会遗忘
不想再说轮回

灵魂一路向前
一个片刻紧连一个片刻
像一个瘾君子在暗夜中
欣赏自己吐出的烟圈
过去早已化作青烟
不想再说相见

放下所有的过往
连同那些忧思
像个孩子般安然入睡
不想再说眷恋

出世之殇

露珠的一只脚
踩在荷叶上
另一只脚踩在淤泥里
如同我
一只脚踩在人间
一只脚踩在仙域

该来的总要来
该走的还要走
露珠注定短暂
迷人的事物
注定不能延续
每当暴雨啜泣
萧瑟之气弥漫池塘
我的双脚必像露珠
被淤泥埋葬

露珠，荷叶，清风
甜蜜的爱情
女人的芬芳
居然抵挡不了
突如其来的雨

明早醒来

我要迈出哪一只脚？

哦！还有你呀！

究竟停泊在

哪一只鞋子的港湾？

九行诗

一条漂泊的鱼
无法抵挡巢的诱惑
执着地跟随群鸟
在天空翱翔
变换的云摇晃着幻影
滂沱大雨摇晃着飓风
流浪的人摇晃着身影
在异乡的星空下
望着海洋

觉者的爱

觉悟的人无须委身于谁
如果我一定要委身于谁
那就让辽远的天空做我的情郎吧！
让庞大的鸟群做伴娘
捧起猩红的太阳做花冠
裁掉五彩的云层做嫁衣
摘下满天星星串成项链做嫁妆
斟满一杯北国之春做玉液琼浆
哦！还要请众神用祈祷的圣乐
演奏一曲天上人间的地久天长

当我披上崭新的婚纱
委身于蓝色的天空下
不要说我可怜巴巴，无依无靠
我的爱不是你理解的爱
我的爱没有保鲜期
如旭日东升遍布整个宇宙
洒满山川田野村庄河流

我的情郎不会说话
却用永恒编织了金色的情网
所有冲天的翱翔最终倦鸟归巢

和仙鹤一道回归故乡
我的婚房没有一张睡觉的床
可谁能阻挡回家的方向？

听哪！听哪！
那曲美妙的地久天长
不是歌颂男欢女爱
是天上众神奏响爱的乐章
迎接人们带上贫穷的嫁妆
撒手尘寰

因果

他停留于故乡的海岸
找不到栖息的港湾

夜幕降临
大海闭上眼睛
扭曲的灵魂
把他围住
拖向黑色漩涡

美人鱼踏着
他的胸膛跳舞
如群马踏过
海洋的最深处

白森森的白骨
正手握毛笔画着
美人皮

腐烂的种子
必上演
黑色的故事
创造者
必被所创造

事物毁灭

大海
从不拒绝
谁
暂时
告别故乡

身不由己

身体是你的影子
你曾把最多的信任给他
形影不离却是你的幻想
啊！这半点由不得你！

身体是你的影子
寄居在向天地租借的房子
新的租户即将入住
抱歉！你的租期已到！
死神在不间断地召唤
啊！这半点由不得你！

身体是你的影子
透过袅袅缭绕的供香的烟雾
你看到自己的影子头戴花环
穿着尘世间最后一身衣服
静静地躺在芬芳的泥土中
四周环绕着绿草和不老的常青树
啊！这半点由不得你！

身体是你的影子
终于结束流浪的生涯

兀自沉睡在空无一人的山谷
真正的主人——神
在你惺忪的睡眼下偷偷醒来
迎接清晨的第一缕曙光
啊！这半点由不得你！

身体是你的影子
一定有什么是你无法留住的
一定有什么是你无法解释的
不如让疲惫的心遁入空茫
啊！这半点由不得你！

与魔共舞

我告诉你　很大声地
告诉你　我活着
不代表我不曾死去

用我左臂舞剑的影子
我们早已习惯对视
目光之间隔着荒凉的古城
还有更迭的四季

既然喜欢阳光的味道
就不要在夜晚躲藏
既然要斩断情缘
就不要飘荡在异乡的梦里

我以庄严的仪式迎接你
直到你在我的颂诗中沉沉睡去
我骤然醒来

没有什么值得贪爱
除了趴在我左臂上舞剑的影子
不要给世界赋予什么意义
与魔共舞　就是幸福

删除

忧伤的文字与我没有血缘关系
请借我一把关公的大刀
砍掉那些曾把你灼伤的话语
连同崇高的信仰
与苦修有关的血色记忆

杂草丛生般的文字
闪着鬼火燃烧
最后的真理化为灰烬
祖先用暗语对我说
不表达　也是一种表达
不学习　也是一种学习
不作为　也是一种作为

如果头脑像树木般葱茏
心灵必然就像废墟般荒芜
就像两条永不能相融的河流
我只选择对母亲之河臣服

今夜　我想到了尼采
如果他能读懂无字天书
就不会被天才的头脑杀死

让心灵的宁静从容铺展
停止诉说
才是最重要的诉说

桃花运

布下“桃花阵”的人
是恶意纵火者
鲜红的花朵像火烧云
映红了一个人的脸
又灼伤另一个人的心

拉起一只手
就要放下另一只手
就像风在山谷间的流动
是纵火者策划的游戏

请原谅我活在无所事事的人间
整夜像老树一样枯坐
闭目聆听桃花开满山谷的颜色
只为聆听而聆听
毫不动心

凌晨三点

此时，肝经当令
无数魂魄被石头划破玻璃的声音惊醒
比如你前世的债主
有的像鸟以疼痛的姿势飞
有的像鱼群拼命扭动柔软的身体
还有一些忧郁的面孔在窗外叹息

此时，有两只翅膀御风而行
一只载着慈悲，一只载着智慧
不！这还远远不够！
对于魑魅魍魉的影子
你还要用最锋利的宝剑
忍受着剧痛向你的嗔恨心刺去
无数嗔鬼失去偶像，在这个时辰
火山爆发般转移行动的轨迹

此时，一切虚幻中的真实
都是你心的磁力显现
包括山河大地，血肉身躯

此时，你的魂魄彻底被火化
美丽的飞鸟从火中腾空而起

载着魑魅魍魉的传说，重返故地
无人记得前世的记忆

此时，很多人在构思爱的箴言
陈年的旧怨早已灵魂出窍
只有爱，让满城的人彻夜不眠

（**注**：古人讲肝藏魂，肺藏魄，心藏神。凌晨三时，正是肝脏当令。）

福报

幸福敲开我的门
我小心翼翼地打开
偷看幸福有无牵上智慧的手

国王的大象有福报
但被人骑在头上的幸福让我惊恐

今夜有幸福从故乡来
我怀念北方春天的约会
不慎让幸福过早透支

幸福是一块魔方
有人期待我在魔方中迷路

幸福是我账户上的存折
我把它轻轻地上了锁

请让我在最庄严的时刻
向它索取
累世的储蓄

神赐的阴谋

雨中吹箫的背影
我无法分辨美丑的容颜
刚刚发育的少女
在雨中孤影独立
雨水洗刷她柔软的长发
地上的水花化为一缕缕青烟
隔断了玫瑰与世俗的距离

这时，太阳如一把镰刀
在天空划开一道口子
霞光打破，刹那的幻影

雨水骤停
大地疲倦
发情的母马闭上嘴巴
万物复归于寂静

无为

无所事事的日子
肉体无法分辨魔鬼与情人
晚霞来临
肉体却认清诗歌的眼睛
诗人的肉体
仿佛不属于这个世间
从不考虑
减肥，复仇或有所作为

清晨睡到自然醒
夜晚头枕星星入眠

无所事事的日子
我并非什么也不做

幸福

幸福大街
幸福剧场
幸福旅社
幸福餐厅

一个小女人
在冬日的午后
独坐在幸福大街的一角
嗅着幸福的味道
阳光打在她身上

她诗人的桂冠
仿佛离穷人很近
仿佛离幸福很远

她的幸福
诞生于日不落村庄

她的幸福
与荷尔蒙无关

阳光像一个醉汉

搂住她的肩膀

幸福大街的每一个角落
亦真亦幻

祭祀

畜血挂满树枝
人肉羹，六畜烧成火把，伴着谷物
火光中飞出日月星辰，飞禽走兽

婴儿在火中分娩，供神灵娱乐
壮年男子，在火中四肢抽搐
神秘女人，透过火光翘首相望
手上戴着古老的银丝手镯

神灵偶像身披玉帛
走下玉台，众人恸哭
灵魂仿佛获得救赎
祖先以这样古老的方式
祭奠一场千年的暗香

歌唱无常
去掉狂妄

锁

反锁的门
阴阳和合的心
谁都打不开

自性圆满的女人
把春光
锁在门外

家

土地怀抱村庄　繁殖
土地有着强大的生育能力
家　手捧昨夜星辰将土地包围
土地将村庄包围　家
在夹缝中求生存　所有的人
以家为家的　家只是一盏南瓜灯
以世界为家的　家园高过天空

家是上古瓦片上镌刻的文字
只是象征某个年代　一个概念
对于灵魂的伴侣　没有意义
灵魂扶摇直上　将家园尽收眼底

奥修说：
“很多人从出生起就开始寻找回家的路”
有家的　未必在家
没家的　未必离开自己的家
从出生那天开始

世界只有一个家
只是土地太小　有太强的繁殖能力
没有一个大房子　装下所有的人

但人类终会在同一屋檐下相聚

除夕之夜　我想到家的意义
符号意义的家　世俗的家
是土地和天空的身外之物
是灵魂寄居的旅社
人人都是家的短暂租户

今夜　我坐在故乡的村庄
手提一盏南瓜灯
头顶灵魂的家园
仰望星空
脚踏大地

天堂里的雪

天堂下起大雪　纷纷扬扬
肉体被大雪掩埋了三天三夜
肉体长出爪子　毛茸茸的爪子
锋利的爪子　伸向亲人或敌人

大雪　夺走所有的记忆
雪是罪魁祸首　洁白的雪
天堂里的雪　赦免人间罪业
天堂与地狱之间没有距离
无数生命融为一体

洁白　唤醒洁白
天堂里的雪　唤醒古老的记忆

无所事事

坐在树荫下晒太阳
我发现了诗
谁想复制我的诗
谁就要复制我的悠闲

在黑暗的野外走走　停停
我发现了另一个我
谁想发现另一个自己
谁就要接受黑暗

悠闲和黑暗
让我的手心长出诗
还有另一个隐蔽的我　在诗中
时隐时现　喂养我的灵魂

当我慢下来
另一个我　越来越快
我的头颅就开始飞速旋转

无所事事的日子
我无所不有

天上人间

落下　落下
身披五彩云霞
落在　地里是庄稼
落在　山坡是野花

牡丹童子　端茶童子
跨过　星星河
落在　英雄的温柔乡
从此人间有了
高产的诗人
痛苦的哲学家

零下 20 摄氏度的路面已结冰
有人在冷风中
踮起脚尖踽踽独行
想着天上人间

种子

念头是种子
绕过倾盆大雨
大地上残留寒意
种子来头不凡
决定雨水的升降

种子在草坪上
催生新的生命
沉醉于过去
把握四季的更迭

每一个念头都是一粒种子
每一粒种子都有一个故事
我敬畏自己的每一个心念
每一个心念都是一粒种子

即使肉身腐朽
种子也不会灭亡
它以念头的方式延续生命
以飞翔的姿势穿行
于欲望的土壤中
继续繁衍

我是一个不会写诗的诗人

我是一个不会写诗的诗人
我没有把太阳月亮的玉走金飞
用排山倒海的修辞
作为我写诗的工具

我是一个不会写诗的诗人
我没有把痴男俊女的凄婉哀怨
用惊天动地的比喻
拽来渲染我的情绪

我是一个不会写诗的诗人
我没有把长柳槐花的绚烂多姿
用结构严谨的对仗
来赞扬它们的美丽

可没有人能夺掉我澎湃的诗情
在我的灵魂深处
善恶美丑早已没有边界
爱恨生死从此被截流

来自语言的艺术终究欠缺高明
它只能愉悦我们的眼睛

却无法使我们看到自己的心灵

请原谅我
我是一个不会写诗的诗人

爱的觉醒

你是我的夙愿
为了让你获得不灭的灵魂
我茫然四顾
只为把你的足迹追寻

你是我的爱人
为了那句不老的誓言
我浮沉荒野
只为等待你的现身

你是我的生命
为了把你送到彼岸
我四处漂流
只为你的随时登临

你是我的孩子
为了不可言说的籁乐
我坐月珊瑚
只为把你吸引

你是我的天堂
为了你走进最美的宫殿
我化作云梯

只为成就你的明天

你是我的主人
为了众生的和谐永恒
我舍却一切
只为你能了脱凡尘

青铜剑之一

我想象三千年前的相遇
那时　我不是柔弱的小女子
我是彪悍的骑手
将匡扶天下的誓言刻在你身上

那时　我握你的手永不知疲惫
紧握你　就是紧握
一种力量　一种信仰　一种渴望
就是紧握一轮秋月

那时　我的血液因你而尊贵
背起你　行走天涯
走着走着
秋叶将我围住
我不见了
你却还在路上

青铜剑之二

也许，我不爱你
我爱的是对某种信仰的虔诚
为此，我等待了几个世纪

我等到了，终于
在你的光影和气息之中
我学会了灵巧地回旋
有些东西正在远离
有些东西正在靠近

我看到你
身披青衣从墓穴走来
像一个圣徒
我像一个英雄
我征服一切
却输给了你

你用饱蘸的鲜血昭示我
太刚必折
太柔必废
唯有禅心似月迥无尘
如果这样

我也会断玉如泥

如果这样
我就是真的勇士
我不再追问你曾刺痛谁的心
你的故事又在谁的一帘幽梦中
真的勇士从不
诉说疼痛

青铜剑之三

我用指纹抚摸你的躯体
你的爪子又曾沾染谁的血迹
你一次又一次粉碎　然后重生
灵魂有了一万年的飘移　你
总是在夜里　劫掠我
念千年誓言　赴今世之约
面对你的寒光如同面对圣旗
我想到忠诚和信仰　还有伤痛
仿佛我千百年来低诵的咒语
英雄与美女　江山与社稷
远去，心灵之剑却指向永恒

今夜，我把酒相向
用醉着的眼，看你醒着的素心
我看到血光，硝烟
等待在五千年的咒语中
和你一同老去

我是孤独的看客

十月的篝火映红
西双版纳的夜空

夜那么黑
我躲得那么远
仿佛站在世界的边缘
冷眼旁观

不同种族的人群
不再是离散的河流
而是魂归大海
融入无边的天际

假面舞会的背后
只剩下思想在木然流淌

你我都是热闹的过客
我却是个孤独的看客

把玩孤独

孤独是我灵魂的舞伴
孤独像幽灵般跟在我身后

它在醉酒的夜里
它在伤痛的记忆里
它在欲言又止的笔端
它在千帆不是的哀愁里
在无人的渡口　血色的黄昏
对于我　它简直无处不在

它很长
灵魂走多远　它就走多远
它很深
思念有多深　它就有多深
它很大
人心有多大　它就有多大
它很小
小到为了一个人　就可以
一句承诺　三世守候

它很自私
最近的亲人也要保持距离

它很冷酷
我牵着女儿手
它却牵着我另一只手
它很多情
绿叶已经失去春的消息
它还是固执地把我带到无人的渡口

它怕听到哗啦的水声
那是热闹中的寂寞
它爱踽踽独行
那是寂寞里的热闹
它在月下独酌
那是两个影子在徘徊
它是通往天堂的独木桥
追逐灵魂的脚步只能独舞

我不得不爱上它
我灵魂最忠实的舞伴
像个幽灵般跟在我身后

鸿雁羁旅

北方的冬天大雪纷飞
负伤的鸿雁背上骏马
在草原的天空下徘徊
春天　因此被惊醒

负伤的鸿雁背上骏马
盘旋于草原的碧空下
它永远飞不出这圈圈
北方　是唯一的家园

负伤的鸿雁背上骏马
除了骏马　一无所有
除了北方　一无所有

外滩的不眠之夜

如果要写点什么
最好赶在喧嚣前
心事如雪花般蔓延
一片片落下
四处飘零
游移不定的灵魂
一点点透明
扶摇直上

浮躁不安的人群啊
总是肆意笑闹
用江水抵御玫瑰的蔫缩
用东方明珠的霓虹
罩住白发的飘零
用古老的建筑群
诠释永恒

独步的女子在外滩
渲染着夜的浪漫
独望天涯日出
等待
黎明前的笛声

海之变奏

明月高悬于海上
大海死一般沉寂
唯有深不可测的海洋
在月光下蔓延，蔓延……

一群海鸥拍翅乱飞
贪婪的嘴角
挂着黑色的鲜血
和大海匆匆告别
和万物飞向泯灭
唯有深不可测的叹息
在月光下蔓延，蔓延……

大海不动声色
站成永恒的姿势
与明月默默相望
唯有深不可测的沉寂
在月光下蔓延，蔓延……

每当黑夜降临
大海从黑暗走向光明

我独坐在明月高悬的海中央
唯有深不可测的孤独
在月光下蔓延，蔓延……

尼采

他看到受伤的老马忍受鞭刑
抱住马头痛哭："我受苦受难的兄弟啊！"
思想者从此被囚禁

这个夜晚，天真的黑了
他与疯子睡在一起
有人在撕扯头发
有人在自言自语
有人在打自己的耳光
身上的绳索让他绝望
他发狂，冲撞，呐喊
大地摇晃
海水登陆
思想者像一叶枯草在水面上漂浮
这样的情形在他头脑中天天上演
直到濒死的老马将他拖向颓废的草场
思想者从此失语

没脑子的人诅咒他是疯子
尼采说："我死后你们会明白是谁疯了。"

我不是尼采

更不是没脑子的人
我与尼采的距离
不近也不太远
是天才与疯子之间的距离
是出世与入世的分水岭
向左向右都令我厌恶
我懂得尼采的孤独
他却未必懂我孤独中的热闹
为了不像尼采那样绝望地死去
一个黄脸婆深一脚，浅一脚
从思想的牢笼中挣脱
返回世俗

忧伤的女子

她从源头涉水而来
不慎失足于细碎的漩涡
冬日的天空并未因此变暗
芦苇在原地变换着姿势迎风而立
天鹅还是一夫一妻制向北方迁徙

有人说起她的故事……
曾有一个女子在这里呛水
此后，在同一个地方
不断有人重生或者毁灭

喜悦隐于忧伤
真爱隐于静默
光明隐于黑暗
灵魂隐于虚空
忧伤的女子回到故地
隐于同一条失足的河流中
重温心痛

来时不带一物
走时却并非可有可无

河床如此辽阔
有人在河岸上
久久伫立
满怀战栗

海上的阳光

海上的阳光
我要抓住你

海上的暖阳
灵感的源泉

预约的阳光
流浪的女子

火一样的海上
万物奔向四方

阳光的鳞片剥落
在海上万物生长

阳光抱着我
预约的阳光

阳光抱着我
在海洋上燃起大火

左脑，右脑

一个空间，到另一个空间
有酒的地方，就相互对饮
一杯不多，一杯不少
手拉手，一刻不分离

一边天才，一边疯子
奔跑，穿梭在迷宫中
得了偏头痛，难以治愈

没有什么值得思考
简单活着
如此美丽

孤独

启明星跌入九龙井
映照了千年光阴
我的脸在井水中洗了又洗
被孤独囚禁无比美丽

给海子

你和尼采都死于诉说
天才灵魂的疾病
是医生难以治愈的

离去的前夜
你没有向谁告别
张开嘴巴对着自己高喊

有天使给你送来粮食和水
可你的嘴巴总是说话
没有任何力量能让你停止
你给人间留下无数囤积的粮食和水

如果你闭上嘴巴
吃掉所有的粮食
喝掉所有的水
收敛所有的光芒
放下所有的思想
你会活下来
人间就有很多灵魂
在黑暗中
闹饥荒

房子

身体是一座傍山的小房子
大雪从山顶倾覆而来
房门被雪封锁
寒月消隐到天边
你为何不趁雪季来临前
推门进来

山中一仙人

他像一棵擎天的大树
远离了万丈红尘
在山色中寻找青苔

他不再向上攀登
在石头与石头间向下生长
细微的根部尾须一夜之间
填满天地的缝隙
千年的狐仙　万年的蛇妖
瞬间跌进他的怀里

他的生命之树向下生长
没有绿叶　没有果实
唯有仙鹤不肯飞去

树用根须沾满墨迹挥剑成河
四海龙王都被他高高举起

他幽居在空无一人的山谷
在石头与石头间向下生长
群山以千面环抱
他无须依靠　从不寻找

眺望桃花林

桃花的光芒照亮青春的红海
花香飘满三月的山间
我在烟云中临风而立
隔着空旷的湖面
眺望对岸的桃花林

有人在树后看桃花人面
我不想把他的面孔看清
只看到水笑桃林，水闹桃林

这不是欲望的春天
这是一个永恒的春天
我将要选择和必须舍弃的
早已飞过这个空旷的湖面
定格在对岸的那片桃花林

看海

我踏着海浪看海
海的尽头是天
天的尽头万里无云
空荡荡一片

我从清晨到黄昏
站成永恒的姿势
目光穿越海天相连
自始至终的沉默
不代表我什么都没看见

吴家村

这里住着马克思和燕妮
燕妮不姓马　她姓吴
这个姑娘和伟人不沾边
这里不是达人的故乡
只是一个默默的村庄

这个叫燕妮的姑娘
姓吴　吴三桂的吴
冲冠一怒为红颜的情种
对！燕妮就是一个情种
她拒绝姓马　她永远姓吴

观光的车子从村口疾驰而过
他们踏着秦始皇的足迹
寻找 AAAAA 级景区
朝着仙鹤居住的方向
寻求长生不老的药方

无人注意到我的故园
清嘉庆年间被鱼群淹没之地
因为一个叫吴用的祖先
让沧海变桑田

如今这是海草房的家乡

吴氏祠堂破旧的门楼前
在暗夜中站着一个
提着灯笼的姑娘
只有她在侧耳静听
门口那对古老的石狮
沉默地诉说
诉说岁月的沧桑

请求旧城改造的起重机
来得迟一点　再迟一点
不要惊醒芦花的美梦
不要打扰沉睡的祠堂

请求海风　在酷暑
不要自作多情地刮过
我的默默的村庄
惊扰这个姓吴的
叫燕妮的　孤独的姑娘

立春

这是新的一年
阳光破门而入
直刺胸膛
我的双腿摇晃
大地在正午沦陷
阳光托举万物
阳光扶我站起来
在立春这一天

立春之前
父亲生了病
他替我和世界生了病
父亲的病，世界的病
我的病，天才的疾病
无法被俗人分清
也许此刻
我也在诉说的疾病中
用诉说祭奠漫长的冬天
感恩病魔在冬季一无所获
无人死于诉说和疾病

立春这一天

齐天大圣带上金箍棒
来到我家门前
几个世纪前
也是在这一天
齐天大圣带着我的父亲
重返人间
现了人形

立春之前
我的父亲替我和世界生了病

等待春天

用双手撕破天空
缤纷的花朵降落
落在我的掌心中
春天只为我绽放

世界很大又很小
掌心是我的牢房
我手捧春天仰望
一切尽在掌中央

我是春天的囚徒
春光锁住了镣铐
我只为春天跳舞
我的心一直这样

春天只为我降临
春寒料峭的冬夜
即使黑翅膀飞翔
华裳下也有春光

我的心一直这样
春天尽在掌中央

初春

欲望的春天　永恒的春天
陌上百花丛中　少女抱起春天
撩起碎花的衣裙　花朵绽放
春天撕破胸膛　血
殷红的血　血一样的春天
在她体内抽搐　欲望的春天

花朵　大地的花朵　神的花朵
一齐绽放　春天　大地的盛宴
众神的脚步　纷至沓来
踏着陌上的花朵　少女的花朵
永不消失的盛宴　永恒的春天

春天　我们在陌上约会
我美丽　赛过所有的花朵
我喜悦　赛过所有的新娘
众神踏过我的胸膛　给我送来新郎
花朵绽放　在我的胸前
大地的花朵　神的花朵

这个春天　妈妈很爱很爱我

这个春天　嘴唇很爱很爱我
我爱的人　很爱很爱我
你在春天　那样绝望地爱着我

怀孕的鱼

明天　就在明天
你的肚子就会胀破整个海面
让海的女儿在海中飞翔

今夜　可是今夜
一场大火烧红整个海洋
一直烧到天明

你站在火光的最中央
太阳晒得你很疼
火光无情地把你灼伤
你站在永恒的家园
等待有人将
两根骨头在海底埋葬

明天的明天
太阳照样从海平面上升起
笑容依然洋溢在渔夫的脸上

复归于婴儿

我的太阳
没有光芒
它总在没有星星的雨夜
来到我的天空
抚摸我的脸庞

我的太阳
永不熄灭
它属于白天
属于四季
也属于雨
属于星光

我的太阳
不可言说
我夜夜以新娘的仪态守望

我的太阳
是一个永远长不大的
害羞的新郎

新生

一条巨蟒划破夜空
潜入我的怀中

我看见光　眼泪
疼痛　涨潮的河水

一声啼哭让风
敲开我幽闭的心扉

两个男人看上去
还是弟弟更美

大象无形

——写一件玉雕艺术品

没有人能为你增加
没有人能为你减少
空间不能凸显你的层次
色彩不能表达你的美妙

你从宇宙蛋破壳而出
如婴儿般呱呱坠地
玉雕大师小心翼翼地
帮你洗了个澡
梳梳你的头发
整整你的衣角

你可以价值连城
最好粉身碎骨吧!
没有形状就是你的形状
没有颜色就是你的本色
没有人识得你的容颜
没有人记得你的生日

整个天地都遍布
你的血液
没有人知道
你来得比天地还早

第三只眼

在你眼里
天空一丝不挂
大地清澈见底
甚至蜜蜂穿过春天的脚步
都被你竖起的耳朵听见

在你眼里
诗人带着镣铐跳舞
不是无病呻吟

人酒情未了

爱上你
觅
修行的足迹

拿起放下
咣
放下拿起

无月的黑夜
锁
我在深秋

只剩下冲动
跌
你的怀里

太阳神在夜里
醒
不忍归去

桃花正红
吻
你唇角的甜蜜

有你的梦中
飞
两个人的欢喜

眼角的清泪
炸
在孤枕里游戏

另一个太阳
照
恨慢慢升起

牛郎织女
撩
我挽起你的手臂

诗人不想
离
你的神气

丹青之手
绘
你生花的妙笔

在我佛前
跪
才能将你忘记

爱花的姑娘

撕碎的彩带
一阵花雨
九天仙女给山野铺上
彩色大棉被

姑娘青丝如瀑
飘起最沉默的一朵
戴在头上
如苍茫的暮色笼罩着红霞

空中飞来碎石
叮当的声音淹没细语
姑娘！快跑！
趁供奉的时间还早！
趁花还未在泥土中枯萎！

语言

所谓的黄金口才
都是傻冒儿的现形
我时常犯傻
玩起愚昧的游戏

我学习说话之时
语言是我的鞭子
我特会讲话之后
语言是我的天敌

我明知它的荒谬
却止不住我的笔
就让它暴露愚蠢
我对天才已厌腻

我不否认是罪人
说出的都是垃圾
我真的至理名言
是说不出的秘密

月光下的龙

谁能在夜里听见我的哭泣？
谁能在夜里听懂我的呓语？
唯有你　我的神

你是众所周知的神
掌管雨水　海洋　船只
唯有贴近你　世界才有和平

你是我的神
是无形之手
在我无法写出一首诗
无法决策一件事情之时
你用看不见的形体　向我耳语
让我窥见　不曾知道的秘密
唯有贴近你　心灵才有安宁

在你面前我很渺小
我自以为清醒的
对你却是糊涂的
我自以为有用的
对于永恒却是无用的
我为自己迷失的神性哭泣

于是　寻找你

或许　你只是一个古老的传说
来自　不存在的国土
或许　你只是一种看不见的力量
来自　世人美好的想象

但我依然毫不迟疑地
在月光的露水中
寻找你　走向你
成为你　听从你
直到与你重逢
重逢在
月光的露水之中

灵隐寺里的大雄宝殿

燕儿南飞
倒悬在大雄宝殿上空徘徊
前世的爱巢长满忧伤的野草
她忘了自己只是个路人
携着冬日的残阳和江南的冷风
仿佛归人般敛翅归巢

佛前的油灯忽明忽暗
祈祷的钟声时断时续
只有冬日的落叶在诠释什么
关于命运　爱情　无常
是　又不是　或许
是与远方有关的冬日的信仰

燕儿　是我诗意的名字
面对佛光依然旧情难忘
怀想在冬日的故乡　坠入情网
大雄宝殿透过蒙眬的睡眼
倒悬在我的头顶上方

今夜，请让我为你祈祷

我确信，能为你降妖除魔
我不在乎魔鬼是否缠上我

我确信，能为你洗净痛苦
我不在乎自己是否离苦得乐

我确信，能为你引领光明
我不在乎自己身后的日落

我确信，能为你拯救灵魂
我不在乎自己迷失于滴血的王国

我确信，能为你送去和平
我不在乎谁在我的墓碑前静默

我确信，能为你化为一炷心香
我不在乎谁在暗夜中将我的手紧握

今夜，请让我为你祈祷
我确信，唯有我，能走进你的魂魄

我确信，爱的箴言能引领无限
请让我在今夜为你祈祷，唯有我！

燕妮

这个名字听上去很美
像永不褪色的春天
使人联想到某个伟人
她总在史诗中被人称颂
没有一顶桂冠配得上她高贵的头颅
尽管她的容貌称不上倾国倾城

在我永恒的精神领地
她点燃的圣火从未熄灭
时刻都在为世界输送光明

今夜，我祈祷的圣音让她复活
她的身体穿透我的灵魂
步入了我的美梦

如果有什么是我想要留下的
那绝不是有形的生命
而是一个响亮的名字
请人类永远记得她
我则无须被谁提起
脱掉名字的躯壳
谁会在乎
谁为谁歌颂？

灵感

我情愿
做一回猎手
在夜晚
秘密前行

树根在脚下
蔓延
都被我
竖起的耳朵听见

灵感像猎物
转瞬即逝
两手空空的猎手
才能捕获它
假如负重前行
猎人就束手就擒

佛说:“这是空中妙有”
像水流般永不停息
每个片刻
都在创造奇迹
妙不可言

许你四季芬芳

我将四季汇流，注入你的生命之杯
芬芳的味道从杯底升腾
心灵以流动的方式穿梭
半生离散，我也要许你四季芬芳

我将四季缩小，放入你的掌中
太阳神改变运行的轨迹
这不是虚拟的许诺
神话中的传说
哪一朵花会在永恒的心性之海凋落?
背对阳光，我也要许你四季芬芳

我将四季奏响，与你共舞
不要去管谁比谁更幸福?
溢满芬芳的幸福之杯，我珍藏多年
骤然拿走，我仿佛未曾拥有
倾其所有，我也要许你四季芬芳

我将四季托举在天堂之巅
空空如也，不见满目狰狞
所有人都会仰视永恒的神性之光
流浪的野狗对此也有着某种向往
咫尺难及，我也要许你四季芬芳

书

书是人类进步的阶梯
书也可以使人变成睁眼瞎

我曾像一只蛀虫钻进木桩
成了书的囚徒
木桩已腐朽
还没有走出知识的牢笼

曾经，我是书的囚徒
今天，书是我的战俘

书是我的一面镜子
镜中的我在千年之前
两鬓斑白
满面风霜

病魔

琥珀　朱砂
将肮脏的灵魂淹没
在落雨的山坡
有人因此成了英雄

手术刀劈开原始石头
石头中站着
你熟悉的面孔

石头血流如注
石头冲开血路
你从血光中扑来
抱着枯枝不放
在经书上四肢抽搐
欣赏同伴流光鲜血的腐骨

紧紧抱住病人的脖子
纠缠过去
以蚕吃桑叶般的速度
吞噬幸福

忽然

流水　变成腐水
种子　开出嗔恨的果实
大雪　倾覆了燕子的危巢
枯木　再也无法吐露芬芳
父母　骨骼越来越沉重
我　变成了大肥婆
女儿　高过我的头顶
情人　已移情别恋
一夜之间
仿佛
忽然

可是
我依然
我依然　用爱心抓住每一瓣风
我依然　在甜美的果园守望明天
我依然　狂笑着跑过丰收的麦田
我依然　在桃花正红的树下幻想爱情
我依然　让生命之花开遍天涯
我依然　守望在流浪儿必经的路边
我依然　期待慈悲能感化敌人

我依然　轻诵经文祝福每一个陌生人

春暖花开

一夜之间

忽然

写文章是一种修行

文字是心头的杂草
笔是一把带血镰刀

杂草迷乱了别人的眼
镰刀疼痛的是我的心

直到流尽最后一滴血
我的俗心才慢慢死去

心头的杂草渐生渐锄
忍受着剧痛脱胎换骨

2016年大寒之日

京城，今日大寒
一半是雾霾
一半是雪花

疯子，脑袋在开花
一半是诗人
一半是哲学家

诗歌，悬在半空
一半埋在土里
一半飞在天涯

爱情，半醒半睡
一半聪明
一半装傻

我从一半
跳到
另一半
跳来跳去
来到悬崖

我的另一半在哪里？

此刻，人人都在喜迎新春
我却找不到自己的家

流浪的孩子
正头顶雪花
双脚悬空
用酸腐诗文
吟着春夏

语言

马群失去颓废的草原
从远方踏浪而来
浪花里飞出海洋的牧歌
海洋上空万马齐鸣

海草抱着马蹄抬起头
海草疯长　勒住马头
马蹄很繁忙　踏着浪花前行
马群爱上了海草　移情别恋
从草原迁徙到海洋的牧场

语言　我胯下的骏马
思想　我手中的马鞭
我的马鞭总是如此忧伤　如此多情
鞭打我的骏马从陆地跨过海洋
在水火之间燃烧生命
思想的马鞭
繁忙的马蹄

这个夜晚我想起很多哲人
他们都死于手中的马鞭
胯下的骏马总是死于
死于诉说的草场

背影

山神踩着石头前行
山神是石头的母亲
所有石头唯一的母亲是山神
多少背影被石头拉长
背影在石头中长出了玉观音
山神已降临　山神已降临

山神在山巅曼舞　贴着胡杨树
千年不朽的胡杨树　高耸入云
山神行走如风
飓风席卷了所有的树木
石头的心　树木的心
朝圣的心　千年不死

山神封锁了朝圣的路
山神压住石头的头颅
所有的石头都为他一个人倾倒

山的那边还是山
无论从哪个角度都无法登攀
脚下的石头和石头融为一体
背影在石头中长出了玉观音
山神降临
在沙漠的正午

一腚红

——题黄永玉先生的画

今年的猴子都发情了
屁股上挂起了两盏灯
一盏点燃了十里春风
一盏照亮升腾的青烟
喜悦的灯盏　心灵的灯盏
原始的火种　神秘的力量
刺破七彩云层　大闹天宫
红了人间　笑了桃林

阳光下站着一个春天的巨人
它为人类吞噬了一切黑暗
不朽的心灯

请求　灯
请求　灯的赦免
请求　灯以爱的名义滚滚而来
请求　灯赐给人类火种
请求　灯照亮空山下的串串足印

盛大的春天已来临
山谷外的天空　火光一片
春风得意
柳暗花明

除夕

再过几日我又要远行
远离自己的亲人
今夜　我什么也不会留下
我的生命早已奉献给虚无
原本我就一无长物
我来自一缕浅浅的风
对于流逝的光阴
我只能选择仰望

此刻　夜色越来越暗
山脚下的灯火渐渐透明
今夜的火光高过天空
我无比珍惜这短暂的光阴
万物都在今夜复归于宁静

此刻　有人漂流在海上
有人驻守边疆
有人流浪四方
有人在雪域高地独守严寒
可是这又何妨？
目光与目光的交织
消融了天地之间的距离

所有的破碎都在今夜重圆
所有的结局都在今夜写好

除夕　是大自然馈赠给春天的厚礼
引导人类从光阴的圈套中抽离
今夜　我依然和往年一样
站在生养我的故地
看光阴飞逝
寸步不离

2016 年新年

我是多么眷恋从前
我爱着每一个昨天
爱着昨天相遇的每一个人

新年又将有很多人与我擦肩而过
我分不清去年与新年认识的人
昨天与明天
每一天都是我的新年
每一天都是我的新生
每一张面孔对于我都很新鲜

新年的我　新生的我
许许多多的面孔　无比鲜活
我爱着每一个新生的我
我爱着每一张鲜活的脸

2016，崭新的生命　崭新的你我
这是去年我写下的最后一首诗歌
用我全然接纳的心胸
给您送去新年的问候
祝福新年
祝福新生

我是一缕青烟

柔弱无骨的青烟是我
扭动的身躯在阳光之下
思想和情感被风吹落
我生命的每一个脉络
唯有阳光清晰
阳光对我满心欢喜
我珍藏着对阳光的情意

阳光抱住我
守候在自己的源头
那么轻　那么柔弱
原始的我
原木一样的颜色
原本没有一个我
更没有一个人可以伤害我
无法消散的我
永不泯灭的我
雪花　尘埃　飓风　冷雨
请屏住呼吸
慢慢靠近我
柔弱的我啊

不懂得人间的烟火

风是我最近的亲人
扑打我的脸在春天
我变暖　变轻
落入人间　下落不明
可是我的心离天空很近
雪山　湖心　月下
都有我的身影
当大雾降临
柔软赛过所有坚韧
请屏住呼吸靠近我
我来自一缕柔弱无骨的青烟

尘埃下　香茗中　氤氲四溢
我的生命就在一呼一吸间

魔

潜伏的野兽
攻击的姿势
受到某种力量的驱使

磨牙的声音
寒冷的冬夜
逼近年迈的父母
血和泪击碎憧憬
世界的倒影浓缩药罐

惨叫的灵魂
背对阳光　歌颂黑暗
黑暗的颂诗　魔鬼唱响
用黑暗　歌颂黑暗

我的爷爷　太爷
一声咳嗽
被影子抱走头颅

昨天　明天
病魔　行走途中
蠢蠢欲动

我活着
就是为了遇见你
今夜我不会遇见任何人
但是我会遇见你

一条鱼的独白

谁挖出我的眼睛
谁切开我的内脏
谁掠走我的身体
谁让我在刀下游走
谁又将我投入熊熊大火

来到海洋之前
我早已不在了
在厨师的刀下
在渔夫的喉咙里
水神与火神总是争夺我
究竟哪一种生命是我

我想在月亮上受孕
把命悬挂在天上
夜夜在海洋上空飞翔
与海遥望
我的孩子　很小很小
海洋　很大很大

我是一条得道的鱼
坐在月亮上
水神死去
海洋　声嘶力竭

两行诗之一

诗歌是灵魂的奴隶
只有主人才能对它百般蹂躏

两行诗之二

我是一把生了锈的锁
你半截的钥匙断在里面

两行诗之三

弯曲的河流不停地变换自己的姿势
瘦骨嶙峋的黄牛拄上了拐杖

两行诗之四

当欲望的洪流带着人群抵达彼岸
我却选择独自返航

表弟

表弟三十六岁，死于心梗
诵经团的人低眉垂首，祈祷
他跟着光走，不被诱惑拦住
走时动心，会左右灵魂的去向
生者悲恸，会让他迷失来时的路

庄子为死鼓盆而歌
生死，气之聚散
像花开花落般寻常
我忍住泪水，在他耳旁低语
“我是小妮姐姐，不要跟我走，跟佛走”

小时候，他天天跟着我走
在衣柜里捉迷藏
在夕阳下的田间地头捡麦穗
趴在图书馆的桌子上看小人书

长大后，一次他疲劳驾驶
撞断肋骨，丢了我给他找的工作
怕给我丢脸，拒绝我再帮他
一个人在鸡场养鸡，直到临终那日
临别前，他的胸口上沾满鸡粪

她的母亲，长得像电影明星

最喜欢看《电影世界》
母亲像他的一件外衣，寸步不离
他十几岁时，母亲也死于心梗
从此，他总是选择独自远行

如果他和母亲现在还活着
生命中有“如果”该多好！
那年，他母亲要我陪同去外地治病
年少的我是“工作狂”，总放不下
如果，我早回来几天
如果生命可以重来
我一定会放下手头的工作
多握一握亲人的手
不等临别时说：“千万不要跟着我走”

今天，一切都是那么无力偿还
表弟，我是你的小妮姐姐
请你不要跟我走
你要松开我的手
一路前行，你会看到光
它将引领你走向新的拯救

来世，我还要
做你的小妮姐姐
等你，对我说
千万不要跟我走
跟着佛走

宇宙之子

美丽如夏天的树
散发着青春的气息
烈日下遮阳
呼啸中挡雨

树是大地的一部分
是雪山　森林
草地　四季的女儿
是朝霞　黄昏　麦田里
流浪乞丐的女儿
是爱　是希望
亦是心血的浇灌

孩子　你是树
头发是树叶
皮肤是树皮
血液是树汁
肉体是树干
你是大地的女儿
是宇宙的孩子

妈妈的暖房

是你临时寄居的旅社
是冰上镌刻的名字
比流水更静谧
比夏花更短暂
比烟花更璀璨
等候冬去春来
树木抽出新芽
重新将大地还给大地

手足

燕
舞
春
风
春
回
大
地
我的妹妹也叫燕子
我的弟弟叫春天

给女儿

孩子
为了妈妈伤害你们的一句气话
我找了很多借口为自己辩护
孩子，那不是真的
妈妈的孤独并非因为你们
孤独是我的选择
其实任何一个男人都不会让我背叛
可是　话是伤人的利斧
又是泼出去的水　难以收回
为此我做了很多事　比如
半夜挤进你们的被窝无言相拥
用三人的拥挤缩短心与心的距离
直到你们安然入眠

孩子
原本就没有你们
也没有一个我
身体只是灵魂寄居的旅社
爱才是真正的母亲
妈妈让爱蒙上灰尘
却指责你们离开自己的神性

因为我的愚蠢却抱怨你们不够聪明

孩子
都是我的错
我常把孤独的原因归罪于外
事实上没有一个男人能让我背叛
如同我不能背叛自己的神性
那是你我真正的母亲

孩子
你们和天下的孩子一样
都有一对天使的翅膀
都为属于自己的伟大使命而降临
每个天使般的躯体里都住着
同一个爱神
你我真正的母亲

女儿的胖脚丫

胖脚丫沾满露珠
胖脚丫来自美丽的地方

二十根脚指头，四只胖脚掌
把我的胸脯踩得咚咚响
像蜜蜂踩着花瓣
像桅杆踩着帆船
大大小小的脚印
踩在我的胸口打转
转走了我的梦想和容光

胖脚丫将我的世界缩小
缩小在她的脚掌中
拔不出我一度迷失了自己的航向

胖脚丫所到之处
我的脚步在也
仿佛踩着太阳的头颅
等待万物循路走来
不掀起一丝尘土

我的父亲在春天病了

春天　百花齐放
父亲的病总在春天复发

病魔　灵魂的敌人
提着血淋淋的砍刀
四处游荡　等候春天

父亲的手臂长出血红的眼睛
病魔狂怒　杀死春天
血和泪的春天　残缺的春天

我的生命是在春天降临
正是父亲生病的这个时辰
那时他没有一点体温
他用疾病向我证明
春天确实存在

百花齐放的季节
注定了我的富贵命
可是我的父亲
替我和春天生了病

给生病的父亲

你在病床上
抛飞半空中
我在野山坡
脚下星星河

你在京城里
吃的是雾霾
我在老祠堂
祭祀五方土

你的世界
神做主
我的世界
你做主

你的夜晚
魔是主人
我的夜晚
我是仆人

在梦里我没有单飞

太上老君在飞

在女儿的神话剧本
在女儿的剧本中飞出了三界
妖魔鬼怪飞，在我的思绪里飞
千年的狐仙，万年的蛇妖
在飞，幸好我没和谁双飞

单飞的雨燕，单飞到几重天
这件事向来不由我做主
我是这个金秋的仆人
女儿和太上老君是我的翅膀

难怪女儿拼了老命来到人间
四只大脚掌踏着我的胸口旋转
一个叫燕妮的单亲妈妈
单飞的雨燕
将天使带到人间
她忘了自己也有一对飞翔的翅膀

朋友说要投拍女儿的剧本《太上老君》
我豪饮了三杯烈酒后默不作声

这个秋天值得怀念
叶落归根
燕子的基因没有突变
我梦见了很多人间的活神仙

今早窗外秋雨连绵
没有一丝阳光
我一个人懒在被窝里
拒绝让自己从梦中醒来
在梦里我没有单飞
我的翅膀由基因说了算

到了夜里我就犯困

神婆说
我身上有个鬼精灵
借我嘴巴说话
我想抽她两个耳光
还是算了吧
不要亲自动手了
我的精力有限
到了夜里我就犯困

神婆刚好和我相反
白天睡觉，夜里显灵
说着鬼话蛊惑失眠的人

幸好我懂点东方文化
什么样的心
就现什么样的世界
哪里有心外的鬼精灵？

到了夜里我就犯困
闭上眼睛才清醒
身体开始透明
世界变得很轻很轻
没有鬼精灵
偷走我的内心光明

过了 12 点就是重阳节

此刻，我还醒着
窗外的路灯，醒着
几分钟后是重阳节
女儿在酣睡
保持着儿时的姿势
这个节日似乎与她们无关
草木却在今夜改变风向

此刻，我的心如此敏感
影响了城市的波长
网速也开始时断时续
流动的能量复活，在暗夜
和我互为河流
流经东海
抑或不知去向

除夕之夜

去年除夕
病床上的父亲
与死神擦肩而过

今年除夕　我漂泊异乡
感恩着神的宽恕
祈祷明天

案台的贡品
无数生灵在窥视
摇曳的烛火
像暗夜里虚幻的爱情

它是那样熟悉
又是那样陌生
与我短暂相聚
又决然分离

我的周身灯火通明
众神正循路走来
离自己越来越近

手印

门，虚掩着
风从缝隙中挤进来
暗夜中
手印止于风

我听见了九色莲花
绽放的声音
看见了白鹤羽化成仙
执一盏心灯
手印九字真言，与夜的静谧
让心与心熔为一炉

我臣服于这神的启示
就像先祖们臣服于
那些古老的谶语一样
祈祷上苍护佑天下所有生灵

我感恩这古老的手印
在焚香的夜晚
在结印的暗语中
我把手放在你的心上

PPT 让我崩溃

五十页 PPT
放一遍要几分钟
琢磨一个字要几小时
我边想边放
吃着隔夜剩饭
闻不到新鲜的味道
今早饥肠辘辘
却吃不下一点粮食
脑袋被装上芯片
它替我吞下很多真理
比如地球是圆的
太阳不是方的
这些结论让我崩溃

此刻　打开一瓶烈酒
空腹一饮而尽
我的芯片中毒　电脑死机
PPT 结束它的完美演绎
我并没有喝醉　这样说
很符合我的个性
不符合我的酒量

然后鲜活的味道弥漫
第一次尝到的芬芳
我忘掉了逻辑与秩序
飘飘欲仙　对于我的仙骨而言
总让自己保持清醒是危险
在 PPT 中毒之后　陷入混沌
我发现自己并未死去
抱着酒瓶，我这样想……

71岁老汉娶114岁新娘

这是今天的新闻
消耗了我很多脑细胞
有人和我一样
桃花运来得比较迟
我是否也会在114岁做了新娘

那时我的婚礼要低调
拒绝所有的祝福和欢呼
亲朋好友都在天上看着我
过度的悲喜显然不妥
我要在角落里偷偷绽放

那时我不会再说爱情
永恒对于岁月变得肤浅
来往的船只在渐行渐远
我和他的关系却如同海与浪

那时的他不要太老
至少比我年轻
最好还有些力气
能让我在他的怀里终老
保持着春天的姿势

当生命的最后一缕阳光
抚摸我苍老的容颜
仿佛第一次见到我时的模样

那时我是一个真正的小女人
在岁月中学会了臣服
今夜我活在女汉子与女人之间
在角色频繁的转换中
被一条新闻无情地灼伤

在诗歌中修炼当下心

活人与死诗
今早没什么灵感
开车送女儿上学途中
仅用谐音做写诗的道具
绿灯亮了
不慎急踩油门
瞬间将钟楼撞成废墟
我回应警察为何不还诗体
将花红柳绿拿来做道具
他听不懂我的谐音
道具是刽子手
把我禁锢在道路中央
为消逝的钟楼默哀

在机场长椅上睡了七个小时

鸟的脑波
和我不在一个频道
从我头顶掠过
离故乡越来越近
或者越来越远
也许它会改变频率
慈悲漂泊者的忧伤
特意为我一个人返航
在候机楼的长椅上
熟睡七个小时后
用意念撕裂鸟的翅膀
我总是这么野性
流浪到哪里
都能睡到自然醒

窗外夜色越来越深
星星戛然粉碎
起飞或降落的故事
每天都在上演
可我仿佛是局外人
长途跋涉只为
片刻的栖息
没有远方

我的墓碑

我是诗人和哲学家
这两个身份同样不是真我
我希望自己的墓碑上写道
这里躺着一个不完整的家伙
因为她的不完整
使她写了很多的诗歌和悟道
未来我的墓碑上还会写道
她与伟人有着同一个名字
却与伟大不沾边
她是一个没脑子的人
一个追求模糊的家伙
她竭尽所能
将自己毕生的精力
贡献给人类似是而非的事业

最美的遇见

只需一个片刻
你在无意识的深渊挣扎了许久
没有什么被肯定
也没有什么被否定
更没有什么问题需要被解决
你只是欣赏距离带来的美感
它来自一种高度
高度决定视野
一个片刻足矣

由一滴露珠想到的

一万年等待
只为片刻在叶尖坠落
迂回与拐弯的变奏
我失去了你
最澄澈透明的一滴
原本我想说爱你
可是黎明悄悄来临
露珠撞击大地的瞬间
心亦支离破碎
大地的体温也随之下降
今夜北京大风降温
此刻我在东海之滨
由一滴露珠想到一条河流
由一条河流想到整片海洋
由黄河想到长江
心不在当下
念头总是这么无常
像露珠般在风中轮回
一次次了无影踪
手里却拽住欲望的种子
我的梦总是与水有关
所谓伊人　在水一方

宗教精神

宗教精神告诉我们
如果陷入很深的寂静
那么一个人坐在那里挖鼻孔
或与另一个人做爱
二者之间无本质区别

魔与佛

酒的存在
一半是酒鬼
一半是酒神
人性的特质
一半是佛
一半是魔

酒鬼无意识
酒神有意识
佛有意识
魔无意识
当人有意识
酒会变为通神的桥梁
反之就是酒鬼

觉醒意识

像一只机警的野猫
随时等待猎物的出现
机警的野猫就是你醒觉的意识
保持意识的醒觉
才不至于被猎物捕获

复活

自我被套上枷锁
有人试图给他松绑
就会本能反抗
自我害怕自由
宁愿活在自己编织的牢笼中
死亡来临也不肯放手
直到再度复活

优质的心灵

邂逅一颗优质的心灵
孤独的灵魂
需要在红尘中经历沧桑巨变
需要忍受无情无欲的煎熬
甚至要携带
愿望的种子
重返人间

内在的狂热

我一直在诉说
世界的无趣
无趣的背后
是对世界探究的狂热

不看破无趣的真面目
很难保持持久的狂热

佛陀和老子

深度
是佛陀和老子毕生所求
有人无法理解其深度
他们却理解世人的肤浅
深度的价值
就在肤浅之中呈现

佛陀和老子的美
在于高度的无法登攀
不要让自己患上“恐高症”
太容易攀登的山峰
美感立即荡然无存

爱与恨

爱是能量团
让爱回家
爱有爆发力
它可以再造生命
万一把爱导引给某个人
顷刻转化为恨
恨与爱具有等同的能量
流动的只是表象
让能量流向生命的家园
掌控爱的方向
就是掌控生死

经典与色情读本

经典是相比较而言的
在经典与色情读本间如何抉择
体现的是一个人的深度
可是当他深陷其中
无论经典与色情读本
都只娱乐了自己的感官
二者间的差别
便成了表面现象

非常道

除非你忘掉自己的真理
否则你永远无法明白道

除非你知道语言的荒谬
否则你永远无法明白道

除非你明白道不是什么
否则你永远无法明白道

除非你经由一切的相对
否则你永远无法明白道

除非你感受最高级思维
否则你永远无法明白道

除非你觉悟生命从哪来
否则你永远无法明白道

除非你创造全新的生命
否则你永远无法明白道

除非你会倾听神的语言
否则你永远无法明白道

除非你真正成为爱本身
否则你永远无法明白道

中秋辟谷（六首）

一

今夜我在香山
在空气中寻找食物
为了过滤无处不在的肮脏
难以抗拒的肮脏
只好闭紧嘴巴
开辟一条新的生命通道
用鼻孔呼吸
谷神渐渐远去
敏感的味蕾也随之消隐
值得炫耀的只有巨大的空虚
团圆之夜没有什么渴望
我选择用呼吸照亮永恒之河
让生命的航船
沉默地抵达目的地

没有食物吃
就不需要刷牙了
以免浪费我的唾液
唾液可是仙家的长生之酒

我用它来喂养自己
千万不要贪杯
要小口小口地咽下去
我相信老天不会让一只鸟饿死
这就是其中最伟大的秘密

今夜我在香山
依稀看到红叶满山巅
火光冲天
熊熊的火焰占据辽阔的山谷
毁灭意味着重生
唯有气态存在的万物
以流动的姿势轮回
穿梭在大火中
不觉间
现了真身

今夜我以气态的形式
出现在香山之巅

二

逃避霓虹灯
逃避粮食和水
月亮仙子
请我到山中来

吃辟谷饭
香山
我来了

红叶
圆月
野草
狗吠声
头顶的星光
秋虫的哀鸣
山脚下的美食街
空荡荡的远方
家乡的方向
有银色的月光
辟谷饭
让我来到
另一个地方

谷神死去
我要短暂告别
粮食和水
对着空气抒情
直到香山
第一片红叶
开在我的鼻翼
直到万物

赤裸着身体
和我浑然一体
面山而立
再次
呱呱坠地

三

辟谷第四天
我的肚子饥肠辘辘
黑夜中　推开窗户
没有植物
没有动物

黑夜　纯粹的黑
我摸到　中秋的月光
最为洁净的月光
它由空气组成
事物的本质　告诉我

中秋的月光　最美的月光
它的美　并不短暂
它的本质　不来不去
短暂　只是节日给人的错觉
感官的错觉
比如此刻我的饥饿感

空气　是我唯一的食物
仅存的　生命通道
流经　我的身体
流经　整个山河大地
导引我　导引我
用身体　感受身体
用生命　感受生命
不再用思想指挥我的肉体

最终　我要以这样的方式
还心于天地
忘我在人间
要想留住所有的美丽
没有另外一种方式
能让谁　从感官的错觉中
彻底抽离

四

昨晚是中秋之夜
我梦到自己和孩子吃汤圆
脑袋总是这样没有逻辑
或者有逻辑的脑袋比我更痛苦
就像昨晚有人吃着山珍海味
但未必比我在山中吸风饮露更幸福

晒张双盘打坐不吃不喝的图片
引来很多人的好奇心
人类的想法总是很荒谬
为何总对这些雕虫小技感兴趣
不是想趁机炫耀我的功法
也没有高尚到要把粮食留给更多饥人
只想证明在合家团圆之夜
自己过得并非无依无靠两手空空
至少还有天地真气在我胸
顺便浪得一个“神仙姐姐”的美名

我的想法很朴素
辟谷不过为了自己活得更长久
因为这个朴素的愿望
在山中走出很远
下山途中不小心迷了路

五

没有粮食我照样可以活下去
辟谷第五天的清晨
我暗示自己
饥饿让我早醒
我换了一个侧卧的姿势
把手握成婴儿的拳头

枕在耳朵下面
单腿弯曲搭在另一条腿上
将身体拧成麻花状
就是这样一个静止的姿势
口中的唾液便奔流不息
慢慢咽下去
丹田仿佛着了火
火花将我团团围住
无比温暖舒适
抱紧胳膊
用身体拥抱身体

此刻我不想歌颂苦难
那些突如其来的狂风暴雨
让饥寒交迫的人们
怎样活下去
我抱紧自己的身体
太阳正从我的内部升起

六

五千年的智慧
让我像风一样在香山之巅掠过
我的思想　我的胃

早已被漫山的红叶彻底催眠
美丽囚禁我　囚禁我
在时空的隧道中来回穿梭

我难以抗拒灵魂打开新的大门
从那里走出很多我熟悉的祖先
在瞬间的神交中
让千年不传的秘法
经由我的身体去顿悟
在流动的气息中传承

在无形的交融中
我触摸到他们流淌着的尊贵血统
关于种子对于大地的承诺
是对天地自然的敬畏
我终于　彻底抵挡了美食的诱惑
在无形的滋养中　破茧重生
那一刻　我双手合十
在古老月光的笼罩下泪落如雨

十月的香山　枫叶正红
高高地堆在山顶
我的祖先　曾经居住在那里
此刻　我端坐在祖先曾居住过的地方
将整个北京城　尽收眼底

没有任何一种人间美丽
能够如此囚禁我　囚禁我

我的思想　我的胃
终于　在绝世的美丽中彻底被催眠

欧洲之行（八首）

身体的咒语

前往法兰克福的客机
空空荡荡　一个人
占了四个座位
索性　扶起把手
模仿婴儿的睡姿
或侧卧　或仰卧
练起睡功
握紧拳头　掌心潮红
嗅到　妈妈身上的味道
回到古老的小村庄
秋草和夕阳　亘古不变
如今是体验民俗的圣地

定格的睡姿
悬浮于半空中
身体的咒语
东方智慧的秘密
回归初始之光
连接宇宙的能量

独自在暗夜绽放
早已习惯独来独往

只是此次
飘荡得有点遥远
11 个小时后
抵达法兰克福机场
陌生的国家
没有我熟悉的亲眷
只想换一个高度
用身体的咒语
让自己的想法和追求
更接地气

今夜，我在慕尼黑

手持啤酒瓶，异国帅哥们
席地而坐，仰天长笑
我听不懂，他们的喜悦是什么
也喊不出，谁的名字
忍不住，拍小视频发出
女友们一下子兴奋起来，点赞
原来，色心是不分国界的

“辨经”二字的广告牌，远远走来
误以为，是来自西藏色拉寺的僧人

想象他们，我最可爱的亲人们
正挥舞佛珠，传教在异国
忍不住，扒开人群，走上前去
原来，是我感官的错觉
“辨明《圣经》的真理”的牌子
正被一个金发碧眼的美女
用生命，高高地托举
信仰的力量使她的笑容很迷人
我听不懂,《圣经》的真理是什么
忍不住，假装是基督徒
做出一个“阿门”的祈祷暗语
原来，信仰是不分国界的

慕尼黑的球迷们，排起长队
振臂高呼，高唱国歌
我听不懂，他们在唱什么？
忍不住，加入啦啦队
在人群中高喊：“慕尼黑！慕尼黑！”
原来，爱是不分国界的

成对的老年夫妇，迎着夕阳走来
他们的头发很白，心很年轻
衣着入时，就像走台的模特
手挽手，窃窃私语
我听不懂，他们在说什么
忍不住，把天下的幸福与沧桑

向满是皱纹的面孔，沉默地诉说
原来，悲喜是不分国界的

今夜，我在慕尼黑
今夜，我愿意为你而高歌
歌唱每一座我叫不出名字的大山
歌唱每一条我朝思暮想的大河

今夜，我在慕尼黑
我，来自美丽的大中国

写在阿尔卑斯山

渴望雪
渴望一场漫天的飞雪
重重地　覆盖我
覆盖　我和阿尔卑斯山
阿尔卑斯山　从雪堆中探出脑袋
依然傲然挺立
并不为我的呐喊所动
留下我　独自停留在原地

自从拿破仑将“没有不可能”这句话
在阿尔卑斯山　永恒镌刻
这座山　千百年来
一直醒着

不愿睡去

此刻　我还停留在原地
任凭阿尔卑斯山　横穿我
我陷入　长久的静默
独自沉睡
不愿醒来

等待一场雪
等待有人踏雪而来　质问我
你这么长久的沉睡究竟是为什么？

在教堂门前，我想到了尼采

你说，上帝死了
这一声怒吼，震耳欲聋
无数人间的罪行瞬间被赦免

在教堂门前，我看到你
赤身裸体，将神的外衣扔给
一些空洞的灵魂
所以人们说，你疯了
你抱住马头痛哭
啊！我苦难的姐妹兄弟！
这一声凄厉的惨叫
让无数罪恶的灵魂得以救赎

对于苦难的敬畏
让我在教堂面前忍不住想起你
想起那些无神论者
教堂的大门如何对他们禁闭

我从遥远的东方来到这里
在教堂门前大步走过
任凭秋日的狂风从头顶刮过
我没有看到上帝的眼睛
却忍不住想起了你
想起我与神中间的距离
只隔着风

因斯布鲁克小镇里的思想者

思想者为何来到这里
到这个陌生的小镇
难道是为了逃避提问者的追逐
漂洋过海
来到阿尔卑斯山的幽谷中
站在麦田中央，繁殖思想
在空旷的幽谷中，疾步行走
她要赶在黑夜来临前，让自己的声音
让不知名的飞鸟带向四面八方

如果黑夜来临

思想者，端坐在落叶纷飞的幽谷中
她感到自己插翅难飞
她感到自己的牙齿开始松动
不得不，停止繁殖
停止，那些空洞的抒情
还有那些看似最长情的表白
以免自己头重脚轻，不小心摔倒
打扰到因斯布鲁克小镇的宁静

如果黑夜来临
思想者，总是默默不语
端坐在阿尔卑斯山的幽谷中
将变幻无常的念头付之一炬
等待太阳从东方升起
自己不再与世隔绝

不惑之秋

不惑之秋
我在奥地利的森林深处
古老的水墨画永远不会消逝
可以追忆似水流年
可以令季节再次枯萎
可以用来拿捏泼墨留白的尺度

不惑之秋

我在一幅水墨画中温柔地融入
脖子上的佛珠
像一道血红的光将画面分割成两段
我的身份是异教徒
要在规定时间内优雅地返航
深秋也会尾随而至
没有一片落叶
能够不在季节面前屈服

不惑之秋
我在奥地利的森林深处
在一幅水墨画中
是行人也是归人
是异乡也是故土
温柔地祈祷和祝福
我和万物
在寂寞的深秋
都有着同一个归宿

全世界最悲伤的狮子

热爱悲伤的人们
没有一个人，不像我这样
不像我这样，那么疯狂地热爱着你
全世界最悲伤的狮子

我不想从明天起做一个快乐的人
快乐的人，总是如此肤浅
肤浅地，占据你，王的领地
嬉笑着拍照，然后扬长而去
无视于，锐利的长剑
深深插入，你衰老的背脊

你绝望的目光和奄奄一息的表情
让我，宁愿选择回避
宁愿选择，背对你
背对，秋日的阳光和囚禁你的岩洞
置背后一地金黄的落叶于不顾
背对，冰冷而潮湿的石头
向相反的方向，默哀

我的背后万物都在燃烧
唯有永恒的悲伤
凝固在岩洞中
被一块不死的石头
悬在半空

爆发，因为一座雪山

太阳死了
万物萧瑟
苍茫中
有一棵老树

以禅定的姿势
托举
漫天飞舞的苍白
赤裸手臂
替万物呼吸
它一刻
也
不想丧失
对于悲伤的感受力

冰封
亘古不变
高处不胜寒的苍凉
使它的不如意
如雪山爆发
在阿尔卑斯山的巅峰
独自向更深更彻骨的寒凉走去
山谷就在它的脚下
深不见底

泰国行（七首）

在泰国的珠宝店里

金碧辉煌之中
走出
初娩的圣婴
她分不清
钻石与石头之间的区别
也不懂什么是价值连城

纯净的眼眸中
只有好玩儿的玩具
石头是一种快乐
钻石是另一种快乐
快乐的颜色
并没有不同

未凿的天真
使她并未迷失在
外在的光芒中

直到长大之后
她变成了成年人

因为爱慕虚荣
令自己做出很多愚蠢的事情
和很多人一样
越来越老
而不是
重新诞生

拜佛途中邂逅一对情侣

山盟海誓的人啊
那些相爱的心啊
渴望彼此抚慰的俗心
对于尘世的眷恋
将幸福与美好
远远地搁在
庄严的佛殿之外

他们四目对视
相拥在一起
玩自拍
姿势撩人
甜蜜的瞬间
被我抓拍

让他们出现在我的诗中
会有一种

前所未有的穿透力
会颠覆我
一如既往的悲伤的诗风

而前方的佛殿
近在咫尺
正一步步向我逼近
是谁
让我出现在拥挤的人群中
与金色的佛国再次相遇

在刻满曾经誓言的金顶下
佛像正向我逼近
我脱下礼帽
将头发高高挽起
双手合十
纯净的眼神中
又浮现出
相拥的异国情侣

请允许他们出现在我的诗中
请允许我向世俗的美好致意

我在这里
在金色的佛国里
在出世与入世间
感到一种前所未有的穿透力

人与佛的距离
只在
一念之间

此刻我的北方大雪纷飞

我穿越北方的严冬
在南国拥抱你
泰国

我的灵魂湿漉漉
身着袈裟颜色的夏衣
来到这里
只为在金色的佛国
在湄南河畔
与你
迷一样的女人
泰国
相遇

我迷失在
你璀璨的光芒里
在迷人的热带百果园
头顶上是串串的菠萝蜜
嘴里是榴莲的香气

此刻我的北方大雪纷飞
我不知道要向哪一个方向归去
风从四面八方吹来
我的生命中
有同一个永恒的夏季
还有永不泯灭的冬季

我愿你
在我的言辞中
感受不到更迭的四季
如同太阳
分不清故乡与异地

古老的信仰
亘古不变
总有一种力量
促使你
默默地
向上攀登
向下生长

色情之都——芭堤雅

面对大河　我无限惭愧
我年华虚度　空有一身疲惫
——诗人海子

和所有悲伤的诗人一样
我的旅途总与悲伤有关

悲伤的航船
载我
在色情之都——芭堤雅
飞速驶过
这座城市赤身裸体
并不需要
过于深沉的表达
更不需要
悲伤的诗人和痛苦的哲学家
齐声高歌或者暗自诅咒
它的光溜溜

为了让穷苦的人也有立足之地
众神创造了色情之都
娇艳欲滴
出价的未必是嫖客
一次微笑 20 泰铢
一个拥抱 100 泰铢
四处都是廉价的叫卖声
不知何时天真的会亮
脱去胭脂的粉脸之下
是否也有一颗疲惫的心

开满鲜花的红唇
不分季节地在四季绽放
似乎永不凋零
唯有死亡
以不可抗拒的速度来临
人与妖
不再假装发情

色情之都
永恒的佛国
佛魔本是孪生体
天堂地狱共此心

睡梦中
我踏上两艘航船
一艘被人类的狂笑折成两段
一艘在巨浪中惊惶靠岸
我在一夜之间
横跨了
此岸与彼岸

我的梦与三尊佛像有关

昨晚梦见我死了
灵魂在人间的上空游离
我不知道早已死去

直到餐桌无我的位子
镜子里照不出我的影子
才感到巨大的恐惧
拼命对哭泣的亲人呐喊
告诉他们
我还活在另一个空间里
可谁都听不到我的声音
任凭我疯狂地拍打他们的脊背
在绝望的挣扎中
我等来了黎明

因为这个独特的梦境
今早独自在曼谷的大街上游荡
漫无目的
突然看到一座安静的寺庙
隐于闹市
径直走到大殿
出门才发现忘了交门票
居然也没人拦我

大殿中央端坐一位老和尚
我跪在他的面前
大殿只有我们两个人
因为昨天的梦境
我告诉他
要请一尊佛像带回中国

他神秘兮兮地拿出三尊老佛像
有一尊是龙身释迦牟尼佛
焚香，撒净，开光之后
放在我摊开的掌心间
对我说
出家人不打诳语
这是稀有的泰国老佛像
跪地三拜后
我与师父俯首道别
有缘千里再相逢

抱着三尊佛像
我一路小跑到工艺品商店
买了一个红色泰国布艺背包
把佛像恭敬地放在里面
背包上迈着大步疾走的老象图案
模糊了我的泪眼
仿佛在这片沧桑的土地上
我早已行走了几个世纪
只为登上前方那座登天的云梯
直通天际

别了，我的老象国
别了，我金色的佛都
我抱紧胸前的三尊佛像
深深地俯首

与你道别
我确信
昨晚的梦与你有关
醒来即是重生

给泰国的平安佛

当众人渐渐远去，黑夜中
我偷偷折返，高举火把

你的微笑，在最美的时刻
戛然而止，像莲花
半开半闭，美丽
被定格，从此你
有了永恒的加持力

平安，不总是日日相伴
感受，不总是最尖锐
众人的祈祷，总让你
暗自欢喜，我看到
蒙娜丽莎的微笑，我看到
你的目光，所及之处
云淡风轻
我看到，我
也随之入定

你的微笑，很浅，很神秘
精微到，不易觉察
天下的船只，四方的平安
都被支撑，包括我
微不足道的一生
一生中，跨越的许多陷阱

只有你，守候在终点
当事业佛，婚姻佛，财富佛
都渐渐远去，唯独你
对我，不即不离

顿悟也好
渐悟也罢
我不需要，一尊四面佛祖
我不需要，更灵验
我不需要，更大的加持力

有你
有此一尊
不负此生
足矣

让我在残缺中寻找完美
让我在寂静中寻找欢喜

关于缘分

（一）少林寺

临别时
发现机票的名字少了
最后一个字“妮”

燕子飞走了
不慎将她湿漉漉的心
落在嵩山脚下

一个女僧尼
曾为躲不过的情殇
为了谁
在此
在无风的黑夜
泪落如雨

（二）泰国

到了曼谷机场
发现丢掉了出境证

人不留人
佛留人

走过千山万水

却走不出

古老的佛都
我永远的老象谷

（三）西藏

第一次见到“金刚杵”天珠
难辨其真伪
但它不可抗拒的吸引力
使我透支了信用卡

次日，走遍整个八廓街
才得知它的名字
叫“金刚杵”

当年莲花生大师
手持它
踏着莲花
降生
它是僧人的法器
用来
降妖除魔

（四）色达

只要走出国门
就会想起他

想起我
色达师父的家

那个令我
自由自在的
永恒的寓所
心灵的故园
称之为“家”

总会想起
有个人
站在色达的天空下
迎风而立
向我来时的方向
张开双臂

一眼千年

——女儿吴禹瑶（15岁）

一笔墨香
道尽了汉唐
一曲离骚
绝唱了琳琅
一路丝绸
踏过了苍凉
一眼千年
迎来了辉煌

千载陌然沧桑
挥不去炎黄狷狂
澎湃黄水之浪
流不走子孙激昂

中国有梦
如风飘扬　不曾彷徨
中华有情
热血心藏　涅槃成凰

壮哉！我大中华！
千年未央
待苍龙翱翔
静看华夏无双！

在诗歌研讨会上的发言

诗歌与其他艺术创作一样，差异化存在极其重要，这个差异化怎么来的？来自你对事物的直觉经验，这个直觉切入了人和万物的本源，在本源地带，只有质朴的真性，而诗歌只是真性的显化，因此你抛开了所有与本源无关的繁文缛节，呈现了自己生命的本来。做了最真的自己，不是去做别人，于是便用生命的大自在呈现了事物差异化的美感。

模式化的存在总是令人生厌，诗歌创作也是如此，只要陷入套路，流动的气韵立刻荡然无存。很多人在自己的套路中发现了美，于是感官的美感左右了他生命的本来面目。比如一年级的学生，他也可以创作出很美的诗歌，所以求美对于诗歌创作并不难，难在超越美丑的二元对立，让心智与万物同体。万物一刻都离不开流动的气韵，而创作套路的出现，无疑对流动的心智产生了很大的阻碍。

在诗歌评论时，大谈特谈作者的创作技巧，这样的诗人，我直言不讳地说，他根本没有入道，所以他的观点永远停留在事物的表面。昨天在研讨会上，一位诗人只说了几句，但命中要害，立刻让我眼睛一亮，我没有读他的诗，但我断定他的诗歌一定很好，能看到别的作者诗歌创作中的硬伤，证明他不会犯同样的错误，或者说，他自己曾从那个惯性的错误中彻底抽离出来。因为已经认识到自身的局限，所以他不会在原地打转，这份自我认识会将他的灵魂带到一个全新的高度。

有的诗歌，完全是无病呻吟。有的诗歌，完全是空洞的抒情。还有的诗歌，作者的感觉已经出来了，但没有到位，所以没有触痛读者灵魂的内核。因为当感觉出现时，他没有在灵魂的深度上下功夫，而将感觉拐弯儿了，转向了诗歌创作的技巧，于是非常令人遗憾的情况出现了，读者的意识纬度刚要上升，由于太多诗歌技巧的介入，迅速又将意识纬度下降到冰点。所以有的诗歌，题目已经打动读者了，但内容却令人失望。是因为创作者并未在灵魂的深度上下功夫，所以深度的静心，不仅是心智上的修炼，也是各种艺术创作中至关重要的基本功。

有的诗歌读了千遍，也找不到感觉。相反，有的诗歌历经千年之后，依然经久不衰。原因何在？因为后者创作的诗歌，早已超越了文字的存在，满足了人类灵性层面最深层次的需求，因此才与读者产生了强烈的共鸣。所以当一首诗触动你的末梢神经，你会爱不释手，会反复品读，这个品读的过程，其实就是升华自己灵性的过程。所以我认为，对于欣赏诗歌，第一念的直觉最关键，费了很大力气去寻找感觉，这时会出现第二念，第二念感觉到的存在往往是不真实的。

关于诗歌创作中有我与无我的问题，我认为既要有我，又要无我，但第一个“有我”，不是停留在小自我的层面，而是深入内在的真我，将内在真我的能量刹那迸发，诗歌的神性便片刻穿透了所有人的灵魂，给人带来的是震撼，如果停留在小我，就只会给人带来感官体验。所以这个有我，是有大我，有真我。

同时所有人的真我都是紧密相连的，当回归真我，当下即与万物同体，也就进入无我之境。因此创作诗歌的过程，也应该是有无相生，虚实相间的过程。

每写一首诗，都是一次恋爱。每打一次太极，都是一次恋爱。每一次恋爱，都是初恋，这叫境界。没有和喜欢的事物谈恋爱，诗不好，太极也打不好，因为你没有成为爱本身。如果我是爱，那么我会爱上所有的事物，并将所有的痛苦转化为心灵美感。所以我爱诗歌，爱太极，我享受它们给我带来的完全合一的喜悦，以及关于美感的震撼。这一切的享受，其实是源于爱。

很多诗人都神经兮兮，因为思考的比较多，或者说他对苦难的领悟比常人要深刻，所以就有了与世俗世界的疏离感，看上去与常人格格不入。如果去掉“诗人”这个标签化的身份，接纳并不诗意的人生，就不会陷入理想与现实的落差之中，毕竟所有的存在最终都要回归人类的自身，生命的本身才是一首最美的诗歌。所以我爱诗歌，但同时我全然不理会它的存在。请不要说我是诗人，任何身份都会掩盖我生命本身的光芒。

有的诗歌研讨会流于形式，变成领导讲话，互相恭维一番之后，作鸟兽散，有人捞了名，有人图了利，大家和和气气各取所需，这是对艺术最大的亵渎，也是对创作者之大不敬。如果出现几个敢说真话的人，就立刻将气氛活跃起来，很多时候大家不是没有发现问题，而是不愿意当下承当，好好先生，一笑了之，于是被讨论的那个诗人，收获一番溢美之词后，一无所获。只有少数敢说真话的文艺批评家，才能引领文化的大发展大繁荣。

与诗友对话

“诗歌是我心灵的故乡。”著名诗人舒洁老师说。诗歌对于他是抵达神性的桥梁，任何人都需要回归心灵的故乡，都需要选择适合自己的交通工具抵达目的地，只是有人选择诗歌，有人选择宗教……在我眼里，好的诗人与宗教家没有区别，正如柏拉图说的，回归本性有两条道路：艺术的道路与宗教的道路。

一个人喜欢的书，热爱的诗，乃至选择什么样的同类做朋友，都可以从中看出他的品味。昨晚论诗，钱启民老师分享了一首诗，只有寥寥数笔，语言质朴无华，但瞬间惊醒了我的感觉，每读一次都有不同的灵魂触动，无疑这是真正的好诗，但同样的美，有人为之惊叹，有人熟视无睹，何故？因为每个人心灵对美的感受能力截然不同，或者说，是一个人的心灵品级决定了他的审美意境。

能将诗歌的感性、智性与神性三者合一，无异于最完美的呈现。但我认为这三者的关系，既是合一的，又是分离的，比如极其纯粹的感性经验，尽管没有上升到神性的高度，但纯粹的事物本身就是心灵的大美之境。比如灵魂深处的剧痛，不是神性的呈现，但由于全然地纯粹地经验了这份剧痛，在无形中疼痛已转化为心灵的美感，此刻神性的存在已经穿越了苦乐本身，因此纯粹的感性与神性一样，都是灵魂中最为高贵的存在。那么，如何处理好感性、智性与神性的关系呢？我认为不必刻意追求三者完美的统一，全靠心灵当下对事物纯粹的直觉经验，在纯粹中已经包含了万有。

著名诗人舒洁老师说“他的诗歌接受了神性的引领”，从他的诗中可以看出，对于这份神圣的引领，他的内心充满了敬畏之情，因此他有本诗集题目叫《神赐的口信》。当一个人写诗时，不是我说，是神说，这个神不是来自外在，而是源于内心，因此他的诗歌便呈现了神性。能联通了神性，就能联通所有的人性。我们热爱诗歌，因为离不开自己灵魂的故地。

看到诗友，我总有种莫名的亲切感，我关注他这个人的本身，远远大于我对他作品的关注，至少他的灵魂有一个方向，至少他可以通过自己的方式抵达这个目标。我相信每一个诗人，他的心灵都是富足的，活在珍贵的人间，即使两手空空，也并非一无所有。

之前在微信群讨论舒洁老师的诗歌，他用诗歌般的语言为大家阐述写诗的心得，但他没有说出来的话远远大于口中描述的。写诗的他亦如此，他的诗没有太多的哗众取宠，在无心处显真功。比如昨晚，面对大家严肃的提问，他默不作声，反而不时在我微信的小窗口幽我一默。所谓诗，该是什么样子并不重要，重要的是诗人本身就是一首诗。

有人说，写诗需要思维的广度、深度与心灵的敏感度，其实这一切都来自灵魂的深度，通过深度的静心就可以抵达这个灵魂的制高点，因此写诗也是修行，在诗歌中呈现神性，更是需要心智的修炼。可以这样讲，没有宗教般的虔诚就没有艺术。

有的诗歌写得很用力，太用力的诗歌都不是好诗。打太极也强调“用意不用力”，用力必然着相，必然掺杂太多的人为要素在其中，而无为才能开发心灵的最大潜能，无为即让一切的存在都变得好玩儿，包括对待艺术的态度。

说来惭愧，我是真正的边缘诗歌爱好者，但动辄就喜欢评论大家的诗作，没有功利心，纯粹的爱好使然，因为这份纯粹，大家也就原谅了我的信口开河，同时也引发了很多人的好奇心，我的诗到底是什么样子？后者令我感到恐惧，在一个专业诗歌创作者眼里，我的诗歌并不入流，幸好我没有以此为生，对于不入流的边缘诗歌爱好者，最大的好处是可以赢得包容与同情，所有人也不会聚焦于我，这正是我要的结果。

曾力老师说：“再美的神话都是人写的，有神性的诗歌也是人的心灵感悟，如此而已！”这番话启示了生命的真谛，所有的存在都是身外之物，再美的诗歌也是人的身外之身，所有的智慧最终都要回到人类的自身，之所以诗歌可以悟道，可以通神，是因为透过诗歌我们认识了自己内在的本真。

中国著名收藏家、诗人曾力老师说：“与其讴歌诗歌中的神性，不如关注人性中的闪光面，那才是真正的神性！”是的，人性中的闪光面可以抵达神性地带，没有对人性的悲悯，难有神性的升华，因此诗人的人性决定了他的神性，也有的诗人并未将人性与神性合二为一，因此产生了我与诗的二元对立。

诗歌是情的产物，但有时也不仅停留在空洞的抒情，有时是接受了神的启示，曾力教授举了一个例子：“六祖慧能与唐代武则天时代的国师神秀斗法的《菩提偈》，也与情无关，却深究禅理！”不能不说，通慧、通神的此类诗歌不是好诗。

由于多年写悟道，我形成一种习惯，酒也要悟道，诗也要悟道，似乎离开道，对一切存在都感到乏味。昨晚曾力教授说：“诗歌不完全是悟道，还要有怡情功能。”一句话瞬间让我的心生动起来，生命是要用情用心去觉受的，再美再崇高的存在也无法束缚生命本身的大自在。

代后记

道与诗

初写现代诗歌时，我查过很多关于现代诗歌的定义与写诗的技巧，但现在我记不住了。我认为现代诗歌应该是灵性的瞬间爆发，个体对于整体的刹那觉知，因为生命是偶发的，是一个刹那紧连另一个刹那，无数个片刻组成了整体的生命，刹那间的灵性爆发是如此有张力，如同生命整体流动的能量是如此自由。所以现代诗歌是完全来自刹那间的直觉思维，来自于当下的意识流，至于所有的修辞与技巧都是它的副产品。

有人因为忧伤有了诗，有人因为诗才忧伤，似乎诗和忧伤是孪生姐妹。我常想到顾城、海子等天才诗人，他们成就了艺术，又被艺术所伤。思考是后天意识，大量动用后天意识，会导致心脑的不平衡，后天主导先天，神就暴怒。

最近在读纳兰性德的词，他以其“哀感顽艳”的词风在词坛上独树一帜，当他的爱妻卢氏难产而死后，他将所有的哀亡之伤寄情诗词。尽管他留下了如此之多脍炙人口的名篇，但那是血泪铸就的。假如当初从苦中抽离出来，为自己的灵魂寻找另一处安放的空地，假如将哀情寄托于天地大道，也许会当下解脱。

看仓央嘉措的诗集，我对藏地产生了浓厚的兴趣，很多人像我一样因此去藏地朝圣，可是朝圣归来后反而更迷惑了。正如巴楚仁波切说的：“你把大象留在家里，却跑到森林里寻找它的足迹。”

研究道学后，再看情诗，看婉约动人的宋词，我会重新审视爱情的意义。这些祭奠才子佳人的千古绝唱，更多的价值是让人自叹自悼。一个“情”字究竟气煞多少英雄豪杰？但情关却是修道的障碍。如何平衡情与欲之间的矛盾？唯有升华自己的境界。

老子说“开其兑，济其事，终身不救”，就是说眼目也是藏神之地，过分使用自己的感官，会使心灵浑浊，最终无药可救。有的人写诗用的就是自己的感官，有的人调动的却是心神的运动。

“诗歌注重感觉，写虚不写实”，这是众所周知的理论。但感觉不是人的本性，是本性的迷失。有的诗人疯疯癫癫，就是他长期心不守神的缘故；有的诗人离了男女那点事就写不成诗，因为他离开感官刺激就没有诗情。这些诗歌从艺术的角度像很多言情小说一样，起到了很好的“勾魂”的作用，但最终的结果不但勾了读者的魂，也让自己神魂颠倒。

有的诗歌愉悦人的心神，有的诗歌愉悦人的耳目。有多少勾起我们欲望的诗歌，仅仅停留在愉悦人耳目的层面上？但有的诗歌却愉悦了人的心神，比如泰戈尔的诗歌，语语出自肺腑，句句发乎灵性，文字的背后充满着神性的力量。即使再过几千年，类似的经典巨著也会站在时代的巅峰，被最懂得他的人奉为圭臬。

所谓“天机”，是天赋的灵性，是与生俱来的存在，不是按照自己的感觉和意愿写诗，而是受到一种力量的驱使。这种力量超越了头脑、感官刺激、诗歌的技巧，更多的是身不由己。

“冗繁削尽留清瘦，画到生时是熟时。”郑板桥的这句话表达了艺术表现手法的最高境界。绘画和诗歌都需要留白，对于诗歌我还做不到，常常文字塞得满满的，归根结底还是不自信，用笔不够老辣。那我就按照自己现有的水平发挥，凡事都要遵道而行。不妨接纳自己的丑陋，尊重事物的本来。

“汝果欲学诗，工夫在诗外”，仲尼厄而作《春秋》，屈原放逐而赋《离骚》，杜甫独居茅屋才生发出“大庇天下寒士”的济世情怀，所有的巨作都来源于作者沧桑的经历，只好用笔墨泄心中之悲愤。因此苦难的经历与灵魂的深度，对于诗人而言是最宝贵的精神财富。

诗亦有道。中国诗词研究院副院长、著名诗人舒洁老师说：“诗歌就是人性。”比如杜甫的诗“朱门酒肉臭，路有冻死骨”，同样的社会现状，有的人熟视无睹，有的人感慨万千，区别就在于诗人心性的差异。诗性合于道性，契合每个人的心性。这种胸怀宇宙、悲悯苍生的情怀比写诗的技巧更重要。

佛家有个“种子现形”的理论，就是客体对于主体所引起的不同反应，是由主体本身所携带的信息决定的。如果诗歌是情的产物，是欲望的宣泄口，那么很多天才诗人的种子库中无疑携带了大量情欲的信息，这些情欲的种子往上导引是有情无欲的大道之情，往下导引就是导致世人生死流转的情障。当今的诗歌能否承担起复归读者本性的重任，让诗歌变成升华人类灵性的载体，而不是引导人堕落的文字垃圾？

神和魔也是孪生兄弟，具有等同的能量。二者区别在于：

开悟的人神性的能量巨大，不开悟的人魔性的能量巨大。所以重要的不是能量，重要的是开悟。对于诗歌创作，亦是如此。

古人治学强调“文以载道”，诗歌亦要有此担当。诗歌应像通往天堂的云梯一样，引领人类的灵魂飞升。如果诗歌仅停留在欲望的宣泄，那么诗歌最重要的价值就是扰乱人心。难怪有位诗人的博名叫“且诗且骚”，他自己都知道很多诗的主要功能就是让自己和读者骚动不安。在当今这个盛世，究竟写诗的目的是什么？在艺术的背后是否需要一种承当的重任？

诗歌也是一种沟通，既然沟通，就离不开媒介。因此诗人总把山河大地、日月星辰、花草树木以及宇宙间的所有众生拖进自己的诗中，赋予它们各种各样的意象。但往往忽视了最好的沟通媒介是人的灵性，灵魂未出窍就不能沟通人心和天心，作品就少了神韵。

我看到女儿对于诗歌的感觉很到位，联想到顾城当初写诗时常在童话故事中吸取灵感，由此可见，诗人永葆童心是灵感之源泉。但诗歌又要与生活有所区分，毕竟生活不总是诗意的。能够区分好诗歌与生活的关系，才不至于使诗人的落差太大，以至于崩溃。

生命是一场戏，但剧情时刻都在发生变化，一个诗人究竟用何种思维面对并不诗意的生活，这是一种能力，更是一种智慧。因此我们评价大师的标准，不能停留在作品本身，而是要从生命的整体观去评判。诗意是一回事，生活又是另一回事。一个大师看上去特别像普通人，因为他参透了生活中没有大师。一个看上去特别像诗人的人，生活中和普通人很不一样，神经兮兮的不是少数，因为他一分钟都离不开头脑中臆想出来的

"诗意的生活"。

我热爱诗歌，因为其创造的魅力。既然是创造，必然离不开创新。创造是制造以前没有的，创新是改造以前原有的，否则就失去了诗歌存在的价值。诗歌就是人性，而人性在本源上是相同的，但呈现出来的却大相径庭。所以千人一面绝不是诗歌，独创性才是诗歌存在的最大价值。不但诗人要有独创性，一个诗人的每首诗歌都要有独创性，因为心每天都是新的，客观环境每天都在发生变化，用活心面对活境，哪里来的死诗？

懂得诗歌理论的人、会写诗歌评论的人不见得会写诗。我是做国学研究的，不懂诗歌理论，诗写得也不好，诗歌不是我的主攻方向。但我希望我们的教育能上升为一种诗化的教育，一种禅意的教育，去掉冷冰冰的说教，让传统文化的智慧像诗歌般润物细无声，滋润每个人的心田。

图书在版编目（CIP）数据

燕妮诗选 / 吴燕妮 著. —北京：东方出版社，2018.6
（点亮智慧的心灯；3）
ISBN 978-7-5060-8309-6

Ⅰ.①燕… Ⅱ.①吴… Ⅲ.①诗集—中国—当代 Ⅳ.①I227

中国版本图书馆 CIP 数据核字（2018）第 108432 号

燕妮诗选
（YANNI SHIXUAN）

作　　者：吴燕妮
责任编辑：贺　方　王　萌
出　　版：东方出版社
发　　行：人民东方出版传媒有限公司
地　　址：北京市东城区东四十条 113 号
邮　　编：100007
印　　刷：北京文昌阁彩色印刷有限责任公司
版　　次：2018 年 6 月第 1 版
印　　次：2018 年 6 月第 1 次印刷
开　　本：880 毫米×1230 毫米　1/32
印　　张：10.625
字　　数：50 千字
书　　号：ISBN 978-7-5060-8309-6
定　　价：130.00 元
发行电话：（010）85924663　85924644　85924641